水域迷蹤

BOUNDARY WATERS

WILLIAM KENT KRUEGER

威廉·肯特·庫格——著 李斯毅——譯

落魄警長 寇克．歐康納系列第二部

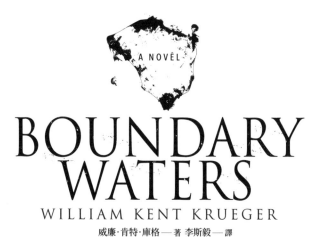

依我的承諾，獻給黛安

並

獻給我的父母，瑪麗蓮和克魯格，

他們教會我不要害怕冒險，也不要害怕去愛。

1

這個紅皮膚的老傢伙，這個印第安人，個性相當頑固。雖然密爾瓦基放任自己享受一點冒險的樂趣，完全信賴這個老人，但他也不是笨蛋，他知道如果太相信對方，只會導致自己毀滅。

密爾瓦基的目光從這個印第安人身上移開，轉向坐在營火旁的兩名男子。「我可以繼續，但這個印第安人不會開口的，我可以向你們保證。」

「我還以為你保證能夠逼他說出我們要的資訊。」看起來比較緊張的那個人說。

「我可以讓你們得到你們想要的東西，但你們沒辦法從他身上得到。」

「你繼續吧。」那個緊張的男人說。他的雙手緊握，朝著那個印第安人的方向用力點點頭。「動手吧。」

「都聽你的。」密爾瓦基走向營火，從火堆裡抽出一根末端發出紅光的山毛櫸。那根木頭開岔的樹枝尖端燃燒著兩團火焰，密爾瓦基手中宛如握著魔鬼的犄角。

老印第安人呈大字型被綁在兩棵白樺樹上，尼龍繩將他的手腕和腳踝固定在細瘦的樹幹上。他全身赤裸，夜晚寒涼的溼氣足以讓他的熱血在流過肋骨處的皮膚時冒出蒸氣。他後方的暗處像黑色的簾幕般籠罩著林中深處。營火照亮了這個老人，彷彿他是一個受人指揮的演員。

或者，像一個斷線的木偶。拿著燃燒木棍走近的密爾瓦基心中暗忖。

密爾瓦基一把抓起老人灰白色的長髮，使他的臉往上仰。老先生忽然睜開眼睛，那雙深色的杏眼已經認命，不過並沒有因此崩潰。

「看。」密爾瓦基將那根燃燒的木棍往老人的臉龐移近幾英吋。「你的眼睛會被燒到冒泡，像燉菜一樣。我會先燃燒你的一隻眼睛，然後再燒另外一眼。」

那雙杏眼定睛看著密爾瓦基，彷彿他們之間根本沒有那根火炬。

「你只要告訴我們如何找到那個女人，我就不繼續傷害你。」密爾瓦基說。雖然他說到就一定做得到，但如果老人就此臣服，他會對這個印第安人感到非常失望。他覺得自己與這個老印第安人之間存在著一種罕見的情誼，這種情誼與他的生意無關，而是與精神層面有關，是一種不屈不撓的精神，坐在營火旁邊那個緊張的傢伙永遠無法理解這種精神。密爾瓦基非常了解這個老印第安人，知道他的內心有多麼堅強，也知道他們所追求的訊息永遠不可能從老人口中說出來，因此到最後活著的人依然一無所知，而重要的答案也一如既往地只與死人同在。

坐在營火旁邊的第二個男人說話了。「你是不是心軟了？」他是一名頂著光頭的大個子。他從營火中拿起一根燃燒的木棍，與密爾瓦基手裡的那根木棍一樣，點燃了一支粗粗的古巴雪茄，然後哈哈大笑。他笑，是因為密爾瓦基是他認識的人當中最冷酷無情的一個，除了他自己之外。而且他和密爾瓦基一樣，之所以容忍那個緊張的傢伙，只是為了賺錢。

「繼續。」緊張的男子命令道。「看在老天的份上，快點繼續。我必須知道她在什麼地方。」

密爾瓦基深深注視著老人的眼睛，也看著他的靈魂，並且無聲地動著嘴巴。接著他將木棍傾斜，老印第安人的右眼映著火光的倒影。

這個老人完全沒有眨眼。

2

溫德爾遲了三天還沒出現，女人的怒氣已經消散，反而開始擔心起來。她覺得自己的思緒彷彿壓著一塊沉重的石頭，因為溫德爾．雙刀以前從來不曾遲到。

傍晚時，她從小屋裡走出，沿著小溪走到湖邊。和邊境水域的許多湖泊一樣，這面湖泊很小，而且又長又窄——寬約一百碼，長度則超過半英哩——座落於長滿山楊樹的兩道灰色岩脊之間。在一個星期之前，山楊樹的樹葉還是飽滿的金黃色，每棵樹都像燃著火焰的火柴棒，但此刻樹枝上的樹葉大多已經掉光，至於依舊垂掛在樹枝上的零星葉子則在吹拂過山脊的冷風裡顫抖，然後一片接著一片掉落。湖面上十分靜謐，即使周圍的山楊樹被寒風吹得不停晃動，這座狹長的湖泊依然平靜無波。溫德爾告訴她，尼什那比人將這座湖稱為Nikidin，意思是女性的外陰部。她經常望著那面靜靜映著天空的狹長湖水，因溫德爾的族人有如此感性的一面而露出微笑。

但此刻她憂心忡忡地看著灰色的岩石長廊，擔心溫德爾到底去了哪裡？

溫德爾十天前曾經來過，像平常一樣為她帶來食物，也為她寶貴的錄音機帶來電池。他告訴她，他下一次來訪應該是最後一次，因為她差不多該離開這裡了。他說，如果她繼續待著，可能會有遇上冬季暴風雪的危險，到時候要離開就困難了。當時她看了看樹葉正在變色的山楊樹、看了看晴朗的藍天，也看了看平靜的湖水，湖水的溫度還很溫暖，下午時可以短暫游泳，不解地露出笑容。

雪？她懷疑地說。**溫德爾，可是這裡的天氣還這麼好。**

這座樹林，這片原野，沒有人敢肯定什麼。他陰沉地告誡她。**謹慎一點比較好。**

反正她已經快要完成來到這個祕境的任務，因此她同意溫德爾的建議，下個星期當他造訪時，她會做好離開這裡的準備。她像往常一樣交給溫德爾一封信，請他幫忙寄出去，然後看著他划獨木舟離去，銀色的漣漪在他身後往外散開，宛如一隻大鳥的尾羽。

此刻高高的藍天中有薄薄的白雲，冷風沿著山脊吹拂，雖然她感覺不到，卻可以透過顫動的白楊樹清楚看見風的姿態。她拉緊牛仔夾克，身體微微發抖，不確定空氣中那股凜冽的氣息是否代表著溫德爾擔心的冬季暴風雪即將到來。

自從她來到這座無人知曉的湖泊及這間破舊的小屋後，頭一次有了急迫感。她轉身沿著小溪回到隱身於紅松樹林間的小屋。她從圓形火爐旁的粗糙木桌上拿起錄音機，將錄音機打開。錄音機右下角有一個紅燈，每當電池電量不足時就會開始閃爍。紅燈已經在閃了。她用雙手將錄音機拿到嘴邊。

「十月十五號，星期六。溫德爾還是沒來。」

她在空蕩蕩的小屋裡坐了一會兒，發現這個下午非常幽靜，讓她清楚感受到身處荒野的孤單。

「他說他一定會來，他是唯一對我信守承諾的人。」她對著錄音機說。「事情不太對勁。我知道，他一定出事了。」

紅燈熄滅了，可是她沒有關掉錄音機，不確定錄音機是否錄下了她最後的告解：「老天，我真的好害怕。」

3

寇克重重喘著氣，可是感覺很舒暢。他已經跑了一個小時，快要到達他的極限。他的每一個步伐都踩在宛如地墊的落葉上、每一次呼吸都充滿乾燥秋季塵土飛揚的氣味。他跑在一條與柏靈頓北部鐵道平行的碎石子路上，柏靈頓北部鐵道沿著鋼鐵湖畔穿越過明尼蘇達州的奧羅拉鎮。在十月中旬的這天傍晚，鋼鐵湖的湖面十分幽靜，有如一面完美無瑕的鏡子反映著蔚藍明亮的天空。湖岸邊的樹林就像著了火似的，橘色與赤褐色的葉影在平靜無波的湖面上再次燃燒。分散在鋼鐵湖各處的釣客形隻影單地從他們的小船上拋出釣線，銀色釣線在投入湖中時短暫濺起水花，打碎有如鏡子般的湖面。

樹葉呈金黃色的白樺樹及山楊樹環繞著一座老舊的鑄造廠廢墟生長，寇克跑出樹林之後，山姆小店隨即映入他的眼簾。那是一間昆賽特小屋，是第二次世界大戰戰後留下來的，後來被寇克一位名叫山姆．凜冬之月的老友改建成販售漢堡的小吃店。小屋前半部裝飾著薯條、霜淇淋與漢堡的照片——主打商品是山姆超級豪華堡，寇克則住在這間長形小屋的後半部。幾年前，寇克的這位老友被一名受到驚嚇的瘦小男子開槍擊斃，寇克因此繼承了這個地方。

寇克跑過鐵軌時，突然聽見山姆小店那頭傳來一聲尖叫，他立刻警覺地往前衝刺。

寇克十二歲的女兒安妮正在供餐檯的紗窗後面欣喜若狂地蹦蹦跳跳。

「發生了什麼事？」寇克大喊。

安妮將隨身聽的耳機從耳朵拿下來。「聖母大學剛剛進球了！太棒啦！」

安妮長得很高，運動員型的身材，臉上有許多雀斑，一頭紅髮剪得很短。她穿著牛仔短褲和一件印著彩色大寫字母的圓領衫，上面寫著「愛不分膚色」（LOVE KNOWS NO COLOR）。安妮很喜歡聖母大學，而且大家都知道安妮是虔誠的天主教教徒。有時候寇克很羨慕安妮能有如此深切且簡單的信仰，因為他早已不相信宗教。不過，在這天下午，完美的一天讓寇克有一種心靈上的平靜，就像基督徒禱告之後所獲得的深刻平靜。

我的道路直率。
我的思想直率。
我的心靈直率。
我的話語直率。
我善待兄弟姐妹。
我善待飛禽走獸。

他想起老亨利．梅魯唱過的一首歌。對寇克而言，這首歌的歌詞似乎涵蓋了他心裡的所有感受。

「珍妮在哪裡？」寇克問。剛才他去跑步時，拜託兩個女兒幫他看店。可是現在只剩安妮還在店裡，珍妮已經不見人影。

「她說看店太無聊了，所以她去散步。」

寇克看得出安妮不贊同珍妮的行為。對安妮而言，權威十分重要，規則的存在有其充分理由，因此總以不認同的眼光看待任何違反協定的行徑。她是一個很好的天主教徒。

「生意很差嗎？」

「爛透了。」安妮承認。

「不過對妳來說是件好事。」寇克觀察道。「這樣妳才能專心收聽比賽，不被客人打擾。」

安妮露齒一笑，重新戴上耳機。

「我要去洗個澡。」寇克說。他汗水中的鹽分開始結晶，使他覺得身上像沾滿了沙。

就在他準備走開前，一輛送貨的卡車駛過鐵軌，在通往山姆小店的沙石路上揚起灰塵，然後在距離寇克站立處約六碼的地方停了下來。那輛卡車的車身漆成金色，上面有一個大大的綠色三葉草以及寫著「三葉草洋芋片」的綠色字體。查理．阿爾托是個大腹便便的芬蘭人，他身穿金色的襯衫、頭戴金色的帽子，襯衫與帽子上都有和卡車車身上一樣的綠色三葉草標誌。

「歐康納，你在為另一場馬拉松比賽進行訓練嗎？」

「一年跑一次馬拉松就夠了，查理。」寇克回答。一個星期前，寇克剛參加了在明尼亞波利斯聖保羅舉行的馬拉松比賽。那是他第一次參加馬拉松，雖然沒能在四個小時內跑完全程，但終究是跑完了，對他來說已經很棒。「你怎麼會來這裡？你通常星期一才會過來。」

「我剛從塔城[1]回來，心想不如就先過來這裡，省得星期一還要再跑一趟。最近生意如何？」

「還不錯，雖然今天沒什麼客人，但已經是我生意最好的一個秋天。」

查理打開卡車的後車廂，裡面放著好幾箱洋芋片。「這樣很好啊。」查理說。「我敢打賭萬聖節的時候就會下雪，而且一連下好幾天。接下來的冬天天氣也會很糟。」他搬出兩箱洋芋片，一箱

1 譯注：塔城（Tower）是美國明尼蘇達州聖路易斯郡的一個城市。

原味，一箱烤肉口味。」

「你為什麼這麼認為？」

「我剛才和老阿道夫・潘斯克聊過天。你知道，我們在雙彎角那邊沿著鐵鏽河設置陷阱。阿道夫說最近麝鼠身上的毛皮變得很濃密，他已經好幾年沒看過這種景象。」

「這表示今年冬天會很適合冰釣。」寇克思忖後說。

「沒錯。」查理點點頭。他以羨慕的眼神看著鋼鐵湖上一個距離他們最近的釣客。「我今年實在很忙，根本沒時間開船出去釣魚。真希望我現在也能在湖上，像那個悠閒的傢伙一樣。」他望著那人一會兒，又說：「呃，也許不要像他一樣比較好。」

寇克瞥了那個在鋼鐵湖上的釣客一眼。「為什麼不要像他比較好？」

「老天，你看看他。他搞不清楚釣魚應該要蹲低一點，而且要使用水表假餌。你知道，就是那種栓型假餌。那種假餌會在水面上跳動，讓掠食性魚類以為那是青蛙之類的生物。那個傢伙讓假餌像活餌一樣沉入水中，沒有哪條魚會笨到去咬那個假餌。」他抱怨地搖搖頭。「願上天保佑我們遠離那些愚蠢的城市人。」

「話說回來，他已經在湖上待一整天了。」寇克說。「要是我現在看到他釣起任何東西，我應該會很驚訝。」

查理遞給寇克一支筆和一張收據，請他簽收那兩箱洋芋片。「你告訴我，如果魚都不上鉤，那個釣客為什麼還在同一個地點待一整天？就算笨蛋也知道應該換個地方碰碰運氣。」

山姆小店裡又傳來一聲尖叫。

「是安妮嗎？」查理問。

「她在收聽聖母大學的球賽。聖母大學一定又進球了。」

「她還是想成為一名修女嗎？」

「大概吧。要不然就是成為聖母大學橄欖球隊的第一位女性四分衛。」寇克說。他在查理離開前簽收了洋芋片。

山姆小店位於奧羅拉郊區，座落於鋼鐵湖岸邊。山姆．凜冬之月在山姆小店旁打造了一座簡單而堅固的碼頭，碼頭邊停著幾艘讓遊客租用的遊船。那些遊船是山姆小店的主要收入來源。山姆小店的正北邊是熊掌釀酒廠，與寇克的土地之間立著一道用鐵鏈鎖住的高大圍欄。寇克不太喜歡這家釀酒廠，但是這家釀酒廠比山姆小店的歷史還要久遠，在鋼鐵湖奧吉布韋族興建奇佩瓦大賭場之前那段經濟艱困的時期，熊掌釀酒廠養活了奧羅拉的許多家庭。寇克還能說什麼呢？

寇克望著幾乎空蕩蕩的湖面，將洋芋片從供餐檯的窗口遞給安妮。「如果我們現在就打烊，妳覺得如何？」他提議道。

「那珍妮怎麼辦？」

「她又不是不知道回家的路。」

「我們應該再營業一個小時。」安妮提醒寇克。「如果有人想來吃東西，可是我們提早打烊了，那該怎麼辦？」

「如果不能偶爾打破規則，當老闆就沒有意義了。」寇克對她說。「我們打烊吧。」

安妮並沒有因此開始收拾東西，反而朝著一輛停在查理．阿爾托剛才停放洋芋片卡車之處的轎車點點頭。「看到沒有？客人上門了。」

那是一輛租來的車，一輛黑色的凌志轎車。從轎車裡走出來的男人摘下墨鏡，朝他們走來。

「你是寇爾克朗．歐康納嗎？」

這個男人高大魁梧，年紀大概五十多歲，頭髮稀疏灰白，臉上的鬍子也同樣狀況。他有一張長臉，下巴方方正正的，長得不是很好看。他的長相讓寇克聯想到獵犬。

「我是歐康納。」

這個男人穿著名貴的皮夾克，淺棕色的絨面皮革看起來像是鹿皮，夾克底下則穿著一件赭色的高領毛衣。他這身裝扮是正常秋裝該有的顏色與厚度，可是對於這天而言有點太熱了，這天的天氣非常暖和。這個漫長又炎熱的秋天讓大家都感到驚訝。儘管此人衣裝昂貴，不過他看起來——也許是因為他那種從容卻笨拙的步伐——就像個整天犁田而且只能一直盯著騾子屁股的農人。

「我叫威廉．雷伊。」他向寇克伸出手。

「我知道。」寇克說。「你是阿肯色．威利。」

「你還記得我。」這個男人聽起來很開心。

「即使你沒穿著吊帶褲也沒拿著班鳩琴，我還是可以認出你。」寇克轉過身。「安妮，讓我為妳介紹威廉．雷伊。他更廣為人知的名字是阿肯色．威利。雷伊先生，這是我的女兒安妮。」

「呃，嘿，小女孩。」他說。「你們兩位好嗎？」

他說話的速度很慢，就和他走路的速度一樣。他說的每一個字似乎都會多出一個音節，這種說話方式寇克記得很清楚。二十年前的每個星期六晚上，寇克都會想辦法空出時間，坐在電視機前面觀賞《臭鼬霍勒的方形舞》。這個電視節目的內容是田納西州納什維爾市每星期六舉行的歐爾奧普利鄉村音樂會實況，由各家電視臺聯播。節目裡有吉他、小提琴與班鳩琴演奏，還有一堆足以餵飽一大群饑餓牛隻的玉米，主持人是阿肯色．威利．雷伊和他的妻子瑪萊．格蘭德。

「親愛的，妳可不可以倒杯水給我？」雷伊問安妮。「我的喉嚨就像每次錄完《臭鼬霍勒的方形舞》之後的星期天早晨一樣乾澀。」

「雷伊先生，你現在還登臺表演嗎？」寇克問。

「請叫我威利，大多數人都這樣叫我。不，我甚至連慈善表演都不參加了。自從瑪萊過世之後，我就把我的吊帶褲和班鳩琴都收起來了。」雖然喪妻之痛已成往事，可是這個男人的聲音裡有一種新的悲傷。他將雙手插在口袋，以舌頭舔舔臉頰內側。「我現在擁有一家唱片公司。」他說，表情也變得明亮。「歐札克唱片，是鄉村音樂界最大的唱片公司。布萊克洛克兄弟、費麗西蒂・格林、瑞德・泰勒，這些歌手都隸屬於歐札克唱片公司。」

「水來了，雷伊先生。」安妮從供餐檯窗口遞出一大杯加了冰塊的水。

「非常謝謝妳，親愛的。」

「您來這裡觀光嗎？」安妮問。

「不，其實我是來找妳爸爸的。」他轉向寇克。「我們可不可以找個地方聊幾分鐘？私下聊。」

「安妮，雷伊先生和我要去散散步，妳幫我看店好嗎？」

「當然，爸爸。」

他們漫步到碼頭的盡頭，陽光映照著淺灘。由於土壤裡蘊藏豐富的鐵礦，因此湖水呈現出鐵鏽的色澤。雷伊望著湖面，露出讚賞的笑容。

「我只來過這裡一次，那時候格蘭德美景小屋才正在興建。這裡和我記憶中一樣美，不難理解瑪萊為什麼這麼喜歡這個地方。」雷伊把杯子放在碼頭顏色發白的木板上，從皮夾克的口袋裡拿出一張音樂光碟，交給寇克。「你知道這位歌手嗎？」

「希蘿。」寇克看著專輯封面上的照片回答。希蘿是位纖瘦的女子，年紀很輕而且長得很漂亮，光滑的黑髮像瀑布般從她的背部垂落到臀部。「安妮最喜歡的歌手之一。」

「她是我和瑪萊的女兒。」雷伊說。

「我知道。」

雷伊以他那張長長的獵犬臉認真地看著寇克。「你知道她在哪裡嗎？」

寇克有點意外。「你說什麼？」

「如果你知道她在哪裡，我只想知道她是否平安。」雷伊急忙表示。「如此而已。」

「威利，我恐怕聽不懂你在說什麼。」

雷伊臉上閃著汗水，大大的肩膀垂了下來。他脫掉皮夾克，把它掛在碼頭的一根柱子上，用手背擦擦額頭。「我得坐下一會兒。」

寇克用腳將他來碼頭釣魚時偶爾會使用到的小凳子勾過來，將它推向雷伊。雷伊重重地坐下，然後拾起一片被吹到碼頭上的金黃色落葉，一邊說話一邊漫不經心地將樹葉撕成小片。

「瑪萊有時候會聊到這裡的人，聊到和她一起長大的人。當她談到你的時候，她都叫你Nishiime。」

「那是弟弟的意思。」寇克表示。

「我覺得她很重視你。」

「我受寵若驚，但我不明白這和希蘿有什麼關係。」

「事情是這樣的：我女兒已經失蹤一段時間。幾個星期前，她突然取消了所有的活動，然後就此消失。那些八卦報對這個消息興奮不已。」

「我能理解，我與那些人交手過。」

「希蘿一直持續寫信給我，每個星期一封，所有的信封上都蓋著奧羅拉的郵戳。兩個星期前，信件中斷了。」

「也許她只是懶得再寫信了。」

「如果我這麼認為，我現在就不會在這裡了。」

「難道她在信中沒有提到她在什麼地方嗎？」

「她沒有說得很明確。她不想讓任何人知道她在哪裡。她來這裡是為了她所謂的……我記得不太清楚，聽起來像是misery。」

「*Misery*。」寇克思考了一會兒。「也許是*Miziweyaa*？這個字的意思是指『某個事物的全貌，整件事的情況。』這個解釋對你有意義嗎？」

「我想不出來。」雷伊聳聳肩。「但不管怎麼說，她提到邊境水域的一間小屋。她說她被她母親的一個老朋友帶去那裡，一個具有印第安血統的人。這就是為什麼我認為是你的原因。」

「威利，我對你女兒的事一無所知。你為什麼擔心她？」

「你知道，希蘿接受精神科治療已經有一段時間了。她吸毒，而且罹患憂鬱症。她以前曾試圖自殺。當她的來信中斷時……」雷伊抬起頭看著寇克，表情宛如一個身陷深井之人，祈求有人能拋下救援的繩索。「我只想確定我女兒還活著而且平安無事。你願意幫我嗎？」

「怎麼幫？」

「你可以先幫我找到帶走她的人，這樣就好。」

在距離岸邊幾百碼的湖上，有一艘船突然啟動了馬達。那艘船開始輕輕地在平靜的湖面形成波動，留下的尾跡有如在慵懶微風中擺動的藍色絲綢旗幟。

寇克搖搖頭。「一個具有印第安血統的人？這可能是相當艱鉅的任務，因為這個郡有一半的居民身上具有尼什那比血統，而且我已經不再是這裡的警長，只是一個經營漢堡小吃店的老闆。我認為你應該去找警方幫忙。」

「我不能冒險讓這件事情曝光。」雷伊說。他的表情看起來相當沮喪。「假如希蘿在這裡的消息傳出去，那些八卦報的記者就會像狗群看到骨頭一樣蜂擁而至，而且我們不確定還有誰會跑來找她，有些瘋狂粉絲曾經寄給希蘿很多可怕的信。老天，萬一消息走漏，根本會像是狩獵季節的開端。」雷伊扔掉被他撕碎的樹葉，那些碎片隨風飄到湖面，在陽光下微微顫動。它們的大小、顏色以及突然出現，就宛如停到水面上的昆蟲，令湖水感到迷惑。「聽我說，我知道你不認識我，但我不是為了我自己才來向你求助。如果瑪萊還活著，向你提出這個請求的人會是她。」

寇克揉揉手臂以產生一些熱量，他覺得自己的雙腿和肩膀因為跑步而變得僵硬。「我還要做生意，威利，而且我已經不再是警察了。」

雷伊從小凳子上站起來，絕望地抓著寇克的肩膀。「請幫我找到她，我可以付給你一大筆錢，讓你明天就退休。」

「我不知道能不能幫你找到她。」

「你願意試一試嗎？拜託。」

安妮又在供餐檯的窗口後方發出尖叫。寇克望向她，她的尖叫聲是出於開心，而非恐懼，然而這個景象讓寇克開始思考：假如失蹤的人是安妮或是珍妮，換成是他自己的孩子，他肯定也會不顧一切地尋找。目前的情況正讓威利．雷伊背負著這種重擔。雖然這並非寇克的工作或責任，他仍問道：「你說你每個星期都收到一封信，而且信封上都蓋著奧羅拉的郵戳？」

「對，可是我看不出那些信件有什麼幫助。歡迎你來看看那些信，或許你可以找出一些線索。信放在我的小屋裡。」

「你住在哪裡？」

「格蘭德美景小屋。」

「格蘭德美景小屋？那個地方很舊了。」

「我知道。我告訴自己好多次要關閉這間小屋，讓這間小屋成為往事，可是瑪萊非常喜歡它，所以我一直捨不得放棄。」

寇克說：「我今天晚上去找你。我想先洗個澡並且吃點東西。七點鐘左右可以嗎？」

「謝謝你。」雷伊緊緊握住寇克的手。「謝謝。」

阿肯色．威利開車離開後，寇克走回供餐檯的窗口。「比賽進行得如何？」

「結束了。聖母大學贏了。」安妮露出一個燦爛的勝利笑容。

「妳覺得我們現在可以打烊了嗎？」

安妮開始幫忙關店。「雷伊先生找你做什麼？」

「他請我幫忙找東西。我會處理的。」

「他說話很像鄉下人。他是鄉下來的嗎？」

「別讓他騙倒妳了，安妮，我很確定他靠著鄉巴佬口音賺了非常多錢。」

寇克整理了山姆小店外面的環境，從野餐桌旁的垃圾桶拿出一大袋垃圾，然後拖到路旁的大型垃圾箱裡。當他回到山姆小店時，注意到那名釣客似乎也正在收拾東西，準備結束這天的釣魚活動。寇克思考了一會兒，覺得查理．阿爾托稍早提出的問題很有道理：為什麼一名釣客會在魚不上鉤的地方待一整天？就算是笨蛋也不會這麼做。

4

雖然這是多年來大家印象中最棒的秋天，但是奧羅拉鎮已經做了最壞的準備。在這個偏遠的北方小鎮，大家對於冬天總是格外謹慎。劈好的木柴已經成綑地堆放在車庫和門廊的牆邊，每到傍晚時分，空氣中就會瀰漫著濃郁的燃燒木柴味。中央街的梅菲爾服飾店在玻璃櫥窗上張貼著標語：別被美好的秋天騙了，冬天即將來臨！冬季外套八折優惠！尼爾森五金行也在門外的萬聖節南瓜木箱旁擺出一臺臺吹雪機待售。寇克開車載安妮回家時，在橡樹街看見奈德·奧佛比已經爬到延長梯上，準備將聖誕燈飾固定在他家屋頂的排水管上。

寇克把車子駛進醋栗巷那棟他從小居住的房子，然後停在車道上。他從野馬款越野車下來時看了門廊的鍬鏟一眼，陰影下的鍬鏟現在早已無人使用。對寇克來說，要等到他將鍬鏟取下並收進車庫裡，冬季才算真正到來。他站在草坪上，看著互相映襯的蔚藍晴空與艷紅楓葉，深深吸了一口秋天溫暖的氣息。雖然查理·阿爾托警告他在萬聖節前就會開始下大雪，但他認為還要經過好一段時間才需要收起鍬鏟。

安妮從後門衝進廚房，寇克也跟著進屋，結果發現屋裡除了安妮和他之外似乎沒有其他人在。他已經將近一年半沒有住在醋栗巷的家了。他漸漸習慣在山姆小店獨居，但如果可以由他選擇，這不是他想要的生活方式。

安妮打開電視，轉到重播聖母大學球賽精彩片段的頻道。寇克走過客廳，在樓梯口對著樓上喊道：「有人在家嗎？」

「我在這裡。」喬的聲音從走廊盡頭的書房傳來。

南西・喬・歐康納坐在書桌前，手裡拿著筆，面前攤放著一堆文件。她穿著褪色的牛仔褲和捲起袖子的牛仔襯衫。她的金髮剪得很短，而且有點淩亂，彷彿因為心情不好而搔亂了頭髮。她戴著眼鏡，鏡片將她冰藍色的眼眸放大，宛如受到驚嚇而睜大眼睛。當她的丈夫走到書房時，她對他投以微笑。

喬並非獨自在書房裡，書桌旁還坐著一名身材高大、黑髮杏眼、古銅肌膚的奧吉布韋族男子。寇克走進書房時，男子將身子微微往後靠到椅背上。

喬拿下眼鏡，她的眼睛變回原本的大小，但眼眸依舊是冰藍色。「我沒想到你們這麼快回來。」

「今天生意不好。」寇克解釋道。「所以我們提早打烊。」他對著那個高大的印第安人點了個頭。「午安，丹尼爾。」

「嗨，寇克。」丹尼爾・沃迪納對著寇克露出友善的笑容。沃迪納是奇佩瓦大賭場的經理，奇佩瓦大賭場由鋼鐵湖這一帶的奧吉布韋人所經營。沃迪納穿著一件紅色的圓領衫，上面以黑色字體寫著「以大鈔付現」（CASH IN AT THE GRAND）。

「你們星期六還要忙工作？」寇克搖搖頭。

「我們正在彙整合約，這麼一來賭場的酒店在冬天來臨前就能正式動工。」喬說。這些年來她一直擔任鋼鐵湖區尼什那比人的法律顧問。

「那你們最好加快腳步。」寇克提醒他們。「聽說萬聖節就會開始下雪。」

沃迪納往窗外看了一眼。「你聽了天氣預報？」

「我是從麝鼠那裡得知的。」寇克回答。

喬伸了個懶腰。「丹尼爾，我想今天就先到這裡好了。」

「今天辛苦了。」沃迪納說，並站起身來。他小心翼翼地將一些文件收進公事包裡，扣上鎖釦，然後離開書桌旁。「我們星期一再繼續嗎？」他問喬。

「星期一早上我大部分的時間都會在法院裡。先暫時約午餐後可以嗎？」她提議道。

「好。我自己離開就可以了，不必送我出去，寇克。」沃迪納在走出書房時表示。

寇克走到沃迪納剛才所坐的椅子，重重地坐下來。他看著忙著整理桌上文件的喬。

「妳知道，他被妳迷住了。」

「我知道。」喬打開書桌的抽屜，把筆收進抽屜裡。「但是我沒有鼓勵他。」

「我覺得他不錯。」

「不錯？」她直視著寇克。「我現在的人生，最不需要的就是另一個男人。」她重新戴上眼鏡，在行事曆上做了一個記號。

寇克聽見前門打開的聲音，過了一會兒，他看見蘿絲疲倦地出現在書房門口，手裡捧著一袋雜貨。蘿絲是位身形豐腴且外型平凡的女性，有一頭砂棕色的頭髮，心地溫暖善良。她在各方面幾乎都與她姊姊喬截然不同，除了疼愛孩子們的真心。蘿絲從一開始就幫助喬照顧三個孩子，孩子們雖然不是蘿絲親生的，但很大部分都被她善良的精神所影響。對於站在書房門口喘氣的這位肥胖女性，寇克心中充滿了關愛與無限的感激。

「史帝夫幾乎一路上都在狂奔。」蘿絲喘著氣說，汗水從她的額頭和太陽穴不停冒出，沿著她飽滿的臉頰滑落。「這種好天氣讓他開心得不得了。」

「他在哪裡？」寇克問。

「我在這裡！」六歲的史帝夫從他阿姨身旁擠進書房。在寇克的三個孩子中，史帝夫最明顯遺傳到他的尼什那比基因。史帝夫有一頭黝黑的直髮、高高的顴骨及厚厚的雙眼皮。他對著他父親露出熱情的燦笑。「安妮說，如果你願意陪我玩橄欖球，她就答應一起參加。你要來嗎？」

「當然。」寇克一口答應。「等我一下，我待會兒去前院找你們。」

史帝夫開心地大喊：「萬歲！」然後就從書房門口消失。

「我要開始準備晚餐了。」蘿絲說。「寇克，你願意和我們一起用餐嗎？不過今晚只有簡單的烤漢堡。」

「謝謝妳，可是我今天下午跑步之後還沒有機會洗澡。我待會兒先陪史帝夫玩橄欖球，接著就要回山姆小店洗澡。」

「我們租了錄影帶。」蘿絲又試著挽留寇克。「你知道，是史帝夫最喜歡的《獅子王》。」

寇克瞥看喬一眼，喬點點頭。寇克說：「也許我可以趕回來陪你們看錄影帶，但不必特別等我。」

蘿絲轉身捧著那袋雜貨離開。

「珍妮沒和你們一起回來嗎？」喬問。

寇克搖搖頭。「她說她要去散步，然後就不見人影。」

「我敢說她又去找尚恩了。」喬說。

「說曹操，曹操到。」

喬的目光轉向吸引寇克注意力的窗外，看見珍妮和一個十幾歲的男孩子正從小巷走進後院。他們在紫丁香花叢的盡頭停下腳步，然後接吻。寇克往紗窗走近一步。

「不要偷看他們。」喬說。

「我不是偷看，我只是想評估一下他們之間的關係。」

隨著時間一年一年經過，珍妮變得越來越像她的母親：苗條、金髮、聰明、獨立。十四歲的時候，她一心想要穿鼻環，還把頭髮染成紫色，而且只買二手衣物。現在即將滿十六歲的她已經不再嚷著要穿鼻環，也洗掉了頭髮上的染色劑，並開始在商場的一般服飾店選購衣物。她在偶然間閱讀了阿內絲·尼恩[2]的日記，於是開始存錢，準備在高中畢業之後搬去巴黎。喬認為珍妮將來又會改變主意，可是寇克不太確定，因為珍妮和喬一樣，一旦決定去做某件事，就一定會做到。和珍妮在一起的那個男孩子叫做尚恩·默里，是個高高瘦瘦的年輕人，一頭烏黑的長髮，顴骨上有許多深色細毛。每一次寇克看到尚恩時，他都是全身的黑衣黑褲。

「她到底看上他哪一點？」寇克問。「他看起來像一根燒焦的火柴棒。」

「他會寫詩給她。他是個好孩子。」

寇克貼到紗窗上。「珍妮。」他喊道。「我可以和妳說幾句話嗎？」

喬驚呼：「寇克，不要胡鬧。」

「那個好孩子剛才把手放到珍妮的屁股上了。」寇克說。

當寇克回到山姆小店時，他做的第一件事就是走到地下室。

山姆小店的地下室住著一個被寇克戲稱為酷斯拉的怪物。酷斯拉是座老舊的燃油火爐，佔據著昆賽特小屋地下室大部分的空間，性格喜怒無常，經常得踢它一腳才肯運作。每當這個老火爐在冬

2 譯注：阿內絲·尼恩（Anaïs Nin，1903.02.21—1977.01.14.）是一位美國知名的作家，出生於法國，父母皆為古巴裔，童年時期曾與家人往來法國、古巴、西班牙等地，最後歸化為美國公民。

季裡隆隆作響時，上面的管線也會跟著一起顫動，經常使寇克的客人們嚇一跳。他原希望這一季能有足夠的利潤讓他換掉酷斯拉，改用安靜又乾淨的新式天然氣暖爐，讓他不必再繼續忍受氣味不佳的燃油，可是整個夏天僱用安妮和珍妮來打工的費用，已經花光了他可能存下的積蓄。儘管如此，他覺得那些錢花得很值得，他很高興兩個女兒可以陪在他身邊。

寇克拉拉吸頂燈的開關繩，然後繞過酷斯拉，走到牆邊一個放在木層架底部的黑色箱子前。木架上的瓶瓶罐罐都是蘿絲送給他的禮物，包括番茄蜜餞、櫻桃果凍、甜玉米醬與醃製西瓜皮等。雖然寇克已經與蘿絲的姊姊喬分居，蘿絲仍持續以自己的方式照顧寇克，同時表達她對於他們分居的不滿。

寇克打開那口箱子，裡面最上方擺著一張捲起的熊皮。他拿起那捲熊皮，感受著它的重量，重量有一大部分是來自藏在熊皮裡的那支史密斯威森點三八軍警特式手槍。這張熊皮和這支手槍都與寇克過去最重要的兩個人有關。這支手槍原本是他父親在擔任塔馬拉克郡警長時的配槍，寇克自己擔任警長期間也使用這支手槍。這張熊皮則是山姆．凜冬之月留給他的，它提醒著寇克：失去父親之後，是這位老朋友拯救了他——就許多方面而言。這兩個東西都是暴力的象徵，然而就它們所代表的記憶，卻是幫助寇克理解如何成為男人的重要基礎。

捲起的熊皮下方有一件摺疊整齊的泛黃婚紗，是他母親的婚紗。在這口箱子傳到他手上之前，裡面主要裝著他母親的寶貝。當喬堅持要他搬離他成長過程中所居住的醋栗巷老家時，這口箱子是他帶走的少數必要物品之一。寇克雖然不是一個稱職的丈夫和父親，但他絕不會放棄保護他母親珍視的物品。寇克拿起那件婚紗，輕輕放到熊皮上。箱子裡剩餘的空間被一盒又一盒的舊照片佔據，他母親在世時總計畫著要整理這些照片、將它們一一放進相簿裡，卻一直沒能做到，零散地留下這堆生活中的瞬間紀錄。寇克拿起其中一盒照片開始翻找，他早已不記得自己上次看這些照片是什麼時候的事，若不是他正專注於自身的使命，可能會因此流連於這些構成他人生拼圖的畫面中。他花了將近一個小時、翻找了三盒照片，才終於找到他要的那一張。那張黑白照片是用老舊的柯達箱式相機拍攝的，寇克記得很清楚，這張照片的拍攝地點是醋栗巷的歐康納家，時間大約是一九六一年，照片中在前院裡瞇著眼睛面向陽光的人，是他的母親、他母親的表妹艾莉．格蘭德，以及艾莉十二歲的女兒瑪萊，她們三人都穿著長度到小腿的印花連身裙。那一年，艾莉和瑪萊剛從明尼亞波利斯聖保羅搬到奧羅拉，因為艾莉終於決定放棄當一個住在大城市裡的印第安人。似乎沒有人知道瑪萊的父親是誰，就算真的有人知道，他們也從來不談論這個話題。寇克不明白為什麼，但艾莉．格蘭德在鋼鐵湖保留區並不受人歡迎，因此寇克的母親讓艾莉母女住進醋栗巷的房子，為她們提供庇護。將近一年的時間，艾莉．格蘭德睡在客房，瑪萊則睡在縫紉間。

瑪萊．格蘭德與寇克認識的任何一個女孩都不一樣，她的長相讓他聯想到東印度公主——黑色的長髮、深邃的眼眸、柔美的五官，以及比他所見過任何一個奧吉布韋人都還要深色的肌膚。寇克第一眼就愛上了瑪萊，可是比他年長將近三歲的瑪萊只覺得他很有趣，一開始她叫他Odjib，意思是「影子」或「鬼魂」，因為他總是一天到晚跟著她，後來她叫他Nishiime，意思是「弟弟」。

寇克在同一盒照片裡又翻找了一會兒，找到了艾莉派餅店的照片。寇克的母親借錢給艾莉租下小鎮外圍處的一間老房子，艾莉．格蘭德將那裡變成一間深受夏季遊客喜愛的派餅店。他接著又找到另一張照片，是瑪萊在韋德姆牧草音樂節得到冠軍那一年拍攝的。他記得照片是他拍的，當時十六歲的瑪萊既美麗又開朗，所有的悲劇都還離她非常遙遠。

當寇克找到幾篇夾在一起的文章時，他已經有點累了。那些文章都是從《聖保羅先鋒報》剪下來的，關於瑪萊．格蘭德在加州棕櫚泉市的家中遭人謀殺的系列報導。他快速瀏覽過那些文章，內容喚醒了他的記憶。命案的主要凶嫌是一個名叫文森．班尼岱堤的男子，他是拉斯維加斯一間名為紫鸚鵡的賭場老闆，據說與犯罪組織有所牽連。謠傳他和瑪萊之間有男女之情，那些文章一直持續追蹤相關調查，直到最後調查中止。到底誰殺害了瑪萊・格蘭德，迄今仍是未解之謎。

寇克小心翼翼地把所有的東西放回箱子裡，除了瑪萊在前院草坪上的那張舊照片和熊皮。他把照片放進口袋，並將熊皮捧在手中好一會兒，感覺著熊皮裡那支手槍的重量。山姆・凜冬之月曾告訴他，世間萬物都是由偉大的聖靈Kitchimanidoo所創造。偉大的聖靈創造萬物都有多重目的，例如白樺樹可以為動物提供庇護，也可以為打造獨木舟提供樹皮，以及為炊飯提供柴火。又例如湖泊可以是魚兒的家，也可以供應飲水，還可以是熱天裡讓人涼快一下的地方。

然而槍枝呢？槍枝除了殺生之外還有什麼用途？

寇克把熊皮放回箱子，闔上箱蓋，轉身去解決另一個懸而未決的問題。

5

十五分鐘後，寇克才剛從淋浴間走出來，電話聲就響了。
「寇克嗎？我是沃利．沙諾。」
寇克用毛巾擦擦胸口，毛巾聞起來有股霉味，他提醒自己待會兒要洗一洗毛巾。
「嗨，沃利。怎麼了？」
「你能不能到我的辦公室來一趟？盡快。」
「盡快是多快？我還沒吃晚餐，而且我快餓死了。」
「在路上買個漢堡，帶到這裡吃。」
「我一整天都在吃漢堡。到底發生了什麼事？」
「見面時我再告訴你。快點過來。」
「可以加個『請』字嗎？」
警長沃利．沙諾在電話那頭沉默了一會兒，最後才不情願地說：「請你快點過來。」
二十分鐘後，寇克將他的野馬款越野車駛進塔馬拉克郡警局的停車場。晚上的值班員警瑪莎．德羅斯替他打開安檢門。
「他們在警長辦公室裡。」她朝著一扇緊閉的房門點點頭說。
「他們？」
「我猜可能是聯邦調查局的人，也可能是明尼蘇達州刑事逮捕局[3]的人。反正全都一臉高傲。」

「妳知道他們來做什麼嗎？」

瑪莎聳聳肩。「我不知道。但每次警長把頭探出辦公室時，表情看起來像結腸打結一樣。」

寇克敲了門。當他打開門時，聽見辦公室另一頭傳來沃利・沙諾的抱怨聲。

沙諾坐在寇克曾使用將近八年的辦公桌前，由於時間已經過了很久，寇克對於取代他位置的沙諾早已沒有任何反感，而且沙諾也快要退休了。沙諾隸屬路德教派，是堅定的共和黨支持者，但不是無能的警長。他的身材高大，有一雙必須特別訂製鞋子的大腳，大大雙手的十根手指長而彎曲。此刻他穿著白襯衫、灰長褲和黑色吊褲帶，樣子看起來相當疲憊，不過他經常看起來很累。他的妻子艾萊塔罹患了阿茲海默症，他對選民的責任加上他對妻子的責任讓他幾乎喘不過氣。

他招招手要寇克進來，宛如一個不耐煩的交通警察。「把門關上。」

「晚安，沃利。」寇克說。

沙諾的辦公室裡還有三個男人，兩個黑人，一個白人，三人都穿著西裝，不過其中兩人已經脫掉外套並且鬆開領帶，也捲起了襯衫的袖子。辦公室的窗戶關著，房間裡很熱，還飄著一些這幾個煩躁男人身上的汗臭味。他們擠在一張貼在牆壁上的地圖前，當寇克走進辦公室時，他們全都一起轉身。寇克感覺到他們的目光正打量著他，臉上的表情卻彷彿把寇克當成空氣。

身材最高的那個人首先走向寇克並伸出手。

「歐康納先生，我是聯邦調查局芝加哥分部的特務人員布克・哈里斯。謝謝你特別趕過來。」

他的聲音低沉，握手時的手勁果決堅定，顯然是經常指揮大局的人。他黑色的頭髮剪得很短，不過兩側已經可以看見些許白髮。他的膚色是宛如楓樹的淺棕色。

「哈里斯探員。」寇克對著他點頭致意。

哈里斯轉向站他旁邊的男子，那個男人的膚色為深棕色中帶著一點紅色，像肉桂茶的顏色。

「這位是史隆探員。」

史隆讓寇克想起他在大學時期認識的一位後衛球員，一個矮矮壯壯的傢伙。不過，就算史隆以前真的是橄欖球球員，他最佳狀態也早已過了三十年，因為他的大部分肌肉都已經變成肥肉，儘管他寬闊的胸膛和肩膀仍看起來強健有力。寇克和史隆探員客氣地握手，史隆的眼睛是清澈的棕色，眼底滿是疲憊。他的袖子向上捲，粗壯的前臂佈滿了白色的疤痕，宛如桃花心木上劃滿長長的刮傷。

「還有格萊姆斯探員。」

格萊姆斯的身材纖瘦，正咧嘴笑著。他的紅棕色頭髮剪得像軍人一樣俐落，淺藍色的眼睛像熾燒的鋼鐵，尖尖的下巴有如印第安人的大砍刀，手上長滿了老繭。他的臉曬得很黑，還有許多經常曝曬陽光所留下的深邃皺紋。

「請坐吧。」沙諾說。

寇克坐下來，仔細端詳貼在牆壁上的地圖。那是邊境水域的地形圖。

「歐康納，我就直接切入正題了。」哈里斯說。他一派悠閒地倚在沙諾的辦公桌旁，姿勢看起來很熟悉這間辦公室，彷彿這個空間很快就會變成他的個人領地。「沙諾警長向我保證你是可以信任的人。我們手上有個問題，而且需要你的合作。」

「繼續說。」寇克表示。

3 譯注：The Minnesota Bureau of Criminal Apprehension (BCA)。

哈里斯把手伸進一個放在地板上的公事包，拿出一份摺疊起來的八卦報遞給寇克。那份報紙的頭條新聞標題是「獎金一萬美元！」標題下方有一張大大的彩色照片，照片中的女人是希蘿。那種照片是任何人——無論男性或女性——都會想要馬上燒毀的醜照，照片中的希蘿皮膚看起來非常油膩，眼底充滿怒意，她因為發現記者偷拍她而憤怒咆哮，五官在閃光燈捕抓她表情的瞬間完全扭曲。她看起來精神狀況很糟，完全不像阿肯色．威利．雷伊下午給他看的音樂專輯封面。新聞照片下方的小標是「幫我們找到希蘿，你就能賺進獎金一萬美元！」

「這是一種花招。」哈里斯說。「自從幾個月前希蘿消失之後，這份報紙就一直向全世界報導並更新希蘿的行蹤，從紐約、巴黎、新墨西哥州的聖塔菲，甚至在貓王位於田納西州的老家優雅園。但是，歐康納，我們合理相信這名女子其實就在這裡的某處。」

「基於什麼合理的理由？」寇克問，並且把報紙還給哈里斯。

「很好的理由。」哈里斯隨便把報紙一丟。

「好。」寇克說。「假設她在這個地方，你們希望我做什麼？」

「我們知道希蘿前段時間被一名印第安人引導至邊境水域的獨木舟荒野區，我們必須找到這個人，以便找出希蘿。沙諾警長認為你可以幫我們。」

辦公室裡太熱了。寇克很想叫沃利．沙諾打開窗戶，好讓夜晚的涼風吹進來，也將房間裡那股憂慮的氣味散出去。

「你說希蘿從人們眼前消失了。」寇克說。「她是自願消失的嗎？」

「是的，我們已經和她的公關人員及經紀人談過，他們都表示這是她的選擇，但他們不清楚詳情。希蘿顯然對這件事十分保密，而且決定得非常突然。」

「你們為什麼要找她？就我的看法，如果她想擁有隱私，她有權這麼做。」

「我們有我們的理由。」哈里斯回答。

「而且是合理的理由。」寇克替他接話，並站起身來準備離開。「各位，這件事情很有意思，可是你們得靠自己了。」

「這是聯邦政府的調查行動，歐康納。」哈里斯警告寇克。

「那麼你就去法院告我不配合吧。」

「聽我說，如果你們需要他的幫助，就必須告訴他發生了什麼事。」沙諾插話進來。「對他不要有任何隱瞞。」

哈里斯狠狠瞪了沙諾一眼，彷彿認為這個建議是要逼他吃下一勺硫磺。他望向另外兩名特務人員，三個人似乎以一種不必開口說話的方式進行了一場會議。最後哈里斯勉強點點頭。「好吧。聯邦調查局與本案的利害關係以及對其的管轄權來自RICO法規。你知道那是什麼嗎？」

「當然知道，是《打擊敲詐勒索與腐敗組織法》（The Racketeer Influenced and Corrupt Organizations Act）。這個法規和邊境水域的那名女子有什麼關係？」

「十五年前，這名女子，希蘿，是她母親遭到謀殺時的唯一目擊者。」

「這個我們都知道。」寇克說。他又坐了下來。「她的母親是這裡的人。」

「那你可能也知道，希蘿聲稱她不記得那天晚上發生了什麼事。創傷後壓力症失憶，這種例子以前也發生過。幾個月前，希蘿因為藥物濫用被捕，法院命令她去接受治療，於是她找了一位名叫派翠西亞・蘇特潘的精神科醫生，你可能聽過這個醫生的名號，她有許多知名的客戶，還上過《歐普拉秀》[4]。她的精神治療方式包括回溯療法。現在我們相信，希蘿在接受治療的過程中可能想起了她母親去世那天晚上發生的事。」

哈里斯拿起放在沙諾辦公桌上的八卦報，用力地拍打一下桌面。

「這份祭出懸賞獎金的垃圾是幾個星期前出版的，負責這篇報導的記者——如果你稱那種降格寫出這種東西的人為記者——馬上就接到一個名叫伊莉莎白．多布森的女人打來的電話。多布森是替希蘿伴奏的錄音室音樂家，負責拉小提琴（violin）。」

「在鄉村音樂中，他們將那種樂器稱為鄉村小提琴（fiddle）。」格萊姆斯小聲地笑著表示。

「隨便。」哈里斯揮揮手繼續說道。「伊莉莎白．多布森說她手上有希蘿的來信，還宣稱那些信件不僅透露出希蘿在什麼地方，還包括一些非常精彩的內容。記者和多布森約在聖莫尼卡的一家餐館見面，可是她沒有出現。記者從電話簿上找到她的地址，去了她的公寓，但沒有人應門。他花點錢買通公寓管理員，兩人一起打開她家的大門，結果發現她死在客廳地毯上，遭人勒斃。表面上看起來似乎是一樁入室盜竊案，因為她的很多東西都不見了，包括她宣稱持有的那些信件。洛杉磯警局在調查時意外發現了伊莉莎白．多布森的日記，她一直到死亡當天都還在日記上寫東西。日記內容顯示希蘿在邊境水域的某處，有個印第安男人為她提供生活必需品。希蘿稱那個男人為——呃——」

「Ma'iingan。」史隆探員說。

寇克對史隆探員的正確發音感到驚訝。

「在奧吉布韋語中，這個字的意思是『狼』。」史隆解釋。

格萊姆斯從襯衫口袋裡拿出一包口香糖，將幾片口香糖放進嘴裡。「你真是標準百科全書。」他嘴裡塞滿口香糖時對史隆說。

哈里斯瞪了他們兩人一眼，然後又轉頭告訴寇克：「我們擔心殺死伊莉莎白．多布森的人會去追殺希蘿。」

「你們知道凶手可能是誰嗎？」寇克問。

「這就是《打擊敲詐勒索和腐敗組織法》的用處了。謀殺瑪萊·格蘭德的主要嫌犯是一個名叫文森·班尼岱堤的男人，他在拉斯維加斯開了一間賭場。」

「紫鸚鵡。」寇克說。

「對。」史隆一臉驚訝。「你怎麼知道？」

「隨便猜的。請繼續說。」

哈里斯看了沙諾一眼，沙諾茫然地回看他。哈里斯接著又繼續開口，宛如開著一輛停不下來的車。「瑪萊·格蘭德在遭人謀殺之前曾與班尼岱堤有男女關係，瑪萊·格蘭德被人殺害的時候，文森·班尼岱堤正因涉及敲詐勒索而受到調查，我們認為兩件事互有關聯。如今班尼岱堤下落不明，假如希蘿想起凶案當晚發生的經過，我們希望確保她有機會出庭作證。」

「你為什麼覺得我能幫忙？」寇克問。

「多布森的那本日記裡清楚表明希蘿在邊境水域的某處，引導她進入邊境水域的人是個印第安人。當我們向沙諾警長說明情況時，他建議我們你可能是我們找到那個人的最大希望。」

「只因為我有奧吉布韋族的血統？」

「他還堅稱你十分聰明而且值得信任。」哈里斯強調。

「聰明？」寇克對著沙諾笑了一下。「沃利，你真的這麼說嗎？」

4 《歐普拉·溫芙蕾秀》（The Oprah Winfrey Show）是美國著名的電視脫口秀，以其節目製作人及主持人歐普拉·溫芙蕾（Oprah Winfrey）命名，自一九八六年九月八日起開播至二〇一一年五月二十五日停播，共播放二十五季四千五百六十一集，是目前為止美國壽命最長的日間電視節目，也是美國電視史上收視最高的脫口秀。該節目共獲得五十五座日間時段艾美獎，直到二〇〇〇年歐普拉決定不再向艾美獎提名。

「怎麼樣？」哈里斯打斷他。「我們可以指望你嗎？」

「我能不能看看那本日記？」

「把影本拿給他。」哈里斯對史隆說。

史隆從椅子上拿起一個看起來十分昂貴的皮革公事包，啪地一聲將公事包打開，拿出一份資料夾，再將公事包關上，小心翼翼地放回原處。他走到寇克面前，將資料夾交給寇克。資料夾上面以小而工整的大寫字母標示著「多布森的日記」。

日記的內容可以追溯至幾個月前，史隆已經讀過了，還用黃色的螢光筆整齊標出與希蘿有關的段落。伊莉莎白．多布森的寫作方式像浪漫主義作家，字跡華麗，每行文字都充滿花俏的線條，每句結尾還有精心設計的花飾。她的字體明顯往右偏，可能是個樂觀的人。未用螢光筆強調的段落中提到許多平凡的瑣事：關於她的孤單——她該不該養隻貓？關於她的憂慮——她提到很多次她母親的健康以及照顧母親的費用。寇克找到了提到Ma'iingan的部分，但是就他粗略的瀏覽，並沒有發現其他有助益的資訊。

「在我答應之前，我想和沙諾警長私下談一談。」寇克表示。

哈里斯搖搖頭。「這是我的案子，無論你想說什麼，我都要聽聽。」

「這個案子是你的，但這間辦公室是我的。」沙諾說。「如果寇克想在這裡和我私下談一談，他當然可以這麼做。請你們到外面等著。」

哈里斯思考片刻，然後甩甩頭要另外兩人跟著他一起走出辦公室。他們離開之後，寇克把門關上。

「這些傢伙真討厭。」沙諾說。「在這裡大搖大擺，以為這間辦公室是他們的。」

「你認識他們嗎？」他問。

「嗯，起碼我認識哈里斯。你為什麼這麼問？」

「你不覺得奇怪嗎？他們就這樣在這裡出現，不必經過聯邦調查局分部的引薦？」

「我也這麼認為，所以我打電話到杜魯斯問了阿尼．古登。」

「我認識古登，他是個好人。」

「古登在洛杉磯分部工作過一段時間，他說他對這次的調查行動一無所知，但他確實認識哈里斯。他們透過電話簡短交談，古登答應哈里斯會提供他需要的一切協助。聽著，寇克，這些拼湊起來看似沒有什麼問題。如果那名女子真是他們口中的麻煩人物，我不希望她在這裡閒晃。」

寇克站在窗前，對街的錫安路德教會鐘樓被泛光燈照亮，在漆黑夜色中發出熾熱的白光，其純色與線條帶有一種奇妙的簡單美感，讓寇克看了好一會兒。他不知道是否應該告訴沙諾關於阿肯色．威利．雷伊的事。

「還有什麼事嗎？」沙諾問。

「大概沒有。」寇克回答。

他打開門，門外只剩下哈里斯和史隆。

「如何？」哈里斯說。

「我會盡我所能。」寇克告訴他。「但如果要我幫忙，我得按照自己的方式做事。」

「願聞其詳。」哈里斯說。

「我要訪查的對象是奧吉布韋人，他們不信任你們，因此我必須與他們單獨交談。」

「我希望我們可以派一個人陪你。」哈里斯堅持。

「你們是陌生人。」寇克提醒他。「除此之外，你們是聯邦政府的執法人員。你們出面，就好比把臭鼬扔到奧吉布韋人面前——我無意冒犯，但如果你們要我幫忙，我必須獨自行動。」

「他說得沒錯。」沙諾表示。

哈里斯不高興地將雙臂交叉於胸前，握緊的雙拳埋在彎曲的手臂下，看起來像是一個受邀用餐之人發現當天餐點是一盤狗屎。

「好吧。」最後他終於同意。「記住，謀殺多布森的凶手可能也在這裡，他們可能正在尋找希蘿，因此我們的時間不多。」

「既然如此，最好馬上開始行動。」寇克說。「我要如何與你們聯絡？」

「我們在一個叫做奎蒂科的地方租了一間小屋，這是電話號碼。」哈里斯將電話寫在他的聯邦調查局名片背面。「還有一件事，歐康納，雖然我們試著掌控情勢，可是懸賞獎金的那份八卦報已經準備在頭版刊登多布森死亡的相關報導，因此再過幾天這個小鎮將會亂成一團。」

「我會記住這一點。」寇克說。他拿起伊莉莎白．多布森的日記影本。「我可以帶走這份資料嗎？」

哈里斯攤攤手表示同意。「我們影印不只一份。」

當寇克走到沙諾辦公室外的值班員警辦公桌前，瑪莎．德羅斯遞給寇克一個牛皮紙袋。「裡面是炸雞。」她笑著說。「警長特別交代。」

寇克走出警局，發現格萊姆斯正在等他。那個男人倚著寇克的野馬款越野車，看著寇克慢慢走近。

「給你一句忠告，歐康納。」格萊姆斯走向寇克，擋在他面前。

寇克停下腳步等格萊姆斯把話說完。

格萊姆斯一邊說話一邊嚼口香糖，讓那團口香糖在嘴巴裡滾來滾去，彷彿在嚼菸草。「我看過當地執法人員搞砸案子的次數遠比我記得的還多，與他們合作就像穿潛水鞋跳芭蕾舞。你明白我在說什麼嗎？你要不要幫我們所有人一個忙？把我們想要的東西交給我們，然後完全別插手。了解嗎？」格萊姆斯從嘴裡拿出口香糖，往地上隨手一扔。

寇克盯著格萊姆斯那雙淺藍色的眼睛。「了解。」他說。「非常了解。」他對著黏在停車場水泥地板上的口香糖點點頭。「小心那裡，你可能會踩到自己拉的屎。了解嗎？」

他推開格萊姆斯，但格萊姆斯始終站在他身後咧嘴笑著。

6

格蘭德美景小屋遠遠超出夏季度假小屋的規模。它是一座由黃松木打造成的莊園，一棟巨大的兩層建築，位居鋼鐵湖南邊名為雪鞋灣的入口處。瑪萊．格蘭德在她名氣最盛的時候蓋了格蘭德美景小屋，可是幾乎沒有機會前來使用，後來都出租給來自明尼亞波利斯聖保羅或芝加哥的富裕家庭作為度假屋。據寇克所知，自從瑪萊．格蘭德遭人謀殺之後，這個地方就一直空著。格蘭德美景小屋與高速公路隔著一英畝寬的闊葉樹林，那片樹林主要是楓樹。當寇克接近格蘭德美景小屋時，一陣風正好吹過那片樹林，吹動深紅色的楓葉，讓那些楓葉像血滴般落在寇克的車頭燈前。

他敲敲格蘭德美景小屋的前門，等了一會兒，然後又再次敲門。他看看手錶，時間才剛過晚上七點鐘。

「威利。」他對著前側窗戶的窗簾喊道。「我是寇克．歐康納。」

他聽見格蘭德美景小屋後方湖面上有小船的尾掛引擎發出咕嚕聲響，而且聲音越來越遠，於是他沿著石板路走到建築物後方的露臺，那裡可以瞭望鋼鐵湖一望無際的夜色。湖岸對面是通火通明的奎蒂科，奎蒂科是鋼鐵湖區最新的度假勝地，那裡有公寓、網球場、小型高爾夫球場、圓頂造型的游泳池、出租小船的船塢，以及明尼亞波利斯聖保羅以北最棒的烤肉餐廳。另外還有一些小木屋散落於森林裡，每間小屋都設有按摩浴缸和三溫暖房，與可以收看一百二十五個頻道的大螢幕電視。

鋼鐵湖湖畔大部分都是這一類的度假區，像奎蒂科這種經營成功的地區與奇佩瓦大賭場有著直接的因果關係，因為奇佩瓦大賭場讓白人和尼什那比人都賺了錢，而且是很多很多錢。雖然寇克很高興看見新的財富造就許多美事——公共設施的升級、保留區醫療水準與教育水準的提升，以及帶動塔馬拉克郡其他地區的經濟榮景——但這一切仍讓他感到不安，因為金錢會改變一切，而且通常是往壞的一面發展。他喜歡奧羅拉的一部分原因，是因為這個地方與世隔絕，如今他發現陌生面孔不斷湧進這裡，令他感到深深的悲哀。

露臺上的煤油燈調得很暗，營造出適合在野餐桌享用浪漫晚餐的照明氛圍，可是桌上沒有任何東西。寇克走上臺階，來到推拉式的玻璃門前。玻璃門關著，但窗簾被微微拉開了。

「威利？」寇克又喊了一聲，並且敲敲玻璃。

他從窗簾未拉緊的縫隙往裡面看，看到一張大大的棕色真皮大沙發、一張茶几、一張米色的地毯、一盞黃銅燈，以及一個沒有點燃爐火的壁爐。看來格蘭德美景小屋裡沒有人在。

然後他感覺到露臺微微地晃動，並且聽到一些聲音。

他將玻璃門一拉，發現輕輕鬆鬆就可以將門打開。

小屋另一頭傳來一陣砰砰聲，緊接著是一陣悶悶的呼喊。寇克循著聲音來源沿著走廊走去，浴室旁邊有道沉重的西洋杉木門，門邊的牆面上裝有溫度控制器。這道木門是三溫暖房的門。三溫暖房的木門被人卡住了，有人將一根木頭放在三溫暖房門與其正對面的牆壁中間。寇克走過去查看狀況時，三溫暖房的門正因為房裡的人用力推動而不停搖晃著。他聽到了威利・雷伊在三溫暖房裡大聲咒罵著一長串髒話。寇克蹲到那根卡住三溫暖門的木頭下面，用肩膀把它頂開。三溫暖房的門一被打開，全身赤裸裸的雷伊立刻衝了出來。他的銀髮貼在額頭上，他的身材對於這個年齡的人而言出奇地瘦削且強健，肌肉上有一層閃閃發亮的汗水。由於剛才不停以右肩徒勞地撞門，此時他的右肩已經發紅。雷伊大口呼吸著走廊上的涼爽空氣。

「該死，我要控告三溫暖房的設計師。」他一邊喘著氣咒罵，一邊揉著他的肩膀。「三溫暖房是個危險的地方，老天，如果房門卡住，可能會害死裡面的人。」

「威利，三溫暖房的門並不是卡住。」寇克拿起那根木頭。「有人用這個把你關在裡頭。」

雷伊看著那根木頭。「該死。」他臉上突然閃過一絲驚懼。「我的東西。」他推開寇克，跑到位於樓上的臥室。

寇克跟著上樓之後，只看見雷伊動也不動地站在臥室門口。

「老天。」雷伊喘著氣。

臥室被翻得亂七八糟，抽屜全都被打開了，威利．雷伊的很多衣物都被扔在地板上。

「我被打劫了。」雷伊不敢相信地說。他先檢查了梳妝臺最上方的抽屜。「可是……他們沒有拿走我的皮夾和勞力士手錶。」他突然轉身走向被打開的衣櫃，掛在衣櫃裡的衣服看起來沒有被人動過，但威利．雷伊卻氣憤地一拳打在牆上，那一拳的力道之重，讓他赤裸的身體微微顫抖。「那些該死的王八蛋，他們拿走了我的公事包。我的公事包放在衣櫥裡。那些混帳東西拿走了我的公事包。」他從那些被扔在地上的衣物中拿起一條四角內褲、一雙襪子、一條牛仔褲和一件白色套頭毛衣，然後迅速穿上。

「你打算做什麼？」寇克問。

「這還要問嗎？我要去追他們。」

「你追不到他們的，威利。」

「你不懂。」雷伊說。「希蘿的信就放在我的公事包裡。」

「不管他們是誰，他們已經走遠了。」寇克表示。

威利．雷伊癱倒在床上。「那我們現在怎麼辦？」

「希蘿在信中有沒有提過哪個人的名字？」

「沒有。她似乎很謹慎，刻意不提到任何人名。」

「Ma'iingan這個名字呢？」

「這是名字嗎？」

「可能是。」

「沒聽過。」

寇克開始沿著臥室慢慢走動，留意歹徒是否留下任何可疑的指紋。如果寇克還是警長，就可以派人來採取指紋並進行比對。「希蘿在信裡說了些什麼？」

「大部分是在談過去的事。我們的過去。」

「關於她母親的事？」

「也不盡然。她不太記得她母親的事了。」

「威利，你認識一個叫伊莉莎白．多布森的女人嗎？」

「不認識。我應該認識她嗎？寇克，你為什麼問這個問題？」

寇克站在衣櫃前，那是一間可以走進去的獨立更衣間，整個衣櫃比山姆小店的廚房還大，牆上鋪滿西洋杉木。他轉頭看著阿肯色．威利．雷伊。

「我剛才和一些聯邦調查局的特務人員聊過，他們也來這裡尋找你的女兒。」

「聯邦調查局的特務人員？為什麼？」

「我剛才提到的那個女人，伊莉莎白．多布森，她顯然是希蘿的朋友，而且她也一直收到希蘿的信。但是多布森被人謀殺了。威利，聯邦調查局認為這樁命案與希蘿的那些信件有關。」

「我不明白。」

寇克繼續在臥室裡走來走去。他在窗戶旁邊彎下腰，仔細看著地毯上一片枯黃的白樺樹葉。

「希蘿接受的精神治療可能已經喚回她的記憶，關於瑪萊被人殺害的那天晚上的記憶，至少聯邦調查局的特務人員是這麼猜測的。」寇克拿起那片樹葉。「他們認為可能有人不想讓希蘿離開邊境水域。」

「老天，瑪萊都已經過世十五年了，希蘿當時只有六歲。她現在想起又有什麼用？」

「也許她想起什麼並不重要，重要的是有人擔心她會想起什麼。」

威利・雷伊的目光停留在寇克手中依然握著的那根木頭。他張開嘴，急促地吸一口氣。「耶穌、聖母和約瑟，那麼我想我的運氣真不錯。」

「比起伊莉莎白・多布森，你確實很幸運。」寇克同意。「我再四處看看。」

寇克檢查了格蘭德美景小屋裡其他的部分，然後走到外面，沿著彎曲的石板步道前往湖邊。他經過一個小型的樺木架，架子上堆放著許多木頭，看起來像是施工後剩餘的建材。最後他來到碼頭，湖水往外延伸為一片連續的黑。距離此處最近的人煙，是湖岸另一頭來自奎蒂科的燈光。寇克回想他抵達時聽見的尾掛引擎聲，如果歹徒是搭小船來的，便可以輕易來去而不被任何人發現。一想到哈里斯和另外兩個特務人員就住在對岸的奎蒂科，讓寇克覺得可笑。都是因為與聯邦調查局那些人在沙諾的辦公室說話耽誤時間，才導致放在格蘭德美景小屋裡的信件被人偷走。

雷伊已經穿戴整齊，隔著推拉式玻璃門看著寇克從湖邊走回來。

「我現在要離開一會兒，去找一個也許能幫我們的人談一談。」

「誰？」

「一個我認識的人。你留在這裡不會有事吧？」

「我不會有事的。但是，寇克，如果有人也正在找希蘿，我們的時間不多了。」阿肯色・威利的長臉似乎變得更長了，被憂慮的重量拉長。

寇克伸出手，把手放在雷伊的肩膀上安慰他。「威利，我們會找到她的。」他從推拉式玻璃門前走開，但又馬上回過頭來。「對了，還有一件事。」

「什麼事？」

「你抽雪茄嗎？」

「我不抽菸，抽菸不是好事。你為什麼問？」

「純粹好奇。記得把門鎖上。」寇克說，並且敲敲玻璃門上的門鎖。

寇克在大約一年前還是個重度吸菸者，每天的抽菸量超過一包。不過他已經向他深愛的人許下承諾，表示他願意改變。如今他每天跑步，過去九個月以來沒有抽過一支菸，他對菸草的氣味也因此變得非常敏感。雷伊的臥室裡有一股微弱但確定的菸味。無論是誰去過那裡，那個人肯定喜歡抽雪茄。

7

寇克驅車往北駛出奧羅拉，經過奇佩瓦大賭場、貝斯特韋斯特飯店、約杭森打撈公司，最後經過鎮上的最後一盞路燈。他繼續往前行駛了三英哩，右轉進入沿著鋼鐵湖湖岸而行的郡道。又過了十分鐘，他來到一條碎石子路，這條碎石子路通往一個隱藏在樹林間的古老度假村。他已經很久沒來這個地方了。接近度假村入口時，他將車速放慢，把車子停下來並且熄掉引擎，然後下車。

陰暗的松樹林上方，月亮正漸漸虧缺傾斜，宛如漏了氣的氣球。這個夜晚靜悄悄的，沒有一點聲音。雖然寇克看不見這個古老度假村的建築，但是他知道它們的位置。大木屋離湖岸較遠，六棟小木屋則沿著小徑一路延伸至湖邊。在黑色的湖水與沙岸相接之處，是三溫暖房的所在位置。這裡所有的一切都是能幹的老芬蘭人努爾米親手打造。努爾米是莫麗的父親，他死後將這裡留給莫麗。莫麗去世時，沒有人繼承這個地方，這個古老的度假村因此荒廢。隨著季節過去，木頭會腐爛變軟並且慢慢分解，總有一天將完全倒塌並回歸塵土，到時候就再也沒有莫麗．努爾米曾經存在的證據。在白人的科學傳到鋼鐵湖地區之前，尼什那比人認為湖水是深不見底的。鋼鐵湖的奧吉布韋人有一項傳統：新婚者在結婚前會取下幾縷髮絲編成辮子，在結婚當天，新人就把辮子綁在石頭上，划著獨木舟到鋼鐵湖中央，將石頭扔進湖裡。他們相信那塊石頭會不斷往下沉，石頭的精神將與他們的髮辮緊緊相繫，如此一來便能使夫妻的記憶永遠相連。就某種程度而言，寇克就是這樣看待著自己與莫麗之間的關係：他們的精神永遠相連。只要他還有記憶，莫麗就永遠存在。

寇克繼續開車上路，把老舊的度假村拋在腦後。他又往前行駛了兩英哩，來到道路右側一棵分岔的白樺樹前。他把車子停在路旁，從置物箱拿出手電筒，鎖上野馬款越野車的車門，往那棵白樺樹的方向走去。那棵白樺樹是通往亨利．梅魯家的小徑路標。

梅魯是一名**靈醫**，一位奧吉布韋族的醫師，據說也是個**魔術師**，儘管梅魯本人從未如此自稱或承認過。他是寇克所見過最年邁的人，從寇克有記憶開始，梅魯就已經這麼老了。據寇克所知，梅魯一直獨居在鋼鐵湖這個名為烏鴉角的岩石半島上，小屋裡只有他的狗「瓦眼」與他相伴。

雖然寇克帶著手電筒，可是他沒有將手電筒打開。這條小徑很好走，不僅被月光照得明亮，路面也已經被路過的人踩得幾乎寸草不生。那些人都和寇克一樣，來找梅魯老先生尋求協助與建議。寇克在寂靜的樹林裡走了半個小時，不知不覺已經從國家林地進入了鋼鐵湖的奧吉布韋族保留區。當他接近小屋時，看見小屋的窗裡透出燈光，並且聞到木頭燃燒的氣味。他停了一會兒，等著瓦眼發出吠叫以宣告自己的到來。

可是小屋那頭沒有聲音傳來，於是寇克繼續往前走近。

「亨利！」他喊道。「亨利．梅魯！我是寇爾克朗．歐康納！」

某種小動物在他左側的樹林裡發出嗚嗚聲。月光映照著的梅魯家的小空地，空地上矗立著一間小小的黑色茅房。寇克朝著茅房的方向走去。

梅魯的老獵犬瓦眼就趴在茅房門邊。

當寇克走近時，瓦眼不經意地抬起頭，尾巴懶洋洋地敲打地面。瓦眼身後的茅房傳來一聲又長又悶的屁聲。

「亨利？」

「你提早到了。」老先生在茅房裡說。

寇克沒有爭辯。他很早之前就已經知道梅魯有辦法知悉什麼時候會有人來找他。

「你害我沒辦法好好上廁所。」

「真抱歉。」寇克說。

門後傳來一陣沙沙聲，老先生一邊從茅房裡走出來，一邊扣上灰色工作褲的肩帶。「沒關係。」他說，並揮揮手打斷寇克的道歉。「反正本來就不太順。」

梅魯帶頭走回他的小屋，瓦眼跟在他身旁。小屋裡的陳設相當簡單：一個房間、一張床、一個老舊的鑄鐵火爐、一張粗糙的桌子和三張椅子、一個設有抽水馬達的洗碗槽。牆壁上擺著各式各樣的物品——雪鞋、以蘆葦編織的籃子、靈醫鼓、捕熊陷阱，以及一九四八年的畫報月曆，月曆上畫著一個穿緊身短褲的豐滿女性彎腰對著後視鏡塗口紅，因此吸引了一個加油站員工的目光。小屋裡點著兩盞煤油燈，燃燒的煤油味夾雜著西洋杉的氣味。

「亨利，你在淨化空氣嗎？」寇克問道。

老先生沒有回答，只朝著其中一把椅子點點頭，示意寇克坐下。他走向洗碗槽，拿了兩個有藍色斑點的瓷漆杯，然後走到爐子前，爐子上有個正在加熱的咖啡壺。梅魯將熱咖啡倒進杯中。當他走回桌前時，寇克送他一包無濾嘴的駱駝牌香菸。梅魯面帶微笑地點點頭收下。他打開香菸的包裝，將香菸遞給寇克，然後自己也抽出一根。火柴放在桌上的一個小陶土架上，梅魯拿起火柴點燃香菸。

寇克慎重地拿著香菸。自從莫麗過世之後，他就沒有再抽過菸，這是他對她的最後承諾，他想信守這個承諾，可是如果不陪梅魯一起抽菸，對這位老先生而言是種侮辱。寇克抽這支菸只是出於對梅魯的尊重，無關菸癮。

梅魯看著寇克，寇克才伸手拿火柴點菸。雖然才過了九個月，但是當菸氣進入寇克的肺部時，他覺得彷彿已經過了九年。寇克意識到自己多麼想念這種老嗜好，於是他閉上雙眼，抽菸的感覺就像拜訪一位邪惡的老友。

他們默默地抽了一會兒菸，瓦眼趴在老舊的木頭地板上大聲打鼾。

「我來的時候瓦眼沒有吠叫。」寇克說。「牠老了，亨利，牠是不是快聾了？」

「你以為牠沒聽見你來的聲音？」老人咧嘴一笑並搖搖頭。「牠聽見了，只是不在乎。牠和我一樣老了，已經明白該來的就會來，何必浪費力氣吠叫？」

老靈醫呼出一口濃濃的菸，望著那道菸上升到天花板。「有人說你像傻瓜一樣天天跑步。」

「像傻瓜一樣天天跑步？呃，我確實經常跑步，亨利。」

「狼為了吃鹿而奔跑，鹿為了躲狼而奔跑，這種跑步才有道理。」

「信不信由你，我跑步也有我的理由。我跑步的時候，腦子裡的很多事會變得比較清晰。」

梅魯思考了一會兒。「在樹林裡散步也可以讓腦子變清楚。」

「我很難解釋清楚，亨利。在某種意義上，這也是我對莫麗的承諾，要讓自己的身體變健康一點。」

「啊，莫麗．努爾米。」梅魯點點頭，彷彿這個解釋相當好。

充滿西洋杉與煤油味的寂靜再次降臨，寇克決定應該向梅魯說明自己的來意了。然而他還沒有開口，梅魯就說：「我一直在淨化空氣，好讓我的頭腦清醒一點。這幾天風中傳來一種訊息，一種我不太明白的警告。我聽見樹木在呻吟，但是我無法理解那些抱怨。」他看著寇克，佈滿皺紋且鬆鬆垮垮的臉上那雙漆黑的眼眸透露出關切。「*Majimanidoo*。」他說。

「惡靈。」寇克翻譯出這個奧吉布韋語的字彙。

梅魯點點頭。「強大的惡靈，非常強大。」他警告地說。「你是因為惡靈才來找我的嗎？」

「也許是的，亨利。」

「你需要什麼？」

「我需要資訊。有個女人在Noopiming失蹤了。」寇克用尼什那比族語來指稱邊境水域，即**北方森林裡的內陸區**。他朝著那個方向揮揮手。「一個印第安人帶她進去的，那個人經常進出那裡。我想那個女人可能會遭遇危險，因此我需要找到帶她進去的嚮導。」

老人放下香菸，啜飲了一口咖啡，然後又放了一個屁。瓦眼在睡夢中輕輕咆哮。

「我聽說溫德爾・雙刀經常到那裡去。」

「溫德爾・雙刀。」寇克很高興聽到這個名字，溫德爾・雙刀是一個好人，而且他熟悉那個地區並不令人意外，因為他是狼族的人。Ma'iingan。

「這個*majimanidoo*令人費解。」老先生表示。「燃燒西洋杉也無法讓我的思緒變清楚。你要小心一點，寇爾克朗・歐康納，你要特別小心湖水，並且留意吹過湖面的風。吹過湖面的風會告訴你很多事。」

「該來的就會來。」寇克將最後一口令人愉悅的菸吸進肺裡，將他那支香菸抽完。「你剛才不是這麼說嗎？」

「對於像我這種老人而言，這是不錯的建議，但是如果我是你，我會養一隻會吠的狗。」老靈醫警告寇克。

8

她看著漸漸虧缺的月亮從形成湖泊的岩壁另一頭升起。**那邊就是東方**，她心想。這點小小的資訊實在令人悲哀，然而在一切如此不確定的情況下，這個明確的事實使她安心。她知道只要一直往東邊走，就能抵達蘇必略湖與文明之境。如果她真的嘗試這麼做，需要走多遠的路以及需要花多長時間，都仍是未知的謎團。

溫德爾留給她一張地圖，一張很複雜的地圖，一張滿是線條和圓圈的黑白地圖，與一般的公路地圖完全不同。**你還不如給我一本中文書**，她當時笑著說。他試著向她解釋湖泊及陸路交通，以防不時之需。她只是假裝聽著。

妳真蠢，簡直愚蠢極了。她責備自己。**妳從不聽對的人說話**。

在湖泊遠岸的懸崖某處，有隻貓頭鷹開始鳴叫。她試著從黑暗中看清楚那隻貓頭鷹在什麼地方，但月光讓灰色岩石所形成的長廊顯得陰森荒涼，那種色彩讓她聯想到墓碑。死亡是她在森林獨處時最常思考的事，她常細細回想自己試圖自殺的那段時間。在松樹香氣與湖水的甜味圍繞下，伴隨著風聲與鳥鳴，她自殺的企圖似乎顯得令人費解，好比陌生人的行為。溫德爾告訴她，只要她願意，森林就可以治癒她。溫德爾的這番話就像他所說的其他事情一樣，他說的全是真話。

妳應該多多傾聽，她懊惱地想著，想著那張地圖。她小心翼翼地不讓任何人知道她到什麼地方。她很聰明，完全從人群中逃離。然而在某種程度上，她知道這樣的計畫也形同自掘墳墓。

然後她想起溫德爾在上次道別時對她說的話。她和他一起走到湖邊，為他送行。他在那次來訪時聊到她的母親，談到他對她母親的印象，全部都是好事，她很感激能聽到那些事。在他將獨木舟推向湖面之前，他說：「我們不會死，因為我們會在留給孩子的事物中繼續活著。妳身上有許多妳母親的影子。」

一想到這裡，她便振作起來，不再指責自己沒用。她不能一直坐著等溫德爾出現，因為她的食物已經快吃完了，而且溫德爾所擔心的暴風雪也將到來，她必須自己想辦法離開這裡。

貓頭鷹在岩石間的隱蔽處再次叫了一聲：**嗚，妳是誰**。

她在黑暗中站起身來。**我**，她在心中回答，**我是希薩**。

9

寇克在回家之前繞了路，他穿越鋼鐵湖保護區，把車子開到溫德爾．雙刀的拖車前停下來。溫德爾沒有回應他的敲門聲。寇克檢查了拖車門，門沒上鎖，一如他的預期，因為尼什那比人從不鎖門。他朝拖車裡面喊了一聲，沒人應答。他迅速檢視拖車裡的一切，沒有發現值得關注的跡象。於是他在一張洗車收據的背面寫下自己的電話號碼。**請打電話給我**，他補充道。**緊急事件**。**寇克．歐康納**。然後從野馬款越野車的工具箱裡撕下一段封箱膠帶，將留言貼在拖車門上。

他離開保留區，沿著鋼鐵湖朝南駛往格蘭德美景小屋。當寇克沿石板步道走近小屋時，威利．雷伊早已將門打開。

「你有什麼發現？」雷伊問。

「我想我已經知道是誰帶希蘿來這裡。一個名叫溫德爾．雙刀的人。他是一個好人。」

「他是一個好人。」雷伊感激地點點頭。「這點很重要。」

「剛才我去了他住的地方，可是沒人在家。我留了紙條請他回電給我。」

「如果他沒回電呢？」

「我明天一早就去找他。」

「我們一起去。」雷伊說。

「這不是個好主意。」寇克告訴他。「因為保留區的人通常存有戒心，對陌生人守口如瓶。」

「希蘿是我唯一的家人，寇克，我不能坐在這裡乾等。」

寇克再次想像如果自己是雷伊，而安妮或珍妮是失蹤者，他會有什麼樣的感受。

他動了憐憫之心。「好吧。如果溫德爾回電給我，我會讓你知道。不然我明天早上八點半來接你。」

「謝謝。」雷伊望著寇克身後的夜色。「但如果他明天早上還是不在家呢？」

「那麼我想我們可以試著去問他的侄子暴風雨。暴風雨．雙刀肯定知道溫德爾的下落。」

雷伊沉重地倚在門柱上，彷彿等待已經讓他筋疲力盡。

「如果可以的話，你先小睡一會兒吧。」寇克建議雷伊。

寇克回到山姆小店時已經很晚了。他準備上床睡覺，關燈之後躺了下來。他住在昆賽特小屋後側的房間裡，房間的陳設很簡單，有一個設有瓦斯爐、舊冰箱和洗碗槽的廚房，有山姆．凜冬之月用白樺木做成的小餐桌和兩張椅子，另外還有一張單人床、一張書桌以及擺滿書的三層書櫃，狹小的衛浴裡有廁所和淋浴間。整個房間瀰漫著炸薯條和烤漢堡的味道，但是再過幾個星期，他可能就會把漢堡店關起來準備過冬，這不是他期待的事。他很喜歡賣漢堡，非常喜歡，因為取悅客人比他擔任警長時取悅選民更為容易。漢堡如果不合客人口味只是小事，法律如果不符選民期望則問題無窮。他也喜歡兩個女兒來店裡幫他照顧生意。此外，他喜歡自己當老闆的感覺，因為他可以隨時關門休息，跑去釣魚或者尋找一名失蹤的女子。

他想到那個在邊境水域的女子。無論他喜不喜歡這件事，現在他最關心的問題就是她的行蹤。

寇克知道自己今晚會很難入睡。在他抽菸的那段日子，這種時刻他會點一支菸來抽。但相反地，此刻他只是從床上起身，煮一壺咖啡，然後坐到白樺木餐桌前，將伊莉莎白．多布森的日記攤在桌上。仔細閱讀之後，他發現內容短少很多頁，缺了好幾天的日記。寇克不確定是伊莉莎白．多布森決定那幾天不寫日記，或者是他拿到的影本被抽掉了那幾天的內容。他不喜歡這種感覺，也不信任哈里斯那幾個探員。他有一種強烈的感受，覺得自己被別人從重要事務的核心支開。但到底是什麼樣的重要事務呢？他沒有告訴那些探員發生在格蘭德美景小屋的闖空門事件——這與他曾受過的專業訓練背道而馳——不僅因為他認為報告之後不會有實質助益，也因為他不相信聯邦調查局的權威，除非等他更進一步了解自己在處理什麼事。

像往常一樣，梅魯讓他有了許多想法。*Majimanidoo*。惡靈。可惡靈到底代表什麼？

咖啡喝完了，他又走到廚房櫃檯替自己再倒一杯。他凝視窗外的湖面好一會兒。梅魯警告他什麼事？留意吹過湖面的風？

月亮已經升得很高，變得很小，發出的月光也變得比較微弱，無法再照亮一切。在晴朗的夜裡，寇克通常可以看見倒映在湖面上的星星如撒在黑巧克力上的糖粉，但此刻有一陣微風吹皺湖面，以致無法映照天空中的星影。湖水在黑夜中從岸邊往外延伸，就像行星之間的廣闊無垠。然後，湖面上出現了一顆星星，一顆橘紅色的星星。在寇克的注視下，它像一顆新星般發出更亮的光芒，然後變暗。

湖面上有人，在大約五十碼外的地方，而且正在抽菸。

寇克套上襪子，拿起手電筒，匆匆忙忙往屋外走去。他走到湖邊，打開手電筒，將手電筒的光束朝著湖面上發亮的地方照去。他無法看清楚，因為那艘船離得很遠，但無論對方是誰，似乎都沒有因為寇克回看他而感到不安。那艘船的尾掛式引擎突然發動，小船開始慢慢地滑入黑暗，遠離手電筒光束能夠照亮的範圍。寇克關掉手電筒，一邊在冷颼颼的夜裡發抖，一邊聽著引擎聲越離越遠，直到再也聽不見。

他不敢肯定，但他幾乎可以發誓湖面上吹來的微風中夾帶著一股淡淡的雪茄菸味。

10

希蘿沒睡好。一場惡夢使她驚醒，夢中有個宿敵來找她。黑暗天使。

她這輩子大部分的夢——至少最糟糕的夢——都被一個可怕的無臉黑衣人所操控。在夢中，她總是發現自己陷在某種困境中——某座城市的小巷、某片沙漠的峽谷、某條陰暗的走廊，或是某個洞穴裡，黑暗天使向她走近，就像死神或聖誕幽靈一樣。黑暗天使從不開口說話，也從不觸摸她。希蘿一直懷著一種深刻且麻痺的恐懼，相信如果黑暗天使伸手摸了她，她就會因此死去。她總是在尖叫聲中驚醒，全身被汗水浸透。每次黑暗天使來訪之後，她都得服用藥物才有辦法繼續入睡。

精神治療改善了這種狀況，蘇特潘醫生引導她去了解這個令她困擾的可怕人物。如今惡夢平息了，住在森林裡的這段時間，希蘿都不曾被黑暗天使折磨。

直到現在。在今天的夢裡，黑暗天使將她困在一面她無法掙脫的樹牆裡，她原本以為那些樹是因為秋天而變紅，然而當樹葉落下時，她發現那些樹葉在她腳邊竟變成鮮血。

她被嚇到全身汗溼地醒來，沒辦法繼續安睡。天亮的時候，她覺得自己一整晚都沒休息到。她起床替自己張羅了早餐，包括咖啡、葡萄乾燕麥和幾片吐司，用老舊的鑄鐵爐烹煮這些食物。每天早晨小屋裡似乎越變越冷，小小的火爐越來越難讓屋裡變暖。

她在粗糙的桌面攤開溫德爾給她的地圖，一邊用雙手捧住裝著熱咖啡的錫杯取暖，一邊試圖釐清自己身在何方，以及應該往哪裡去。溫德爾在地圖上以叉叉符號標出小屋的位置，並在地圖上畫箭頭指出她回家的方向。在箭頭碰到陸地後，他又畫了一連串的小叉叉來表示陸上交通路線，總共有七段路。輪廓線、箭頭和叉叉全部交雜在一起，讓她感到相當困惑。她覺得絕望就像一團沉重的氣壓朝她席捲而來，有那麼一瞬間她幾乎就要無法呼吸。

「妳不能留在這裡。」她大聲地說，音量之大，彷彿這個建議不是出於自己。「溫德爾不會來了，他肯定沒辦法來，不然他早就來了。這就是為什麼他要給妳這份地圖，以防萬一。」

她盯著那些混亂的線條，發現他在地圖右下角某個圈起來的叉叉記號旁寫著「溫德爾的住處」。那裡距離這裡看起來很遠，而且路線就像謎題書裡的迷宮一樣。她閉上眼睛，想像自己抵達那邊，溫德爾面帶微笑地迎接她。她想像自己擁抱著他，幾乎聞到了他那件舊背心的皮革味。

「妳一定做得到。」她聽見一個強健有力的聲音說。

然而睜開眼睛之後，她發現自己仍舊孤單一人。

她把發熱衣收進背包裡。溫德爾帶她來到邊境水域之前堅持要她買發熱衣，儘管當時是炎熱的夏季。如今空氣中瀰漫著寒意，她十分感激他的遠見。她在背包裡放了一個小平底鍋、一些餐具、一個裝火柴的防水容器、一把瑞士軍用小刀（溫德爾送她的禮物）、一支手電筒，以及她最後的食物——兩包乾燥蔬菜湯、一袋蘋果切片、三條格蘭諾拉麥片棒及一罐鮪魚。她還打包了換洗衣物、把地圖放進背包側袋，並將睡袋捲起來繫在背包上。

她知道自己必須捨棄吉他。在與世隔絕的這段時間，吉他是她的好友，可是它會成為她旅途中的負擔。她錄製的錄音帶都放在一個紙板箱內，她將這個裝滿錄音帶的紙板箱放在桌上，旁邊擺著四本她寫滿的大型筆記本。考量到那些陸上交通路線，並想到她背包的重量與獨木舟，知道自己不可能多帶其他東西。她決定等她抵達溫德爾的住處之後，再安排時間回來拿她的吉他、錄音帶和筆記本。地上那個充當食品儲藏室的大紙箱現在已經空了，於是她把紙板箱和筆記本都放進去，再將一張以西洋杉樹皮編織成的舊墊子鋪在大紙箱上，把那些東西藏好。

她最後一次環顧四周。這裡對她而言是個好地方，一個可以藏身的小屋，如同溫德爾第一次邀她到森林來的時候所承諾的那樣。雖然它又小又粗糙，只有一個房間而且沒有自來水，然而她對這個地方的喜愛勝過她在外面的任何一間大房子。這裡就像一個粗線條的老友，如同溫德爾本人，她在這裡必須拋開一切，只保留生活必需品。在這裡生活讓她的思緒變清晰。

她揹起背包，走到外面，將門關上。門上沒有鎖，可是她從不覺得害怕。

「再見。」她向這個地方道別，一點也不覺得自己的舉動癡傻。溫德爾教過她：萬物都有靈魂，這種靈魂是好的精靈。「謝謝。」

她轉過身，沿著小溪走到湖邊。

清晨的陽光還沒爬上灰色的山脊，湖泊仍躺在冰冷的陰影中。湖泊的周圍大部分是陡峭的懸崖，為了到達遠方，希蘿必須先沿著一條陡峭的小徑穿越松樹林與巨石爬上山脊頂端。外面的空氣凜冽而清新，她的雙手已經感覺到寒意，因此她戴上手套才開始攀爬。森林裡很安靜，她沉重的呼吸與靴子踏出的腳步聲似乎打擾了這片寧靜。不知為何，常青樹的香味對她而言變得比以往任何時候都還要濃郁，她好奇是不是自己在準備拋開這一切時才突然意識到這香味有多麼普遍且多麼美妙。她沿著小徑走了半英哩路，來到狹窄湖泊的另一端。這裡的山脊上有一道小缺口，很久之前能讓溪流自由流過，但現在有塊大岩石的碎片填滿了那道缺口，在溪流上形成一座水壩，導致溪水淹沒了原本的小峽谷。溪水從那些碎石間滲出，流過覆蓋著綠藻的岩石。溪流在遠處的森林再次匯聚，繼續流動四分之一英哩，直到流入一座巨大的湖泊。那座湖泊的面積之大，加上有錯綜複雜的小島與繁茂的樹林，因此她看不見湖的對岸。但無論湖岸位於何處，與希蘿之間都有數英哩的距離。她還記得曾與溫德爾一起在那座大湖裡划獨木舟，他們大部分時間都在湖面的小島之間穿梭，她根本搞不清楚他們要去哪裡或者他們去了哪裡。

陽光照在那座大湖上，形成令人不舒服的光亮，迫使她移開視線。她將目光轉回被溫德爾稱為Nikidin的小湖上。Nikidin看起來如此熟悉，讓她想要回頭、想要說服自己再多等一會兒，相信溫德爾終究會來。然而她已經花了很多時間在Nikidin尋找真相，因此無法對自己說謊。溫德爾不會來了，只有上帝才明白原因。現在她只能靠自己。

她小心翼翼地從光滑的岩石往下移動。當她抵達山脊底部時，已經全身汗水淋漓。她放下背包，脫掉手套和牛仔外套。她將外套的袖子繫在腰上，再次揹起背包，沿著溪流往前走去。

在溪流流進大湖之處，岸邊滿是平滑的石頭。希蘿放下背包，走到位於不遠處的一叢藤蔓旁，拉開一面窄窄的布簾。布簾下有一艘倒置的綠色獨木舟，舷緣以兩根木頭架著。溫德爾以前曾帶她來看過這艘獨木舟，因此她可以在想要探索湖泊時划著這艘獨木舟出航。由於她不太會划槳，而且害怕迷路，所以從來不曾把獨木舟划到遠方。她把獨木舟的船頭抬起來，將獨木舟高高舉起，開始頂著獨木舟行走。獨木舟的橫梁上附有軟墊，便於人們搬動船身。她將軟墊放在肩膀上，讓獨木舟傾斜並取得平衡，方便她移動。她先把獨木舟放進湖裡，然後又走回去拿船槳。她把背包丟進獨木舟，將它推離湖邊，跳上船尾。

她面前的那些小島在湖面上宛如一道牆，後方的陽光將它們的樹林與斜坡投射在陰影中，使得那道牆看起來陰暗且難以穿透。她拿出地圖，研究溫德爾在混亂的輪廓線中所繪製的箭頭。

「太糟糕了，溫德爾，我甚至沒辦法在湖面上將地圖擺正，像漫畫裡所畫的那樣。」她驚訝自己竟然還笑了起來。

她把地圖收回背包，將船槳划入平靜的湖面。旅程就此展開。

11

寇克天一亮就起床，換上運動服開始跑步。清晨的空氣很清新，草地和樹叢在夜裡都結了霜，橙紅色的陽光如熔岩般從鋼鐵湖東岸的樹林間流溢而出，在太陽與湖面接合處散發出強烈的光芒。

寇克沿著中央街往北跑，朝鎮外的方向而去。早晨的街道十分寧靜，路上幾乎無人。他喜歡這個小鎮的這個時刻，因為它就像睡醒的孩子，慢慢醒來並露出樸實的面孔。寇克從盧·克努森的身旁經過，盧跟在他父親卡爾·克努森所駕駛的休旅車後面派送星期天的早報；他對著駕駛警車巡邏的席爾·波克曼揮手打招呼；他經過哈洛德·史文德森多年來修理奧羅拉居民汽車與卡車的修車廠。哈洛德某次在鏟雪時心臟病發，因此結束了他的修車事業，修車廠荒廢多年，直到一對來自愛荷華州第蒙市的年輕夫婦將它買下並且翻新，將這個修車廠變成了一間供應新鮮烘焙食品、三明治與美味咖啡的餐廳。這間餐廳名為「馬克與伊蒂的加油站」，當寇克還是個孩子時，哈洛德·史文德森修車廠附近的空氣總是飄著濃濃的機油味，但現在當他慢跑經過這裡時，只會聞到剛煮好的咖啡及剛出爐的可頌麵包的香味。

寇克跑到位於這個老城鎮邊界處全新落成的貝斯特韋斯特連鎖飯店，並且停下腳步。這間新飯店是為了那些到奇佩瓦大賭場賭博的外來客興建的，飯店所在位置大部分的土地以前曾經歸艾莉·格蘭德所有，當年矗立在這片土地上的老房子既是艾莉的家，也是她做生意的店面。推土機為了興建飯店而將那間老屋子夷為平地時，寇克感到相當悲傷，然而他無法對抗這個能讓鎮上多數人受益的定數。新的住宅區已經重新規劃，並且將奧羅拉鎮的外圍往森林區挪移了一些。現在奧羅拉的店家生意都變得很好，就連山姆小店的生意也跟著興隆起來。每天都有外來的遊客擠滿街道，寇克經常無法分辨遊客、賭徒及從外地搬來的居民，因為有越來越多城市逃亡者懷著冒險精神搬到奧羅拉定居。如今奧羅拉已有超過三家供應餐點的咖啡館，就連強尼・帕普也開始在松林烤肉店提供客人卡布奇諾。

艾莉・格蘭德買下那間老房子之前，那裡已被人棄置多年，牆壁的油漆都已起泡或剝落，多處的木頭地板也已風化成白色，宛如被太陽曬到褪色。門廊像一匹垂頭喪氣的老馬彎腰駝背，好幾扇窗戶的玻璃也都不見了，位於房屋周圍的庭院更是全被貓尾草和薊草所覆蓋。

將房屋翻新的工作，主要是由寇克的父親及溫德爾・雙刀完成。寇克的母親是艾莉・格蘭德的表妹，因此要求寇克的父親幫忙。溫德爾也是為了家人而幫忙，因為他是艾莉・格蘭德的阿姨萊諾兒的丈夫。在那個年代，鎮上的男人都靠自己裝修房子，而且寇克的父親和溫德爾都懂木工。他們為艾莉打造出一間很棒的派餅店。

艾莉・格蘭德在派餅店後方的大院子種了許多覆盆莓、草莓、南瓜和生大黃，因此她的派餅餡料都是當季的新鮮食材。每年回來鋼鐵湖遊玩的旅客，總是將艾莉的派餅店當成年度朝聖的行程之一。寇克當年送報紙所賺的零用錢，也花了不少在艾莉・格蘭德的派餅上，只不過他去那裡不光是為了想吃派餅，和奧羅拉的許多年輕人一樣，他去那裡是因為瑪萊在櫃檯幫忙她的母親。

每當有年輕人跑去看瑪萊（有時候甚至有些年紀較長的男人），艾莉・格蘭德就會變得十分嚴厲。寇克一直想不通：一個對男性——及任何事物——充滿怨恨的女人，怎麼能夠做出那麼好吃的派餅？就寇克所知，只有兩個男人沒被艾莉・格蘭德視為惡魔的同夥——他的父親和溫德爾・雙刀。艾莉・格蘭德甚至不信任聖艾格尼斯教會的凱爾西神父。她曾經強烈地表示，凱爾西神父用一種會讓聖水沸騰的方式注視瑪萊。

寇克記得有一次——當時他肯定是十二歲或十三歲，因為他父親還活著——他坐在派餅店裡，而瑪萊在櫃檯後面工作，那時已是夏季的尾聲，他正在品嚐一塊草莓生大黃派餅，瑪萊則以甜美的歌聲哼著歌。寇克一如往常地偷瞄瑪萊的一舉一動，那時她大約十五或十六歲，直直的黑髮垂到臀部，肌膚黝黑如東印度公主，身上穿著牛仔短褲與紅色緊身針織上衣。有三個年輕人走進店裡，看起來應該是遊客或者是遊客的孩子，年紀約十八、十九歲。他們問瑪萊推薦哪種口味的派餅，她提供了幾種不錯的選擇，寇克記得他們最後選了藍莓口味。

「妳下班後要做什麼？」付錢的那個男孩子問瑪萊。

「不一定，看我到時候想做什麼。」她沒有露出笑容，但寇克確信她淺棕色的眼眸裡有一種勾引人的眼神。

「我們租了一艘快艇。」另一個人說。「妳要不要來和我們一起遊船？」

「或者一起游泳。」第三個男孩建議道。「我打賭妳穿泳裝一定很漂亮。」

「噢，我穿泳裝確實還不錯。」瑪萊回答，並且迅速地打量對方，然後又說：「可惜我無法這樣讚美你。」

另外兩人聞言後笑了起來。

第一個人繼續追問：「怎麼樣？妳要不要來？」

她將派餅和零錢交給他們。「你們有香菸嗎？」

「當然。」第二個男孩說。他把手伸進襯衫的口袋，拿出一包萬寶路香菸。

他將那包菸遞給瑪萊時，艾莉．格蘭德突然從廚房裡衝出來，手裡還拿著一支派餅鏟。

「滾出去。」她喊道。「滾出我的店，你們全部給我滾出去。」

「嘿，等一下——」第一個男孩開口。

艾莉．格蘭德把瑪萊推到一旁，然後從櫃檯裡往前傾身，用派餅鏟指著拿菸的男孩，鏟尖只距離他的心臟幾英吋。「我叫你們滾出去。不要讓我在店裡再看到你們。」

他們往後退了一步，並瞥了瑪萊一眼。瑪萊聳聳肩，對他們露出一絲同情的表情。那三個男孩子識趣地離開。

「他們只是問我要不要和他們一起遊船。」瑪萊隨口解釋。

「男人一開始都只要求一些小事，但最後他們就會想得到一切。」艾莉．格蘭德用派餅鏟指著她的女兒。「不要被他們騙了，瑪萊。永遠不要被男人利用，妳應該利用男人才對。明白嗎？」

「好的，媽媽，」瑪萊說。

艾莉．格蘭德回廚房之後，瑪萊看著寇克，無聲地笑了一下並翻白眼說：「*Giwanaadizi, nishiime*。」**她根本發瘋了，弟弟**。

瑪萊．格蘭德變成電視明星之後，鎮議會投票決定在邊界處立起一面看板，宣揚這裡是瑪萊的故鄉。但是在她過世十年、鎮上的土地擴大範圍時，那面被人用點二二手槍射出許多洞且早已生鏽的看板就被拆除了。

寇克繼續往前跑，從中央街再次轉向州高速公路，沿著一條與鋼鐵湖平行的郡道前進。當他來到鎮外約一英哩處，一輛豪華的黑色林肯轎車行駛到他身旁，貼著深色隔熱紙的後車窗無聲滑下。

「你是歐康納嗎？」

車窗裡的男人看起來二十多歲，也許三十出頭，有一頭濃密的黑髮及有錢人刻意曬出來的古銅色肌膚。他的左耳穿了洞，戴著類似鑽石耳釘之類的東西。寇克以前沒看過這個人。

「有事嗎？」寇克雙手叉著腰站在路邊喘氣。

「介不介意上車聊聊？」那個曬得黝黑的男人微笑著說。他的牙齒十分潔白，雖然整齊得很不自然，但他的微笑似乎從容又真誠。然而寇克的母親很早就告誡他不可以隨便坐上陌生人的車，這項守則四十多年來對他很有助益。此刻他不覺得有什麼特殊理由應該忽視這項守則。

「我正在忙。」他說。

「我想和你談談希蘿。」那個男人說。

這是一個極具說服力的理由。接著，那人從林肯轎車的車窗伸出一支大大的手槍對準寇克的鼻子，現在有兩個有說服力的理由了。車門打開之後，寇克坐進車裡。

車裡的另一個男人，也就是坐在駕駛座的男人，看起來大約三十多歲，金髮碧眼，光是脖子上的肌肉就比大多數人全身的肌肉還多。如果有必要，寇克認為自己應該可以跑得比那人還快，但假如他被抓住，那人肯定會將寇克大卸八塊，寇克的骨頭對他來說可能像吸管一樣容易折彎。

坐在後座的俊美男子笑了笑，把手槍放在他與寇克中間的位置。

「不好意思，這次真的是友善的訪問。」他說。「但是我需要你全神貫注。我不會花你太長的時間，你待會兒就可以繼續跑步。」

「你說你想談希蘿的事。」寇克瞥了那支手槍一眼，他可以輕而易舉地伸手搶槍，但是他決定聽聽這個人想說什麼。

「為了你好，有些事情我必須讓你知道。」英俊的男子拍拍駕駛的肩膀。「往前開，喬伊，以免引人注意。」

祝你好運，寇克心想。在奧羅拉這種小鎮，豪華的林肯轎車就像穿著性感內衣的修女一樣惹人矚目。

喬伊沿著鋼鐵湖湖岸往北邊駛去。

後座男人臉上的鬍子刮得乾乾淨淨，聞起來有一種淡淡的鬍後水香味。他穿著小牛皮皮靴、緊身牛仔褲、紅色羊皮襯衫與深綠色的毛衣。

「我叫安傑洛．班尼岱提，你可能已經聽過我們家族的名字。你和聯邦調查局談過我們家的事情吧？我相信就在昨晚。」

「那又如何？」

「他們告訴你的事，有很多都是謊言，大部分的謊言是關於我父親。」

「你父親是文森．班尼岱提？」寇克說。「你認為他們告訴我哪些謊言？」

「他們說我父親殺害了希蘿的母親。你聽我說，他們追蹤我父親和我的家人已經很久了。喬伊，是不是這樣？」

「非常久。」喬伊看著後視鏡說。

「他們找不到任何證據，但就是不死心。」班尼岱提表示。「他們就像蒼蠅一樣，一直在旁邊飛來飛去，只會騷擾別人。」

「如果他們只會騷擾別人，你到這裡來的原因是？」

「我要幫助你，也要幫助希蘿。」

「沒錯。」喬伊轉動他粗壯的脖子，越過肩膀對後座說。「因為你的麻煩大了。」

「閉嘴，喬伊。」班尼岱提輕拍了喬伊的後腦勺一下。

「好吧，安傑洛。」

「我敢打賭聯邦調查局還告訴了你關於伊莉莎白．多布森的事。」班尼岱提等待寇克確認，但寇克只是盯著他看，於是他繼續說道：「我敢打賭他們沒有告訴你關於蘇特潘醫生的事。蘇特潘是希蘿的精神科醫生。」

「她怎麼了？」

喬伊在前座發出一種聲音，小孩子才會發出的聲音，寇克經常在史帝夫玩玩具時聽到，一種模仿東西爆炸的聲音。喬伊自己一個人傻笑著。

「她死了。」班尼岱提戲劇性地停頓一會兒才開口。「在她位於棕櫚泉的診所，一場瓦斯爆炸事件中喪生。那場爆炸燒毀了整間診所，也燒光了她所有病患的檔案。檢調單位已經正式將那場爆炸案列為意外事故。」

喬伊將車子開進迴車道，改朝著他們來時的方向前進。

「你不認為那是一場意外。」寇克說。

「實在太巧了，你不覺得嗎？我不知道你的想法，寇克，可是我不相信巧合這種事。」

「我的朋友才會叫我寇克。」

「這正是我現在要表達的。在這件事情中，你根本不清楚誰才是你的朋友。」

「你說聯邦調查局欺騙我，但他們為什麼要騙我？」

「我父親認為他們是為了保護某人，某個大人物。」

「誰？」

「他不知道對方是誰，但他相信無論那人是誰，都必須為希蘿的母親被人殺害一事負責。當時瑪萊．格蘭德有個位高權重的友人，那人為她拉了很多關係。我父親不知道對方是誰，但他認為瑪萊被殺害是因為那人要防止這段友誼曝光。如今他們還打算殺死希蘿。」

「為什麼？」

「別裝傻了，寇克，聯邦調查局都已經告訴你了。希蘿的精神科醫生已經幫助她想起她母親被殺害的那天晚上所發生的事。」班尼岱提舉起雙手自招。「要得到這些資訊並不難，畢竟警察這種公務人員的待遇過低。」

「你父親為什麼不親自來處理這件事？」

「他的身體狀況不佳，沒辦法飛來這裡。他正在休養，由我代替他也是一樣的。」

寇克直視著班尼岱堤的眼睛，那雙眼睛是帶點淺棕的綠色。毫無疑問，女性都會覺得他很有魅力。「伊莉莎白．多布森遭到殺害可能是因為有人想得到希蘿寄給她的信，但昨晚又有幾封希蘿寄出的信件被人偷走。」

班尼岱堤直率地說：「我不打算騙你，寇克，沒錯，我認識一些偷竊高手，也認識一些擅長縱火並讓一切看起來像意外事故的人。我還認識一些取人性命就像刷牙一樣輕鬆容易的人。不過，聯邦調查局也是如此。」

寇克的目光從班尼岱堤身上移開，轉向從車窗外閃過的鋼鐵湖。清晨的鋼鐵湖十分寧靜。「我為什麼要相信你？」

班尼岱堤雙手合十放在嘴唇前，動作宛如在祈禱。在林肯轎車內陷入沉默的那一刻，寇克聽見負責駕駛的喬伊嘴裡吹出泡泡糖的聲音。

「我聽說你是稀有動物，寇克——你是一個誠實的傢伙，人們說你很有誠信。如果聯邦調查局的人進入那片森林去找希蘿，她肯定無法活著出來。據我所知，你是希蘿活命的唯一希望。就算你不信任我，能幫助她又有什麼壞處？」

「我要怎麼幫她？」

「在聯邦調查局找到她之前，先把她從那片森林裡帶出來。就是這麼簡單，沒有其他的附帶條件。如果你能做到這件事，我父親會支付你五萬美元。」

「五萬美元。」寇克毫不掩飾他的驚訝。「你父親有什麼好處？」

「如果希蘿真的想起殺死她母親的凶手，我父親想知道對方是誰。」班尼岱堤表示。

「但是我有一個問題：我不知道她人在哪裡。」寇克說。

班尼岱堤舉起一隻手，彷彿要阻止寇克反駁。「如果我聽說的那些關於你的一切都是真的，我相信你一定可以找到她。」他將手伸到毛衣底下，從襯衫的口袋裡拿出一張名片。「喬伊，筆給我。」

喬伊從駕駛座遞了一支金色的原子筆，班尼岱堤在名片背面寫下幾個數字，然後將名片交給寇克。名片上有一幅石版畫，是一隻關在金色籠子裡的紫色鸚鵡，石版畫下方有安傑洛．班尼岱堤的名字。名片的另一面則是班尼岱堤剛才寫下的電話號碼。

「這是我的手機號碼。」他說。「如果你有什麼消息就打手機給我。」

他們回到寇克剛才上車的地方，喬伊將林肯轎車停下來。

「就像我剛才說的，只要你確保希蘿平安出現，我父親一定會非常感謝你。」班尼岱堤表示。

「喬伊，我父親是不是很懂感激的人？」

「他的感激之情無窮無盡。」喬伊說，並且從駕駛座轉頭對著寇克咧嘴一笑。「你應該賺這筆錢。」他建議道。「你應該讓安傑洛他老爸開心一點。因為如果他不開心，他就會變成一個脾氣暴躁的王八蛋。」

寇克發現班尼岱堤這一次沒有叫喬伊閉嘴。

「請告訴你父親把錢留著，無論我做什麼，都是基於自己的理由去做。」寇克打開車門下車。

班尼岱堤探出身子。「我對你就像我對任何人一樣坦白。請你幫助希蘿。」

車門關上之後，林肯轎車就開走了。

寇克又繼續慢跑，一路跑回山姆小店。他之前曾經告訴梅魯，他跑步的時候思緒會變得比較清晰，但是就目前的情況來看，就算他一路跑到月亮上，所有的事情仍舊一團亂。

12

在格蘭德美景小屋前，威利・雷伊打開寇克的野馬款越野車車門，然後坐進車裡。

「早安。」他愉悅地打招呼。

「告訴我關於文森・班尼岱堤的事。」寇克說。

雷伊聞言有點驚訝。「班尼岱堤？你為什麼問到**他**？」他說到最後一個字時充滿恨意。

寇克將他今天早上遇到的事告訴雷伊。

「永遠不要相信班尼岱堤。」雷伊說。他望著格蘭德美景小屋外圍的樹林，下巴微微動著，彷彿在咀嚼某種又硬又苦的東西。「我始終不確定是不是他殺了瑪萊。但如果他希望她死，他有辦法做到。」

「你對他了解多少？」

「我已經很多年沒見到他了，自從那次之後就沒再見過——呃，我是指瑪萊的葬禮。這個混蛋竟然有膽子出席，還裝出一臉無辜的樣子。」雷伊說。「他的靈魂沒血沒淚，他的心是個糞坑。」

他以歐札克高地[5]的方言尖酸刻薄地補充道。

5 譯注：歐札克高地（The Ozarks）也被稱為歐札克山脈，是美國密蘇里州、阿肯色州、奧克拉荷馬州與堪薩斯州東南角的一個自然地理區。

溫德爾．雙刀所住的拖車位於一片綠色的草坪，那片草坪一路延伸到映照著藍天倒影的鋼鐵湖。拖車的窗戶下緣放置了花箱，裡頭有依舊盛開著的紅色天竺葵。草坪周圍被白樺樹所環繞，那些樹木的樹幹像冰柱一樣雪白，樹葉則像剛鑄成的西班牙金幣一樣金黃。

寇克前一晚留下的紙條仍然貼在溫德爾的拖車門上。寇克敲敲門，還是無人回應。他穿過草坪來到溫德爾充當車庫的波浪狀棚屋前，從窗戶往裡面看。然後他招招手叫威利．雷伊過來。

「溫德爾開的是道奇卡車，卡車不在車庫裡。」寇克說。「可是你看看裡面有什麼東西。」

小棚屋的地上盡是白樺樹的樹皮碎片，而且車庫裡擺滿了溫德爾用白樺樹皮打造獨木舟的工具，這是溫德爾一生都在練習的藝術。木槌、木鑿、水桶、鋸木架、刷子——全都掛在網架上或放在長凳上。車庫中央還有足夠的空間可以停放溫德爾的卡車，但此刻取代溫德爾的卡車停在車庫裡的是一輛紅色的跑車，跑車在從小棚屋對側窗戶照進來的陽光下顯得十分耀眼，可是車身上有一層灰塵，使得紅色烤漆的光澤略顯黯淡。

「希蘿喜歡跑車。」雷伊說。

寇克走到小棚屋的後方，那裡有個可放置四艘獨木舟的木架，不過現在只放著一艘獨木舟。

「你有什麼想法？」雷伊問。

「我認為溫德爾已經有一段時間不在家裡。」

「他去找希蘿嗎？」

「希望如此。我們走吧。」

「去哪裡？」雷伊跟著寇克走向野馬款越野車。

「去找暴風雨・雙刀。他是我所能想到另一個可能知道希蘿在哪裡的人。」

沿著公路行駛兩英哩之後，寇克在亞盧埃特的郊區外圍將車子開到一間木屋的車道上。那間木屋位於種植成列的白松樹林中，車道旁有面「木柴出售」的廣告招牌。一個女人正站在木屋旁的曬衣繩邊，將溼淋淋的床單掛上。此時有一陣微微吹來的西北風，悠悠地吹動床單。女人用曬衣夾將床單的一角固定在曬衣繩上，然後伸手遮擋眼前的陽光以看向走近的兩個男人。

「*Anin*，莎拉。」寇克向她打招呼。

「*Anin*，寇克。」她客氣但冷漠地回應。莎拉是個年紀約三十出頭的瘦小女性，顴骨很高，有一頭深紅色的長髮。她穿著耐吉運動鞋、牛仔褲與藍色牛仔襯衫。她瞥看雷伊一眼，目光又馬上轉回寇克身上。

「我在找溫德爾。」寇克向她說明。「我們去過他家，可是他不在。」

她的表情閃過一絲不快。「你應該去問暴風雨。」

「我也是這麼想。我可以在哪裡找到暴風雨？」

「他和路易斯在砍柴。在寡婦溪橋那邊的舊伐木路。」

「謝謝妳，莎拉。」

「但是他不見得願意和你說話，寇克。」她提醒他。

「我明白。」

他們把車子開回馬路上時，雷伊問寇克：「他為什麼不願意和你說話？」

寇克往東駛離亞盧埃特，開始沿著一條穿越森林的泥巴路前進。「暴風雨・雙刀的脾氣不太好。」他向雷伊解釋。「幾年前，他在跟人打架時誤殺對方。他驚慌逃走，躲進鋼鐵湖北邊的一間木屋，並放話要槍殺任何試圖接近他的人。當時的警長與他談判，勸他自首，保證他會得到公正的審判。但是事實證明法律對他不公，讓他在斯提沃特監獄待了五年。」

「這還是無法解釋他為什麼不願意和你說話。」

寇克駛過一座跨越小溪的老舊木橋，把車停在路旁一輛滿是塵土的藍色福特卡車後方。「當時的警長就是我。」

刺耳的電鋸聲籠罩小溪附近的寂靜森林，寇克循聲走到一片垂死的冷杉樹林，在茂密的常綠樹林中，只有這些冷杉是棕色的，而且其中幾棵已經被人砍倒，乾枯的枝幹散在地面。暴風雨・雙刀戴著手套，手裡拿著黃色的大型電鋸，動作俐落地切斷已被砍倒的冷杉樹樹枝，並將樹幹截成好幾段。空氣中瀰漫著機油和鋸木屑的味道。一個十歲的小男孩跟在暴風雨旁邊，把地面上的斷枝殘幹撿成一堆。先發現他們的人是那個小男孩。

寇克站在陽光下等暴風雨・雙刀關掉電鋸並脫掉護目鏡。暴風雨先留意到小男孩的目光，然後才轉頭看見寇克他們。他跨過那棵被他鋸斷的冷杉樹。

「*Anin*，暴風雨。」寇克說。「*Anin*，路易斯。」

暴風雨・雙刀放下電鋸，脫掉頭上的球帽，用力甩甩頭。汗水從他身上往外飛濺，宛如洗完澡之後甩乾身體的狗。「歐康納，你少在我面前假裝印第安人。」

「*Anin*。」路易斯・雙刀對著寇克說。

路易斯的父親狠狠瞪他一眼。

暴風雨・雙刀比寇克略矮一點，體重卻比寇克多了五十磅。他站立時因為背部肌肉過度發達而微微駝背，這是大半輩子都在伐木的男人常有的特徵。雙刀坐牢的那幾年也利用時間鍛鍊身體其他部位，因此胸肌練得十分壯碩。他將格紋法蘭絨襯衫的袖子往後捲，露出肌肉發達的手臂。監獄也淬鍊了雙刀的性格，這點可以從他黑色眼眸所透出的冷漠窺知。

「莎拉告訴我們你在這裡。暴風雨，我想找你談一談。」

「我很忙。」

「這件事很重要，是關於你叔叔的事。」

雙刀伸手去拿放在樹樁上的保溫瓶，將水倒進杯中並喝了一口。他把杯子遞給他兒子。

「溫德爾？他怎麼了？」

「你最近見過他嗎？」

「為什麼這麼問？」

「我有重要的事情找他。」

「我沒看到他。」

路易斯．雙刀把保溫瓶的杯子遞還給他的父親。「他在邊境水域。」

「路易斯。」暴風雨．雙刀厲聲斥責路易斯。

「他去很久了。」小男孩繼續說道，無視他父親嚴厲的眼神。

「暴風雨，我想溫德爾可能遇到麻煩了。」寇克說。

「印第安人唯一可能遇上的麻煩就是法律。我叔叔做了什麼？」

「他帶一名女子到邊境水域，我們認為有人可能想要傷害那名女子，那些人也許會透過溫德爾來接近她。」

「我們？」雙刀打量著阿肯色．威利．雷伊。他直視雷伊的雙眼，這種舉動對奧吉布韋人來說並不尋常，然而監獄在許多方面改變了暴風雨．雙刀。「我認得你。」

「我是阿肯色．威利。」雷伊說。他伸出手想和雙刀握手，可是雙刀只是冷冷地看著他。

「我在電視上看過你。」暴風雨．雙刀說。「我不知道你還活著。」他將注意力轉回寇克身上。「我不清楚我叔叔在什麼地方。」

「暴風雨，那名女子的性命可能危在旦夕，你叔叔也一樣。」

「我叔叔會照顧自己。」

「有人告訴我你叔叔經常進出邊境水域，我想他可能是為那名女子運送物資。路易斯說他去很久了，這點讓我相當擔心。」

「歐康納，你為什麼要管這件事？你早就不是警長了，你不能在這裡制定法律。」

「我從來沒有在這裡制定過法律，暴風雨。」

「我剛才已經說過了，我現在很忙。」雙刀拿起他的電鋸。「路易斯，把那個工具遞過來，我要把這條鏈子調緊。」

「我願意付錢給你。」威利．雷伊說。

雙刀停下動作。「多少錢？」

「一千美元。」

「我們現在可以從賭場的利潤分紅。」雙刀再次拿起電鋸，並拉起鏈子以衡量緊度。「你的一千美元可以拿去塞在你的屁眼裡。」

威利．雷伊往前走了一步。「我無意羞辱你，我只是非常害怕，暴風雨。我女兒在那個地方，像隻瞎眼的小貓迷失在滿是獵犬的狗窩裡。我願意付出一切以確保她安全無恙，一個男人如果失去他的家庭，就算擁有再多東西也沒有意義，因為他仍一無所有。你沒有理由幫我，完全沒有理由，但你是唯一能幫助我的人。」

暴風雨・雙刀看著雷伊。「你是她的父親？」

「我是她父親。」

雙刀站著思考，臉上沒有任何表情。路易斯伸出手摸摸他父親的手臂。雙刀彎下腰，男孩在雙刀耳邊輕聲說了幾句話。

就在這個寧靜的時刻，寇克聽見有人踩過斷落的樹枝，發出劈啪聲響。有人正朝著這條老舊的伐木小路走來。過了一會兒，布克・哈里斯與德懷特・史隆出現了。他們走到寇克與雷伊站立之處，哈里斯問暴風雨・雙刀。

「你是赫克特・雙刀嗎？」

雙刀眼睛周圍的皮膚緊繃得像老舊的皮革。「每個人都叫我暴風雨，除了警察之外。」

「停在那裡的卡車是你的嗎？」

「是。」

「雙刀先生。」哈里斯一邊說一邊從大衣口袋裡掏出一副手銬。「你被逮捕了。」

13

「被逮捕？」雙刀的目光轉向寇克。「為什麼？」

「史隆。」哈里斯說。

史隆探員伸出戴著黑色手套的雙手，手中捧著一支大大的手槍。從手槍的尺寸及方形的扳機護弓看來，寇克猜測那可能是儒格[6]生產的超級黑鷹型點四四手槍，這種款式的手槍並不罕見。

「我在你卡車後面的工具箱裡發現這個東西。」史隆表示。

「你有查看工具箱的搜索令嗎？」寇克問。

「工具箱的蓋子開著。」史隆說。

「那支手槍不是我的。」暴風雨全身僵硬地站著，似乎隨時準備啟動手裡的電鋸。

「等你進牢房之後再爭辯這一點吧。你已經違反假釋條例，赫克特，你得回去蹲苦牢了。」哈里斯說。「把電鋸放下。」

暴風雨動也不動地站著。「那支手槍不在我的工具箱裡。」

「我可以發誓作證，一切千真萬確。」史隆說。他將手槍放進一個裝證物的塑膠袋裡。

---

6 譯注：斯特姆－儒格公司（Sturm, Ruger & Company, Inc.）是美國一家槍械製造公司，經常被簡稱為儒格（Ruger），總部位於康乃狄克州，以設計生產諸多類型的軍用及民用槍械著稱。

「哈里斯，這是怎麼回事？」寇克問。

暴風雨憤怒地瞪著寇克。「你認識他們？」

「他們是聯邦調查局的人。」寇克說。「這位是負責人布克．哈里斯探員，那位是德懷特．史隆探員。他們也在尋找那名女子。」

「也？」哈里斯說。「我還以為我們要合作，歐康納。」

「我也以為我們要合作。」寇克說。「而且我以為我們已經同意要依照我的方式進行。」

暴風雨．雙刀看著寇克，彷彿一切都是寇克玩的把戲。

「把他的權利告訴他。」哈里斯對史隆探員說。哈里斯拿著手銬，朝著暴風雨走近一步。「除非他肯告訴我們那個女人在哪裡。」

「我不知道那個女人在什麼地方。」暴風雨說。

「那你怎麼解釋這個東西？」哈里斯從史隆手中接過另一個裝證物的塑膠袋，塑膠袋裡有一個棕色信封，大小大約為九乘十二英吋。哈里斯戴上黑色的皮革手套，將信封從塑膠袋裡拿出來，小心翼翼地只碰到信封邊緣，取出信封裡的東西——一疊百元美鈔和一張看起來很普通的打字紙。

「你要不要看看這張紙上面寫什麼？如果你願意的話，可以大聲唸出來。」他把打字紙交給寇克。

「『依照我們的約定，你得確保那個小女孩無法離開森林。你和暴風雨想要怎麼分帳都可以。』」

「這裡總共有一萬五千美元。」哈里斯說，在空中揮揮那疊鈔票。

「你從哪裡弄來的？」寇克追問。

「從你剛才離開的那輛拖車。拖車的門開著，信封放在廚房的櫃檯上。」

「那還真方便。」寇克回答。

暴風雨・雙刀瞪著那疊鈔票。「我對這件事一無所知。我叔叔也絕對不會與這種事情扯上關係。」

「你有溫德爾拖車的搜索令嗎？」寇克問。

「這個證物就放在桌上。」哈里斯說。「而且我們有合理的懷疑。就算這項證物最後在法庭上站不住腳，雙刀也得等到很久之後才能再呼吸到自由的空氣。除非他決定幫我們找到那個女人。」

「這裡是印第安保留區。」寇克指出。「管轄權屬於州政府，你無權逮捕他。」

「胡說八道，歐康納。保留區受聯邦管轄。」哈里斯反駁。

「可是這個保留區是例外。」寇克表示。「這裡的管轄權屬於明尼蘇達州。國會批准的，一九五三年通過的第二八〇號公法。」

「我是依據打擊敲詐勒索與腐敗組織法在這裡進行調查，暴風雨・雙刀因為持有槍械違反假釋規定，我有權逮捕他。如果雙刀想要爭辯管轄權的問題，可以在監獄裡爭辯。」

「你不能逮捕他。」寇克走到哈里斯和暴風雨・雙刀中間。

史隆從外套底下的槍套抽出他的手槍。「如果有必要，我們會逮捕你們每一個人。」他謹慎且認真地說。「只要你們願意配合，事情可以容易得多。」

「我不知道那個女人在哪裡。」暴風雨再次表示。

「太可惜了。史隆，逮捕他。」哈里斯朝著暴風雨點點頭。

「你有權保持沉默。」史隆開始宣讀雙刀的權利。

「我知道她在哪裡。」小男孩說。

這時每個人都安靜下來，看著那個小男孩。

「路易斯，不要說話。」暴風雨說。

「不。」哈里斯說。「小朋友，繼續說下去。」

「路易斯。」暴風雨警告他的兒子。

「可是我不希望你回去監獄。」小男孩說。

「他們沒辦法——」暴風雨又開口。

「沒辦法才怪。」哈里斯打斷暴風雨的話。「我馬上就可以在監獄裡教訓你爸爸，比你喊一聲傑羅尼莫[7]還快，小朋友。」

路易斯生氣地瞪著哈里斯，說：「傑羅尼莫是齊力卡瓦那邊的阿帕契族[8]，我們是奧吉布韋的尼什那比族。」

哈里斯似乎差點笑了出來。「是是是，你說得沒錯。」他在小男孩面前蹲下。「不過，路易斯，除非你們與我們合作，否則我必須把你父親送回監獄。我別無選擇。你知道那個女人在哪裡嗎？」

路易斯．雙刀點點頭。

「在哪裡？」

「Nikidin。」

「那是什麼？」

「這個字的意思是『陰戶』。」寇克表示。

「陰戶？」哈里斯笑道。「你是指女人的外陰部？」

「我不懂。」史隆說。

「我想那是一個地名，在邊境水域某處。」寇克說。

「一個地名？」哈里斯還是笑嘻嘻的。「老天，他們竟然將一個地方命名為陰部。」

「小朋友，你可以告訴我們那個地方在哪裡嗎？」史隆問。「你可以在地圖上指給我們看嗎？」

小男孩聳聳肩，看起來不太確定。

「去拿地圖。」哈里斯對史隆說。

史隆探員將他的手槍收回，轉身往伐木道迅速走去。

寇克問哈里斯：「你怎麼有辦法跟蹤我們？」

「靠著科技，歐康納。」

「某種發射器？安裝在我的野馬款越野車上？」寇克望向暴風雨。「我真的不知情，我發誓。」

史隆拿著地圖回來，並將地圖打開，放在一截樹樁上。

「路易斯，你過來看看。」哈里斯對著小男孩招招手。暴風雨・雙刀想阻止他兒子，可是史隆馬上攔住他。哈里斯把手放在小男孩的肩膀上。

「路易斯，你今年幾歲？」

「十歲。」

7 譯注：「傑羅尼莫」（geronimo）是人從高處跳下時發出的吶喊聲。

8 譯注：傑羅尼莫（Geronimo，1829.06.16—1909.02.17）是阿帕契族（Apache）貝當可黑（Bedonkohe）部落的一名傑出領袖暨巫醫，也是一名傳奇戰士，曾率領阿帕契族人抵抗美國與墨西哥，被視為民族英雄，最後於一八八六年歸順美國。

「你知道這是什麼嗎？」

「當然知道，這是一張地圖。」

「一張地圖，沒錯，這是涵蓋整個邊境水域獨木舟荒野區的地圖。你看得懂這張地圖嗎？」

路易斯看著地圖許久，然後搖搖頭。

「慢慢來，我來幫你。我們在這個地方。」哈里斯將手指放在地圖底端靠近中間的位置。

「我們沒使用地圖。」小男孩說。

「我們？」

「溫德爾叔公和我。」

「你去過那裡？」

「嗯。」小男孩回答。

寇克說：「路易斯，你還記不記得為了去那個女人住的地方，你們經過哪些河流和湖泊？」

路易斯點點頭。「Aaitawaabik，Zhiigwanaabik，Bakwzhiganaaboo。」

「等一等。」哈里斯舉起雙手。「這些聽起來不像我在地圖上看到的任何名稱。」

「那是奧吉布韋族語。」寇克說。「路易斯，溫德爾叔公告訴過你那些河流與湖泊的故事嗎？」

「嗯。」

寇克解釋：「溫德爾．雙刀是一個*aadizookewinini*，一個擅長說故事的人。我猜他為那些河流和湖泊編了故事，並且賦予它們與故事相襯的名稱。也許那些名稱是那些河流與湖泊的尼什那比真名，也許是溫德爾自己編出來的，我們很難查證。」

「所以你的意思是路易斯沒辦法告訴我們該怎麼去嗎？」哈里斯再次將注意力轉向小男孩。

「那個地方有多遠？」

「划獨木舟去的話，要花一整天。」

「你可以帶我們去嗎？」

暴風雨聞言後勃然大怒。「不！我兒子不會帶你去任何地方。沒有哪條法律可以強迫他這麼做！」

「沒有嗎？」哈里斯看看史隆。「把槍給我。」

史隆探員將裝有宣稱在工具箱裡發現的點四四手槍的證物袋遞給哈里斯。哈里斯再次蹲下，好讓自己與小男孩平視。

「路易斯，你看見這支手槍了嗎？這是我們在你父親的卡車上發現的。他持有這支手槍是違法的，所以他必須回去坐牢。不過我願意和你打個商量：如果你帶我去找那個女人，我向你保證你父親不會有事，我不會告訴任何人關於這把槍的事。」

「你這個王八蛋。」暴風雨怒斥。他拉動了電鋸的拉繩，電鋸在發動時發出咆哮聲。暴風雨將電鋸推向哈里斯。「離我兒子遠一點，否則我發誓我會把你切成兩半。」

史隆立刻將他的手槍從槍套裡拔出來。「放下電鋸，赫克特。」他在電鋸的轟鳴聲中大喊。

所有人僵持了好一會兒。暴風雨．雙刀情緒緊繃地拿著電鋸，他粗壯的手臂上血管浮凸，宛如地圖上的河流。史隆就像一個悲劇性的幾何方程式，身體直直站著，手臂與地面平行，手槍不偏不倚地對準暴風雨的額頭。接著哈里斯做出一個令人驚訝的舉動：他慢慢站起身來，以一種近乎同情的眼神看著暴風雨，並用正好蓋過電鋸嘎嘎聲的音量問：「你真的希望你兒子看見這種場面嗎？」

暴風雨瞥看了站在哈里斯身後表情驚恐的路易斯一眼，然後關掉電鋸，將電鋸放下。

隨之而來的平靜，讓寇克鬆了一口氣。他說：「如果你們要這個小男孩帶路，他父親也得跟他一起去。」

暴風雨看了寇克一眼，並以幾乎難以察覺的方式點點頭。

哈里斯思忖了片刻。「這個要求很公平。」

「但是他也得去。」暴風雨以戴著手套的手指向寇克。

「歐康納？」

寇克明白暴風雨的用意。暴風雨被迫面對一套對哈里斯有利的體系，畢竟一旦他們進入森林，哈里斯就可以為所欲為，暴風雨必須找人挑戰哈里斯。

「沒錯，還有我。」寇克說。「還有他。」他朝著威利．雷伊點點頭。

「我的老天。」哈里斯驚呼。這時他才發現雷伊在場。「你不是阿肯色．威利嗎？我還以為你已經死了。」

「那些報導過分誇大了。」雷伊不帶笑容地說。

「你在這裡做什麼？」哈里斯問。

「希蘿是我的女兒。」雷伊說。

哈里斯給了他一個幾乎不帶笑意的微笑。「是這樣嗎？我聽說比起履行丈夫的義務，你似乎對別人的丈夫更有興趣。」

阿肯色．威利的臉色沉了下來，彷彿進入了一條黑暗的隧道。當他從隧道另一邊出來時，表情看起來刻薄又強硬。「希蘿是我的女兒，你這個王八蛋。如果沒有我，你絕對無法找到她。」

「不行。」哈里斯堅定地搖搖頭。

「如果阿肯色．威利不去，我就不去。」寇克說。「如果我不去，暴風雨就不去。如果暴風雨不去，他兒子就不去。你眼前還有很長的路要走，哈里斯，你肯定到不了你想去的地方。」

哈里斯打量著他們每一個人。「噢，該死。」他走到一旁，背對著那些人思忖。

暴風雨示意路易斯到他身邊，小男孩乖乖地順從父親的意思，躲進父親的手臂下方。雷伊無聲地向寇克說了聲「謝謝」，史隆則將拿著手槍的手放下，等待哈里斯的指示。

「好吧。」哈里斯最後終於轉過身來表示同意。「可是遊戲規則由我們決定，你們必須完全依照我們的指示去做，否則我們會給你們好看。明白了嗎？」然後他揮揮手，示意史隆跟著他從伐木道那邊離開。「打開無線電，準備展開行動。」

14

「該死。」

喬·歐康納站在照進廚房的明亮陽光下，眼睛盯著放在櫃檯食譜裡的一個完美櫻桃派。食譜周圍全是麵粉和麵糰，彷彿麵包店裡發生了一場大戰。喬的手指沾滿麵糰，牛仔褲上有麵粉手印。那天早上她與蘿絲的對話，在她腦中一次又一次地重播，宛如一首她無法擺脫的糟糕曲目。

「妳該不會想做櫻桃派吧？」蘿絲問，急切地為她姊姊尋找出路。

「如果不想，我就不會說我要做。」喬回答。

「至少讓我給妳一些提示。」

「提示？我已經三十八歲了，蘿絲，如果我有本事靠著破譯艱澀的法律為生，當然也有辦法照著食譜做出一個櫻桃派。」

「可是——」蘿絲試著勸喬。

「沒有可是，我就是要做這個櫻桃派。」

蘿絲原本還想說些什麼，最後只聳聳肩，對著廚房展開雙臂，彷彿要邀請一支軍隊來蹂躪她最珍愛的地方，沉著臉說：「好吧，那麼妳請自便。」

喬雙手叉腰，看著被她弄得一團亂的廚房。「老天。」她低聲地說，對於自己的固執深感後悔。

她們姊妹在很早之前就已經建立了各自的領域。她們的母親是軍隊護士，她們在成長過程中搬了十幾次家，面對了十幾次適應新環境的阻礙。蘿絲從小就比較豐腴，臉上有雀斑，經常被其他孩子欺負。她的個性溫柔且猶豫不決，讓她無法反擊別人。喬總是為她們兩人奮力抗爭。十三歲那年，喬將山姆休斯頓堡陸軍基地[9]某位上校之子的鼻梁打斷，因為那個男孩子辱罵蘿絲、搶走她的包包、拿出包包裡的衛生棉條，嘲笑地說：「妳用這個塞住妳醜陋的下體！」喬什麼都不怕，只怕她們的母親生氣。她和蘿絲都稱母親為上尉。上尉沒有因為這件事情動怒，最後那個上校之子不僅向蘿絲道歉，還邀請喬去看電影，喬拒絕了。

對蘿絲而言，每個新家都是避風港，她學會尊重並照顧每個家。她很早就開始做飯，喬則負責修理漏水的水龍頭；蘿絲負責洗衣，喬負責更換車子的機油；蘿絲負責縫紉，喬負責修剪草坪。在學校裡，蘿絲喜歡在不引人注意的情況下完成學業，喬則為了名列前茅而持續努力。她們在外表和興趣上如此不同，除了彼此深愛之外，別人可能很難相信她們是親姐妹。

喬在西北大學獲得全額獎學金的第三年，上尉中風導致左半身癱瘓。蘿絲那時候剛開始在東伊利諾大學主修家政，為了照顧母親決定輟學。七年多的時間，照顧母親成了蘿絲的生活重心。珍妮出生前幾個月，上尉因為再次嚴重中風而去世。當時喬在芝加哥大學法學院的課業還剩最後一年，蘿絲主動表示要幫喬照顧孩子。從那時候開始，她就一直是歐康納家不可或缺的一部分。

喬低頭看看自己，她全身沾滿了麵粉和生麵糰，十分懊悔堅持做派，可是她的瘋狂行為有其特殊動機。她的櫻桃派和聖艾格尼斯教會其他女性的手工甜點都是為了教會當晚的聚會而準備，那場聚會是為了伊萊西亞．諾托而舉辦的。伊萊西亞是當地的一個女孩，她參加了本篤會[10]的傳教團到西非的多哥共和國傳教，目前返鄉短暫停留。喬知道教會的女性早就接受了蘿絲，因為蘿絲擁有善良、堅毅、溫柔的特質，而且具有那些女性欽佩的技能。這些因素幫助她很快克服了外來者在奧羅拉的阻礙。蘿絲總說這是因為她肥胖、外型不具吸引力，所以對那些女性沒有任何威脅。無論什麼原因，蘿絲已經找到自己的位置，彷彿她原本就屬於這個與世隔絕的北方偏遠小鎮。喬從來不曾覺得自己被大家接受，雖然奧羅拉的女性都很親切，但喬總覺得有一道牆隔在她們與她之間。蘿絲認為那是因為這裡的女性不理解喬，她認為有一部分的原因是因為她從一開始就選擇在經常違反奧羅拉白人利益的訴訟案件中擔任尼什那比人的律師。除此之外，喬的工作舞臺通常是由男性佔據，而她做得非常成功。最後一個原因是她的外型非常具有吸引力。蘿絲直言不諱地告訴她，這一點是相當大的阻力。

倘若真的有一道牆，那麼去年發生的事已經開始使這道牆倒塌。現在整個奧羅拉鎮的人都知道寇克與莫麗·努爾米的婚外情，大家都對喬表達了同情之意。她深感內疚——如果人們知悉事實，就不會同情她了——但是她被這種突然降臨在她身上的溫暖所感動，因此經常以尷尬的方式試著回報。

在這種可悲的扭曲思維中，做櫻桃派就是她回報的一種方式。

此刻她低頭看著做壞的派餅皮，這張派餅皮甚至拒絕為她做點簡單的小事，例如在蠟紙上讓她擀平。她忍不住小聲地咒罵。

「蘿絲死了嗎？」

喬轉過身，發現寇克正站在廚房門邊看著這場災難。

---

9 譯注：山姆休斯頓堡（Fort Sam Houston）是位於德州聖安東尼奧（San Antonio）的美國陸軍基地。

10 譯注：本篤會（Ordo Sancti Benedicti）是天主教的一個隱修會，由義大利人聖本篤（Saint Benedict of Nursia，480—547）於西元五二九年在義大利中部的卡西諾山（Montecassino）創立。

「她今天一整天都在教會幫忙。我正在下廚。」喬嚴肅地說。

「妳？」

「我以前也曾下廚，你不記得了嗎？」

「相信我。」寇克說。「我記得。」

喬的廚藝是出了名的糟糕，他們在芝加哥的朋友圈都知道。她有本事把料理弄得太軟、太硬或太焦，因此在蘿絲與他們同住之前，都是由寇克負責大部分的烹飪。他的手藝還不錯，她總是第一個承認這一點的人。

寇克往廚房裡走了幾步。「妳在做什麼料理？」

「櫻桃派。為了聖艾格尼斯教會今晚的聚會。」

寇克看了廚房櫃檯一眼，眼前盡是一片混亂。喬擔心他會提出一些建議，但是他沒說什麼，只是點點頭，並看了洗碗槽裡的馬鈴薯皮。「妳還順便做晚餐？」

「對。」她想起孩子們聽見這個消息時臉上驚恐的表情。「冷凍雞塊、馬鈴薯泥、罐頭玉米和罐裝肉汁。」她承認。「你要留下來一起吃嗎？」

「我沒辦法。」他說。

「膽小鬼。」

「不，是真的。我只是順路過來找珍妮和安妮，告訴她們山姆小店今天不營業。」

喬轉過身繼續對付頑強的派餅皮，用擀麵棍努力擀著。「你要去釣魚？」

「比較像是去打獵。有個女人在邊境水域失蹤了，我要幫忙找到她。」

派餅皮黏在擀麵棍上，就像被磁鐵吸住的金屬。

「珍妮在尚恩家，你可以打電話去尚恩家告訴她。安妮在教會幫蘿絲，她們應該很快就回來了。我聽說阿肯色．威利．雷伊在格蘭德美景小屋，安妮說他昨天去山姆小店找你。」

「他只是來找我聊聊瑪萊．格蘭德和以前的舊時光。」寇克說。

「我甚至不知道他還活著。」

「他活得好好的。」寇克說。「而且精力充沛。」

寇克倚在爐邊，看著喬為派餅皮掙扎。她穿著粉藍色的運動衫並捲起袖子，一小滴汗水從她的金髮流到太陽穴上，然後沿臉頰滑落。他欣賞著她臀部的曲線，看她的臀部在擀麵時用力。他覺得有一種陳年的慾望逐漸升起，這種慾望已經很久沒來找過他，既誘人又可怕。

「我該走了。」他說。

寇克還沒來得及離開，史帝夫就從後門衝進廚房，蹦蹦跳跳地投入寇克的懷抱。「爸爸！」

寇克依偎著他的兒子，在兒子身上聞到陽光與枯樹葉的味道。

「你要不要玩橄欖球？」史帝夫急切地問。

「抱歉，兄弟，今天沒辦法。」

史帝夫的小臉頓時浮現失望的表情。

「我有事要離開幾天，也許一、兩天。等我回來，我們再一起丟橄欖球，丟到手臂發痠，好不好？」他撥弄著史帝夫的黑髮。

史帝夫從寇克懷裡退開。「好吧。」他說。他失望的語氣出賣了他。

喬放下擀麵棍，在史帝夫面前蹲下。「嘿，我們吃完晚餐之後可以做一些橄欖球形狀的餅乾，你和我一起做，然後我們可以把那些橄欖球餅乾丟進嘴裡，丟到手臂發痠。好不好？」

「餅乾？」史帝夫的黑色眼眸裡透出一絲驚憂。「妳做的餅乾？」

「我們一起做，所以是我們的餅乾。」

「好吧。」最後他終於點頭，然後轉身跑出去。

「律師大人，妳很厲害啊。」寇克笑著說。

「我擅長談判，尤其對方只有六歲。」

她跟著寇克走到前門，兩人尷尬地站了一會兒，彷彿這是他們第一次約會。

「我回來後就會馬上過來，我會信守對史帝夫的承諾。」

喬點點頭。「好的。」

寇克往前走去。他穿著寬鬆的卡其褲和紅色的圓領衫，去年他瘦了不少，現在看起來神清氣爽且十分健壯。他還戒了菸。這些都是因為他對另一個女人的承諾——喬都知道，而且接受。幾個星期前，喬帶著珍妮、安妮和史帝夫到明尼亞波利斯聖保羅，一起為參加馬拉松比賽的寇克加油。雖然喬沒有對任何人說過，可是她很欽佩寇克——寇克已經四十多歲了，第一次跑馬拉松。他們之間曾經出了那麼多狀況，導致他們分開並各自投入新戀人的懷抱，但他依舊是原來那個最好的老寇克。

「寇克。」她突然喊住他。他在野馬款越野車旁邊停下腳步時，她快步走向他。

他轉身面向她，他臉上滿是陽光，表情中卻似乎藏著許多陰霾。他們之間還有許多沒說出口的話。

「怎麼了？」

她覺得自己很蠢，因為完全不知道自己要說什麼。「我只想說——呃，好好照顧自己。」然後她做了讓他們兩人都感到驚訝的舉動。她倚向他，輕輕吻了他的臉頰。

「謝謝。」寇克有些困惑。「我——呃——我會的。」

她看著野馬款越野車駛離。街上很安靜，陽光照著整條街的房子，宛如牛油在成堆的煎餅上融化。對街飄來柏蒂・法蘭克拿手的醋悶牛肉香味，也傳來柏蒂在廚房吹著〈古老的黑魔法〉[11]的口哨聲。喬頓時覺得萬般空虛，而且與這裡的環境格格不入。

過了一會兒，她突然聽見蘿絲的呼喚。她轉過身，看見她妹妹和安妮正從街角沿著人行道走回來。

「那是爸爸嗎？」安妮問。

「對。他專程來告訴妳們今天不必去山姆小店，因為他今天不營業。」

「我打賭妳甚至沒有留他下來吃飯。」蘿絲說。

「我邀他了。」喬回答。「可是他婉拒了。」

「他真聰明。」安妮說，並趕緊躲到一旁，彷彿她母親會打她。

「妳說這句話的代價是必須替大家擺餐盤。」喬以警告的口吻對她說，並且指指屋裡。安妮進屋之後，喬和蘿絲一起站在陽光下。喬望著野馬款越野車駛離的方向。

「妳為什麼不叫他搬回來？」蘿絲提議道。「他會馬上回來的。」

「他會為了孩子們回來，但我不希望那樣。」

「妳看他的眼神，喬，他也會為了妳回來的。」

「妳真是一個無可救藥的浪漫主義者，蘿絲。」喬轉身走回屋裡。她突然覺得相當疲倦，雖然

11　譯注：〈古老的黑魔法〉（That Old Black Magic）是一九四二年的電影*Star Spangled Rhythm*的主題曲。這首歌於一九四三年獲得奧斯卡最佳原創歌曲獎提名，但最後輸給電影*Hello, Frisco, Hello*的主題曲〈你永遠不會知道〉（You'll Never Know）。

現在還只是中午。

「如果妳願意傾聽一次自己的心聲——」蘿絲表示。

喬在蘿絲把話說完前就關上了門。

蘿絲隨後走進屋裡。「妳太固執了。」她跟著喬走到廚房，但突然停下腳步，不敢置信地看著喬。「我的老天，妳到底做了什麼？」

「櫻桃派。我只不過是在派皮方面遇到了一點麻煩。」

蘿絲露出一抹微笑，然後變成咯咯笑，咯咯笑又變成無法停止的大笑。她就像一個裝滿幼犬的麻布袋般全身晃動，笑得非常厲害，笑到雙腿交叉。「我想我快笑到漏尿了。」

「究竟有什麼好笑的？」

蘿絲走到冰箱前，從冷凍庫拿出一個紙盒，然後遞給喬。紙盒裡有兩個又圓又扁——非常圓、非常扁——的預製派餅皮。

「我很多年沒有自己做派餅皮了，喬，我都是買現成的冷凍派餅皮，這種派餅皮比我自己做的還要好吃多了。」

15

一條盡是碎石子的泥巴路橫過寬闊的草地，草地上長滿了沼澤草和香蒲。這片草地在傍晚的陽光下呈金黃色，紅翅黑鸝在搖曳的香蒲上棲息。寇克望著天空，長長的羽狀雲在藍天裡拖著尾巴。這是高卷雲。還有冰晶。

「距離還很遠嗎？」威利・雷伊問。

「還有幾英哩。」

「你確定希蘿是從這裡進去的？」

「路易斯很確定。」寇克說。「你去過邊境水域嗎？」

「從來沒去過。」

「邊境水域可一路通往美加邊界，進入加拿大之後還繼續往北延伸，不過加拿大人稱它為奎蒂科。那裡有超過兩百萬英畝的巨大樹林、藍色湖泊與湍急河流。」

一輛白色休旅車從對向車道駛來，寇克在狹窄的路上與對方會車時朝著那位駕駛揮揮手。

「說來有趣。」他繼續說道。「那個地方春天有蜱蟲，夏天有蚊子和吸血蟲，秋天有黑蒼蠅，而且酸雨正在害死那裡的魚和樹木，可是人們依然願意排隊領取進入的許可證，彷彿那裡是迪士尼樂園。因為那裡有些景緻是地球上任何地方都沒有的。」

「你常去邊境水域嗎？」

寇克以前常去，帶喬和孩子們一起，他們都喜歡那個地方。

「現在已經不常去了。」寇克回答。

布克．哈里斯已經在這條路終點的停車區等著，他身旁還有史隆探員和格萊姆斯探員。那兩名特務都穿著牛仔褲和長袖羊毛襯衫，哈里斯則穿著一件雅緻的藍色毛衣和休閒長褲，看起來完全不像準備前往荒野的樣子。暴風雨．雙刀和路易斯也在那裡，他們旁邊站著莎拉，三個人都沉默不語。當寇克把車子停下時，警長沃利．沙諾從一輛豐田四輪驅動車下來，那輛車的車門上貼著塔馬拉克郡警長的徽章。他從容地走到寇克停放野馬款越野車之處，並倚到車窗上。

「哈里斯不去。」他告訴寇克。「史隆和格萊姆斯會和你們一起到邊境水域。他們已經把獨木舟推到湖邊了，行李也都已經放在獨木舟上。」

寇克轉頭對身旁的雷伊說：「威利，你先過去，我隨後就到。」

阿肯色．威利．雷依將他的戶外旅行包從後座拿出來，往其他人的方向走去。

沙諾看著雷伊，然後說：「這個人不是——」

「是。」

「他在這裡做什麼？」

「他是希蘿的父親。」

「他怎麼會被扯進來？」

「說來話長，總之他會跟我們一起去。」

沙諾對於這個粗略的解釋似乎不太滿意。寇克認為沙諾可能想知道他們還有什麼事瞞著他，不過沙諾並沒有追問。「我聽說了那些特務人員如何恐嚇雙刀，難怪奧吉布韋人那麼討厭執法人員。」沃利．沙諾抬頭看了天空一眼。「你有沒有聽到最新的天氣預報？明天會下雨，而且到了晚上可能會下雪。」

在碎石子地的另一邊，哈里斯走向暴風雨、路易斯和莎拉・雙刀。那三個人在面對他的時候形成一個緊密的團體，寇克被他們團結的方式所感動。儘管外在的一切可能將他們拆散，但他們依舊團結。他們是怎麼做到的？其他人，無論白人或奧吉布韋人，在遇到這種情況時會怎麼做呢？

沙諾踢踢地上的碎石子。「我不喜歡這件事，竟然逼迫路易斯這麼小的孩子帶路。寇克，你要好好盯著那些人，並且照顧那個小男孩。」他靠向寇克。「你有準備傢伙嗎？」

「我帶了我的點三八手槍。我昨晚還特別清了槍管跟上油。」

「很好。」沙諾無助地將他那雙大手放進卡其褲的口袋裡。「很好。」他又看看那幾個特務人員。「哈里斯說他們已經安裝了無線電的定時回報裝置，他會留在這邊親自監控。」

「他們在警局設立了指揮所？」

「不，他們不想和我們在地的執法人員扯上任何關係。」

「歐康納！」哈里斯朝著他揮揮手。

寇克從野馬款越野車的後座拿出他的行李，加入其他人的行列。

「到了那邊，一切由史隆探員負責。歐康納，你得依照他的指示去做。我說得夠清楚嗎？」

「清楚。」寇克說。

「很好。獨木舟已經在湖邊，裝備也都放到船上了。該準備開始行動了。」哈里斯指指暴風雨和路易斯。「雙刀，你和你兒子帶路，我們其他人跟在你們後面。」

莎拉摸摸暴風雨的手臂，沒有其他動作，不過她彎下腰給了兒子一個緊緊的擁抱。「聽你父親的話，知道嗎？*Akeeg-owwassa*。」她說。**小心**。

暴風雨帶頭沿著用木板架成的步道往湖邊走去，湖泊隱身在高大的沼澤草和香蒲後方。路易斯緊跟在暴風雨身後。

「你們兩個跟上。」哈里斯對寇克和雷伊說。

「我想和莎拉聊一會兒。」寇克回答。「你們先走。」

哈里斯以尖刻的眼神盯著他，但寇克已轉身走向莎拉。「你最好動作快一點。」哈里斯厲聲地說，然後示意史隆和格萊姆斯跟著他走。他們跟在暴風雨和小男孩身後離開。

莎拉看著那些特務人員走進高高的草叢，她雖然面無表情，眼中卻充滿憤怒。「那支手槍不是暴風雨的。」

「我知道。」寇克說。

「你要保證不會出事。」

「一定會沒事的，我向妳保證。」他說。

「那些人──他們是*Majimanidoog*。」

「我知道。」寇克揹起背包。他在揹上肩帶時發出哼聲。「莎拉，只要一、兩天，一切都會結束。」

「我們是尼什那比人。」莎拉．雙刀提醒他。「這種事情永遠不會結束。」

對此他無可反駁，於是他轉過身，沿著其他人剛才走過的步道進入那片高高的草叢間。威利．雷伊走在隊伍最後面。

在草叢間走了一百碼之後，他們來到一個小湖灣。獨木舟停放在湖邊，他們的裝備安置在船中與船尾的橫板下方。暴風雨．雙刀與路易斯站在其中一艘獨木舟旁，史隆和格萊姆斯站在另一艘旁邊。哈里斯不耐煩地看看手錶。

寇克對著特務人員挑選的獨木舟款式贊同地點點頭。十八英呎的凱夫拉爾勘探者。他對雷伊說：「這種獨木舟堅固而且輕巧，便於陸上運輸。」

「我們會有很多陸上交通嗎？」

「我無法給你答案，因為我不知道我們要去哪裡。不過如果要深入邊境水域，陸上交通是少不了的。哈里斯，這艘獨木舟是給我們的嗎？」寇克走到最後一艘獨木舟旁時問。

「你和雷伊共乘一艘，雙刀和他兒子共乘一艘。史隆和格萊姆斯共乘另一艘。快點收好你的裝備，準備啟程。」哈里斯命令道。

「他讓我想起我在越南時的一名中士。」雷伊低聲說。「那名中士沒有神氣多久，而且幹掉他的不是越共。」

寇克將他的背包放到船尾的橫板下。「你會划槳嗎？」他問雷伊。

「我年輕時在歐札克高地划過船。」阿肯色·威利說。「但如果你不介意，我讓你負責船尾。」

「沒問題。」

「雙刀和那個男孩負責帶路。」史隆探員說。「格萊姆斯和我跟在他們後面。歐康納，你和雷伊殿後。」

寇克在威利·雷伊上船時穩住獨木舟。

暴風雨和路易斯的獨木舟輕盈地划進湖面，迅速且平穩地往前移動。史隆搖搖擺擺地走到船頭，在拿起船槳時差點讓獨木舟翻覆。格萊姆斯將他們的獨木舟往前推到湖中，也划了出去。

阿肯色·威利將他的船槳划入小湖灣平滑的湖水中，然後轉頭問：「剛才那個女人叫那些傢伙什麼？什麼麻吉？」

「不是麻吉。」寇克回答。「*Maji*。*Majimanidoog*。」

「*Majimanidoog*。這是什麼意思？」

「*Majimanidoog*。」寇克一邊思忖，一邊將獨木舟划出小湖灣，跟著另外兩艘獨木舟進入湖裡。「呃，以基督教來說，我想你可以稱他們為惡靈。」他最後回答。

16

下午起風了，不強勁，但是持續吹拂。當希蘿試圖在湖面上划動獨木舟時，必須對抗這道風。她正划向一座大島，那座大島的南邊有高聳的灰色懸崖，上面長滿松樹。她想在那裡停下來休息一會兒。那座大島看起來不遠，可是逆風而行讓一切變得困難。

她在馬里布[12]的房子有一間重訓室，她每天鍛鍊身體，付錢請教練指導她保持完美的身材。她這麼做是為了事業，好讓她在舞臺上可以穿著有如外科手術使用的手套那般貼身的衣服。她在邊境水域不必擔心自己的外貌。她健行、游泳、劈柴，但她不認為這些是必須納入每日行程的訓練。做這些事與她受過的任何訓練感覺都不相同——做這些事的感覺更好。

但她現在十分疲倦，她已經在湖上划了幾個小時，持續吹拂的風逆著船頭吹來，她必須努力讓獨木舟保持直線行駛。她的手臂很痛，覺得手上起了水泡，那座大島卻沒有變得比較接近。

她記得幾個星期前和溫德爾一起划船渡湖，當時他讓她坐在船尾，要她負責划槳，那個時候也是吹著逆風。

「妳可以做些讓步。」溫德爾建議她。「不要硬打一場會輸的仗，把自己交給風。」於是他們改變路線，隨著風向移動，直到抵達一座島嶼的背風處，然後利用那個地點提供的庇護來重置路

12　譯注：馬里布（Malibu）是美國加州洛杉磯的一座富裕城市，許多演藝圈名人皆居住於此。

線。

於是她放棄了與風對抗，選擇靠向北邊的一堆岩石，讓風在那裡幫助她。她把獨木舟拖離湖面，停放在被陽光曬得溫暖的石頭上。這時的風已經不再是她的敵人，反而讓她的身體變得涼爽。她望著天空，空中飄過的那些不曾被她注意的景緻令她驚嘆——既像蜘蛛紡出的長絲線，也像乳草屬植物的絨毛，或是花粉上的黃色粉末。她看了一會兒，然後從背包拿一條燕麥棒出來吃，也從水瓶裡喝了一些水。她真希望自己帶了吉他。住在小屋裡的那段時間，她再一次愛上自己的音樂。

她還年輕的時候，尤其在母親去世之後，她透過音樂來表達悲傷，讓音樂代替眼淚從她身上流瀉而出。威利·雷伊看出這一點，鼓勵她持續創作音樂。那段日子他們兩人相處得很好，但後來他們時常爭吵，而且吵得很凶。威利說她不知感激且太過頑固，或許她確實如此，但她當時不覺得。他把她送到寄宿學校，她在那裡學會了以音樂來表現叛逆。十五歲那年她組了一支樂團，這個以田納西口音唱歌的女孩開始唱著充滿憤怒的龐克搖滾樂[13]歌詞。她不喜歡這種類型的音樂，但把它當成一種強大的武器。最後威利·雷伊勉強向她提出一項妥協：只要她改玩柔和一點的音樂，重拾她最初創作的鄉村歌曲，他就為她灌錄專輯。

她再次愛上自己創作的音樂，那些購買她第一張個人專輯的樂迷也喜歡她的歌曲。她的專輯拿到了白金唱片認證[14]。有一段時間，她和威利·雷伊感覺又像一家人了，至少比以往任何時候都更像家人。可是一如往常，威利必須忙著主持節目，因此最後他們又回到原點，透過憤怒的話語彼此對立：她大吼大叫，說他不是她的親生父親，沒有資格控制她的生活；他又可憐兮兮地重提那句她不知感激。十八歲那年，她的白金專輯讓她有了自己的節目，於是她搬往密蘇里州的布蘭森。噢，老天，那裡的粉絲愛死她了。

她在離開布蘭森之後去了洛杉磯，並且從那時候開始酗酒和吸食毒品。她遠離自己的初心，也遠離了有如邊境水域沁涼純淨的泉水般流淌的音樂靈感。她服用毒品後可以在朦朧的意識中寫出新歌，她的製作人也願意採用那些歌曲，配上樂器演奏與和聲給予她勇氣。她為了事業而推出那些歌曲，並且配合拍攝音樂錄影帶。她的音樂相當受到歡迎，專輯十分暢銷，可是她已經很久沒有喜歡音樂的感覺。那種生活就好比與一個她所厭惡的男人同居，那個男人能支付她生活所需，因此她無法離開。

她望著湖面上閃閃發光的藍色，一邊甩甩抽筋的雙手、扭扭痠痛的肩膀。她從背包裡拿出地圖研究了很久，然後又望著湖面。過了一會兒，她開始弄明白幾件事。她找到了南邊有懸崖的大島，也找到了她所在的突出岩石。溫德爾在地圖上畫了橫越湖泊的箭頭，她現在已經來到那些箭頭的北方。不停吹拂的風會使她難以重返正確的路線，然而如果她向風屈服、如果她讓風幫助她去到東邊的湖岸，根據地圖所示，她可以沿著陸路往南前進，去到一條名為鹿尾河的藍色線條，讓她離開這座湖。

她因為坐著不動而開始覺得冷，因此又穿上了牛仔夾克。不停吹拂的風本身也帶著一股寒氣，她抬起頭看著天空，高高的雲縷像沾黏在藍色毛毯上的羽絨般飄著。天空的景象讓她感到不舒服，

---

13 譯注：龐克搖滾樂（Punk Rock）是搖滾樂的分支類型，出現於一九七〇年代中期。這種曲風具有強烈的旋律與演唱風格，透過精簡的樂器表達反建制（anti-establishment）的歌詞。

14 譯注：唱片發行的銷量認證體系包括銀唱片（Silver）、金唱片（Gold）、白金唱片（Platinum）及鑽石唱片（Diamond）四級，銷量逐級遞增。如果銷量是白金唱片或鑽石唱片級的倍數，則會頒予「多白金唱片」（Multi-Platinum）或「多鑽石唱片」（Multi-Diamond）認證。世界各國因為國內市場大小不同，因此認定的標準也不同。美國的白金唱片指發貨量（非銷售量）達一百萬張。

但她說不出是什麼原因。她站起身來，回到獨木舟上。

她在湖面上停了一會兒。她身體的每個部位都在發痛，可是她無法求助。她有任務要完成，除了自己找不到別人來做，於是她深深吸了一口氣，壓下疼痛的感覺，將船槳划進湖裡。

17

暴風雨．雙刀划得很快，似乎不會疲倦。一部分的原因是由於他的體格壯碩：他長年以伐木為業，加上監獄生活無聊，讓他鍛鍊出健壯的上半身。另一部分原因是來自他的憤怒：他划動船槳的情緒就宛如拿刀捅人。年幼的路易斯也沒有一絲抱怨，當他累的時候，就把船槳放在舷緣休息，但他們那艘獨木舟始終不曾減速。

寇克仔細觀察那兩個特務人員。格萊姆斯很容易了解，如果他是一隻狗，他會是隻鬥牛犬。寇克覺得他這種人能在聯邦調查局裡獲得晉升是件怪事，因為對於主管而言，他太過獨立，也圓滑得讓人覺得危險。寇克很好奇他的個人檔案會是什麼樣子，裡面可能寫滿了他根本不太在意的訓斥。不過寇克可以明白格萊姆斯為什麼被派來參與這個案子：他十分熟悉荒野。他划槳的動作像與生俱來的本能，在陸路搬運獨木舟時也強健有力。寇克覺得獨木舟的款式以及兩名特務人員攜帶的裝備可能都是格萊姆斯挑選的。如果需要開戰，寇克會希望格萊姆斯與他站在同一陣線。

德懷特．史隆比較難以看透。這名體格矮胖的黑人個性安靜沉默，做事深思熟慮，甚至有點不情不願，這些特質與格萊姆斯拙劣的熱情一樣怪異。他不表示任何意見，任憑路易斯帶路，只偶爾詢問那個小男孩距離還有多遠以及要往哪個方向走。可是在面對暴風雨時，他的態度就不同了——他變得嚴厲且警惕。在陸路交通時他刻意讓雙刀父子分開走，大家停下來休息時，他總是目不轉睛地盯著暴風雨。寇克知道那支手槍和特務人員宣稱發現的錢都是他們栽贓的，雖然他自己當警察時從來沒有使用過這種手段，但他知道很多人在追求正義時會這麼做，而且那些人不覺得這種熱忱是錯的。寇克經常在白人的眼裡看見他們對印第安人的不信任，但當看到史隆不厭其煩地學習*ma'iingan*這個字的涵義，令寇克深感驚訝。

即將日落時，他們已經走了三段陸路，其中最長的一段是五百五十碼的泥濘小徑，他們必須分兩趟完成，先留下一些行李，將獨木舟成功搬運到下一個湖面之後再回來拿。這耗費了比他們預期更久的時間，也比史隆想像中的旅程更為艱難。他沒說什麼，但是隨著時間經過，他沉重的身軀在每一次陸路交通時越走越慢。

當他們沿著一條名為「桑迪之金」的淺溪完成最後一趟陸路交通，並抵達寇克所知的「裸臀湖」時，傍晚的天空是純淨的藍色，高高的雲層則像紅鶴的羽毛一樣呈粉紅色。

「我們必須休息。」史隆咕噥著。他卸下身上那個裝滿食物的背包，倚著一棵高大的北美短葉松坐下。「我們應該吃點東西，而且我必須使用無線電回報。」不過他什麼都沒做，只是閉著眼睛休息。

寇克望向湖面，「桑迪之金」從一個小小的入口流進湖裡，再過去就是一面開闊的圓形湖泊，往前延伸至地平線的另一頭，湖中沒有任何小島。這座湖泊的正式名稱為「尷尬湖」，在傳說的故事中，它因為沒有小島而感到尷尬。在地人稱它為「裸臀湖」，原因相同。

「路易斯，我們接下來要往哪個方向走？」寇克問。

小男孩指指正北方。

「什麼意思？」史隆問。他的眼睛幾乎要睜不開了。

「這表示我們應該繼續前進。」寇克說。「在天黑之前抵達湖泊另一端將會是一段艱難的航程，特別是如果風向有了變化。」

「為什麼風向會改變？」史隆問。

「我的意思不是風向一定會改變，但如果風向變了，我們可能會有麻煩。」

「那麼我們就留在這裡。」史隆說。

「如果我們繼續趕路，可以更快找到那名女子。」寇克說。

史隆發出一聲大大的嘆息。「不管怎麼說，休息十五分鐘應該不會有太大的差別。格萊姆斯，我們有什麼東西可吃？」

格萊姆斯彎下腰去察看史隆放下的背包。「肉乾。」他說。他看了路易斯一眼。「小朋友，你要不要吃巧克力棒？」

「路易斯，他們都怎麼稱呼這座湖？」阿肯色．威利問。他們每到一座新的湖泊，他就會問路易斯這個問題。他似乎很喜歡那些奧吉布韋名稱的發音，也喜歡路易斯轉述溫德爾所說的故事。

「這座湖叫做『她不哭』。」路易斯說。

威利．雷伊在一棵斷掉的松樹樹幹上坐下，揉揉手臂的肌肉。「真好聽的名字。」

「對啊。」格萊姆斯說。「那是什麼意思？」他可能不太願意承認，但是他和雷伊一樣愛聽路易斯分享的故事。

路易斯一邊吃巧克力棒，一邊講述溫德爾叔公告訴他的故事。

「以前有一個偉大的獵人，他和他的妻子及孩子們住在這裡。每個人都說他是世界上最偉大的獵人，但是Nanabozho聽到這種說法之後非常生氣，因為Nanabozho覺得自己才是世界上最偉大的獵人。」

「誰是Nanabozho？」格萊姆斯問。

「一個詭計多端的精靈。」路易斯說。「經常惹是生非。」

「跟你很像啊。」雷伊對著格萊姆斯說。

格萊姆斯朝著雷伊咧嘴一笑。「小朋友，繼續說故事。」

「有一天，當獵人的孩子們在玩耍時，Nanabozho變成一隻熊擄走他們，把他們藏在一個很遠的山洞裡，然後再變成一個老人來到獵人的小屋。他告訴獵人他看見一隻巨大的熊抓走了孩子們。獵人的妻子聞言後傷心欲絕，但是她的丈夫要她不必擔心，因為他會去獵殺那隻大熊，把孩子們帶回來。Nanabozho覺得好玩，自願陪獵人一起去找熊。結果，他很訝異獵人高強的追蹤能力，因為只過了幾天，獵人就找到了Nanabozho藏匿孩子們的洞穴。獵人因此贏得了Nanabozho的欽佩。然而當他們走進入洞穴時，孩子們卻不在裡面。獵人發現有達科塔族進出過洞穴的蹤跡，達科塔族是一個好戰的原住民族。獵人發誓要找到那些達科塔族並救出他的孩子們，他拜託依舊偽裝成老人的Nanabozho回他家去，把最新消息轉告給他的妻子知悉。Nanabozho心裡很慚愧，照著獵人的指示回到他家。獵人的妻子聽了之後十分平靜，她的反應令Nanabozho吃驚。她解釋說，她的丈夫是世界上最偉大的獵人，所以一定會把孩子們帶回來，無論需要多長的時間。後來她就一直等著，等到她都老了，可是她從來沒有掉過一滴眼淚，因為她始終相信她的丈夫。到了最後，Nanabozho將她變成這座美麗的湖泊，她依然不流淚地等待丈夫和孩子們歸來。」

「這是一個很棒的故事。」威利．雷伊說。「路易斯，你說得很棒。」

格萊姆斯看著湖面。在下午的陽光下，湖面呈現一片深邃的藍。「『她不哭』，她沒有掉任何一滴眼淚，對不對？那邊是島嶼嗎？」然後他思忖了一會兒，又問：「小朋友，請你告訴我——為什麼有個地方會以陰道命名呢？」他問完之後哈哈大笑。

史隆忙著傳送無線電，寇克則一直看著天空。「我們該走了。」他等史隆傳送完無線電之後說。史隆聽出寇克聲音裡的急迫，他望向寇克所看的地方，看見了寇克看到的景象：厚厚的雲層像大火冒出的煙霧，從地平線那一端升起。

「男士們，起身吧。」史隆說。「我們該繼續趕路了。」

18

接近日落時，風向突然改變了，雲也出現了。雲層在西北方現身，在最後的陽光下呈鮮紅色，看起來像是正在發怒。那些雲才飄過半邊天空，就變成了邪惡的黑色，吞沒了星星，饑渴地撲向初升的月亮。黑暗來得很快，希蘿來不及抵達能讓她離開大湖泊的鹿尾河，相反地，她找了一個小湖灣，把獨木舟拉到岸邊，然後在一堆大石頭後面安頓下來。那些大石頭可提供她一些庇護，讓她免受風向改變帶來的寒意。她撿了一些木頭，用小刀刨出一些木片來點火，這是溫德爾最先教她的事情之一。她生了火，把水倒進她帶來的小鍋子裡，再倒入一包脫水蔬菜湯。當她終於可以坐在火堆旁看蔬菜湯慢慢煮沸時，整個人已經累癱。她的手掌上長滿了水泡，嘴唇也已經乾得裂開。她的黑色長髮感覺像一堆乾草。

然而她知道自己身在何方，也知道自己是怎麼到這裡來的，因此她開始相信——真心相信——她可以靠自己的力量離開邊境水域。

蔬菜湯開始滾了，湯的香味讓她口水直流。她戴著手套把小鍋子從火堆移到一塊平坦的石頭上，等湯變涼的時間，她將顫抖的身體倚在一塊直立的岩石邊，閉起眼睛休息。這天早上，她還對於要離開熟悉的小木屋感到害怕，但那似乎已經是很久以前的事了。此刻的她已經經歷一整天的冒險，獨力跋涉這麼長程的距離，讓她忍不住露出微笑，想要開口歌唱。

「噢，浩瀚的江河。」她閉著眼睛開始輕輕吟唱。「我無法橫越，也沒有可以飛翔的翅膀。請賜我們一艘可供雙人乘坐的船，讓我和希蘿一起越過江河。」[15]這是她母親以前常唱給她聽的一首歌，也是希蘿最先學會彈奏的歌曲之一。在她這一生中，每當她需要安慰、想得到心靈的平靜、覺得自己與母親產生了連結，或者需要與母親產生連結的時候，就會唱起這首歌曲。雖然她對母親的記憶不多，可這首歌就像她們之間一根永不斷裂的繫繩。

她哼唱了大約一分鐘，然後睜開眼睛。她看見距離火堆大約十碼遠的樹林裡出現兩個有如餘燼的光點，令她感到困惑，於是她將身體往前傾，又仔細看了一眼。她看見那雙發光的眼睛，還有一張又黑又溼的嘴巴，隨後又看見了大大的白色犬齒正在閃閃發亮。

希蘿嚇壞了，她的眼睛直直盯著那隻北美大灰狼，而那隻大灰狼也在黑暗中直直盯著希蘿。

15 譯注：這首歌為蘇格蘭民謠《The Water Is Wide》，此段歌詞為The water is wide, I can't cross o'er, And neither do I have wings to fly, Give me a boat, carry two, And both shall row, My love and I. 希蘿的母親將末句的吾愛（My love）改為希蘿的名字。

19

將月亮吞噬的黑暗以及從黑暗中吹來的強風改變了一切。寇克起初試著靠指北針並划動獨木舟來穩住他們航行的方向，但最後決定順著西北風轉向西邊。他們看不到湖岸，也看不見彼此。寇克將手電筒掛在船尾，並叫其他人也這麼做，如此一來就不會有任何一艘獨木舟失去方向。

雖然路易斯說不出地圖上任何一個地點的名稱，但寇克相信他們正朝著裸臀湖北方的小麋鹿河前進，因為要到位於邊境水域深處的湖泊區，都是從那邊進入。為了抵達小麋鹿河，他們必須在一個叫鑽石灣的小湖灣登陸。登陸之後，從陸路通往小麋鹿河就會比較容易。然而他們現在在黑暗中逆風而行，天知道他們會從哪裡上岸。

寇克累了，他也擔心其他人會累。暴風雨大概可以划一整晚，他划動船槳的速度完全沒有慢下來。落於後方的格萊姆斯和史隆吃力地想跟上另外兩艘獨木舟，寇克猜想史隆可能已經耗盡體力。寇克不知道他們還能撐多久，也不知道還有多遠才能靠岸，現在除了強迫肩膀與手臂繼續動作、一次又一次划動船槳，沒有別的辦法。

天色變暗後將近一小時，他們已經身陷漆黑的夜色之中。最後，寇克感覺風速變慢了，他知道他們有了湖岸北側樹林的屏障，於是他解開手電筒，將光束照向他們前方。前方有一排連續的岩石與樹林，一路延伸至光束外的黑暗兩側。另外兩艘獨木舟划到寇克與雷伊的獨木舟旁。

「怎麼了？」史隆咕噥一聲，看起來已筋疲力竭。他將船槳橫在舷緣，身體重重壓在船槳上，表情因疲憊而顯得無精打采。

「我們在鑽石灣的西邊。」寇克告訴他。

「岸邊還有多遠？」

「我不確定。」

史隆轉頭凝視著東邊的暗處，深深吸一口氣，然後拿起船槳說：「那就繼續划到鑽石灣。」

鑽石灣沒有寇克想像中那麼遠。十五分鐘之後，他們就進入了鑽石灣，並且輕易地找到登陸點。他們將獨木舟拉到岸上，史隆用手電筒查看環境。「這裡已經夠好了。」他疲倦地說。「我們就在這裡紮營。」

「沿著這條小路，大約一百一十碼就可以抵達小麋鹿河。」寇克用手電筒照向白樺樹之間的一條狹小通道。那條小徑上覆蓋著金黃色的落葉，看起來宛如黃磚路。「那裡有邊境水域獨木舟荒野區的官方露營地。」

史隆搖搖頭。「今晚到此為止。我們留在這裡。」

「你可能要考慮一下。」暴風雨建議道。

史隆不屑地看他一眼。「為什麼？」

「因為有人跟蹤我們。」暴風雨回答。

格萊姆斯朝他們身後那片遼闊的漆黑湖面看了很久。「鬼扯。」他說。

寇克也往那裡望去，但是除了深邃且無法看透的空曠湖面之外，什麼都沒看見。史隆走到他身邊，凝視了很久之後才問暴風雨：「你為什麼認為有人跟蹤我們？」

「你問路易斯吧。」暴風雨說。

史隆蹲下來。「小朋友，怎麼回事？」

「湖面上有一顆星星。」路易斯說。

「星星？我什麼都沒看見。」

「它一會兒出現一會兒消失。」路易斯說。

「一顆星星跟著我們，而且一會兒出現一會兒消失。」格萊姆斯笑著說。「小朋友，這聽起來像是另一個印第安故事。」

寇克依舊盯著漆黑的湖面。「我不確定這是不是故事。很可能是有人抽菸，路易斯看見了香菸的餘燼。」

「我們該怎麼做？」阿肯色．威利問。

「我認為暴風雨說得對。」寇克說。「我們從陸路前往小麋鹿河，湖泊這一區只有那條小徑可走。如果真的有人跟蹤我們，他們就必須走相同的路線。我們可以等他們自己送上門來。」

「歐康納，別忘了這裡由我指揮。」史隆以尖銳的語氣提醒他。

「好。」寇克說。「你有什麼建議？」

「就算湖上有人，也可能與我們無關。」

「但如果有關呢？」

史隆思忖了一會兒。「格萊姆斯，你留在這裡，躲到看不見的地方，這樣就可監視是否有人上岸。我們其他人到小麋鹿河那邊紮營。」

史隆將他一路上隨身攜帶的步槍交給格萊姆斯，然後從裝備包裡拿出一個大小比麵包略小的盒子，從盒裡拿出一個望遠鏡。寇克猜想應該是紅外線望遠鏡或夜視望遠鏡。

「小心觀察，好嗎？」史隆遞給格萊姆斯一個對講機。「每隔十五分鐘回報一次。」

「無線電留給我。」格萊姆斯說。「你也可以減少背包的重量。等我去找你們的時候再帶過去。」

格萊姆斯帶著他的背包、步槍和無線電，在獨木舟上岸區一棵斷裂的白樺樹樹幹後方安頓下來。那根斷樹上爬滿了覆盆子的藤蔓。其他人揹起背包、將獨木舟扛到肩上，開始往小麋鹿河走去。路易斯因為裝滿食物的背包而微微彎腰，那個背包的重量對小男孩來說是沉重的負擔，可是他沒有絲毫抱怨。他走在最後面，手裡拿著強力手電筒，用光束照亮小徑，以利那些扛著獨木舟的大人可以看見他們所走的路。他們走得很慢。這條陸路十分平坦乾燥，路面被踩得光禿禿的。不到十分鐘，前方就傳來小麋鹿河流動的水聲。

寇克以前曾來過小麋鹿河，這條河十分湍急，河水的顏色像茶一樣，因為分水嶺的泥塘滲進河裡。這條河沿途有幾個困難的路段，都是河水從高聳的懸崖往下沖積的路段，不過這些路段都有可供陸路行走的小徑。旺季時，小麋鹿河是通往北方湖泊極佳的河道，但這個季節天氣乾燥，寇克不確定這條河流是否依然順暢。

他們在小徑盡頭的河邊找到了露營地。他們放下獨木舟和背包，史隆做的第一件事就是透過對講機與格萊姆斯聯繫。格萊姆斯回報沒有異狀。

「歐康納，你可以替我們生火嗎？」史隆問。

「這不是個好主意。」寇克把聲音壓低，以免路易斯聽見。「生了火，別人就很容易瞄準我們。」

「我必須承認，歐康納，我傾向同意格萊姆斯的觀點。那個孩子根本胡說八道。」

「既然如此，你為什麼把格萊姆斯留在那邊？」

「我當然要確定事實。」

「那麼就等確定事實之後再生火。」寇克說。

史隆看起來已經厭倦了爭辯。「去找木柴。」他說。「我們待會兒再生火。」

寇克將繫在背包上的小斧頭解開，拿掉斧頭的護套。「暴風雨，你介不介意替我們砍點柴火？」他問。

「我不希望那個人拿斧頭。」史隆怒斥。

寇克沉默了一會兒，等自己被史隆激起的怒氣消退。「暴風雨是砍樹高手。」他盡量平靜地解釋。

「我不許那個人手裡有任何可充當武器的東西。」史隆伸手去拿斧頭，但是寇克又把斧頭搶回來。

「如果我要殺你，根本不需要斧頭。」暴風雨對史隆說，並將襯衫的袖子捲到發達的臂肌上。史隆夾在寇克和暴風雨．雙刀之間，看看這個又看看那個，最後才勉強點頭。「好，但是這孩子要和我們待在這裡。」

暴風雨從寇克手中接過斧頭，然後對他兒子說：「路易斯，去搭帳篷。」他拿起手電筒，把外套披在肩上，往樹林裡走去。

寇克從自己的背包裡拉出一個緊緊捲起的帳篷，一個雙人用的尤銳卡帳篷[16]。「你有沒有搭過帳篷？」寇克問威利．雷伊。

「離開《臭鼬霍勒的方形舞》之後就沒搭過。」阿肯色．威利故意以濃濃的歐札克方言回答。「在蒙福的歐札克人心中，上帝給了我們最棒的露營地點。我是說真的，我真心這麼認為。」

「好，那麼你負責搭好我們的帳篷，我去幫忙那邊的露營菜鳥。」寇克指指史隆。史隆正一臉

16 譯注：尤銳卡帳篷（Eureka Tent & Awning Company）是美國的帳篷品牌，成立於一八九五年。

困惑地看著自己的帳篷包。

「可是我要先忙另一件事。」阿肯色．威利說。「我已經忍了一個小時，可以讓我先去上廁所嗎？」他從背包裡拿出一袋衛生用品後，拿著手電筒匆匆走進樹林。

寇克走向史隆。「我來幫你。等你看到搭好的帳篷之後，就會覺得一點都不困難。你幫我拿著手電筒。」

史隆沒有反駁。

寇克一邊從袋子裡抽出捲起的帳篷，一邊小聲地問：「你為什麼對暴風雨這麼不客氣？」

「他是一名前科犯。」

「這就是你對他的印象？」

「這就是我需要知道的事。」

寇克將捲起的帳篷展開，找出釘栓及組成框架的彈性桿。「你又如何看待路易斯？」

「他知道該怎麼讓我們抵達我們要去的地方。」

「這就是你需要知道的事，對吧？你幫我把這個攤開，但先確定地面上沒有尖銳物。」當他們一起攤開帳篷時，寇克又問：「史隆，你有妻小嗎？」

「我此刻只是一名執法人員。」

「你是一個為了養家活口而努力工作的人，但是你有沒有想過，萬一這孩子出了意外該怎麼辦？」

「不會出事的。」

「你有水晶球？你知道邊境水域那裡的狀況嗎？你知道誰在跟蹤我們嗎？」

「我認為根本沒有人跟蹤我們。」

「拿去，用這個釘栓把那個鐵環固定在地面上。」

史隆照著寇克的指示去做。

「如果沒有人跟蹤我們，這孩子為什麼要說謊？」寇克問。

「他父親叫他這麼做。」

「暴風雨為什麼要叫他的兒子說謊？」

「前科犯說謊不需要理由。對他們而言，說謊就像上廁所一樣自然。」史隆將另一個釘栓敲入鬆軟的泥地中。「除此之外，他希望我去注意別的事情，這樣我才不會一直盯著他。」

寇克說：「我知道你宣稱在他卡車裡發現的那支槍是你栽贓的。」

「但那筆錢不是。你要不要解釋一下那筆錢是怎麼回事？」

「有人想陷害溫德爾，順便把暴風雨拖下水。我不知道為什麼，但我可以告訴你，我非常信任暴風雨和溫德爾。」

史隆坐到自己的腿上。「現在我要告訴你一些事，歐康納，我很驚訝你當警察的時候沒有學到這些事：永遠不要相信前科犯。容我提醒你，今天早上那個人還威脅著要用電鋸把哈里斯切成兩半。」

寇克搖搖頭。「我搞不懂你，史隆。我覺得有趣的是，你願意花時間學習*ma'iingan*這個詞的涵義。」

「在圖書館裡待幾個小時無法讓我因此對印第安人產生同情，歐康納，尤其對一個因過失殺人而坐過牢的人。」

「我們現在來組框架。」寇克伸手去拿彈性桿。「你把手電筒拿穩。讓我告訴你關於暴風雨．雙刀的事。我認識他很久了，他以前曾經營一家伐木公司，有十幾名員工，包括白人和印第安人。

對他來說，一個人是什麼種族並不重要，只要勤奮工作就好。暴風雨沒賺什麼錢，可是他一定按時支付員工的薪資還有自己的帳單。」

寇克撐起帳篷，並開始將它固定在框架上。

「幾年前，國家森林局開闢了一片用於伐木的國家林地，透過競標，出價最高的企業就可以獲得那片林地的砍伐權。保留區的委員會去找暴風雨，希望他去競標，但是他回覆他們，說他對砍伐那個區域的樹木不感興趣。委員會其實也不想砍伐那個區域的樹木，事實上，他們希望那片林地不要被人砍伐，因為那裡有已經屹立數百年的原始白松樹。那些白松樹被稱為Nimishoomisag，意思是『我們的祖宗』。那片林地對尼什那比人很重要，因為它是*giigwishimowin*的傳統之地。」

「那是什麼意思？」

「每當奧吉布韋族的男孩準備成為男人時，就會離開自己的村莊，到樹林裡禁食一段時間。在那段時間，他會想像未來將引導他人生的願景。」

「類似成年儀式。」史隆說。

「沒錯。暴風雨最後同意協助委員會競標，而且成功得標。負責為國家森林局處理這項標案的人叫做道格拉斯．格林，許多人都認為格林比較像伐木公司的人，而不是森林局的職員。總之，當格林獲悉暴風雨不打算伐木，而是打算保留該區的樹林時，他取消了暴風雨的出價，將砍伐權交給了出價次高者，一間位於明尼蘇達州伯米吉市的大型伐木公司。那家公司計畫砍掉每一棵上好的老松樹，每棵樹的代價是一百美元。」

「雖然暴風雨從來不曾特別在意自己的奧吉布韋血統，但是他有非常強烈的是非觀念，以及很符合他名字的脾氣。他對於標案的結果很不高興。其實暴風雨之前就與格林有過嫌隙，因為格林與大型木材公司過從甚密。暴風雨跑去杜魯斯找格林對質，不過對方拒絕見他。沒關係，暴風雨索性就在停車場等格林下班。等格林終於出現了，他們兩人發生爭執。暴風雨在法庭上表示是格林先動手的，格林拿著拆卸輪胎的扳手朝他揮舞，然而停車場的警衛作證說先動手的人是暴風雨。無論如何，格林在爭吵時摔倒，頭撞在路燈燈柱的水泥座上。根據法醫的報告，格林應該是當場死亡。最後的問題在於陪審團相信誰——站在四、五十碼外隔著許多車輛目擊現場的白人警衛，或者是暴風雨這個印第安人。」

「陪審團裡一定有人支持他。」史隆表示。

「沒有。」寇克說。「陪審團中沒有美洲原住民。事實上，沒有任何有色人種。」

「你希望我怎麼做？」史隆問。「我應該替他難過？」

「不要再以有色眼光看他就好。」

寇克搭好了史隆的帳篷，然後站起身來。

「說到雙刀，他到哪裡去了？」史隆說，並且用手電筒照著樹林。「我已經好一陣子沒聽見砍柴的聲音。」

這時突然有一陣槍聲從他們上岸的地方傳來，寇克等人都因此停下手邊的動作，眼睛望向小徑另一頭的暗處。過了一會兒，槍聲再度傳來。

阿肯色．威利走回營地。「那是什麼聲音？」

史隆急忙拿起對講機。「格萊姆斯，你有沒有聽見我的聲音？發生了什麼事？格萊姆斯？」

20

「雙刀在哪裡？」史隆大吼。

「暴風雨！」寇克朝樹林裡呼喊。

史隆從他的背包裡拿出一個子彈匣和一把手槍。「歐康納，看好那個孩子，不准他離開，知道嗎？」他拿起手電筒，沿著小徑往他們上岸的地方走去。

阿肯色．威利．雷伊動也不動地站在架起一半的帳篷旁，低聲地說：「我的老天。」

寇克從自己的背包裡拿出他的史密斯．威森點三八警用手槍和一盒子彈，將子彈上膛。他很高興自己前一天晚上清了槍並上了油。

「關掉手電筒。」他指示其他人，然後伸手摟住路易斯，平靜且輕聲地說：「我們躲到獨木舟後面。」

他們一起蹲在寇克與雷伊划了一下午的獨木舟後方，那艘獨木舟此刻上下倒置著。雖然那艘獨木舟是以克維拉合成纖維[17]製成，與防彈背心使用的材料相同，但是寇克知道船體太薄，無法擋住

17　譯注：克維拉（Kevlar）是美國杜邦公司（DuPont）於一九六五年推出的一種芳香聚醯胺類合成纖維，具有極佳的抗拉性能，強度為同等質量鋼鐵的五倍，密度僅為鋼鐵約五分之一。此外，克維拉不會像鋼鐵一樣因氧氣和水產生鏽蝕，因此被廣泛使用於船體、飛機、自行車輪胎、軍用頭盔、防彈背心等。

子彈。然而假如真的有人對著他們開槍，獨木舟起碼可以稍微遮擋，不讓他們成為明顯的目標。

「我爸爸呢？」路易斯小聲地問。

「他不會有事的。」寇克告訴他。「他可以照顧自己。」

雷伊緊緊靠著寇克。「你覺得發生了什麼事？」

「那是步槍的射擊聲。」寇克說。「可能是格萊姆斯開的槍。」

「他為什麼不回應對講機？」

「我不知道。」

他們默默蹲著。寇克睜大眼睛想看清楚那條在黑暗中朝著他們敞開的小徑，並且努力捕捉每一個聲音。地面沒什麼風，可是在他們頭上的樹枝不停地搖曳呻吟，蓋過其他大多數的聲音。

寇克感覺到背後突然有一陣空氣流動，轉身後看見了暴風雨・雙刀蹲在他兒子身旁。

「路易斯，你沒事吧？」暴風雨問。

路易斯點點頭。

「我聽見槍聲。」暴風雨對寇克說。「怎麼回事？」

「不知道。我剛才叫你的時候，你為什麼不回應？」

「如果有人打算朝我們開槍，我不會急著讓對方知道我在哪裡。」暴風雨將斧頭握在手中，隨時準備應戰。

他們聽見樹枝在腳下斷裂的聲音，有人正從湖岸那頭迅速往他們靠近。一個比黑夜還黑的身影從白樺樹林間的通道走出來，並且迅速趴到地上。寇克用他的點三八手槍瞄準那個身影趴下的位置。

「歐康納？」

史隆的聲音從那個地方傳來。

「這邊。」寇克壓低聲音回應。

史隆站了起來，他用手電筒直接照著他們，讓寇克的眼睛什麼都看不見。

「雙刀！」史隆大喊。「放下那把斧頭，你這個王八蛋！」

暴風雨將斧頭放在倒置的獨木舟上。斧頭的重量使得它往下滑，掉落在船體旁。

寇克舉起手，試著擋住光線。「史隆，到底怎麼回事？」

「雙刀，轉過身去。」史隆瞪大了眼睛命令道。「把雙手放到背後，馬上照做，不然我會立刻對你開槍。」他將手槍移到手電筒的光束下。

暴風雨照著他的命令去做。

「將他上銬，歐康納。」史隆把一副手銬丟到地上的斧頭旁。「將他上銬，否則我會立刻射殺你們兩人。」

「照著做吧，寇克。」暴風雨說。「他是認真的。」

寇克將暴風雨扣上手銬，然後憤怒地轉向史隆。「到底是怎麼回事？格萊姆斯人呢？」

「你想見格萊姆斯？」史隆的語調升高了，並且微微顫抖。「我就讓你去見格萊姆斯。我會讓你把格萊姆斯看個清楚。走，往小徑走。」他將手電筒的光束轉向他們上岸處，命令大家往那個方向走去。

路易斯跟著光線走在他父親身旁，寇克把手放在小男孩的肩膀上，安慰地說：「這只是一場誤會，我們會把事情弄清楚的。」

少了獨木舟與行李，他們走得很快，幾分鐘後就已經來到湖邊。那棵斷掉的白樺樹在他們右側，上面覆蓋著讓格萊姆斯藏身的覆盆子藤蔓。史隆用手電筒照亮那些藤蔓，覆盆子似乎可以採收了，因為葉子上看起來閃著溼溼的紅光，彷彿被光線照亮的露溼漿果。但其實那些藤蔓上早已沒有覆盆子，即便幾個星期前漿果生長得多麼茂密，現在早已被鳥兒和熊吃光了。

「我們來看看你的手藝，雙刀。」史隆說，並且把暴風雨推到前方。

「路易斯，你和威利留在這裡。」寇克說。他跟著史隆和暴風雨一起走到覆盆子藤蔓的另一側。

格萊姆斯倒在長滿刺的藤蔓中。

「看這裡。」史隆嘶啞地說。他將手電筒靠近格萊姆斯的脖子。那道傷口很深，幾乎讓頭部與身體分開，看起來是俐落的一擊，某個擅長使用斧頭的人在格萊姆斯的頸子上用力揮了一下，從動脈噴出的鮮血仍持續從覆盆子藤蔓上滴落。

「不是雙刀做的。」寇克說。

「不是他才怪。」史隆反駁。「動手的人知道格萊姆斯躲起來，而且知道他的確切位置。你看這邊。」他移動手電筒，將光束對準格萊姆斯腳旁那臺被人砸碎的無線電。「步槍也不見了，這傢伙可能把步槍藏在某個地方，等他決定幹掉我們其他人的時候，隨時可以拿出來使用。我敢打賭他剛才開槍只是為了分散我們的注意力，好讓他有充裕的時間藏槍。」

「湖上有人跟蹤我們。」寇克說。「格萊姆斯有紅外線望遠鏡，也許對方也有，而且搶先發現格萊姆斯藏匿之處。」

「根本沒有人跟蹤我們，歐康納。」

「你看，史隆。」寇克爭辯道。「如果暴風雨殺了格萊姆斯，為什麼他身上沒有血跡？那種傷口肯定會把鮮血噴在凶手身上。」

史隆惡狠狠地打量暴風雨並且沉思。接著他眼裡閃過一道寒光。「雙刀，你的外套呢？」

「外套？我可能放在我砍柴的地方了。」

「是嗎？」史隆不相信。

「我為什麼要殺他？」暴風雨問。

「你有價值一萬五千美元的理由，記得嗎？」史隆站到暴風雨．雙刀面前，看起來像隨時準備殺人。「雷伊！」他喊道。「到我們紮營的地點，從我的裝備裡拿出鐵鍬，把鐵鍬帶來這裡。」

「你想做什麼？」寇克問。

「我們沒辦法帶著屍體走，而且我們不可能回頭。」史隆說。「所以我們只能做一件事：把他埋在這裡。」

「威利，別去。」寇克試著保持平靜，儘管他很想抓住史隆，要史隆理智一點。「聽我說，史隆，現在分開行動實在太危險了，有人帶著步槍和夜視鏡等著我們。」

「根本沒有人，歐康納，是雙刀幹的，你心知肚明，你在保護他。」史隆瞪著寇克，他那雙棕色的眼眸充滿指責之意。「我早就告訴過你，永遠不要相信前科犯。或許我應該說：永遠不要相信印第安人。」他以威嚇的態度對著雷伊揮動手槍。「現在就去把該死的鐵鍬拿來。」

「我去拿鐵鍬。」寇克說。

「不，沒關係。」阿肯色．威利從路易斯身旁走開。「我去就好。寇克，我想你應該待在這裡。」他對著那個害怕的小男孩點點頭。

「帶這個去吧。」寇克把他的點三八手槍遞給雷伊。「你知道怎麼使用嗎？」

「對準目標然後扣下扳機，對吧？我想我應該沒問題。」他對著寇克投以微笑，拿著手槍向他致敬，接著就將手電筒轉向小徑，開始走回營地。

「史隆。」寇克試著勸史隆。「你犯了一個大錯。」

史隆探員看著以自身鮮血染紅了覆盆子藤蔓的格萊姆斯。「我唯一的錯誤，就是讓雙刀離開我的視線。」他回答。

他們在湖岸邊埋葬了格萊姆斯。暴風雨・雙刀挖了一個墓穴，只靠他一個人挖，史隆站在一旁監督。那個墓穴很淺，大約只挖到地表下兩英呎深，鐵鍬就開始撞擊到灰色的片麻岩。灰色片麻岩是加拿大地盾[18]的碎片，遍布於邊境水域的各種生物下方。他們用泥土蓋住屍體，並且在上面堆放石頭，以免動物把屍體挖出來。

「他有宗教信仰嗎？」阿肯色・威利在他們完成安葬之後問。

「我不知道。」史隆說。

「也許我們應該說點什麼，禱告或者祈禱文之類的。」

「禱告是為了安撫活著的人。」史隆用手電筒照著那推石頭，光線反射在他身上，將他的皮膚照成蒼白的灰色，讓他看起來像冷酷無情的死神。「等這一切結束，我們會為他舉辦一場體面的葬禮，請他的家人到場。那時候他的家人可以隨心所欲地禱告。現在我們要回營地去睡一覺，我們還有很長的路要走。」

雷伊、路易斯和暴風雨開始沿著小徑往回走，寇克留在原地小聲地對史隆說：「你誤會雙刀了。這件事表示有一個會殺人的傢伙就在我們附近。」

「我沒有誤會他。」史隆表示。

「你能確定是他做的嗎？百分之百確定？」

「百分之百確定。」史隆轉身走開。

「我有兩項提議。」寇克說。

史隆停下腳步。

「我依舊認為不要生火，而且我認為你和我應該輪流守夜。」

史隆思考了一會兒，他沒有回頭，只回答一個字：「好。」

他們在冷冷的沉默中吃了一頓冷冷的晚餐——餅乾沾花生醬、牛肉乾、乾燥水果、燕麥棒——用冷水將這些乾糧沖進肚裡。他們吃完之後，寇克說：「我去找暴風雨的外套。」

史隆似乎想反對，但他最後還是點了點頭。

「暴風雨，你剛才在哪裡砍柴？」

「往那個方向走，有條沿著小河通往溪流的小徑，距離這裡大約五十碼。那邊有一整片山楊樹，是不錯的乾木柴。我把我的外套掛在一根木頭上。」

「我會找到的。」

「你只會白費時間。」史隆咕噥道。

雷伊剛才已經把點三八手槍還給寇克，於是寇克帶著手槍、拿著手電筒，沿著暴風雨所指的小徑走去。他找到了那條溪流以及那片山楊樹，也發現了幾棵倒下的樹和一小堆被砍斷的樹枝，應該是暴風雨砍的。可是他沒看到外套。

他將手電筒的光束照在小溪上，那是一條清澈的溪流，大約兩英吋深、三英呎寬。飄落的山楊樹樹葉被溪流帶走，宛如香蕉蛞蝓在小溪底部徐徐行進。寇克發現溪邊有個被靴子踩出的鞋印，仔細觀察後，他發現鞋印一路延伸至一條沿著小溪而行的隱密小徑。他小心翼翼地穿過灌木叢，用手

18 譯注：加拿大地盾（Canadian Shield）是從加拿大中部延伸至北部的前寒武紀（約四十五億年前至五億年前）古岩盤。

電筒的光束照亮那條隱密的小徑。他知道這條小徑通往裸臂湖。

走了幾分鐘，寇克來到湖邊。湖水拍打著他腳下的石頭，微風吹動他周圍的樹林。樹枝不停地彼此擦刮，發出的聲響宛如一種寇克聽不懂的語言。他沿著湖岸往前走，走了大約三十碼之後，他來到格萊姆斯遭人殺害的湖邊。

寇克轉過頭，沿著湖岸走回剛才那條小徑。在抵達湖岸與溪流交接處之前，他發現湖面上漂著一樣東西，那東西被卡在幾塊石頭間。他伸出手，將暴風雨的牛仔外套從水裡撈上來。湖水沒能洗掉外套上的污痕。外套的正面有幾道飛濺的深色痕跡，在深藍色的牛仔布上幾乎變成黑色。

「找到了嗎？」寇克回到營地之後史隆問他。

「沒有。」寇克說。他從史隆身邊走過，沒有看他一眼。

「歐康納，如果你肯聽我的話，就能省掉很多麻煩。」

「你找到山楊樹了嗎？」暴風雨疑惑地問。

「找到了。」寇克說。「你的外套不在那裡。」

「我可以發誓我把外套掛在那邊。」暴風雨說。「寇克，你確定沒找錯地方嗎？」

「我確定。」

史隆吃力地站起身來。「我們該睡覺了。」

「我的外套應該在那裡。」暴風雨堅持地說。

「我可以向你保證，暴風雨。」寇克疲憊地回答。「你的外套不在山楊樹那邊。」

「去吧，雙刀，到你的帳篷去。我會讓你繼續戴著手銬。」史隆說。等到路易斯和他父親一起爬進帳篷之後，他對著小男孩說：「不准拉上帳篷的門。我不希望他離開我的視線。歐康納，你還是想守夜嗎？」

「是的。」寇克說。

「這可能是個好主意，好好盯著他。」

就在這個時候，小麋鹿河遠處的森林傳來狼嚎。史隆將手電筒的光束往那個方向照去，卻只照亮一片空曠的樹林。「好極了，現在還得擔心會有狼出現。」

「你不必害怕狼。」路易斯在帳篷裡挑釁地說。「狼是好的徵象，因為我們是Ma'iingan，狼族，牠們是我們的兄弟。」

「小朋友。」史隆冷冷地回答。「但牠們不是我的兄弟。」

21

晚上九點鐘，喬已經打起瞌睡。她坐在史帝夫房間的搖椅上，腿上放著一本《魔櫃小奇兵》[19]。她低著頭，眼睛閉著。

她做了一個短短的夢。

她看見一條長長的教堂走道，走道旁點著燭光，有個被拉長的人影投射在暗紅色的牆面上。接著她發現那條走道其實是一條穿越森林的小路，紅色的牆面則是被鮮血浸溼的樹林。

驚醒時她聽見樓下前門打開的聲音。珍妮開心地與她的蘿絲阿姨打招呼，然後安妮也加入她們，說了一些喬聽不清楚的話，三個人全都大笑起來。

喬闔上書本，把它放在搖椅上。她替熟睡中的史帝夫拉好被子，並關掉床頭櫃的檯燈，打開房門邊的小夜燈。這天傍晚時開始起風，藍色的天空被烏雲遮蔽，天色因此變得陰森。此刻後院的榆樹正在風中不停顫動，金黃色的樹葉被風吹落時沙沙作響。

樓下的蘿絲把電視轉到經典電影頻道，頻道正在播映伯頓・蘭卡斯特[20]主演的老電影。電影中

---

19 譯注：《魔櫃小奇兵》（The Indian in the Cupboard）是英國作家琳妮・雷德・班克斯（Lynne Reid Banks）創作的兒童奇幻小說，於一九八〇年出版，一九九五年被翻拍為同名電影。

20 譯注：伯頓・蘭卡斯特（Burton Stephen "Burt" Lancaster，1913.11.02—1994.10.20）是一位美國電影演員，出生於紐約，曾獲奧斯卡最佳男主角獎。

的蘭卡斯特還很年輕，微笑時露出好看的牙齒。他的牙齒看起來可以撕裂生肉。

「珍妮和安妮呢？」喬問。

「在廚房。」蘿絲的腿上放着一包微波過的爆米花。「尚恩剛送珍妮回來。」

「她進門時我聽見了。這是什麼電影？」

「《繡巾蒙面盜》[21]。」

珍妮和安妮正站在廚房櫃檯的餅乾罐旁，那個餅乾罐是兒童節目《芝麻街》布偶「恩尼」的陶器複製品，是寇克在幾年前買的。當時珍妮在這世界上最愛的人，除了寇克之外就是恩尼。餅乾罐的蓋子開著，珍妮和安妮手裡各拿著一塊巧克力餅乾，兩姊妹因為某事而笑，可是當喬走進廚房時，她們的笑聲馬上停下來。

「妳和尚恩今天過得還愉快嗎？」喬問。她走到兩個女兒中間，把手伸進餅乾罐裡。

「嗯。」珍妮帶著夢幻般的微笑回答。

喬咬了一口餅乾。「你們做了些什麼？」

「我們大部分時間都在聊天。媽媽，尚恩真的很……細心。妳懂那種感覺，我什麼都不必說，他就已經知道我在想些什麼。」

「我敢打賭，我也知道**他**在想什麼。」安妮邪惡地挑挑眉毛。

「他才沒有。」珍妮說，並輕輕推她妹妹一下。

「噢，是嗎？不然他在想什麼？」

珍妮嬌嗔地看著母親求助。

「我懂妳的意思。」喬對珍妮說。

喬真的懂。墜入情網的感覺，尤其是初戀，感覺就像成為宇宙中某種新事物的一部分。當初她愛上寇克就是這種感覺，在很久很久以前。

「我很替妳開心。」她緊緊抱住珍妮，因為太過突然，珍妮拿著餅乾的手被夾在她們兩人中間。喬放開珍妮時看見毛衣上沾滿餅乾屑，忍不住笑了出來。

這時門鈴響了。喬瞥看爐子上的時鐘一眼——晚上九點十五分，對於客人來訪的時間而言已經很晚。她聽見蘿絲去應門，她也走過去看看是誰來了。

莎拉．雙刀走進門廳，屋外的風像一個粗魯的客人般跟著她進來，吹亂了她的頭髮、拉扯著她的衣服。蘿絲趕緊關上前門。

喬認識莎拉．雙刀，可是不熟。在擔任鋼鐵湖尼什那比人的律師時，她偶爾會在部落委員會的會議上與莎拉聊幾句，討論保留區的相關議題。就她對於莎拉的了解，她很喜歡這位女性。莎拉是一個堅強的女人，她的丈夫在斯提沃特監獄坐牢的那幾年，她獨自撫養兒子。

莎拉看起來心煩意亂，並看著身後緊閉的前門。「我覺得有人在監視妳們家。」

喬順著她的目光望去。「妳確定嗎？」

「我把卡車停下來的時候，看見有人站在紫丁香花叢的陰暗處。」

珍妮和安妮這時也走進客廳。安妮站到窗前，從窗簾的縫隙往外偷看。

「有沒有看到什麼？」珍妮小聲地問。

「因為有風，每個東西都在動，看起來一切都是活的。」安妮離開窗邊。「我要出去看一

21 譯注：《繡巾蒙面盜》（The Killers）是一九四六年的美國黑色電影，改編自海明威（Ernest Miller Hemingway，1899.07.21—1961.07.02）的短篇小說，為伯頓．蘭卡斯特演出的首部電影。

看。」

「我們一起去。」喬說，並且走向門口。「蘿絲，妳留著，以免史帝夫醒來。」

「我待在電話旁。」蘿絲建議。「以便隨時打電話給沃利．沙諾警長。」

「我相信沒這個必要。」喬說。

她們走出去時，冷風打在她們臉上。她們四人——喬、莎拉、珍妮和安妮——一起往紫丁香花叢走去。

「那裡。」莎拉．雙刀指指車道旁的花叢陰暗處。

在強風吹拂下，鄰居院子裡一棵高大的白楊樹彎向籬笆，長長的樹影來來去去，不停地與籬笆的影子結合又分離，喬認為這可能導致莎拉誤會那裡躲著一個高大的男人。

「如果剛才那裡有人，現在也已經走了。」她說。

「也許是鄰居。」珍妮說。

安妮試著撥開被風吹到臉上的頭髮。「對啊，可能是岡德森先生。他有時會忘記自己在什麼地方，站在原地與他已過世的哥哥和弟弟說話。」

「或許吧。」莎拉．雙刀點點頭，但顯然並不相信這些解釋。

「有沒有發現什麼？」蘿絲在她們回到屋裡時焦急地問。

「暫時沒有發現，可能是岡德森先生又糊塗了。」喬轉向莎拉．雙刀。「莎拉，都這麼晚了，我猜妳應該不是特別到我家這邊來巡邏的。有什麼我能幫妳的嗎？」

「我們可以談談嗎？」

「當然，到我的書房來。妳想喝點什麼嗎？咖啡還是茶？」

「都不用，謝謝。」

喬帶莎拉到書房，並將書房的電燈點亮。窗戶開著，她桌上的檔案被史帝夫去年母親節送她的彩繪石頭紙鎮壓著，正在風中急速翻動。喬將窗戶關上。

「請坐，莎拉。妳想討論什麼事？」

莎拉坐在喬對面的椅子上，身體保持挺直，這是喬非常欣賞的尼什那比特質。「今天來了幾個男人——聯邦調查局的人，他們強迫路易斯和暴風雨帶他們到邊境水域找一個在那裡迷路的女人。」

「強迫他們？那些人怎麼可以這麼做？」

莎拉告訴她，那些人宣稱在暴風雨車上的工具箱裡發現一把槍，以及在溫德爾・雙刀的拖車裡發現一疊鈔票。

「那些王八蛋。」喬說。然後她突然想到寇克早上說的話，他不是也要去邊境水域尋找一名迷路的女子嗎？

「寇克和他們在一起嗎？」

「是的。」

「他沒有阻止那些傢伙？」

「我猜他也無能為力。」

喬站起身來，開始在書房裡踱步。「這是不對的，他們根本歪曲事實。」

「我只想確定我兒子和我丈夫的安全。」

「還有誰和他們一起去？」

「兩個聯邦調查局的人。」莎拉的眼睛瞇成冷酷的黑縫。「那兩個*Majimanidoog*。另外還有一個不是聯邦調查局的人。」

「妳知道他們要找的那個女人是誰嗎？」

「她叫做希蘿。」

「希蘿？」喬聽見這個名字之後眨眨眼睛，腦中開始拼湊散落的拼圖。

「那個不是聯邦調查局的人，是不是叫做威利・雷伊？」

莎拉・雙刀聳聳肩。「我只知道他是那個女人的父親。」

「妳知道他們要去邊境水域的哪裡嗎？」

「一個叫Nikidin的地方。」

喬將雙手輕輕一攤，表示她不懂那是什麼意思。

「這個字的意思是『外陰』。」莎拉解釋。「暴風雨的叔叔對那裡很熟。」

「溫德爾？」

「對。」

「這就是他們強迫路易斯和暴風雨帶他們去的原因嗎？因為路易斯和暴風雨知道怎麼去？」

「路易斯知道。」

「妳知道怎麼去嗎？」

「如果我知道，我會代替我兒子去。」

喬站到窗前，突然意識到屋外的風已經停了，後院的大榆樹變得很安靜。然而這陣風結束後所帶來的一切，很快就要降臨在他們身上。

「我懷疑沙諾警長知不知道這件事。」

「今天下午他們出發時，沙諾警長也在現場。」

喬伸手去拿電話。「我們聽聽看他怎麼說。」

夜間值班的員警瑪莎・德羅斯表示沙諾警長已經下班回家，於是喬又打了沃利・沙諾家裡的電話。沒有人接聽。她先在電話答錄機上留了言，然後再次打到警局詢問瑪莎・德羅斯這件事，瑪莎堅稱自己完全不知道寇克和那些人去了邊境水域。她的答覆十分令人信服。

喬走到她的辦公桌旁，坐在桌子邊緣，然後真誠地靠向莎拉・雙刀。「我認為我們今晚什麼事也做不了，但是明天一早我就去調查這件事，我發誓我會盡我所能，確保那些人讓路易斯和暴風雨平安回來。」

「謝謝妳。」莎拉說。

「妳今晚只有自己一個人嗎？」

「是的。」

「要不要留在這裡過夜？莎拉，妳可以睡在客房。」

「不了，我在家裡不會有事的。」

喬陪她走到停在路旁的卡車。「我一定會盡我所能。」喬再次承諾。

「*Migwech*。」莎拉・雙刀在開走卡車之前對喬說。**謝謝**。

喬回到屋裡，蘿絲依然坐在電視機前，但是她看著喬，而不是電視機上的伯特・蘭卡斯特。

「發生了什麼事？」蘿絲問。

「我想看看妳的那些八卦報。」喬對蘿絲說。

「妳討厭那種報紙。」

「沒錯，但或許那些報紙可以告訴我一些我現在需要知道的事。」

蘿絲每星期去購物時，都至少會買一份放在收銀臺前的那種標題聳動的八卦報，晚上自己在房間裡偷偷閱讀。當蘿絲翻閱著一頁又一頁的驚人事件及沒有價值的報導時，喬可以聽見閣樓房間裡的搖椅來回擺動的聲響。她們走到樓上，蘿絲打開閣樓房間牆邊由寇克親手打造的置物櫃，裡面擺著六大疊八卦報。蘿絲對著喬不好意思地笑了一下。

「我不確定妳想找什麼。」她說。

「我想讀一下最近關於希蘿的報導。」

「噢，在這裡。」

蘿絲從右邊的那疊報紙中抽出一份，將它遞給喬。頭條的標題寫著「獎金一萬美元！」標題下方有一張名為希蘿的那個女子的醜照。喬約略讀了一下內容。

「謝謝妳，蘿絲。」她把那份八卦報還給蘿絲。

「裡面還有一篇有趣的文章，是關於新墨西哥州阿布奎基市的一位女士在游泳池裡看見聖母瑪利亞。」

「那篇報導就不必了，謝謝妳，我已經找到我需要的東西。」

這時她聽見樓下的電話響起。過了一會兒，珍妮朝樓上喊著：「媽媽，電話。是沙諾警長。」

喬在她的臥房裡接聽電話。

「喬，我聽到妳的留言了。」沙諾說。「有什麼我能為妳效勞的？」

「你可以先說說你為什麼袖手旁觀，讓那些聯邦調查局的惡霸強迫路易斯．雙刀帶他們去邊境水域。」

「我沒有袖手旁觀。」沙諾說。「當我知道這件事時，他們已經做好了決定。」

「該死，沃利，你怎麼能讓這種事情發生？看在老天的份上，你怎麼能讓路易斯那個孩子暴露在天知道可能多麼危險的環境中？」

「等一等，喬，寇克陪著路易斯。」

「這是第二件事。寇克去那裡做什麼?他已經不是警長了。」

「事情就是這樣,這是寇克想要的。」

「你才是這裡的警長,沃利,這個郡發生的事情要靠你解決。」

「聽著,喬,首先,這裡沒有發生犯罪事件,而且我在聯邦調查局的案件中沒有任何管轄權。聯邦調查局主導一切,我們都無能為力。那些人現在透過無線電進行聯繫,如果需要的話,我們可以派一架水上飛機,不到一個小時就可以到那裡把他們帶回來。我向妳保證,喬,我不會讓那個男孩或其他人在那裡發生任何事。」

他們兩人都沉默了下來。喬聽見電話那頭有電視聲,杜魯斯市的晚間新聞。

「只要我聽到任何消息,我就馬上告訴妳。我會讓妳知道我獲悉的一切。」沙諾說。「這樣如何?」

「好。」喬說。

「那就這樣吧。晚安,喬。」

「晚安,沃利。」

喬走下樓,從廚房的抽屜裡拿出手電筒,然後走到屋外。她走向車道旁紫丁香花叢的陰暗處,用手電筒的光線搜索地面。她不知道自己希望找到什麼,假如她真的有想要找到任何東西。但現在有很多事情無法確定,她希望自己的腦袋先解決這件事。她在地上沒有發現任何線索,可是籬笆可就不同了。她發現有一片樹籬被折斷,看起來像是被人匆匆推倒,也許是為了逃跑,就在剛才她們一行人從屋裡走出來的時候?不像是迷糊老鄰居的行為。

強風已經停了,西北邊仍有一陣微風吹來,寒冷且帶著溼氣。樹葉掉落在車道的水泥地上,發出像骨頭刮擦的聲音。喬既擔心也生氣,寇克為什麼沒有告訴她實情?他為什麼不信任她?而且他怎麼能袖手旁觀，讓路易斯和暴風雨就這樣被帶走？

這實在不合理。

比有人躲在她家外面的陰暗處更不合理。

她發現自己正在發抖，於是以最快的速度返回屋裡。

22

午夜時分開始下起雨來，持續的雨絲無聲無息地飄落。隨著月亮和星星消失，黑暗變得深不可測。寇克可以辨識出三個帳篷的形狀，但是在那幾個三角形之外幾乎看不到任何東西。他倚靠倒置的獨木舟坐著，後方的小麋鹿河冷漠地發出汩汩的流水聲。他換了衣服，穿上可抵禦雨水及隨之而來的潮溼寒意的防水避寒衣物，包括發熱衣、羊毛褲、毛衣及雨衣。頭上戴著一頂寬帽簷的舊羊毛氈帽，雨水沿著帽簷聚積，不停地在他鼻子前一英吋處滴落。

他非常想抽菸，但是他沒這麼做。他開始咀嚼松樹的樹枝，儘管感覺完全不同。

他一直想起被他扔回湖裡的那件外套，想著這種舉動如何違反他擔任警察時所受的一切訓練，也想著他一直以來深信需要不惜各種代價蒐集證據。在犯罪現場一定要非常小心，必須煞費苦心尋找真相。但有趣的是，當他手裡拿著那件染血的外套時，他知道那可能是證據，卻不是真相。

他聽見他與阿肯色．威利．雷伊共用的那張帳篷拉鍊拉開的聲音。雷伊——或者寇克假定是雷伊的黑影——從帳篷裡出現並站起身。

「寇克？」阿肯色．威利輕聲喊著。

「這裡。」

威利．雷伊轉過身，費勁地往寇克的方向看來。「他媽的。」他低聲地說。「這裡簡直像在約拿那條鯨魚[22]的肚子裡一樣暗。」

「往前直走。」寇克告訴他。「大約三、四步。」

雷伊信任他，朝著寇克走了三步，然後輕輕發出一聲「噢」。他在寇克身旁坐下，同樣倚著獨木舟的船身。

「雨下很久了嗎？」他問。

「下了一個小時左右。你睡不著？」

「嗯。」雷伊抬起頭望著黑漆漆的天空。「你覺得雨會一直下嗎？」

「是的，我是這麼認為。」

雷伊安靜地坐著，細雨在他們頭頂上方的松樹樹枝間凝聚成水滴，滴落並打在獨木舟上，聽起來像是緊張的手指以不規律的方式敲打船身。

「你知道，寇克，我很難相信暴風雨・雙刀是殺死格萊姆斯的凶手，他看起來不像是冷血殺手。我的意思是，你看他那麼照顧他兒子。」

「我也不相信。」寇克說。

「那麼就表示——」阿肯色・威利盯著四周的暗處。

「沒錯。」寇克說。

威利・雷伊深深吸了一口氣，然後慢慢吐出。「至少那些人也和我們一樣什麼都看不見。」

「我希望這句話是對的，威利，但無論對方是誰，他們從格萊姆斯那裡拿到的步槍上裝有紅外線望遠鏡，所以他們可以清清楚楚地看見我們，彷彿我們身上都戴了閃著霓虹燈的靶心。」

威利・雷伊把腿縮起來，似乎想擋住胸口。

「對方到底是誰？」他問。

「應該由你來告訴我。」

「班尼岱堤？」

「比較可能是他派來的人。」

「這不是他第一次僱人替他做骯髒事。」雷伊帶著厭惡的口吻低聲怒吼。

「你是指瑪萊的事？」

「警察無法證明是他做的。但如果不是他，地球就是平的，羅伯特．李[23]就是該死的洋基[24]間諜。」

寇克感覺到雷伊倚著獨木舟全身發抖，彷彿冷到不行。

「他們為什麼沒對我們下手？」阿肯色．威利問。

寇克吐掉芳香的松樹樹枝。「我也一直在思考這個問題。剛才那些人可以在岸邊把我們全部殺掉，或者在那之後的任何時間點。因此我認為他們並不打算要我們的命，只想阻止我們與奧羅拉聯繫。我覺得他們想將我們隔離於此，不讓人知悉我們的確切位置。」

「為什麼？」

---

22 譯注：約拿與鯨魚（Jonah and the Whale）是聖經裡的故事：神要約拿去傳教，他原本應該到尼尼微城，可是他不想去那裡。約拿上了船，渡海到另一個城市。海上突然狂風大作，水手們都擔心船會沉。約拿知道是因為自己逃跑，神才會掀起狂風，於是他告訴水手們，只要把他丟進海裡，風暴就會停止。神差遣一條鯨魚來救約拿，讓約拿在鯨魚的肚子裡待三天。約拿在鯨魚肚子裡禱告並決定悔改，神便叫鯨魚把約拿吐到地上。後來約拿前往尼尼微城，教導那裡的人民跟隨神。

23 譯注：羅伯特．李（Robert E. Lee，1807.01.19—1870.10.12）是美國將領暨教育家，為南北戰爭期間邦聯（南軍）的將軍，並以總司令的身分指揮邦聯軍隊。

24 譯注：洋基（Yankee）最初意指美國北部新英格蘭地區居民之後裔，其民俗意義則延伸為美國東北部地區（新英格蘭、中大西洋各州、與上五大湖區）之居民，以及美國內戰期間與戰後的美國北方人。

「因為他們需要我們，或者說，他們需要路易斯，因為他們也不知道希蘿在什麼地方。他們希望我們為他們帶路。」

寇克專注地盯著暗處，努力想看見他無法看見的事物，以致他的眼睛像閃電般燃燒著小小的閃光。最後他終於放鬆。

「正如我所說的，他們隨時可以除掉我們，就像從欄杆上將瓶子射下來一樣簡單。但既然他們沒有那麼做，我想在我們找到希蘿之前，他們不會對我們做任何事。」

「你覺得希蘿現在平安嗎？」

寇克想像阿肯色．威利臉上的表情，一定充滿著希望。

「希望如此，威利。」他回答。「我希望你和她以及埋在那堆石頭底下的格萊姆斯都平安。」他們後方突然傳來一陣水花濺起的聲音，讓兩人猛然挺直了身子。寇克手裡拿著點三八手槍，用獨木舟支撐著手臂，將手槍瞄準小麋鹿河方向的暗處。他靜靜聆聽，接著聽見一聲巨大的空氣爆炸聲。

「我的老天，那是什麼？」雷伊問。

寇克收回他的點三八手槍。「威利，那是這條河的名稱：麋鹿。」

威利．雷伊笑了起來，但努力把聲音壓低。寇克也笑了一下。

「你應該去睡一會兒。」寇克建議道。「你今天一定累了，需要好好休息。划船很辛苦。」

「你的意思是對一個笨老頭而言。」雷伊說。他再次倚著獨木舟，然後又補了一句：「還有對一個男同志而言。」

「我的意思是這趟航程十分遙遠。」

「所以你不介意我是同志？」

寇克明白雷伊這句話並非為自己的身分辯解，只是想確定寇克心裡對他沒有芥蒂。

「那是你的人生。」寇克聳聳肩。

阿肯色．威利再次開口時，彷彿這一天的疲憊突然將他壓垮了。「我以前的人生不是如此。」

「你介不介意我問你一個問題？」

「問吧。」雷伊說。

「你愛瑪萊嗎？」

「我對她不是男女之間的愛。」阿肯色．威利折斷一根松樹的樹枝，寇克在黑暗中看得出他也嚼起了那段樹枝。「我們是朋友，最好的朋友。也是唯一的朋友。我們的婚姻，呃，幫助我們兩人擺脫困境。你知道，當時我們正在洽談電視節目的合約。在那個年代，娛樂圈的制式合約都包含道德條款，因為電視公司、電視聯播網或唱片公司會擔心你做出什麼壞事使他們難堪。關於我的傳言一直存在，可是我很謹慎，因此那些傳言都被視為謠言。不過瑪萊惹了大麻煩，在我們簽約前夕，她懷孕了。她拒絕墮胎，因為她仍保有許多天主教教徒的觀念，儘管她否認這一點。我們認為結婚是完美的解決方案，因此我們成為電視上一對完美的夫妻檔。」

「所以你不是希蘿的父親？」寇克驚呼。雖然答案顯而易見，但寇克在此之前完全沒想過。

「我不是她的親生父親，但是我把她當成自己親生的孩子來撫養。她的親生父親不可能比我更愛她。」

「你知道她真正的——抱歉——親生的父親是誰嗎？」

「瑪萊不肯說。那是自由戀愛的時代，你知道，瑪萊對於那方面也非常自由自在，老天。」雷伊嘆了一口氣。「希蘿在很多方面都像她。」他馬上又接著說：「我是指個性固執和樣貌出眾。不過，每當事情不順她意，她就會暴躁得像頭野豬。我既要經營歐札克唱片，又要照顧希蘿，實在忙不過來。真的，我什麼都試過了——找保姆、拜託修女、送她到寄宿學校。希蘿就像射過玉米田的砲彈，誰都拿她沒辦法。最後我認為讓她進入這個產業至少可幫助她展現她的能量。她擁有天賦，甚至比她母親更有天賦。她十五歲那年在歐札克唱片灌錄了她的第一張專輯，那張專輯獲得白金唱片。在那之後，呃，我猜她就開始離我越來越遠了。我們已經疏遠了好幾年。」

阿肯色．威利．雷伊在黑暗中的身影往下彎，他用雙手抱著膝蓋。寇克明白與自己心愛的人分開的感受，與幫助你定義自己是誰的人分開的感受。那種孤單感是最難承受的。

威利．雷伊再次開口。「當我開始收到希蘿從這裡寄出的信件時，我真的非常驚訝，而且我的喜悅難以形容。她在信中的感覺是那麼——我不知道應該怎麼形容——彷彿終於可以平靜地面對自己，也彷彿她在這裡找到了我無法給予她的東西。我一直在想，也許她真正的父親會做得比我好。」

「每個父親都可能犯錯，威利，而且我敢打賭，每個好爸爸都會因為擔心自己做得不夠好而失眠。」

「是嗎？」雷伊思忖了一會兒。「或許吧。」

突然一陣風吹起，雖然只吹了片刻，但是它讓樹枝搖晃，也讓樹枝上的水滴如大雨般落下。當這陣風結束時，雷伊說：「等我們找到她之後，我應該怎麼與她相處？」

「別擔心，威利。」寇克向他保證。「我可以教你一、兩招。如果你現在睡得著，就先去睡一會兒，因為我們明天還有很長的路要走。」

雷伊離開寇克回帳篷去，寇克則繼續坐著，用力咀嚼著松樹的樹枝。

一、**兩招**，他心想。**我最好是有一、兩招可以教你**。

23

午夜十二點五十六分，喬・歐康納終於放棄勉強自己睡著的想法。過去幾個小時她始終醒著，擔心路易斯、暴風雨和莎拉・雙刀，也擔心寇克。身為一名律師，她習慣讓自己完全沉浸於情境的事實，透過這種方式來處理憂慮。她的優勢在於她能從各種角度審視情況並預測對手的動作。但是此刻她不清楚事實，也不了解對手，因此只能擔心。

她穿上睡袍，走到樓下的廚房，為自己泡了一杯洋甘菊茶。泡茶是她在廚房裡能做且不致引起災難的少數事情之一。她打開電視，轉到有線電視的鄉村音樂臺，想看看希蘿這個在邊境水域讓大家緊張不安的女子到底是什麼樣子。喬知道這名女子的母親在奧羅拉的傳聞——在奧羅拉長大的瑪萊・格蘭德後來成了大明星，但（據說）她與犯罪集團有所牽連，而且後來被殘酷且神祕地謀殺，（也許）她的女兒目擊了一切。

喬的茶還喝不到半杯，希蘿的音樂錄影帶就出現在電視螢幕上。這個年輕女子唱著輕快活潑的鄉村歌曲，她在歌詞裡警告一個喜歡卡車、愛喝啤酒、身上有體臭、經常說謊、令她心碎、經常有一堆藉口的壞男人「……我警告你，遠離我的床，親愛的，因為你是一個大麻煩。」喬發現自己頗欣賞希蘿，至少她欣賞音樂錄影帶中的希蘿。這名女子以一種不尋常的方式散發著吸引力。她似乎是由奇怪的基因混合而成，她的頭髮又長又黑，當她毫不遲疑地轉身離開欺騙她的男人時，那頭黑髮像鞭子一樣劈啪作響，也許她頭上戴著鋼鐵湖保留區女性所佩戴的頭飾。她的五官與其說是美麗，還不如說是充滿異國風情：細長的鼻子上鼻孔顯而易見，宛如小鳥的脊椎上長著一對小翅膀；

她的眼神會放電，看起來憤怒又傲慢，讓喬相信這個年輕女子要不是一位出色的女演員，要不就是和大多數女性一樣曾被愛人背叛過。希蘿的膚色似乎會隨著燈光而變化：在一間床鋪未整理的幽暗房間裡，她的膚色像杏仁一樣黑；然而當她走出房間、離開那間老屋和那個玩弄她真心的男人時，她的臉龐在陽光下散發出一種色彩，完全沉浸在煙燻似的紅棕色，讓喬聯想到日落時彷彿夏季森林大火的天空。

這支音樂錄影帶的歌曲沒有什麼深度，可是喬喜歡它的樸實，令她不禁懷疑自己是否因為忽略了鄉村音樂而錯過某些美妙的感受。

喬回到床上睡了一覺，直到早上六點鐘收音機咔噠一聲自動響起。屋外的早晨依然陰暗，小雨打在窗玻璃上。她想到人在邊境水域的寇克，也想起她與寇克及孩子們在那邊一起度過的雨天：他們整天躲在帳篷裡玩遊戲——問答遊戲和撲克牌——或者大聲朗讀或各自安靜閱讀或說故事。不知道什麼原因，他們就是有辦法不感到無聊。

寇克這次去邊境水域沒有辦法整天待在帳篷裡躲雨。去那裡的每個人，包括路易斯，都有一個驅使他們持續趕路的目標。一想到那些利用對暴風雨的權勢迫使路易斯帶他們進入邊境水域的人，喬的怒氣便再次升起。她決定要在這一切結束後代表莎拉・雙刀向那些人提起訴訟。法律並不完美，但每當那些有權扭曲法律的人操弄它時，它就會變得更加可笑。雖然法律有種種缺陷，她依然相信法律，而且她是促使法律發揮功用的一環。她深深相信，對於平凡的老百姓而言，法律仍是少數可用的強大武器之一。

喬聽見蘿絲走下樓梯到廚房準備早餐的沉重腳步聲，於是她也掀開被子，起身去叫孩子們起床。

她的車是第一輛停進奧羅拉專業大樓停車場的車。她拿鑰匙開門走進大樓，將電燈打開，讓燈光照亮又長又空的走廊。空氣裡瀰漫著一股溼羊毛味，讓她想到週末才剛清洗過地毯。她在走往辦公室途中感到些許內疚，因為她在地毯上踩出了溼淋淋的腳印。她打開辦公室的電燈，掛起外套，將公事包暫時放在祕書的桌上。寒冷潮溼的早晨讓她渴望咖啡，因此她從咖啡機裡拿出水壺，走到位於走廊盡頭的女廁所去裝自來水。當她回來時，她發現她的足跡不再是地毯上唯一的溼腳印，又有幾雙足跡踩過，而且在那些足跡之中還有四道深邃而神祕的凹痕。這些痕跡全部通往她的辦公室。

她走進辦公室，看見一個白髮蒼蒼的男人坐在輪椅上面向她，他握著輪椅扶手的瘦弱雙手正劇烈顫抖著。雖然他的頭有點搖晃，眼睛卻直直注視著喬。兩名男子站在他身旁，雙手交叉於身前恭敬地站著。那兩個人都穿著高雅的深色西裝。

「早安，歐康納太太。」白髮男子向她打招呼。就一個如此搖搖欲墜的身體而言，他的聲音出奇地清晰有力。「我叫做文森．班尼岱堤。我想我們應該談一談。」

喬不喜歡此刻面對的狀況，也不喜歡讓她心生緊張的感覺，但她不確定使她驚訝的究竟是因為這麼早就在辦公室裡發現陌生人，或者是因為這些陌生人本身。

「你有預約嗎？」她問。

「預約？」站著的其中一個男人——這個男人身材高大、肩膀寬闊、金髮碧眼、臉上掛著白癡般的笑容——突然發出像馬嘶般的笑聲。

「閉嘴，喬伊。」白髮男子看著喬的眼睛。「妳現在很害怕。有人提醒過妳要害怕班尼岱提。」辦公室的門在她背後敞開，喬平靜地轉過身將門關上。「我並不害怕，班尼岱提先生。我應該害怕嗎？」

「害怕我嗎？妳不需要害怕。千里迢迢過來，我已經累壞了。我是來救妳丈夫的。」喬走到咖啡機旁，如此一來才不會讓他們看見她驚訝的表情。她將水壺的水倒進咖啡機，然後才轉身面對班尼岱提。「我不懂你的意思。」

「每個丈夫都有祕密。」他說。他堅定地看著她，宛如盯著被他鎖定的獵物。「我知道妳懂我的意思。」

突然間，喬只想趕快擺脫這些人。「你到底找我什麼事？」

「歐康納太太，妳應該問：『我們能為彼此做些什麼？』」白髮男子點了個頭，那個金髮壯漢立刻將輪椅推到喬身旁，好讓文森．班尼岱提可以像談論最高機密那樣對她說話。「我有可以救妳丈夫一命的資訊。妳的回報方式就是救我的女兒。」

「你的女兒？我認識你的女兒嗎？」

「每個人都認識我的女兒。她叫希蘿。」

要不是因為這個男人像對著殯葬業者說話那麼認真，她可能會以為他在開玩笑。「我沒聽錯吧？你自稱是希蘿的父親——那位鄉村歌手希蘿？」

「我就是這麼說的，不是嗎？」他惱火地回答。

「如果我理解得有點緩慢，還請你多包涵，文森．班尼岱提先生，但你如此自稱實在令人難以信服。」

班尼岱提把手伸進西裝外套裡，拿出一個嚴重磨損的皮夾，然後從中掏出一張照片。他把照片遞給喬，照片裡是一個年約一歲半的小女孩，穿著漂亮的白色洋裝在攝影師的工作室裡擺姿勢。

「妳看看背面。」

文森——我們的女兒實在精力充沛。她的頭髮和膚色像我，眼睛和脾氣像你。瑪萊。

喬仔細端詳著照片，然後看看那個白髮男子。儘管他的身體孱弱，但喬認為她可以在他眼中看見與音樂錄影帶裡那名女子相同的傲氣。喬把照片還給對方。

「她知道你是她的父親嗎？」

他搖搖頭。「瑪萊從來沒有告訴過她。對希蘿而言，威利・雷伊才是她的父親。」

「你為什麼沒告訴她？」

「我信守承諾。對瑪萊的承諾。以及對我太太泰瑞莎的承諾。」

「你太太？她知道這件事？」

「噢，是的。我始終不清楚她是怎麼知道的，但她就是知道。她威脅我，如果我試著告訴希蘿這件事，她就要永遠離開我。在瑪萊遭人謀殺之後，讓雷伊把希蘿帶回田納西州的納什維爾似乎是最好的選擇。雖然雷伊是個怪裡怪氣的男同志，但不是最糟糕的父親。」

「這些和我丈夫有什麼關係？」喬問。

班尼岱堤對著站在他身旁的其中一名男子招招手。那個男人長得非常英俊，深棕色的捲髮修剪得十分整齊，下巴的線條也很好看，右臉頰上還有一顆美人痣。他的左耳上戴著鑽石耳釘，脖子上繫著一條與他那雙碧綠眼眸完美相襯的翠綠色領帶，看起來充滿自信。她留意到他的目光，他的眼睛始終跟隨著她的一舉一動。男人經常這樣看她，即使他們敬重她的能力、以同事的身份與她交談，他們的眼睛依舊會注意到她的美貌。

「這是我的兒子，安傑洛。」班尼岱堤向她解釋。「告訴她，安傑洛。」

「你丈夫昨天進入了邊境水域，歐康納太太。」安傑洛·班尼岱堤告訴她。「他跟幾個人一同前往，你丈夫認為其中兩人是聯邦調查局的特務人員，但他們根本不是。」

「不是？」

咖啡機突然在喬背後發出咕嚕咕嚕的聲響，讓她嚇了一跳。就在這個時候，辦公室的門打開了，她的祕書法蘭走進辦公室。法蘭戛然停下腳步，驚訝地看看手錶。

「沒事，法蘭。」喬說。「這是早上臨時召開的會議，我們正要到我的辦公室繼續進行。妳能幫我一個忙嗎？等咖啡煮好之後，可不可以請妳替我們端進來？」

「當然沒問題，喬。」

「男士們，請跟著我到辦公室去。」

喬帶頭走進她的辦公室。那是一個寬敞的房間，兩旁擺滿書架，中間擺著一張她從芝加哥帶來的櫻桃木大書桌。喬剛到奧羅拉的頭兩年，這張書桌一直收在儲物貨倉裡，因為當時她還在努力創業，那幾年都在醋栗巷的小書房裡工作。她是塔馬拉克郡有史以來第一位獨立開業的女性律師，她花了很長的時間才成為奧羅拉居民眼中的一名律師，而不只是寇克·歐康納的妻子。她靠著接手不可能打贏官司的案件起家，那些案件都是其他人不想接的——例如原住民的案件。在法庭上的成功讓她得到她所追求的專業認同，但她仍然覺得自己好像在等待鎮上的居民為她開啟一扇也許永遠不會打開的門。

「你們要坐下嗎？」她對著那兩個站著的男人指指椅子，但他們拒絕她的好意，繼續像宮殿的衛兵一樣站在文森·班尼岱堤兩旁。喬坐到自己的辦公椅上，身體往前倚著桌面。「你剛才說和我丈夫一起去的人不是聯邦調查局的探員？」

「沒錯。」安傑洛·班尼岱堤回答。

「那他們是誰？他們為什麼要去邊境水域？」

「其中一個，德懷特．史隆，是加州警局的大人物。另一個人叫做維吉爾．格萊姆斯，他自稱是安全顧問。這兩個人在十五年前都參與了瑪萊．格蘭德謀殺案的調查工作。」

「以什麼身分參與？」

安傑洛．班尼岱堤將襯衫的袖扣釦好。「格萊姆斯是一名替棕櫚泉警局調查案件的私家偵探，史隆則代表加州警局。現在有一個合法的聯邦調查局特務人員在奧羅拉，他叫做布克．哈里斯，來自聯邦調查局的洛杉磯分部。十五年前，哈里斯代表聯邦調查局調查那件謀殺案。」

他把頭微微歪向一側，讓她有一點時間思考。他的姿態讓她覺得巧於心計且虛偽，他向女人求歡時可能經常使用這一招。

「如果妳不相信，可以自己去查查看。」他簡單地說。「妳查這件事的時候，順便問問聯邦調查局這個案件的官方調查狀態。歐康納太太，妳會發現根本沒有官方調查，而且唯一合法代表聯邦調查局的布克．哈里斯早已以事假理由休假。」

「那些人去邊境水域是為了處理善後。」文森．班尼岱堤插話進來。「我敢打賭，當初他們調查瑪萊謀殺案時，一定收受了賄賂。如今他們擔心希蘿可能想起了什麼足以指控他們的事。」

「誰賄賂他們？」

班尼岱堤突然開始咳嗽，這對他虛弱的身體造成極大的痛苦。安傑洛從外套口袋裡拿出一條乾淨的白手帕，放到他父親手中。文森．班尼岱堤用那條手帕遮住嘴巴，看起來宛如戴上口罩。

「誰賄賂他們？」喬等他咳完之後又問了一次。

「瑪萊是個聰明的女人。她常告訴我，她有一些位高權重的朋友。」他勉強地笑了笑。

「這很好笑嗎？」

「瑪萊才沒有朋友，那些人都只是讓她往上爬的梯子。」

「你知道那些位高權重的人是誰嗎？」

「她很謹慎，從來沒提過那些人的名字。當然，那些全是男人。」

「瑪萊．格蘭德是機會主義者？」

班尼岱堤又笑了笑，點點頭，喬無法分辨他是同意這種說法或者只是無法控制肌肉抽搐。「很多人會說她和蕩婦沒有兩樣，但我從來沒有這樣想過她。她是一位才華洋溢的女性，在充滿才華洋溢之人的行業裡奮鬥，因此她用盡所有的資源來確保自己成功。我從來沒有因此責怪過她。」他用手帕擦擦嘴，饒有興味地看著那塊發皺的亞麻布。「只要讓男人的自尊心和下半身得到滿足，男人就會變得很好操控。這並非討人喜歡的事實，可是瑪萊接受。」

如果情況不同，喬會針對這一點開始辯論，但現在的重點是別的事情。「你的意思是，你認為她的某位……朋友……謀殺了她。」

「或者派人謀殺她。」

「並且賄賂了負責調查的執法人員。」

「這正是我的意思，沒錯。」

「對方到底是誰？」

老人將眼睛閉上了一會兒。他的兒子靠向他。「爸爸，您沒事吧？」

「我只是有點累。」

門口傳來輕輕的敲門聲，法蘭端著一個托盤走進，托盤上放著一壺熱咖啡和幾個杯子。她把托盤放在辦公桌旁的小桌子上。

「謝謝妳，法蘭。」

「不客氣，喬。還有什麼事嗎？」

「暫時沒有。」

法蘭離開後，喬請那些男士飲用咖啡，但只有安傑洛．班尼岱提接受。當她把咖啡杯遞給他時，他的手輕撫過她的手，並露出愉悅的笑容。當然，他有一口完美的牙齒。

「歐康納太太，關於對方是誰，我有一套自己的理論，但是我不想說。我只希望幫助妳的丈夫，讓他把我女兒平安帶回來。」

「但我希望你說出你的理論。」喬表示。她在自己的咖啡裡拌入奶精。「我希望知道所有的真相或相關線索。」

「我父親累了，歐康納太太。」安傑洛．班尼岱提說。

文森．班尼岱提舉起了手。「不，不，我沒事。這個要求很公平，可是我希望妳不要受我影響。」

喬將身子靠向椅背。「我等著聽你的高見。」

「那個聯邦調查局探員——布克．哈里斯——有個弟弟。瑪萊被人謀殺時，我並不知道這一點，直到我們獲悉哈里斯到這裡來，我徹底調查他的背景，才獲得這項資訊。他弟弟是奈森．傑克遜，妳聽過這個名字嗎？」

喬知道傑克遜是誰。奈森．傑克遜是加州的首席檢察官，舉國聞名的民權鬥士。喬在芝加哥的美國律師協會會議中聽過他的演講，他是一位相當出色的演說者，十分鼓舞人心，而且相貌堂堂。假如媒體的消息無誤，他將是下屆加州州長選舉中民主黨優先考量的提名人。

「為什麼他們的姓氏不同？」她問。

「他們的母親喪偶之後再婚，他們是同母異父的兄弟。」

「好。請繼續說。」

「瑪萊第一次與電視圈接觸時，曾被威廉姆斯委員會傳喚。妳記得這件事嗎？」

「隱約記得。我記得是關於娛樂圈的貪腐調查。」

「沒錯。瑪萊之所以被傳喚，是因為她與我的傳聞。但那只是傳聞。」他似乎覺得這句話很有趣，因此在繼續往下說之前發出喘著氣的笑聲。「她擔心如果與這件事沾上邊，電視圈的人會不敢用她。於是她去找了委員會的某人，請那個人將她從證人名單上刪掉。你知道威廉姆斯委員會的首席法律顧問是誰嗎？」

「奈森．傑克遜？」

「妳真聰明。」

喬啜飲一口咖啡，她似乎已經不像剛才那麼需要咖啡因了，因為她此刻非常清醒。「你想告訴我，奈森．傑克遜殺死瑪萊．格蘭德，好讓她永遠不會提起這件往事？」

「不，我想瑪萊還為了其他的事找過他。在瑪萊去世之前，她向我借了一大筆錢，成立了一間唱片公司。歐札克唱片公司。她保證她能得到許多好處——稅額寬減、營業獎勵——因為她有印第安血統，而且她有人脈，所以她有信心拿到這些好處。當時傑克遜剛當上首席檢察官，我猜出他和瑪萊出了一些問題，瑪萊威脅他，因此傑克遜就殺了瑪萊。」

「你有證據可以支持這些指控嗎？」

「我昨天才想通這一切。哈里斯和傑克遜這兩個不同的姓氏誤導了我，我之前從沒想過這些事情可以這樣串聯起來。但是妳看看，調查瑪萊謀殺案的同一批人現在全出現在這個地方，而且不是因為公事。妳告訴我，難道妳不覺得可疑嗎？」

喬轉動她的辦公椅，靜靜望向窗外灰色的早晨，不再看著那幾個男人。車輛在街上行駛而過，她可以聽見那些車子的輪胎在潮溼的水泥地上嗖嗖作響。

「你到底想要我做什麼？」她問。

「無論涉及這件事的法律主管機關是哪個單位，妳都去找他們談一談。」白髮男子說。「並且在妳丈夫找到希蘿的時候，請他們派人去救妳丈夫一命。」

「你為什麼不自己去找他們？」

「布克·哈里斯看起來很體面，人們都相信他。至於我，我只不過是一個彎腰駝背的老廢物。」他指指自己孱弱的身子。「可是在這個地方，認識妳的人都會聽妳的。安傑洛告訴我，妳以誠實正直著稱，這種特質在任何地方都相當罕見。」

她看了安傑洛·班尼岱堤一眼，安傑洛對著她微微點了個頭。

「歐康納太太。」文森·班尼岱堤繼續說道。「假如很多人發現希蘿在這裡——尤其是那些惡棍——我的女兒就危險了。一場大混亂即將發生，而這個小鎮就在這場大混亂的中心位置。妳必須迅速採取行動。我給妳一張名片。安傑洛。」他彈了一下手指，安傑洛·班尼岱堤便從外套裡拿出一張名片，並且在背面寫下一串數字，將名片遞給喬。「打電話給我，讓我知道事情的進展。」

她看了一下那張名片，正面有一隻紫色的鸚鵡，下面有金色的浮刻字印著安傑洛·班尼岱堤的名字，背面是一個電話號碼。

「你們住哪裡？」她問。

「妳打這支電話就對了。」班尼岱堤說。「我們達成協議了嗎？」

「我會先調查一下。如果你告訴我的都是實話，我會與你聯繫。但如果不是事實，我會請警方去找你。我們達成協議了嗎？」

文森·班尼岱堤向她伸出山楊樹樹葉般顫抖個不停的手。「沒問題。」

24

寇克聽見帳篷門簾被悄悄掀起的聲音，頓時清醒過來。

「天亮了。」史隆隔著帳篷紗門說。「該動身了。」

史隆身後傳來營火的劈啪聲響，燃燒木柴的煙味和新鮮咖啡香氣從打開的門簾飄進帳篷裡。

「路易斯在天一亮的時候就生了火。」史隆說。「我想現在沒有理由不生火。咖啡已經煮好了，沖泡麥片的熱水也煮沸了。快點起床，男士們，我們還有很長的路要走。」

細雨已經結束，但樹梢上方的天空仍有厚厚的雲層，一縷縷灰色的雲煙在樹林間和河岸邊飄動，彷彿迷失的靈魂。除了木頭燃燒的劈啪聲以及暴風雨和路易斯站在營火旁偶爾交談的說話聲，整座森林裡一片寂靜。

雷伊跟在寇克身後爬出帳篷。他伸了懶腰、展開雙臂。「路易斯，你知道嗎？我整晚都在做夢。」他笑著說。「我夢見我被一個*majimanidoo*追著跑。」

路易斯原本正啜飲著熱巧克力，這時他放下嘴邊的杯子，稚嫩的眼中透出黑暗的恐懼。「你怎麼知道那是*majimanidoo*？」

雷伊在一個硬塑膠杯裡替自己倒了咖啡。「我對那個玩意兒懂得不多，除了根據你母親的說法之外，它看起來就像是史隆特務。」他將杯子舉到鼻子前，深深吸了一口熱咖啡的香氣。

「什麼是*majimanidoo*？」已經在拆卸帳篷的史隆問。小男孩沒有回答，於是史隆停止動作，眼睛看著暴風雨．雙刀。「到底是什麼？」

暴風雨聳聳肩。「我兒子才是奧吉布韋傳統的專家，我只是血液裡有這種血統。」

「路易斯，什麼是*majimanidoo*？」史隆問。

「一種黑暗且邪惡的精靈。」路易斯不情願地回答。

「你是指我的膚色？」

路易斯搖搖頭。「它是一種精靈。邪惡的精靈。」

「也就是惡靈的意思，史隆。」雷伊說。「奧吉布韋族的惡魔。」

「如果這片樹林裡有惡魔，我就是惡魔的對手。」史隆說，並且冷眼看著暴風雨・雙刀。「現在少說廢話，快點把東西吃一吃，準備上路。」

寇克攪拌著碗裡的即溶麥片。「如果你沒有用無線電向留在奧羅拉的同事回報，會發生什麼事？」

「一小段時間的話不會有問題。」史隆說。

「然後呢？」

「然後他們就會派人到我最後提供的地點座標找我們。」

「那是在裸臀湖的另一邊，到時候我們已經離那裡很遠了。」雷伊說。

路易斯問：「他們知道如何判讀路徑上的記號嗎？」

「路徑上的記號？」

「樹皮上的刻痕，或是排成直線的石頭，諸如此類。」路易斯解釋。

史隆竟然笑了。「小朋友，這對他們來說有點太原始了。」他聳聳肩。「但不管那麼多了，這值得一試。路易斯，我就讓你負責製作路徑上的記號。」

不到一個小時之後，他們已經把獨木舟推進小麋鹿河的河道。河水十分湍急，他們下方是清澈的焦糖色，前方則是一片銀灰色。在他們和荒野區之間，距離最近且面積最大的湖泊位於小麋鹿河北邊十幾英哩處，中間有兩段無法航行的急流。寇克的獨木舟在最前方，暴風雨和路易斯緊隨其後，雷伊和史隆殿後。

寇克一直在思考是誰殺了格萊姆斯。無論對方是誰，那些人對於他們正在穿越的森林有一定的了解。除了路易斯在湖上看到的餘燼之外，那些人一直隱匿著行蹤。雖然那些人必定待在距離很遠之處才有辦法不被發現，可是每個轉彎與每條岔路都能完全跟上他們。寇克認為對方可能知道路易斯要帶他們去的地點——至少在某種程度上知道那是什麼地方，但一定不知道正確的路線，不清楚希蘿的確切位置。正如寇克昨晚告訴雷伊的，無論對方是誰，他相信在他們找到希蘿之前，對方不會再有任何動作。

寇克也確信，等他們找到希蘿之後，無論跟蹤他們的人是誰，無論對方是*majimanidoo*或是什麼人，都會對他們發動攻擊。

25

希蘿將身子坐直，仔細聆聽。她直視前方，眨眨眼睛以擺脫朦朧的睡意。一縷白煙從她腳邊的灰燼往上捲曲地飄升，她這才意識到自己讓營火熄滅了。她驚慌失措，拚命環顧四周，尋找在森林暗處注視她的大灰狼。溼溼的霧氣籠罩著森林和湖泊，她連十幾碼外的距離都看不見。她伸手去拿那把她整晚緊緊握住的小刀，那把溫德爾送給她的瑞士軍用小刀。小刀的刀刃不長，卻無比鋒利，是她僅有的武器。她探查著霧氣中的一切，緊張地想再次聽見將吵醒她的聲音。

前一天夜裡，她第一次看見那隻大灰狼之後不久，大灰狼便悄悄地走開了，就像牠出現時一樣無聲無息。她冒險添加營火，等她回頭一看，那雙眼睛已經消失不見。她緊緊握著刀，露出的刀刃在火光中閃閃發亮。她試著看清楚一切——包括她的左右兩側及她的後方。雖然看起來只有自己，但是她覺得自己正被監視著。整個晚上，她都覺得自己被人盯著。過了很長一段時間之後，她知道自己必須為即將到來的寒冷潮溼做好準備。依照溫德爾的建議，她穿上發熱衣以吸收身上的溼氣，並且在發熱衣外面加上一層羊毛——羊毛衣與羊毛褲，然後再穿上外套，最後還有在小雨開始滴落時添加的雨衣。等她穿上這些保暖衣物後，她用戴著手套的手緊握小刀，將身體靠在一塊大石頭上。不知不覺中，她沉沉睡去。

她睡得並不安穩。她沒有夢見可怕的大灰狼，而是夢見一段陳年往事。她在溫德爾的小屋裡，感覺十分安全。屋外下起小雨，她可以隔著窗戶聽見雨聲。她在爐子裡生火以便取暖，木頭燃燒的嘶嘶聲與爆裂聲聽起來像一首歌。突然一陣敲門聲驚擾了她。誰會跑到這麼遠的地方來找她？誰會知道可以在這個隱蔽之處發現她？她在夢境中可預知來者並非溫德爾，因此不該開門。但是這個夢境本身有一股可怕的動能，讓她看著自己走過小屋的地板，伸手打開門閂。當她推開門時，黑暗天使張開他的黑色翅膀飛了進來，希蘿因而往後跌坐。黑暗天使像往常一樣沒有臉，在應該有一張臉的部位只剩深深的空洞，漆黑得像沒有星星的夜晚。那個空洞傳來一股強大的力量，宛如龍捲風的吸力，試圖將她拉入那個空洞之中。她無力反抗，覺得自己即將被拉進那個她知道形同死亡之處。

她在被黑暗天使完全吞沒之前就驚醒了，被一個聲音從睡夢中瞬間喚醒。

那個聲音又傳來了，從遮蔽湖面的那道灰色霧牆中傳來。那就是把她從睡夢中喚醒的聲響，一聲嘶啞的咳嗽，於湖面上某處發出。她試著站起來，可是她全身上下的每一塊肌肉都抽筋打結，根本無能為力。她慢慢地、痛苦地伸了一個懶腰，最後才小心地站起身來。

她覺得自己宛如在一間牢房裡，因為她實際能看見的只有一小塊區域，其餘盡是向她逼近的單調灰色，籠罩了她倚著的這塊大石頭以外的地方。湖水看起來一片平坦，有如一面鐵板，濃霧在無風的早晨中緩緩飄動。

一隻烏鴉突然從灰色濃霧中的某處啼叫一聲，讓她嚇了一跳。她仔細聆聽著。

只是烏鴉嗎？她心想，並鬆了一口氣。

然後她聽見了撲通的水聲，隨後是一句：「可惡，洛億，我連我該死的手都看不見，魚當然也什麼都看不見。我們得靠老天給我們好運了。」

一分鐘後，希蘿聽見釣魚線在捲軸上快速轉動的嘶嘶聲，以及一條大魚濺起水花的聲響。

「釣到了！」那個聲音得意洋洋地興奮大叫。

「呃，該死，桑迪，別讓該死的獨木舟翻船了。那條魚肯定會掙脫的。」

「我才不會讓獨木舟翻船。別往那邊去，該死。」

「玩弄牠一下，桑迪。」第二個聲音慫恿著。「那條該死的魚真的被你釣到了。」

「我們快要翻船了，洛億！」桑迪喊道。

「我穩住獨木舟了。我的屁股幾乎都泡在水裡了，你快把那條該死的魚釣上來！」

那兩個聲音來回嘶吼了一會兒，直到水花聲停止。

「洛億，你覺得這條魚有多重？八磅？十磅？」

「我敢說差不多就那麼重。」

「我早就告訴過你，這裡的魚都又大又肥。」

「對，但是你沒有告訴我，在獨木舟上釣魚屁股會很痛。」

希蘿對著濃霧喊了一聲。「哈囉？」

回應她的是一片沉默。

「我需要幫助。」她又喊了一次。

一個小心翼翼的聲音從灰色的迷霧中傳來，問：「妳是誰？」

「請幫助我，拜託。」

「老天，桑迪，你聽不出來那是個女人嗎？快把那條該死的魚放下，拿起你的船槳。」

希蘿聽見船槳迅速劃破湖水的聲音。過了一會兒，有人從濃霧中出現了。那是兩個身材魁梧的男人，臉上留著鬍子，身穿羽絨背心且戴著棒球帽。他們迅速地往岸邊划來，在獨木舟碰到岩石之前用力地將船槳往後撥。坐在獨木舟前側的男人關切地看著希蘿。

「小姐，妳沒事吧？」

「我現在沒事了。」希蘿回答。

她鬆了一口氣時，那兩個男人交換了一個困惑的眼神。

26

沃利．沙諾總是讓喬聯想到亞伯拉罕．林肯[25]，不是因為他長得與那位偉大的奴隸解放者神似，儘管他的身高和骨瘦如柴的身型與林肯有一定的相似度，更重要的是，沙諾看起來像是林肯年輕時花很多時間砍劈的木柴[26]，又瘦又乾又堅韌，很適合作為勾勒某事物的結構。林肯砍劈的木柴被拿去作為土地的柵欄，而沙諾則是擔任了塔馬拉克郡的警長。

當他打開自家大門時，身上穿著白襯衫與灰長褲，繫著深色領帶及灰色吊褲帶。他手裡拿著一個咖啡杯，臉上散發著鬍後水的香味。

「真抱歉這麼早就來打擾你，沃利。」喬說。

「沒關係，喬，我正在喝咖啡。」他舉起杯子。「進來吧。」他退到一旁，並將一根手指放在嘴唇上。「艾萊塔還在睡覺。」

「她的狀況如何？」喬站在門廳問。

---

25 譯注：亞伯拉罕．林肯（Abraham Lincoln，1809.02.12—1865.04.15）是美國政治家、軍事家及律師，為第十六任美國總統（1861—1865），主張廢除奴隸制度。

26 譯注：林肯年少時跟著家人從肯塔基州搬到印第安那州尚未開發之境，在邊疆幫忙打造柵欄，因而成為熟練的斧頭手。他在邊疆地帶協助父親開拓荒地及劈柴建造柵欄的往事，使他在競選總統時贏得「柵欄候選人」（The Railsplitter）的稱號。

沙諾接過喬的外套，掛進衣帽櫃裡。「老樣子。但我覺得她沒有惡化就已經是種祝福。甘納醫師說阿茲海默症有時候就是這樣，病情上升到一定程度之後就會保持穩定，妳知道的。」

艾萊塔．沙諾是喬所見過最溫柔也最美麗的女人之一，她在患病前是一名老師，珍妮和安妮都曾被她教過，她們至今都仍表示三年級是她們在奧羅拉小學就讀期間最棒的一年。

「妳知道，梅現在來這裡幫我照顧她。」沙諾表示。梅是艾萊塔的姊姊。「她真的幫了大忙。」

梅從廚房走出來，她是一位年紀約五十出頭的黑髮女性，家住希賓[27]，喬和她不熟。她看起來是個嚴肅的女人，不像艾萊塔總是面帶笑容，但她顯然十分能幹且願意提供協助。善良的心可能包藏在各式各樣的外表下。

「妳要喝點茶或咖啡嗎？」梅問。這只是基於禮貌的問題，並不特別溫暖。

「不了，謝謝妳，梅，我只會與沃利簡單談一下。」

「好的。」梅立刻消失在廚房裡，宛如廚房又把她吸了回去。

他們到客廳坐下。沙諾坐在他那張大大的安樂椅上，喬坐在沙發的角落。

「和寇克一起進入邊境水域的那幾個人，我認為可能不是他們自稱的聯邦調查局探員。你見過他們，你有沒有查證他們的身分？」

「當然，我查了。可是——」他的長臉露出一絲陰鬱的表情。

「沃利，可是什麼？」

「我也不確定，但我直覺上對這整件事有種奇怪的感覺。妳為什麼突然對那幾個人產生疑慮？」

喬告訴他關於班尼岱提與其隨從造訪她的事，沙諾則靜靜聽完事情的來龍去脈。喬從來不曾聽過沙諾罵髒話，可是當她說完時，沙諾罵了一句：「媽的。」他摸摸鬍子刮得乾乾淨淨的下巴。「這感覺就像要決定該握著刮鬍刀片的哪一側。」

「一定有辦法確認那些人的身分。」喬說。

沙諾往椅背一靠，思考了一會兒。「我會打電話給亞尼．古登。他是聯邦調查局在杜魯斯的常駐特務。假如有需要，他答應過一定會幫我們。我可以在哪裡聯絡到妳？」

「我今天整個早上都在法院，你可以打電話到法院留言給我。」喬起身，跟著沙諾一同走到衣帽櫃前。沙諾將外套遞給喬時，她說：「你昨天晚上說，如果有必要，你有辦法迅速找到寇克和其他人。」

「不用一個小時。」

喬鬆了一口氣。「好。」

沙諾將他的大手輕輕放在喬的肩膀上。「我向妳保證，喬，倘若真的發生什麼怪事，我們一定盡快將他們從邊境水域帶出來。」

27 譯注：希賓（Hibbing）是美國明尼蘇達州聖路易郡的一個城市。

27

濃霧散了，但邊境水域依然籠罩著一片灰。希蘿跟著洛億・埃文斯和桑迪・賽布林來到他們的營地，這個營地位於鹿尾河從大湖流出後往東南邊流去之處。他們將獨木舟拖上岸之後，洛億立即用乾木柴生火。

「我說，妳看起來很眼熟。」桑迪拉拉自己的鬍子說。「我們認識嗎？」

「應該不認識。」希蘿說。

她坐在營火旁的一塊石頭上，看著煙霧開始升起。洛億彎著腰將營火吹旺，不到一會兒的時間，火焰便劈哩啪啦地冒出來。

「妳的頭髮真長。」桑迪又說，並且在她身後緩步走來走去。

希蘿將雨衣的帽子戴起來。

「妳自己一個人在這個地方？」

「別再嘮叨了，桑迪，拿點食材給我，我來替她準備一些吃的。」

「好啦，好啦。」桑迪走到一棵樹旁——一棵因雷擊而傷痕累累的松樹——解開一條繩子，將掛在樹上的背包放下來。「這是為了避免熊吃掉我們的食物。」他向希蘿解釋。「妳喜歡培根嗎？」他開始翻找背包裡的食材。

「喜歡。」她回答。

「也吃點雞蛋好嗎？」洛億問。「是脫水的雞蛋，但吃進嘴裡根本沒什麼差別。」

「都好。」希蘿說。

濃霧散去後，她已經可以越過湖面看見遠方。那片湖水看起來如此遼闊且難以橫渡，湖面上的島嶼像是躲著偷看的野獸。她很驚訝自己能平安無事地跋涉那麼長的距離。

「我和洛億住在密拉卡[28]。」桑迪說。

「我們都在那裡的萊特木材工廠工作。洛億鼓勵我來這邊看看，他說整片森林裡都沒人，還說我們可以在這裡釣到像大腿一樣粗的大魚。」桑迪把食材遞給洛億。「希蘿！」他突然喊道，拿著培根的手停在半空中。

「什麼？」洛億說。

「我的天啊。」桑迪濃密鬍子裡的厚唇露出大大的笑容。「妳是希蘿。我太太有妳的每一張專輯。我就覺得妳的頭髮看起來很眼熟。洛億，我們在這裡遇到名人了。」

洛億將培根放到煎鍋上，培根立刻發出油煎的嘶嘶聲。「希蘿？你是說那個鄉村歌手？她才不是希蘿，桑迪。拜託，希蘿她——」他的視線從培根轉到希蘿身上。「妳不是希蘿吧？」

希蘿搖搖頭。「我經常被誤認為是她。」

「是嗎？」桑迪走到她身旁仔細看著她。「好吧，如果妳不是希蘿，那麼妳是誰？」

「我叫Nagamon。」這其實是溫德爾替她取的名字，意思是「歌曲」。

「娜嘉蒙？這是哪門子的名字？」

「奧吉布韋族的名字。」

「妳是印第安人？」

「我有一部分印第安血統。」

「是嗎？」還在仔細端詳她的桑迪忍不住竊笑。「哪個部分？」

「桑迪，你可以閉上嘴巴嗎？」洛億說。「抱歉，小姐，他雖然是個不錯的露營夥伴，可是說話很沒禮貌。」

「沒關係。」希蘿說。

油煎培根的味道很香，劈哩啪啦的嘶嘶聲聽起來也很棒，像音樂一樣。希蘿忍不住展露笑顏，因為她相信一切都沒事了。她思忖著是否應該拜託這兩個人幫她把她藏在小屋裡的重要物品帶出來，他們來回可能只需要一天的時間，她可以付錢給他們，給他們豐厚的報酬。吃過東西之後，她就要開口詢問他們能否幫忙。他們或許不會為娜嘉蒙做這件事，但可能願意幫希蘿這個忙。

「在等培根煎好之前，先喝點咖啡如何？」洛億問。他將咖啡壺從火堆拿下來，在一個硬塑膠杯裡倒了一點咖啡，然後停下動作看著湖面。「桑迪，又有人來了。」

湖面上有一艘黃色的小船朝他們接近，那艘船在灰色的湖面上十分顯眼。船上的男人划著兩端都有槳葉的船槳，讓小船像水蟲般移動迅速。那人在距離岸邊幾英呎處把小船停下，收起船槳，涉水走到岸邊，謹慎地把船拉到岩石上。

「早安。」陌生人說。

「那是什麼鬼東西？」桑迪說。「是鴨子嗎？」

「有些人確實把這種船稱為鴨子。」陌生人笑了。「它是一艘充氣橡皮艇。」

這個陌生人穿著迷彩服，看起來像軍人。迷彩救生背心上方戴著一頂深綠色的棒球帽，帽子上有美國海軍陸戰隊的徽章。他的個子不高，但充滿魁梧男性的自信。

28 譯注：密拉卡（Milaca）是位於美國明尼蘇達州米克郡（Meeker County）的一座城市。

他望向洛億，後者手裡還拿著咖啡壺。「我看到營火並聞到咖啡香。我可不可以向你們要一杯咖啡？我從天亮前就一直在冰冷的湖上，全身上下每一根骨頭都快結冰了。」

洛億聳聳肩。「我們可以分一點咖啡給你。過來吧。」

陌生人對著希蘿笑了笑。「早安，小姐。」

「你在進行軍事演習嗎？」桑迪問。

「我已經退伍了。」陌生人回答。「不過我做粗活的時候，覺得穿這身衣服比較自在。」

「我懂你的意思。」桑迪表示。「我自己也還保有一些軍中的習慣。」

「對啊。」洛億附和。「我們在工廠裡都稱他為將軍。討人厭的將軍。」洛億笑著說。

陌生人啜飲了一口咖啡，然後點點頭。「這杯爪哇咖啡很棒。」

「那隻橡皮鴨子性能如何？」桑迪問。他說到這個名稱時忍不住咧嘴一笑。

「它的機動性所向無敵。在陸路搬運時，它輕得像朵雲。」

「我在你的橡皮艇上沒看到任何釣魚工具。」洛億說。「你是出來欣賞風景的？」

「純粹欣賞風景。」陌生人說。

桑迪伸出手。「我叫做桑迪，桑迪・賽布林。他是我的釣魚夥伴洛億・埃文斯。」

「你們好。」陌生人看著希蘿。

「噢，這位是……」桑迪結巴了一下，然後放棄了。「噢，他媽的，我不記得妳說妳叫什麼名字了。」

「妳是希蘿，不是嗎？」陌生人說。

「你看吧，洛億，看到了嗎？我不是唯一一個這麼認為的人。」

「我們已經討論過這件事了。」洛億向陌生人解釋。「她不是希蘿，但人們經常誤以為她是希蘿。是吧？」

陌生人定睛看著她，彷彿已經看穿她的謊言。他的眼睛是大地的顏色，一種混合了棕色與綠色的深色，還帶有一點點金色。「不是吧？妳就是希蘿。」

她沒有回答，只將視線移開。

「呃，我也這麼覺得。」洛億說。「妳是希蘿吧？對不對？」

「他媽的！」桑迪大聲喊道。「他媽的！我剛才是不是這樣說過？她是希蘿。洛億，你正在替一位名人準備早餐。」他甚至跳起舞來。

洛億笑了笑。「請原諒他，希蘿小姐，他沒見過什麼世面。」

陌生人搖搖頭。「像妳這種名人竟然出現在這麼偏僻的地方，誰想得到呢？妳介不介意我拍張照片？否則沒有人會相信我遇到妳。」

「我現在很狼狽。」希蘿指指自己凌亂的頭髮表示。

「別這樣。」陌生人笑著說。「反正大家都很邋遢。」他轉身走向他的黃色橡皮艇。

「拜託，請不要。」希蘿伸出手想阻止他。

「好吧。」陌生人說。他停下腳步並拉下救生背心的拉鍊，「如果我不能拍攝妳的照片，那麼我就改射[29]妳這兩個朋友。」

他的手伸向背後，拿出一個黑色的東西，然後轉身面對桑迪。桑迪帶著笑意看著他，似乎聽不太懂這個雙關語。接著手槍發出驚人的聲響，桑迪的背部正中央被炸出一團鮮紅，在希蘿身旁應聲

29 譯注：拍攝照片與開槍射擊的英文都為shoot。

倒下。

洛億嚇得睜大眼睛。「這……這是……。」他結結巴巴地說不出話。手槍再次發出聲響，他悶哼一聲，宛如被人用木頭擊昏，接著便臉部朝下倒在地上。

手槍轉向希蘿。「我一直在找妳。」陌生人說。

28

培根在煎鍋裡彈跳著。陌生人收起武器，走到希蘿的獨木舟旁。他拿出她的背包，把背包裡所有東西都倒在湖岸邊的石頭上，花了一點時間釐清裡面有什麼。「他媽的。」他平靜地罵了一句，然後走到火堆旁，讚賞地看著培根。

「香香脆脆。」他說。「非常完美。」

他小心地從熱油中拿起一條培根，吃了起來。

希蘿這時才敢望向洛億，然後又看看桑迪。「噢，我的天啊。」她低聲地說，接著抬頭看著那個陌生人。

「妳也應該吃一點。」他說。

「吃？」

她的血液似乎已經停止流向大腦，導致她無法思考，無法釐清幾分鐘前發生的那些不合邏輯的事。她甚至連動都沒辦法動一下。

「我猜我們還有很長的路要走，妳的樣子看起來很糟，吃點東西會好一些。」

「我沒辦法吃。」她呆滯地說。

「隨便妳。我還沒吃早餐。」他又拿了一條培根，並端起洛億的咖啡杯，將杯子遞給她。「至少喝點咖啡，會有幫助的。」

她看著他手中的杯子——深藍色的塑膠杯，不假思索地伸手一揮，把熱咖啡潑到他的臉上，然後立即轉身往樹林裡跑去。可是她還跑不到幾步，黑色的長髮就被猛力地往後拉。

他抓住她的手臂，迅速將她的手臂扭到她的身後，讓她動彈不得。他的另一隻手用力扯著她的頭髮，她很怕自己的頭髮被他扯下，因此不停地尖叫。

「妳以為我傷害妳是因為我生氣。」他在她耳邊輕聲地說。「但是我沒生氣，妳的行為是一種自然反應，全在我的預期之中。妳訓練過馬匹嗎？」

他稍微鬆開她的頭髮，讓她不被拉得那麼緊，隨後又粗暴地使勁一扯。「沒有！」她喊道。

「沒有？妳這種在鄉下長大的女孩子沒有訓練過馬匹？」

她的頭皮已經痛到發燙，聲音也已經哽咽。她因為手臂被往後扭而痛到幾乎無法呼吸。

「訓練馬匹的關鍵，在於讓馬匹清楚知道牠不能把妳從背上甩開、不能隨意跑掉，而且不能活得比妳久。妳懂我在說什麼嗎？」

她試著回答，但只能發出一種細微的、非人類的聲音。

「說清楚。」他又用力拉扯她的頭髮，使得她的頭往後仰去。

「懂！」她喊道。

「很好。下次如果妳敢再嘗試類似的事，我會以不同的方式傷害妳。」

他將她放開，她立刻跪倒在地，並且嘔吐在滿是金黃色白樺樹葉的地上。她跪在自己的嘔吐物前哭泣，那些嘔吐物在清晨寒冷潮溼的空氣中散出蒸氣。

「拿去。」他走到她身邊，再次將死者的杯子遞給她。「我剛才說過了，喝點咖啡對妳有益。」

她看著杯子，搖搖頭。

「到營火這邊來。」他對她說。

她沒有移動。

「我不想在妳那堆嘔吐物旁說話。」他說。「過來這裡談一談。」

他伸出手托住她的身體，強行將她扶起。她踉蹌起身，跌跌撞撞地走到營火旁。培根已經焦了，變得像煎鍋一樣又黑又硬。黑色的煙霧往上竄升，與灰色的木煙混合為一。

「我沒辦法坐在這裡。」她說，目光從那兩具屍體上移開。

「那麼妳就站到湖邊去，對我來說都沒差。」

她走到放置獨木舟的湖岸邊，視線望向湖面，凝視著湖面上像死物般的島嶼。

他在她背後說：「我是來殺妳的，這是妳應該知道的第一件事。可是我在殺妳之前想先從妳那邊拿到一些東西，這就是為什麼妳還活著，而妳的同伴卻死了。妳還有一點時間可活，等時候到了，妳就必須做選擇：當我殺妳時，我可以非常迅速地殺了妳，讓妳不覺得痛苦，但是我向妳保證，我也可以慢慢折磨妳，讓妳求我快點殺死妳。兩者對我而言都沒差，選擇在妳手上。」

「你想要什麼？」希蘿問。她沒有轉身面對那個陌生人。

「我要兩個東西。第一個東西我已經告訴妳了——妳的命。」

「那麼我想另一個東西是什麼並不重要了。」

「正好相反，那個東西才是最重要的。妳在這裡時一直在做某件事，我相信妳將那件事稱為——等一等。」

她回頭看了一眼，看到他從襯衫口袋裡拿出一封摺疊起來的信。

「『尋找過去的真相。』」他大聲朗讀。「『現在我看見了以前不曾看清的事實，看見了我無法面對的真相。』」

她認出這是她寫過的句子。「你從哪裡拿到那封信？」

「從一個被我殺掉的女人手裡。」

希蘿覺得心頭一揪，彷彿這個陌生人又扯住了她的頭髮。「拜託，不要是伊莉莎白。」

「她叫什麼名字對我來說並不重要，她只是一個手中有我想要的東西的女人。」

「就像我一樣。」

「沒錯。」

雪花開始從天空飄落，隨處可見雪花片片。希蘿感覺到雪片輕撫過她的臉頰，當完美的雪花融化成涓涓細流時，她覺得冰冷乍現。

「你怎麼找到我的？」

「妳寫的信。還有妳一個朋友替我指引了一部分的路。」

「朋友？」

「從他試著保護妳所做的努力來看，他可能是妳最好的朋友。」

她屏住了呼吸。「溫德爾？」

「我認識很多強悍的男人，但沒有哪個人比溫德爾．雙刀更加強悍。」

「他在什麼地方？」

「這取決於妳的宗教信仰是哪一種。據我瞭解，他的族人會說他已走向靈魂之路。」

「你殺了他。」

「我殺了他。」

希蘿雙腿一軟，整個人倒在地上。她用手摀著臉，為溫德爾．雙刀淚流滿面。

那個陌生人走到他的充氣橡皮艇前，從橡皮艇上拿出一個小型的無線電對講機。

「呼叫熊爸爸，這裡是熊寶寶。聽見了嗎？」

靜默片刻之後，對講機傳來回應。「這裡是熊爸爸。請說。」

「我找到金髮姑娘了。重複，我找到金髮姑娘了。你追蹤的鹿群，現在可以殺光了。聽見了嗎？」

「聽得很清楚，熊寶寶。熊爸爸結束通話。」

陌生人走到希蘿身旁，伸手摸摸她的頭髮，她嚇得猛然彈開。

「很好。」他說。「妳學到教訓了。現在我們該上路了。」

「去哪裡？」她勉強開口問。

「去妳隱藏過往及編織未來的地方。」

他面帶微笑地向她伸出手。

29

沿小麋鹿河划行兩個多小時之後，暴風雨和路易斯將獨木舟划到寇克的獨木舟旁。

「路易斯說我們必須停下來。」

「怎麼了？」寇克問。

「河道的下一個轉彎處不容易通行。」

「溫德爾叔公經常在那裡暫停一會兒。」路易斯指著前方東岸松樹林間的空地。

寇克對著史隆和雷伊做出一個誇張的手勢，示意他們跟上，準備靠岸。

「我們休息一下。」史隆對著寇克喊道。

他們將獨木舟從湖面抬起，倒置在覆蓋著松樹針葉的潮溼地面。岸邊的地面像海綿般溼軟，周圍長滿已盛開過的拖鞋蘭。寇克坐在一棵倒下的松樹上，從背包裡拿出水壺。

「每個人都要補充水分。」他警告道。「這種天氣很容易因為忽略口渴而導致脫水。」

史隆看起來累壞了。他倚著紅松樹的樹幹坐下，一臉悲慘地望著天空。細雨淋溼了他的臉，幾片白色的雪花飄落，在他的皮膚上消失無蹤。

「這種鬼天氣。」他說，聽起來像在咒罵。

「你住哪裡？」寇克問。

史隆閉上眼睛，沒有回答。

「說吧。」寇克說。「你住哪裡不算什麼機密情報吧？」

史隆緩緩睜開眼睛，最後才回答：「加州。」

「黃金之州。」路易斯說。

「沒錯，小朋友。」

「你住在好萊塢嗎？」路易斯問。

史隆笑了一下。「不是，我在一個叫華茲的地方長大。」

「你去過迪士尼樂園嗎？」

史隆似乎不想回答。「我女兒和你差不多大的時候，我經常帶她們去。你去過嗎？」

「沒有。」路易斯說。

「也許有一天你會有機會去的。」史隆安慰地說。

「這段陸路要走多久？」雷伊看著那條往上斜去的小徑，那條小徑比他們之前走過的任何一條路都要陡峭。

「我不確定。」寇克說。「我已經很多年沒來這裡了。路易斯？」

「我和溫德爾叔公都在半小時內走完。」路易斯說。「距離其實不遠，但不好走，因為坡度很陡，而且路面崎嶇。我們都先在這裡停下來休息，欣賞鬼督郵花。」

雷伊困惑地看著路易斯。「鬼督郵花？」

「就是拖鞋蘭。」暴風雨告訴雷伊。他指了指生長於空地旁的植物。「有些人認為那些花看起來像印第安人穿的鹿皮軟鞋。」

「很難相信有人會為了樂趣來這種地方。」史隆自言自語地說，且疲憊地搖搖頭。

「這條河的盡頭是一座大大的湖泊。她就在那附近。」路易斯告訴他。

「我們該繼續趕路了。」寇克說。「等我們再重返河道，距離荒野區就應該只剩一個小時左右的路程，那裡就是路易斯所說的大湖。」

灰色的下游處傳來一架小型飛機的聲音。飛機從他們附近飛過，可是從陰霾的天空看不見飛機。寇克知道那是一架德哈維蘭公司[30]製造的黃色海狸水上飛機，隸屬美國國家森林局。

「你覺得他們在找我們嗎？」雷伊問。

「不。」寇克說。「因為這架飛機飛得很高。除非進行搜救任務，不然國家森林局的飛機都會飛在四千英呎以上的高空。而且，就算他們在找我們，在這種天氣下也很難發現我們。」

史隆嘆了一口氣，站了起來。

「你還好吧？」寇克問。

「我很好，歐康納。」史隆說。「我好得很，你應該擔心你自己。」他望著前方的小徑。「接下來的計畫是：歐康納，你走在最前面，然後是雙刀，再來是雷伊。你們三個負責扛獨木舟。路易斯，你走在他們後面，由我殿後。歐康納，你和雙刀各揹一個背包。路易斯，你也拿一個。我負責拿最後一個。這樣我們只需走一趟路，不必再回來拿行李。」

「你身上揹的東西太重了。」寇克表示。

「我剛才已經說過了，歐康納，你擔心你自己就好。」

史隆將自己的背包揹在背上，然後讓路易斯幫他把裝著食物與炊具的背包掛在胸前。寇克看得

30 譯注：德哈維蘭公司（de Havilland）是英國的一家飛機暨飛機引擎製造商，成立於一九二〇年。該公司於一九六〇年併入霍克薛利公司（Hawker Siddeley），霍克薛利公司後來又併入生產軍火及航太設備的英國航太系統公司（BAE Systems plc）。

出重量對史隆造成的壓力，但這是史隆的選擇。其他人各自揹起自己的背包，將獨木舟扛到肩上。他們依照史隆規定的順序沿著小徑向上走，行進的速度很慢，不僅因為坡度很陡，也因為路面大部分是岩石，細雨淋溼了路面，讓腳下的一切變得溼滑。森林裡很安靜，寇克可以聽見他身後的其他人在努力避免滑倒或跌跤時偶爾發出的哼聲，也可以聽見小麋鹿河的潺潺水聲。小麋鹿河現在已經不在他們的視野中，那條河已經在岩壁間被鋒利的巨石切割成無法航行的激流。在霧氣浸溼的冷空氣中，周圍的松樹香氣似乎變得格外濃烈。

當寇克走在小徑上時，他發現自己一直想著拖鞋蘭。那些花讓他想起很久以前他在邊境水域的另一趟旅行——那是他最後一次與瑪萊・格蘭德認真交談。

當寇克還是青少年時，每年夏天結束前，聖艾格尼斯天主教教會的青年團契都會舉辦划獨木舟進入邊境水域的旅遊活動，每次皆由兩、三名成年人陪伴八到十個青少年參加。寇克第一次參加的那趟旅行，瑪萊是最後一次參加。當年寇克剛滿十五歲，瑪萊甫從奧羅拉高中畢業。那趟旅行還有另外四個年紀比寇克大的男孩子參加，他們爭論著誰可以與瑪萊共划一艘獨木舟，結果瑪萊選擇了寇克。瑪萊請他負責船尾，他深感榮幸，因為他所坐的位置能讓他一直看著瑪萊。在炎熱的下午，她脫掉襯衫，只穿著背心划槳。她的頭髮又黑又長，皮膚就像仔細拋光過的核桃。寇克沉迷於她每次划動船槳時肩胛骨讓長髮起起伏伏的線條。有時候她會在他們划獨木舟時唱歌，也許唱大家耳熟能詳的歌並帶領其他人一起唱和，也許唱她自己創作的作品。日復一日，寇克對她的愛意越來越深。

那趟旅行的最後一晚，他們在伸入薩迦納加湖[31]的一塊陸地上露營，那裡與他們返家時要走的十二號郡公路距離不到一天的航程。天空中萬里無雲，寇克從來沒看過那麼明亮的星星。入夜之後，又圓又大的月亮升起，周圍的星星全都消失不見，彷彿月亮是個舀起星星的勺斗，盈滿出銀色的光芒。夜深了，他們熄滅營火，所有人都進帳篷休息。寇克躺了很久，聽著與他睡同一個帳篷的杜安．赫爾格森在睡夢中像發情的雄麋鹿般鼾聲大作。杜安有腺樣體[32]腫大的問題。在短暫的寂靜中，寇克聽見帳篷門簾翻開的沙沙聲以及有人離開營地的腳步聲。他往外偷看一眼，藉由月光的照明，他發現那人是瑪萊。

他偷偷跟著瑪萊，沿著一條穿越白楊樹樹林的小徑走到森林另一頭。小徑最後被一片森林阻斷，盡頭處生長著茂盛的拖鞋蘭。他蹲在花叢間，看瑪萊坐在湖邊的一塊大石頭上。瑪萊將頭往前傾了一下，臉龐被火柴的光芒照亮短短一瞬間。她在抽菸。

月光將瑪萊前方的湖水映成銀色，完美地勾勒出她的輪廓。她坐直身子，吐出一口菸，寇克覺得那口菸就像她的靈魂，從她的唇邊飄散。他從來不曾有過如此強烈的感覺，一心只希望瑪萊能夠愛上他。寇克知道自己應該回帳篷，可是他無法命令自己走回去。相反地，他走到瑪萊面前，這樣的舉動讓他自己感到驚訝。

她似乎並不惱怒他打擾了她獨處的時光。

「*Anin*，弟弟。」她向他打招呼。她只短暫地抬頭看他一眼，然後又繼續望著湖面。

寇克坐下，但不敢靠瑪萊太近。

「要不要抽菸？」她問。

31 譯注：薩迦納加湖（Saganaga Lake）是美國明尼蘇達州與加拿大安大略省邊界上的一座湖泊。

32 譯注：腺樣體（Adenoid）位於鼻咽後方，是口腔頂部的淋巴組織。

「當然。」

她從襯衫的口袋裡掏出一包菸，遞給他。他抽出一根香菸，再把那包菸還回去，點燃她拿給他的火柴。寇克以前從來沒有抽過菸，他深深吸了一大口，結果不停地咳嗽。他擔心自己丟人現眼，可是瑪萊一句話也沒說。她的腳上沒有穿鞋，雙腿在湖面上晃來晃去，讓月光在她的腳踝上舞動。

一隻潛鳥在湖面某處發出鳴叫。

「你聽見了嗎？」她問。「這種鳥的叫聲和其他的鳥完全不同，我希望我的音樂也是如此。當別人聽見我的歌時，我希望他們知道除了我之外沒有人能寫出這種歌曲。」

「我喜歡妳的音樂。」他說。

「我想用我的歌來說故事。你知道有些人認為荷馬[33]是女性嗎？你知道《伊利亞德》和《奧德賽》應該伴著音樂講述嗎？」

他在黑暗中搖搖頭，然後又抽了一口菸。

「這是普雷爾[34]。」她說。

「什麼？」寇克問。

「我是說這種香菸。普雷爾，英國菸。我有個朋友幫我買的。」

什麼樣的朋友？寇克懷著妒意思忖。

她沉默了很久，寇克不確定自己是不是應該說些什麼，但其實他能與她獨處就已經心滿意足。

「我會試著創作音樂。」她告訴他。「盡全力創作。我不知道自己還會不會回來。」

「妳當然會回來。」他說。然後又問：「妳要去哪裡？」

她把臉轉向天空沒被月光照亮的那一側。「去一個我看不到星星的地方。我希望。」

「總有一天我也會離開這裡。」寇克說。

她輕輕笑了起來。「你不喜歡這裡嗎？」

他喜歡，他非常喜歡這裡。但如果瑪萊認為離開這裡很重要，那麼對他而言似乎也是一個好主意。

「我想離開這裡並不是因為我不喜歡這個地方。」

他把香菸夾在指間，可是他不想再抽了。「妳為什麼要離開？」

「你知道什麼是天命嗎？」

「當然。大概吧。」

「天命，就是我要離開這裡的原因。弟弟。我的天命在遠處，我一直很清楚這一點。有些事在等著我，偉大的事。我將會找到我的天命。」

「妳一定會成名的，瑪萊，我知道妳一定會。」

「你真的這麼認為嗎？」她抽完了菸，把菸頭彈進湖裡。「我也這麼認為。」

她靠向他，在他的臉頰上輕輕吻了一下。

「你回去吧。」她說。

「為什麼？」他因為那個吻以及突然被她攆走而心生困惑。

「我想自己一個人。你走吧。」

---

33 譯注：荷馬（Homer，約前九世紀—前八世紀）相傳為古希臘的盲眼詩人，生於小亞細亞，其創作的《伊利亞德》（Iliad）和《奧德賽》（Odyssey）是古希臘最重要的史詩。

34 譯注：普雷爾（Player's）是英國的香菸品牌，成立於一八七七年，一九〇一年與其他公司合併為帝國菸草公司（Imperial Tobacco）。

他在石頭上熄掉香菸。他不想把菸頭留在那裡，也不想弄髒湖水，只好把菸頭放進口袋。

寇克突然被一陣菸味從回憶中拉回。那種味道不像瑪萊給他的香菸，也不像他在那裡會預期聞到的營火煙味。是另一種味道，淡淡的，與營火燃燒的氣味截然不同。那種味道像警報一樣傳了過來，是雪茄的味道。寇克立即迅速反應，將獨木舟的重量傾向左手，騰出右手伸往背包，摸索著他的點三八手槍。就在此時，他聽見史隆在他後方哼了一聲，路易斯發出一聲尖叫。

寇克將獨木舟從肩膀上丟到小徑旁，轉過身，看見暴風雨也和他做出相同的動作。他們身後的阿肯色．威利．雷伊依然扛著獨木舟，而在雷伊後方，他們看見史隆已經倒下，像翻了身的甲蟲般揮舞著雙手與雙腿。在他身後幾英呎處，路易斯像小狗似地被一個身穿迷彩軍服的高大男子以一手抓著。那個人的身高至少有一百九十八公分，體重超過一百二十公斤，全身都是結實的肌肉。他頂著大光頭，而且和大多數剃光頭的男人一樣，他的耳朵看起來偏大。他的另一隻手拿著一把手槍——寇克認為是一把點四五軍用手槍。大光頭露齒而笑，嘴裡叼著一根抽到剩下最後兩英吋的雪茄。

「把獨木舟放下。」他命令道。「讓我看看你們的臉。」

威利．雷伊照著他的話去做，小心翼翼地放下獨木舟，轉身面對那個人。

「很好。」大光頭說。他把路易斯放下來，槍口卻轉向小男孩的後腦勺。

「拉我起來。」史隆將一隻手伸向威利．雷伊。他站起來之後瞪了大光頭一眼。「你是誰？你想要做什麼？」

「我是誰並不重要。至於我想要的東西，呵，我已經得手了。」

那個女人，寇克心想。**可惡**。寇克的點三八手槍在背包裡的最上方，就在背包蓋之下。他把手槍收在那裡——如今他知道這是個天大的錯誤——因為他沒有帶手槍皮套，也沒有其他地方可以放手槍，而且他告訴自己在他們找到希蘿之前不可能遭到突擊。他現在沒有辦法在大光頭對著路易斯開槍之前把手槍拿出來，可能在所有人都挨子彈之前也沒辦法把手槍拿出來。

「你是指路易斯？」史隆疑惑地問。

大光頭翻了白眼。「我是指希蘿，你這個白癡。」

「誰派你來的？」

「耶穌派我來的。你們這些傢伙，我發誓，等我殺了你們之後，你們會知道撒旦如何招待你們。」

「如果你敢傷害我兒子，我會要你的命。」暴風雨說。

「如果你敢靠過來，我會先轟掉他的頭，然後再轟掉你的。」

寇克和大光頭之間站著暴風雨、雷伊、史隆和路易斯。寇克急切地暗忖，假如他能躲在他們身後一會兒，躲在大光頭看不見他的地方，或許他可以把手伸進背包，拿出點三八手槍。於是他開始在暴風雨身後慢慢移動。

「嘿，賣漢堡的，你他媽的在做什麼？」

「我只是想放下我的背包，如此而已。我的背包好像變得越來越重了。」

「不會重太久了。」大光頭咧嘴一笑。

「你找那個女人做什麼？」史隆問。

「生意。一切都只是生意。」大光頭將原本掛在肩上的步槍放下，放在小徑旁的一截樹樁上。

「那支步槍。」史隆說。「那支步槍是格萊姆斯的。是你殺了他。」

「沒錯，大偵探。那是我第一次用斧頭殺人，我挺喜歡那種感覺。」

「你怎麼跟蹤我們的？」寇克問。他對這一點很感興趣，不過他主要是想讓大光頭繼續說話，好讓他爭取時間想辦法阻止他知道即將發生的事。

「我受過訓練。賣漢堡的，一切都取決於學到的本領。」

「希蘿在什麼地方？」雷伊問。

「在我們要她去的地方。」這時候大光頭突然變得嚴肅。「我想我們已經說得夠多了。」

寇克知道無計可施了，無論他們再做些什麼，都無法避免這個結果。他覺得自己有責任，也為年幼的路易斯感到難過。

這時小男孩的目光轉向森林，寇克用眼角餘光看見了吸引路易斯注意力的東西。一個模糊的灰影。

大光頭也看到了。他嚇了一跳，立刻將手槍轉向那個方向。史隆抓緊這個機會，把路易斯拉過來並將他推到威利·雷伊懷中，然後用自己的身體擋住其他人。大光頭的槍管立刻轉回來，對準他開了一槍。他踉踉蹌蹌地後退，頹然倒下之後翻了個身，然後動也不動地躺著，卡在他揹在身體前後兩側的大背包中間。史隆的犧牲給了暴風雨足夠的時間移動到身穿迷彩軍服的巨人面前，用他強勁有力的雙手緊緊扣住巨人持槍的粗壯手臂，迫使手槍指向天空。那支軍用手槍又發射出另一顆子彈，鑽入他們頭頂上方的低空雲層。暴風雨比對方矮了一個頭，體重也比對方輕了至少三十公斤，可是他的力氣與背包增加的重量讓對方持續往後退。有那麼一瞬間，暴風雨似乎制住了對方，但大光頭隨後又以靈巧的手刀攻擊暴風雨的脖子，讓暴風雨·雙刀敗陣下來。

寇克立刻上前接手進攻。他猛力一衝，用頭將大光頭撞得往後退了幾步，還被地上一塊突起的灰色大石板絆倒。寇克隨即跳坐到大光頭身上，朝著對方的下巴準備使出一記右鉤拳，然而他背上沉重的背包使他揮拳的動作變慢，大光頭反而先揮出一拳。這一拳擊中寇克耳朵後方，像一枚炮彈似地讓寇克暈頭轉向。寇克從大光頭身上跌落，他雖試圖重新站起來，可是大光頭對準他的橫膈膜狠狠踢了一腳，讓他痛得無法呼吸。

正當他喘著氣時，他看見暴風雨又衝向大光頭。暴風雨從背後熊抱住大光頭，用力地將他高高舉起。正當暴風雨準備以摔角方式將大光頭摔回地面時，大光頭的手臂像蒸汽機的活塞般重重向後一擊，他的手肘撞上暴風雨的鼻子。這一招雖然讓暴風雨大吃一驚且血流不止，但他依舊緊緊抱著大光頭。大光頭最後掙脫，對準暴風雨的腹部狠狠踢了一腳，使得暴風雨往後倒下。

寇克踉蹌站起，可惜已經太晚了。大光頭將暴風雨的頭往後扯，使他露出喉部。大光頭的右手揮舞著一把大獵刀。

「該他媽的結束這場鬧劇了。」大光頭咆哮地說。他手上的獵刀拂向暴風雨的喉嚨。

可是獵刀的刀刃沒有碰到暴風雨。三聲槍響接連傳來，大光頭身上的迷彩夾克噴出碎布與鮮血，他整個人就像空麵粉袋似地往後凹。

在隨之而來的深沉寂靜中，喘著氣的寇克聽見了視野外小麋鹿河的飛濺聲、威利·雷伊懷中路易斯的啜泣、蜷縮在地上的大光頭的喘息，以及手中拿著手槍的史隆發出懷疑的低語。史隆身上的背包卸了一半，整個人僵硬地站著。「老天，我的老天。」

暴風雨站了起來，路易斯立刻衝向父親並緊緊抱住他。暴風雨將路易斯擁入懷中，鮮血正從暴風雨的鼻子汩汩流出，將他的牙齒染紅。他看著史隆，說：「謝謝。」

史隆的身體搖搖晃晃，然後猛然坐下。

受了傷的寇克以他最快的速度移動到史隆身邊。「你中彈了嗎？」

「我不知道。」史隆低頭看著自己的胸口，把手伸進外套四處摸索。「沒有血。」他一臉蒼白地看著寇克。「怎麼可能？」

阿肯色·威利·雷伊蹲在史隆所揹的背包前。「你有宗教信仰嗎？」

「為什麼這麼問？」

「你看看。」雷伊把手伸進那個背包，背包上有一個彈孔。他從那個背包裡拉出一個碎裂的鑄鐵煎鍋，和一個看起來像被蛀蟲咬出一個小洞而導致麵粉外漏的麻布袋。雷伊將手指伸進那個小洞裡，摸索片刻之後拿出一顆扁平的子彈。

「剛才有個東西——」史隆望向森林。「有個東西分散了他的注意力。」

路易斯從他父親懷中轉過身。「*Ma'iingan*。」

「狼？」史隆問道。

「我也看到了。」寇克說。

躺在地上的那個男人發出一種聲音，不是言語，但或許他正試圖說話。他翻過身子側躺著，手上染滿鮮血，宛如屠夫刀下的肉。

「暴風雨，你先帶路易斯往前走。」寇克說。「你洗把臉，檢查一下自己哪裡受了傷，然後在前面等我們。」

雙刀父子拿起他們的裝備，暴風雨將獨木舟扛到肩上，兩人繼續前進。

史隆蹲在地上那個男人旁邊，檢查他的傷口，然後對著寇克搖搖頭。「從他流血的狀況來看，我可能射中了他的動脈。」

「我們無能為力了。」寇克看了在旁邊盯著垂死之人的威利·雷伊一眼。「你剛才應該和暴風雨及路易斯一起先走。」

「不，如果他知道希蘿的消息，我想要知道。」

「我想他沒辦法說話了。」史隆在溼漉漉的地面坐下。他旁邊的那個男人眼睛瞪著天空。

「他能聽見我們說話嗎？」雷伊問道。

「我不知道他能聽到什麼。」

「問問他希蘿的下落。」

史隆靠向那個男人，問：「你知道希蘿在哪裡嗎？」

那雙眼睛——淺藍色的眼眸，寇克覺得宛如第一線曙光下的白雪——慢慢地轉向史隆。史隆彎下腰聆聽。

「他說什麼？」雷伊問。

「他說『去你媽的』。」

那個垂死之人這時突然臉部扭曲、身體繃緊，最後才又放鬆下來。

「他死了嗎？」雷伊又問。

史隆摸摸那個男人的頸動脈。「還沒。」

寇克在那個男人身旁蹲下，檢查他的口袋。「沒有身分證明，什麼都沒有。」他重重地坐下，輕輕撫摸剛才被大光頭踢中一腳的部位，幸好似乎沒有什麼大礙。「他可能還要拖一段時間才會斷氣。」他對史隆說。

史隆手裡還拿著槍。他看著自己的手槍，從不同的角度評估著，彷彿那支手槍是某種他完全不了解的工具。「我當了三十年的警察，現在才第一次對人開槍。」

「他差點殺了我們。」寇克說。

史隆將槍放下。「老天，我得抽根香菸。」

「我也是。」寇克說。

史隆變得沉默，安靜地看著滿天密佈的烏雲。寇克朝他們走來的小徑那頭望去，回想著剛才發生的突襲。

「他為什麼不直接對我們開槍？」寇克問。

「什麼？」史隆似乎從神遊之中被拉回來。

「他打算殺了我們，這點顯而易見，但他為什麼不趁我們扛著獨木舟的時候動手？他在幾秒鐘之內就可以把我們都解決掉。」

史隆思考了一會兒。「也許他喜歡看別人在臨死前感到恐懼。我以前遇過這種殺手。」

「他們已經找到希蘿了。」威利・雷伊這時插話進來。「反正這個人快死了，而且你們說我們救不了他。我們應該繼續趕路，應該馬上動身。」

「雷伊說得沒錯。」寇克表示。

「我不認同。」史隆說。「就算只是一隻受傷的動物，我也不會這樣一走了之。」

「你可以再開一槍。」阿肯色・威利建議道。

寇克和史隆同時轉頭看著他。

「動物受傷的時候，我們就是這麼做的。」雷伊說。「要不就是送他上路，要不就是拋下他。老天，我女兒還在險境之中。如果他說的是真的，如果他們已經抓住她了，我們必須盡快找到她。我們不能等這個人慢慢死去。」

寇克平靜地對史隆說：「我們還有機會救希蘿，我們應該盡力去救她。」

「我不會再開槍。」史隆從背包裡拿出一件毛衣，將毛衣捲起來充當枕頭，放在那個垂死之人的頭下。「我不認為那麼做會比較好。」他收起手槍，拿起格萊姆斯那支裝著望遠鏡的步槍。

他們揹起背包、扛起獨木舟，繼續沿著陸路前進，留下那個男人以死亡標記他們穿越荒野區的路徑。

30

塔馬拉克郡法院興建於一八九六年，用砍伐木材所賺的錢建立而成。這間法院以明尼蘇達州南部一百英哩處的砂岩鎮所開採的蜂蜜磚建造，共三層樓高，屋頂有一座美麗的鐘樓。倘若時間的流逝真的是以那個塔鐘為標記，奧羅拉鎮的時間已經靜止了三十年。這三十年來，塔鐘的時間一直停止在十二點二十七分，據說在寇爾克朗．歐康納的父親去世那一刻，塔鐘的指針就停住不動了。這可能是真的，因為那個塔鐘和威廉．歐康納都在警察與兩名越獄逃犯進行激烈槍戰時遭子彈擊中。那兩名犯人從位於聖克勞德的明尼蘇達州立監獄逃出之後，在前往加拿大邊境時於奧羅拉短暫停留，並搶劫了公民國家銀行。警長威廉．歐康納和兩名員警在接獲公民國家銀行發出的無聲警鈴後立即趕往現場，警匪發生槍戰時，脾氣暴躁且嚴重耳背的露薏絲．格雷戈里老太太在無意間走進那場槍林彈雨中，寇克的父親用自己的身體擋住老太太，因此遭歹徒以偷來的獵鹿步槍擊斃。鎮議會每隔幾年就會討論是否要修復塔鐘——為了翻新老舊的法院建築物而進行辯論——但總是猶豫不決。一部分的原因是因為那個塔鐘被視為警長捨己救人英勇行徑的紀念碑，一部分的原因則是因為維修得花費一筆錢。於是法院繼續維持原狀，就如同奧羅拉的很多事物一樣。然而，鎮議會有了新血加入，賭場的生意也帶來新的收入，如今鎮上的人們似乎更願意——甚至渴望——為這座小鎮換上新面貌。有人說要建造一棟全新的郡法院大樓，將法院、警局與郡監獄都安置在同一棟大樓裡。

喬．歐康納承認這一切都有可能，但是十月的那個灰暗早晨，當她坐在法庭聆聽老舊的暖氣管在傳輸煤氣與熱水時像老頭子般不停地咳嗽咕噥時，她明白奧羅拉的各種改變都十分緩慢。而且令她驚訝的是，她發現自己喜歡這種凡事慢慢來的感覺。

法官法蘭克·齊季克開始進行訴訟程序時，便提醒了在場人士那些暖氣管會讓人分心。他表達歉意，承諾法院會盡快安裝新的暖氣系統，請大家耐心等候並暫時忍耐。快到中午的時候，沃利·沙諾出現在法庭後方向喬示意。喬原本已經準備要求休庭，不過她無須開口，因為辯方律師厄爾·諾德斯特姆正試著出示鋼鐵湖保留區部落委員會簽署的地役權放棄書作為證據，聲音卻被一陣嘎嘎作響的金屬管線聲淹沒，讓他氣得捏皺了手裡的檔案。齊季克法官同意諾德斯特姆的休庭請求，等暖氣管固定好之後再復庭。

喬收拾好她的檔案，轉過身時沙諾剛好走到原告席。

「我得到一些有趣的消息。」他告訴她。「我在聯邦調查局的熟人替我查了一下，妳聽到的那些事有一些是真的。洛杉磯辦公室的主管探員布克·哈里斯現在正在休事假，而且聯邦調查局此刻沒有關於伊莉莎白·多布森及派翠西亞·蘇特潘醫生這兩樁命案的官方調查行動，局裡目前也沒有名叫維吉爾·格萊姆斯或德懷特·史隆的探員。」

喬闔上她的公事包。「哈里斯探員沒有進入邊境水域吧？」

「沒有，他在奎蒂科。」

「沃利，我想我們應該去拜訪他，是不是？」

他們兩人坐沙諾駕駛的警車前往奎蒂科。前一晚的風帶來了烏雲與寒意，使樹木失去色彩。溼淋淋的落葉鋪滿道路，鋼鐵湖岸邊的白樺樹和山楊樹樹葉全掉光了。喬看著他們行經的樹林，光禿禿的樹枝讓這個世界看起來充滿裂痕。

如同這個全新的大型渡假村裡每一間名為奎蒂科的小屋一樣，哈里斯所住的小屋也矗立於鋼鐵湖岸旁，周圍環繞著橡樹與常青樹，感覺與世隔絕。這是一棟美麗的松木建築，兩層樓高，前側有隔著紗門的露臺，四面皆有大大的玻璃窗。小屋的煙囪冒著濃煙，所有的窗簾都緊緊閉合著。

喬打開露臺的門走進去，沙諾緊隨其後。露臺上擺著竹藤製成的桌椅、彎木製的搖椅與黃銅製的立燈，小屋裡的壁爐所燃燒的木頭在空氣裡散發出香氣。喬敲敲門，等了一會兒，然後又再次敲門。當她第三次將手舉起時，門終於開了。來開門的是布克．哈里斯。

「哈里斯探員。」沙諾說。「我們需要談一談。」

哈里斯沒有回答，他的目光轉向喬。

「這位是喬．歐康納。寇爾克朗．歐康納是她的丈夫。」沙諾告訴哈里斯。

「歐康納太太。」他禮貌性地點點頭，但他的禮貌帶有一絲陰森。

「我們想請教你幾個問題。」喬說。

「你們恐怕得等一下，我現在很忙。」他的目光再次回到沙諾身上。「警長，我們能不能晚一點到你的辦公室去談？大約一個小時之後可以嗎？」

「我們現在就需要得到答案。」沙諾回答。

「我現在不可能與你交談。」

「不可能？」喬說。「讓我告訴你什麼叫做不可能。要相信你說的每句話都是事實，那才叫做不可能。目前你已經扭曲事實、陷害一個無辜之人，而且可能導致好幾個人有生命危險，包括一名孩童。」

沙諾說：「我們要不在這裡好好談一談，要不就是我逮捕你，帶你回警局裡去談。」

「以什麼理由逮捕我？」哈里斯問。

「你涉及刑事方面的行為不當，細節得交由專業責任辦公室[35]進行調查。我已經打過電話給聯邦調查局在杜魯斯的常駐特務人員，他們聯絡了洛杉磯辦公室，確認聯邦調查局並沒有在這裡進行官方調查。」

「啊。」哈里斯看看自己後方與左側。「稍等一下。」他停頓了一會兒，眼睛望向喬與沙諾在門外無法看見的東西。「你們最好先進來。」他最後表示。

哈里斯推開門並站到一旁。小屋裡的裝潢十分豪華，牆上有蒿草嵌板，地板鋪著厚厚的米色地毯，赤褐色砂石砌成的大壁爐前方擺放著棕色的真皮沙發和情人椅。後方的牆面大部分是玻璃，可以眺望由灰色鋼鐵湖與灰色雨水融合成的陰沉景緻。屋裡的燈都點亮了，燃燒松木的大壁爐裡火光閃爍。

小屋裡並非只有哈里斯一人。另外一名男子身材纖瘦，年紀大約五十出頭，銀色的長髮紮成馬尾。他穿著一件灰色的連帽運動衫，運動衫胸前印著紅色的「史丹佛大學」字樣，帽子垂在衣服後面。他的牛仔褲有整齊的摺痕，腳上穿著昂貴的名牌運動鞋。他站在壁爐旁的一張地圖前——那張邊境水域某區的地形圖被貼在蒿草嵌板上。長型玻璃牆旁邊的一張桌子上擺著一臺大型的無線電發射機、一臺筆記型電腦以及幾項電子設備。

雖然小屋裡瀰漫著松木燃燒的香氣，但還有一種對喬而言不是那麼吸引人的味道：雪茄味。

「這位是傑洛姆·梅特卡夫。」哈里斯向他們介紹那個銀髮男子。

「他也是特務人員？」沙諾懷疑地問。

「他是顧問。」哈里斯澄清道。「通訊與電子方面的顧問。傑洛姆，他們是沃利·沙諾警長和喬·歐康納，寇爾克朗·歐康納的妻子。」

「你們好嗎？」梅特卡夫優雅地微微點頭。

「不太好，謝謝。」沙諾說。「我覺得自己像一條在釣魚線上掙扎的鱒魚。我需要直接一點的答案。」

「我們會盡力回答你，警長。」哈里斯說。

他棕色的皮膚上沁著一層汗水，在火光下閃閃發亮，藍色工作襯衫的領口也被汗水浸溼。小屋裡雖然溫暖，但沒有熱到那種程度。喬心中暗忖：這個人肯定在害怕什麼。

「我們就從簡單的問題開始。」喬建議道。「既然聯邦調查局並沒有正式針對伊莉莎白・多布森或派翠西亞・蘇特潘醫生的死亡進行調查，你為什麼會在這個地方？」

哈里斯雙手一攤，彷彿要表明他沙棕色的手裡沒有藏著任何東西。「我向妳保證，我們是依加州高層人士的要求才來這裡的。」

「哪位高層人士？」喬問道。

「妳說什麼？」

「你不是依某位高層人士的要求才來這裡的嗎？對方是不是你同父異母的弟弟，奈森・傑克遜？」

「妳從哪裡聽來的？」

「所以真是如此？」

「我不打算回答——」哈里斯表示。

「十五年前你參與調查瑪萊・格蘭德謀殺案，不也是因為你弟弟的緣故嗎？哈里斯探員，你企圖掩飾你弟弟與瑪萊・格蘭德的關係，以挽救他的政治生涯，甚至可能是為了幫他擺脫謀殺罪嫌。

35 譯注：專業責任辦公室（The Office of Professional Responsibility）隸屬美國司法部，由聯邦調查局監管，負責調查執法人員的不當或違法行為。

這就是你現在在這裡的原因嗎？」

喬很清楚這席話讓自己處境危險。她在交叉訊問所學到的首要原則之一，就是永遠不要問自己不知道答案的問題。

「這是很嚴重的指控。」哈里斯警告地說。

「可是我沒有聽見你否認。」沙諾說。

哈里斯走到窗前。在窗外灰暗的天色襯托下，他像個影子般站在那裡思忖著。喬發現樓梯頂端突然出現一小道光線，彷彿有人迅速打開走廊上的一扇門又關上。

「妳以大力倡導公民權而聞名，歐康納太太。」哈里斯沒有轉身，宛如喬站在他面前的窗玻璃外。「妳在協助這裡的奇佩瓦人方面有令人印象深刻的資歷。」

「他們比較喜歡被稱為尼什那比人。」喬告訴哈里斯。「或者奧吉布韋人。**奇佩瓦**是白人的用語。」

「隨便怎麼稱呼都好。」哈里斯慢慢轉身。「我要表達的是，妳了解公民權議題的重要性。」

「我不懂你要表達的意思。」

「警長，你介意我和歐康納太太單獨說幾句話嗎？」

「我介意。」沙諾回答。

「歐康納太太，我想和妳私下談一談。這件事很重要，我向妳保證，妳的問題將得到解答。」

喬考慮了一會兒。「沃利，可以嗎？」

「我不喜歡這樣。」

「拜託。」哈里斯說。他這時候看起來相當真誠。

「你要我離開嗎？」沙諾問。

「不，我們上樓去談就可以了。傑洛姆，替警長倒杯咖啡或看他想喝什麼。歐康納太太，請妳跟我上樓。」

哈里斯帶頭走上樓梯，進入走廊，在第二扇房門上輕敲了幾下。房間裡有人平靜地回應一聲：「請進。」

房間裡的那個人身高超過一百八十三公分，年紀大約五十出頭，看起來乾乾淨淨且身材結實。他穿著靛藍色的牛仔褲與黃色羊毛衫，脖子上有一條金項鍊。他將雙手放在背後，站著打量著喬，彷彿他是負責評估新兵的軍官，眼中透露出一種敏捷與睿智。他的膚色不深、五官細緻，看起來不像非裔美國人，反而比較像經常到海邊衝浪的運動員。除了頭上多了一些白頭髮之外，他看起來和喬多年前在芝加哥第一次看見他時沒有兩樣。

「歐康納太太。」奈森．傑克遜說，「我知道我們遲早都會見面。」

哈里斯請喬坐下，但是她寧願站著。

「那麼傳聞就是事實了。」她說。「你與瑪萊．格蘭德有所牽連。」

奈森．傑克遜的左手拿著一支雪茄，說話時那支雪茄會隨著手勢揮來動去，宛如他用雪茄菸在空氣中寫字。「沒錯，瑪萊和我曾是戀人，不過我當然與她被人謀殺毫無關聯，我也不會要求我弟弟勉強自己透過任何形式來掩護我。但是我很想知道妳為何提出那些指控。」

「文森．班尼岱堤今天早上去找我。」

傑克遜愣住了，冷冷地看了他弟弟一眼。「這裡？他在這裡？」

「如此一來解釋了很多事。」哈里斯嚴肅地表示。

「解釋什麼事？」喬問。

「班尼岱堤說了什麼？」哈里斯追問。

喬看著他們兩人。就手足而言，他們長得不太相像，畢竟他們的父親不同：哈里斯個子沒那麼高，皮膚很黑，臉上的五官寬闊；傑克遜則身材高大，膚色像柔軟光滑的皮革。儘管如此，他們看起來都很尊重她，而且帶著急切與關心。

「我想和你們打個商量。」喬告訴他們。「你們告訴我你們為什麼來這裡，我就告訴你們我知道的一切。」

哈里斯對著他弟弟迅速搖搖頭，但是奈森・傑克遜說：「布克，我認為我們沒有太多選擇。歐康納太太，對於這個商量，我想提出一個條件：我告訴妳的事情不能傳出這個房間。我會開誠布公，但希望妳也能承諾我——我需要妳的保證——妳會對這些資訊加以保密。」

「我想我無法同意。」

「我們關心的人目前都有生命危險。」傑克遜說。「就妳而言，我指的是妳的丈夫。」

「那麼就你而言呢？」她問。

傑克遜在開口前冷靜了一會兒，彷彿他這句話已經憋了很久。「我的女兒，希蘿。」

「**你的**女兒？」喬知道自己的表情充滿驚訝，但這句話讓她相當意外。

天色變得更暗了，窗外的細雨中開始混著雪花。哈里斯將床邊的一盞燈點亮。

奈森・傑克遜把雪茄放在床頭櫃上的菸灰缸裡，然後從皮夾裡拿出一張照片交給喬。那張照片已經很舊了，可是護貝保護著。

「這是瑪萊和我唯一的一張合照，在她成名之前。我們兩人都很珍惜這段感情。」

照片中的他們都很年輕，臉上帶著笑容。瑪萊・格蘭德穿著一件夏季的白色洋裝，黑色長髮編成辮子垂在右肩。她的皮膚看起來曬得很黑，但喬猜測是因為晚上的光線加上瑪萊的奧吉布韋血統導致如此。他們兩人站在白色柵欄前，柵欄後方有一棵柏樹，部分枝葉擋住了夜色中的深藍色海洋。他們手牽著手。

「這張照片是什麼時候拍的？」

「一九七〇年的夏天。我在安吉拉·戴維斯[36]的募款聚會上認識了瑪萊，後來又在許多類似的場合遇到她。我在那些聚會中發表演說，瑪萊則表演歌唱。我和她的不同之處，在於我深信自己所發表的演說內容。」

哈里斯發出一種有如從破裂管線中噴出蒸汽的聲音，毫不掩飾臉上嘲諷的表情。「少說廢話了，奈森，這裡沒有選民。」

傑克遜繼續說著，宛如沒聽見哈里斯說話。「瑪萊所唱的是人們想聽她唱的歌，她希望藉此讓人們聽她的歌並記住她的人。我的老天，她唱得真的很棒，她的歌聲實在太美了。她很確定自己一定會成功，我不確定自己身邊有哪個人像她一樣那麼清楚自己的目標。」

「你們從那個時候開始交往？」

「那是我們第一次在一起。」傑克遜拿回照片，瞇起眼睛看著它，宛如試著閱讀墓碑上褪色的蝕刻。「我們在那之後分開了，因為瑪萊和威利·雷伊接到拉斯維加斯那邊的表演邀約。她與威利·雷伊是事業上的夥伴。我為華茲八人隊辯護，進而開始步步高升。」他把照片放回皮夾裡。

「直到三、四年後的威廉姆斯委員會，我才又再次遇見她。她來找我，因為她的名字出現在證人名單上，而我是委員會的首席法律顧問。她擔心如果自己出席聽證會，將影響她和阿肯色·威利

36 譯注：安吉拉·戴維斯（Angela Davis，1944.01.26—）是美國的政治活動家、學者暨作家。

與電視臺簽約。她請我把她的名字從名單上刪除。」

「你照做了。」喬說。

他點點頭，淡然一笑。「不管怎麼說，那個委員會也形同虛設，只是國會議員詹姆斯．傑伊．威廉姆斯版本的麥卡錫聽證會[37]，讓威廉姆斯紅了一陣子，也讓我在政壇站穩腳步。瑪萊和我再次成為戀人，短暫且非常隱密。然後她告訴我她懷孕了，可是她無意從我這邊得到任何東西。她告訴我，她要去納什維爾錄製電視節目，而且她將嫁給阿肯色．威利，好讓孩子有個父親。她問我介不介意，我還能說什麼？我不可能娶她，因為我們各自朝著非常不同的方向前進，如果以她懷孕這件事公開我們的關係，在那個時間點會完全毀了我，所以我說我不介意她的決定。我不介意。」他勉強地說。「那是我所做過最困難的事。」他拿起雪茄，看著雪茄上長長的灰燼，微微搖頭。「她信守諾言，從來沒有向我要求過任何東西，但偶爾會寄小希蘿的照片給我。妳看這張，這是我拿到的第一張照片。二十多年來，這張照片從來沒有離開過我身邊。」

他拿出另一張護貝照片，照片上是十八個月大的希蘿穿著白色連衣洋裝在攝影師的工作室裡。喬之前在文森．班尼岱堤顫抖的手中看過一模一樣的照片。她將照片翻面，照片背面的字跡與班尼岱堤手上那張照片的字跡相同。

奈森——她像橄欖球隊的後衛一樣衝來衝去，撞倒一堆東西。她的鼻子和聰明像你，膚色像我，眼睛像我母親。瑪萊。

「瑪萊被人謀殺前不久剛搬到棕櫚泉。」傑克遜繼續說道。「她厭倦了電視圈，想做一些不同的事。我想她和威利．雷伊已經準備分手，他們的婚姻遊戲玩得夠久了。瑪萊想開創新事業，打造一家唱片公司。她很聰明，做了很多調查，知道加州有很多獎勵少數民族創業的措施，而且其中不少是我提倡的計畫。她來找我，告訴我她願意做任何必要之事來確保自己符合資格。其實她不需要做任何事，她也清楚這一點，她只是想試探我。她帶著希蘿一起來找我，那是我第一次看到我的女兒，第一次摸到她的小手，妳無法想像那是什麼感覺。」

「願聞其詳。」她說。

「從瑪萊讓我知道希蘿誕生的那一刻起，我始終無法與希蘿共享天倫之樂，因此只能抱著一顆破碎的心活著。然而在見到希蘿的那一瞬間，我破碎的心被癒合了。只要能夠與希蘿在一起，我願意答應瑪萊的任何要求。沒想到，瑪萊卻遭人謀殺。」

「你為什麼不站出來表明你和希蘿的關係？」

「因為我害怕。那段時間一切都非常混亂。」

「而且你的政治生涯岌岌可危。」喬說。

「我知道這聽起來很無情。我讓德懷特・史隆負責這件案子，德懷特和我在華茲的時候就認識了，我們像兄弟一樣親密。我曾經幫過聯邦調查局很多忙，由於班尼岱堤涉嫌組織犯罪，所以聯邦調查局願意依據打擊敲詐勒索與腐敗組織法插手辦理這個案子。我必須了解案情的發展。」

「所以這個案子到底是怎麼回事？」她注視著哈里斯。

「只是一次漫長且徒勞無功的調查。」哈里斯說。

「瑪萊是班尼岱堤殺的。」傑克遜堅稱。「我們只是無法證明這一點。」

37 譯注：麥卡錫聽證會（The Army–McCarthy hearings）是美國參議院調查小組委員會於一九五四年四月至六月舉行的一系列電視聽證會，旨在調查美國陸軍與參議員約瑟夫・麥卡錫（Joseph McCarthy）之間的衝突與控訴。

「他殺人的動機是什麼？」喬問道。

「他們曾經是戀人，他想要重新開始。瑪萊告訴過我，她向他借了一大筆錢來創辦歐札克唱片公司，他表示願意與瑪萊發生性關係來代替收取利息，但她只想要單純的生意往來。瑪萊遭人謀殺的前一天，兩人曾發生激烈爭執——在公開場合且有許多人目擊。這就是瑪萊被殺的原因，歐康納太太。一切都是班尼岱堤安排的，我們只不過無法提出任何證明。假如班尼岱堤此刻在這個地方，他肯定是為了讓希蘿閉嘴。無論她想起那天晚上的什麼事，班尼岱堤都不希望被人知道。」

喬說：「和你一起到這裡來的那些人，全都參與過瑪萊謀殺案的調查工作。他們來這裡做什麼？」

「他們了解這個案子，而且他們欠我人情。我希望這件事可以悄悄地處理完畢。一旦那些八卦報掌握這些消息，全美國的瘋子都會跑來這裡找希蘿。我們也希望這次的行動不要被班尼岱堤發現，但我猜我們搞砸了。如果班尼岱堤的手下已經在邊境水域，妳的丈夫、那個小男孩，還有其他人，他們全都有危險。」傑克遜將雙手一攤。「這些就是我能告訴妳的，我發誓。現在輪到妳說了。」

「今天早上我和班尼岱堤談過。」喬表示。「他告訴我的故事和你剛才所說的完全相同，只不過在他的版本裡，他才是希蘿的父親，而你是殺死瑪萊．格蘭德的人。」

「什麼？」

喬扼要地重述了班尼岱堤版本中關於希蘿身世與瑪萊．格蘭德之死的內容。奈森．傑克遜一邊聽一邊咬牙切齒，宛如被憤怒驅動的無聲引擎。

「那個滿口謊言的王八蛋。**他的**女兒？」

「就我聽來，他的故事和你的故事同樣不可信。」

傑克遜把希蘿的照片推到喬面前。「妳看她的長相就知道了，她長得像我。」

「文森．班尼岱堤覺得她長得像他，我們都只相信自己想相信的事。」

「假如奈森．班尼岱堤在這裡，我們必須找他談一談。」哈里斯說。「或許我們可以因此更了解邊境水域發生的事。」

「這句話是什麼意思？那裡發生了什麼事？」喬看看哈里斯又看看傑克遜。「你們知道嗎？」兩兄弟交換了一個眼神。哈里斯說：「那裡出了狀況。」

「什麼狀況？」喬追問。

「我覺得我們應該下樓去。」哈里斯走向門口。「梅特卡夫可以幫忙解釋。奈森，你不認為是時候請警長介入了嗎？」

傑克遜的眼睛盯著希蘿的照片，宛如一個擔心這是他最後一餐的人。

沙諾和梅特卡夫都在樓下的地圖旁。沙諾看到奈森．傑克遜，可是沒有認出他來。沙諾看起來很不高興，眼睛看著喬。

「出問題了，喬。」他說。

「我已經聽說了。」

「你告訴他了？」哈里斯問梅特卡夫。

「我只說了重點。」梅特卡夫回答。

「有人可以把現在的情況告訴我嗎？」喬問。

梅特卡夫招手叫喬走到牆上的地圖旁。

「我們最後一次與德懷特．史隆聯繫是昨天下午五點零八分，他在這個地方。」梅特卡夫把手指放在一個名叫尷尬湖的地方。「他應該在四個小時後再次回報，可是他沒有這麼做。今天早上天剛亮時，我搭乘直升機到他們最後回報的座標去找人，但他們不在那裡。我在這個區域轉了一圈，然而很遺憾，在這種天氣狀況下，我能看到的有限。」

「所以你幾乎一開始就與他們斷了聯繫。」沙諾不高興地說。

「就實質而言，這麼說也沒錯。」梅特卡夫承認。「可能是設備故障。不過，既然我們在最後的座標沒有發現他們，表示他們仍在移動。」

「可是你不知道他們在什麼地方。」沙諾說。

「不知道。」梅特卡夫再次承認。

沙諾揉揉下巴，緩緩地搖頭。「尷尬湖，這可不妙。」

「為什麼？」哈里斯問。

「因為這座湖大致上是圓形的。」沙諾解釋。「湖岸邊至少有六條小徑通往不同的地點。」

哈里斯說：「我們可以沿著每條小徑進行空中搜尋，直到發現他們為止。」

「在這種天氣進行空中搜尋？」沙諾指指玻璃窗外的天色。「在這種天氣下，就算那裡有一座艾菲爾鐵塔你也看不見。」

「你有什麼建議？」哈里斯繼續說著，絲毫不為所動。

「我們只能請塔馬拉克郡的搜索救援隊派人到每一條小徑去找。」沙諾說。

「這需要多久的時間？」奈森．傑克遜問。

沙諾看著他，心裡可能認為不管此人是誰，肯定和其他人一樣與這件事有著利害關係。「他們在幾個小時內就能抵達尷尬湖，我們應該請他們馬上出發。在這團雲層下，黑暗會提前到來。他們沒剩多少日光可用了。」

「這總比坐著空等好。」梅特卡夫表示。

「就這麼辦吧。」傑克遜接著轉向喬。「我想和班尼岱堤談一談。」

「我可以安排。」她回答。

31

湖水看起來像灰色的大地，而她手中的船槳像一把鐵鍬，每划動船槳一次，希蘿就更覺得她正在挖掘自己的墳墓。

坐在獨木舟船尾的那個人除了逼問她方向之外沒有多說話。她騙了他，試著誤導他以爭取更多時間。「那邊。」她引領他們穿過兩座島嶼中間的狹窄地帶。「接著再往那個方向。」

他的方向感很好，儘管薄霧和細雨有時會遮蔽平坦湖面周圍五十碼外的視野。「這樣只會讓我們兜圈子。」他在她背後平靜地表示。「不要再玩把戲了，到底是哪一條路？」

「那裡。」她不情願地抬起手，指著她將死去的方向。

她這一生都在絕望中掙扎。她知道人們羨慕她，但他們只看到外在，認為她擁有一切。他們錯了。她的人生是一個美麗的空盒子，外面繫著絲帶和蝴蝶結，裡面卻空無一物。她唯一感受到的關愛來自她的母親，然而那份愛在很久以前就被人奪走了。她的父親給了她想要的一切，除了關愛。她是由保姆、修女、家庭教師和管家帶大的，從來不曾有過真正的朋友或讓她完全相信依賴的人。她擁有的只是音樂。

死了又有什麼損失？誰會關心她有沒有離開這片森林？她將船槳放在舷緣，低下頭開始啜泣。

然而獨木舟絲毫沒有慢下來。

「妳讓我很失望。」那個男人說。「每個人都會死，溫德爾．雙刀明白這一點，所以他像我認識的任何高尚之人那樣從容受死。妳應該好好面對死亡，以便向他致敬。」

「如果他無緣無故地死了，這種死亡就不該受人致敬。」她哭著說。

「死亡向來都是無緣無故的。就我所知，活著也一樣。」

死亡才不會無緣無故，她心想。溫德爾死去也是有原因的：他為了她而死。如果她也跟著死去，似乎不算向他致敬。

她低聲喚著他的名字。**溫德爾**。這麼做無法讓她充滿勇氣，但確實將她從自憐的情緒中拉出來。

她想著牛仔褲口袋裡的小刀。那把刀很小，可能沒有什麼殺傷力，可是她將希望完全寄託在那把小刀上。她背心裡的防水袋有地圖和指南針，還有一些火柴，她只需要能有機會利用這些東西。

她擦掉眼淚，拿起船槳。

「你叫什麼名字？」她問。

「妳可以叫我卡戎。」

「卡戎？卡戎，我以前在哪裡聽過這個名字？」

她背對著他，仔細聆聽他的聲音。他的話語就像石頭一樣，字字句句聽起來又冷又硬，但並非不帶感情。相反地，他的冷酷像一道牆，將感情隱藏在這道牆背後。

「你說溫德爾死得很高尚。他是怎麼死的？」

「我最後割斷了他的喉嚨，傷口小小的，不會有什麼疼痛。如果妳知道自己在做什麼，就不必太費工夫。」

「你也打算這樣殺我嗎？」

「那得看妳的表現。」

「我有錢。」她試著收買對方。

「我也有錢。」

「聽著，如果你不殺我，我保證你不會後悔，你會得到應有的報酬。」

「妳在色誘我？如果我想要妳的身體，我早就動手了。」

「我不懂。我一點都不懂。」她用船槳拍打湖面，銀色的水滴濺入他們左側的灰色迷霧中。

「威廉．詹姆斯[38]曾說：『我們的文明建立在混亂之上，世間萬物都在無助的痛苦中孤單結束生命。』這與我的想法非常接近。」

「我打賭你小時候會傷害小動物。」

他沒有馬上回答，但是獨木舟也完全沒有減速。「我就是被傷害的小動物。」他說。

「我要上廁所。」她將船槳從湖面上高高舉起。「我們得停一會兒。」

「不准停。」他說。

「如果我待會兒就要死了，起碼我要穿著乾淨的衣物保有尊嚴地死去。」

過了一會兒，她感覺獨木舟向左駛向一座小島。當船頭碰到湖岸時，他說：「假如妳試著逃跑，我就用妳的頭髮把妳吊到樹上。」

她下了船。「我要去那邊上廁所。」她指著十幾碼外的矮松樹林旁的醋栗叢。「這樣比較有隱私。」

「妳在那裡上廁所就好。」他朝著她站立的溼地點點頭。

---

38 譯注：威廉．詹姆斯（William James，1842.01.11—1910.08.26）是美國哲學家暨心理學家。

「至少你得轉過身去。」

她心想，等他一轉身，她就可以拿出小刀攻擊他。她想，或許她可以割斷他的喉嚨，就像他割斷溫德爾的喉嚨一樣。

「好讓妳拿石頭襲擊我？」

他盯著她，看她解開牛仔褲。她將牛仔褲往下拉，在他面前蹲下。

他站在獨木舟上，拉下拉鍊，開始往湖裡撒尿。

溫德爾經常告訴她，注意周遭的細節很重要。她發現那個自稱卡戎的男人沒有受過割禮，她不確定這點是否重要。

「我餓了。」她上完廁所之後說。

「我早就提醒過妳。」他在獨木舟裡坐下，等她上船。

「就算是罪大惡極的犯人，也能享有最後一餐。」她說。

他轉過身，將拖在獨木舟後方的黃色橡皮艇拉近，從橡皮艇拿了他的背包並打開，丟給她一根不含堅果的巧克力棒。

「最後一餐只能吃這個？」

「我吃過的最後一餐只有麵餅而已。一塊發硬的麵餅，還有裝在生鏽鐵罐裡的一點水。」

她打開巧克力棒的包裝。「那你怎麼沒死？」

他自己也拿了一根巧克力棒，打開包裝，坐回獨木舟上吃起來。「他們沒有檢查我的脈搏，就把我扔到堆放死人的地方。我躺在那裡讓蒼蠅舔我的血一整天，然後才偷偷爬走。這個拿去喝。」他扔給她一個裝滿水的塑膠瓶。

她喝了一口，然後趁著那個男人的目光轉向他手上的巧克力棒時，偷偷在瓶子裡吐了一口口水。她蓋上瓶蓋，把塑膠瓶扔回去。

「一個人怎麼會變成像你這樣？」她以帶著惡意的語氣問。

「如果妳相信所謂的命運，我想這就是我的命。」他從瓶子裡喝了一口水。

她殘酷地笑了一下。「如果我不相信命運呢？」

「那麼妳應該會與別人爭論先天注定與後天養成的問題。我小時候的環境相當困苦，所以也許是因為這個原因。又或者純粹只是基因的影響，因為並非每個環境不好的人最後都會走上這條路。」

「你聽起來受過教育。」

「我沒有把所有的時間都拿來殺人。」

「你殺了多少人？」

「如果我覺得這很重要，我大概會記得人數，可是我不認為這有什麼重要性，唯一重要的是我殺的第一個人。」

「我想你殺的第一個人是你父親。」

他看著她，然後哈哈大笑，笑聲像一隻獲得自由的鳥兒從他嘴裡飛出來。「這未免太老套了吧？」他將巧克力棒的包裝紙揉成一團，放進他的背包裡。「給我。」他說，並伸出手去拿她的包裝紙。

「你怕我隨手丟棄之後會被人發現嗎？你怕別人會因此找到我，或者因此破壞了你的計畫？老天，這張小小的垃圾能有什麼影響？你今天早上丟下了兩具屍體。」她把包裝紙扔在地上。

「妳永遠無法確定什麼事會造成影響。撿起來。」他以一種死氣沉沉的語氣平靜沉著地說，就像談生意一樣，而且是最後通牒。

她乖乖拿起包裝紙並扔給他。

「上來。」他用同樣的口吻說。「該繼續上路了。」

他們安靜地划行了將近一個小時，途中只有他們划動船槳時的水花聲和渦流聲打破靜默。雨水中參雜著越來越多溼溼的雪花，那些雪花黏在她的睫毛上，然後融化成水滴，使她的視線變得模糊。「卡戎。」她突然開口。「我想起來了。卡戎是神話故事中負責划船將靈魂渡過冥河送往陰間的船夫。修女曾叫我們研究這個人物。卡戎，你的幽默感令人生畏，但這不是你的真名。」

男人沒有回答。

「你的真名是什麼？」

「就我所知，一個奧吉布韋人可能有好幾個名字，包括夢想家替他取的名字、他自己夢見的名字、綽號、表現親屬關係的名字。到底哪一個才算是真名？」

「你很聰明。」她說，心中的挫折與憤怒再次升起。「你剛才說你不缺錢，那麼你為什麼要從事這一行？」

他回答時很仔細，彷彿這件事很重要。「那麼妳為什麼要創作音樂？」

這下子輪到她答不出來了。

「讓我給妳一些提點：妳的音樂就是妳這個人，妳的音樂賦予妳定義。」

「你殺人是為了定義自己？」

「我只做困難的工作，有時候殺人是工作的一部分。」

「這是一份工作？老天，這只是一份工作？」

「不，我剛才已經告訴過妳，這就是我這個人。」

「誰聘僱你？」

他又划了幾下船槳然後才回答：「妳相信來世嗎？」

「這有關係嗎？」

「如果妳相信，妳是對的。妳所有的問題都會在來世得到解答。」

太奇怪了，這一切感覺多麼熟悉。一排山丘往西邊升起，就像馬匹抬起頭來。這個島嶼只是一塊光禿禿的灰色岩石，往前一百碼就是溪流流進大湖的地方，那個地方現在幾乎隱身在濃霧與細雨之中。她很驚訝自己竟然如此輕易地找到它的位置。

當船頭沿著湖岸輕輕推向石頭時，那個陌生人從獨木舟下來，將黃色橡皮艇拉近。兩艘船都固定好之後，他對希蘿說：「帶路吧。」

她試著讓自己的頭腦保持清醒，但是她覺得自己輕飄飄的，彷彿與覆滿松樹針葉的小徑路面隔著一段距離，也與大型常青樹下讓她臉頰隱約刺痛的寒意分離。她呼吸著，卻沒有感覺到任何氣息進入她的身體。

她的腦袋混沌且空洞。她想著口袋裡的小刀，想知道自己是否應該試著使用它。但那不是她真正的想法、真正的打算。她正朝向一個龐大又絕對的事物前進，以致她沒有辦法思考。這種感覺就像她已經死了，在精神上已經死去，只等著肉身加入。

「在那裡？」她聽見他問。

他們來到一堆亂石形成的高牆，很久以前這道石牆阻擋了溪流，形成了溫德爾稱為Nikidin的隱密湖泊。她呆呆地看著岩壁，從絕望的深井抬頭往上看。

他用靴尖踢踢石頭的基點。有水滲過石頭，石面上長滿綠色的青苔。

「嗯。」他說。「很滑。」

32

兩點多的時候，林肯轎車來到奎蒂科的七號小屋前，停在沃利．沙諾的警車旁。林肯轎車停住之後沒有任何動靜，隔著深色的車窗，外人無法看見車裡的狀況。

「他在等什麼？」奈森．傑克遜問。

喬說：「如果我是他，我會覺得這種緊張的場面好比逼我走向一條響尾蛇。」喬往前門走去。

「妳要去哪裡？」

「我去請他進來。」

「我去吧。」沙諾說。

「他不認識你，沃利，而且他不會朝著我開槍，是我叫他來的。」喬在走出去前對哈里斯說：「你不會做什麼愚蠢的事吧？」哈里斯正掀起百葉窗偷偷盯著那輛林肯轎車。

窗外的灰色光線照在他的眼睛上，喬看得出他眼裡充滿疲憊。「歐康納太太，愚蠢的事已經發生太多件了。」

喬穿過露臺，走下臺階。空氣又冷又溼，她呼吸時會起霧。當她接近林肯轎車時，後座的車窗降了下來。文森．班尼岱提彎腰駝背地坐在位子上，這個乾瘦的白人男子與車內寬敞的黑色空間形成對比。

「找我來這裡做什麼？」他問。

「進行討論。」喬回答。她交叉起雙臂，順便為自己取暖。「進行一場可能早就應該進行的討論。」

安傑洛・班尼岱堤傾身並出現在她的視野中。「小屋裡有誰在？除了傑克遜之外？」

「你們到底想不想討論？」喬問。

「我會跟他談的。」文森・班尼岱堤說。

「爸爸，這件事可能有詐。」

「是嗎？」不停顫抖的老班尼岱堤看著喬。

「不是。」

「那我們走吧。」

林肯轎車的駕駛是那個金髮碧眼的大個子，喬記得他叫喬伊。喬伊下車為文森・班尼岱堤打開車門。「我去後車箱拿輪椅。」他說。

班尼岱堤揮揮手阻止他。「助行器，給我助行器就好。我想自己走進去。」

安傑洛・班尼岱堤從後座另一邊下車，喬看見他和喬伊越過車頂交換了一個眼神，安傑洛・班尼岱堤聳聳肩，然後點了個頭。喬伊從後車箱裡拿出兩根附扶手的金屬拐杖，然後與安傑洛一起將拐杖扶手套在老班尼岱堤的手臂上。他們兩人站到一旁，耐心地看老班尼岱堤滿臉痛苦地一步步走向小屋。安傑洛・班尼岱堤看著父親掙扎，自己也心痛地扭曲了臉，可是他沒有加以干涉。老班尼岱堤在小屋的臺階上停下來，沉重地呼吸。他盯著臺階的頂端，彷彿望著聖母峰的峰頂，嘀咕了一聲，抬起右腿，然後拖著左腿。他的頭消失在他吸入空氣並大聲吐出的霧氣中。幾分鐘之後，他終於到達露臺，沃利・沙諾站在那裡並將紗門打開。

「謝謝。」班尼岱堤吃力地說。

他的兒子走在他身後。

沙諾伸出手想攙扶老班尼岱堤，但是安傑洛．班尼岱堤立刻嚴厲地說：「不，他做得到。」班尼岱堤拖著步伐穿過露臺，拐杖在木頭地板上發出一個接一個的敲擊聲。沙諾打開大門，過了一會兒，班尼岱堤走進小屋裡。

「爸爸，坐這裡。」安傑洛．班尼岱堤為他的父親拉了一張高背椅，老班尼岱堤癱倒在椅子坐墊上，拐杖在他兩側往外張開，彷彿他曾經有過翅膀，但如今只剩下骨頭。

班尼岱堤汗水淋漓且全身顫抖。

「班尼岱堤先生，需要我為你倒杯水嗎？」喬問。

他搖搖頭——他全身顫抖，但仍可辨識出他搖頭的動作——然後抬起雙眼，盡可能穩定地看著奈森．傑克遜。

「你這個王八蛋。」他用嘶啞的聲音說。

「如果你站得起來，我會立刻給你一拳。」傑克遜表示。

「這是很好的開場白。」喬說，但沒有特別針對哪個人。她走到那兩個男人中間。「兩位，我們應該少說廢話，因為我們關心的人此刻正陷入險境。」

「是他害的。」班尼岱堤試著舉起手指責傑克遜，但拐杖的扶手依舊緊扣在他的手臂上。「把這個東西從我身上拿掉。」

安傑洛解開拐杖的扶手，將枴杖靠在椅背，然後站到他父親身後。

「你們指控彼此。」喬說。

「你憑什麼說希蘿是你的女兒？」傑克遜越過喬，往班尼岱堤的方向靠近。

「事實擺在眼前。」班尼岱堤回擊。「你看她的長相就知道了。她的眼睛像我。」

「她的眼睛像她外婆。」傑克遜堅持說。「你看看她的膚色。」

「地中海沿岸的白人都是這種膚色。」班尼岱堤表示。

「鬼話連篇。希蘿是我的女兒。」傑克遜拍拍自己的胸膛。「瑪萊親口告訴我的。」

班尼岱堤殘忍地笑了笑。「她說謊，因為她有求於你，所以對你說了各式各樣的謊。你很容易上當。」

「說謊的人是你。」

奈森・傑克遜越走越近，安傑洛・班尼岱堤阻止他，哈里斯這時也靠過來，彷彿這幾個人跳著一曲地獄之舞。哈里斯警告安傑洛・班尼岱堤：「退後。」

哈里斯與安傑洛互相瞪著對方，他們的手都握成拳頭，身體緊繃。身材高大且精瘦結實的沙諾站出來擋在他們中間。「你們兩個都各退一步。我們今天下午見面的目的是討論事情。你們都給我各退一步。」

安傑洛・班尼岱堤對著沙諾說話時，目光始終盯著哈里斯。「如果有人敢再靠近我父親一步，你那枚警長徽章也管不了我。」

「沒有人會傷害你父親。」喬說。

「要不要打賭？」奈森・傑克遜以凶惡的眼神看著文森・班尼岱堤。

「只要我在這裡，沒有人會傷害任何人。」沙諾伸出他的大手要這幾個男人再往後退。

文森・班尼岱堤在椅子上稍微放鬆了一點，但是他仍盡可能地往前傾身，繼續對著傑克遜口吐惡言。「希蘿是我的女兒，你這個王八蛋，我來這裡是為了防止你像殺死瑪萊那樣殺死她。」

「**我**殺了瑪萊？」這項指控激怒了傑克遜。「我為什麼要殺瑪萊？」

「因為她逼得你喘不過氣，要求你做一些你不願幫她的事。我打賭她威脅要公開這件骯髒事，所以你就殺了她。」

「瑪萊根本不必逼我做任何事。」傑克遜回擊。「因為我們彼此相愛。」

班尼岱堤在地毯上吐了一口口水。「這就是政客。狗屎，你以為每個人都愛你。」

「你！」傑克遜伸出手指指著班尼岱堤，宛如他拿著一把槍。「你才是和瑪萊發生爭執的人。在她遭人殺害的前一天晚上，有目擊證人看見你們暴力相向。」

「暴力？她賞了我一巴掌。她老是賞我巴掌。她很氣我，因為我知道她玩什麼把戲。」

「你知道我在想什麼嗎？你強迫她和你上床，當她悍然拒絕，你便惱羞成怒殺了她。」

這番爭執似乎讓文森．班尼岱堤耗盡了體力，他往後靠在椅背上，全身劇烈地顫抖。

「爸爸，你還好嗎？」安傑洛彎下腰摸摸他父親的手臂。

老班尼岱堤瞪著傑克遜，然而他的怒火似乎已經減弱。「我沒有逼瑪萊和我上床。我們達成協定，我借她錢，讓她成立歐札克唱片公司；她不必支付利息，但是要讓我多認識我的女兒。她沒有遵守諾言，所以我們大吵一架。」

「你威脅她。」傑克遜說。

「我很生氣，可是我沒有失去理智。我沒有殺害瑪萊。」

布克．哈里斯走近一步，並且留意著安傑洛．班尼岱堤。「你剛才說的那些並沒有出現在警方的官方筆錄。」

文森．班尼岱堤把頭靠在椅背上，深深吸了一口氣。「那時我只想盡最大努力保護我的女兒。我知道警方讓我揹了黑鍋，但是小希蘿的處境已經夠糟了，難道我還要搞個確認親子關係的聽證會來增添她的困擾嗎？除此之外，我太太泰瑞莎威脅我，她說如果我敢透露出我和希蘿的關係，她就會離開我。」

傑克遜一邊來回踱步一邊讓自己冷靜下來，彷彿若有所思。接著他再次轉向班尼岱堤，說：

「瑪萊愛我。她告訴我她很怕你，她害怕如果你發現她對你的真實感受，你就會傷害她。」

「她誰都不怕，而且她也誰都不愛——只愛她自己和她的女兒。」班尼岱堤嘆了一口氣，似乎已經厭倦了與傑克遜爭執。「她把你當成替她收拾爛攤子的清潔工，因此你想聽什麼，她就告訴你什麼。」

「鬼話連篇。」

「我們這樣下去不會有任何進展。」喬插話進來。她轉頭問奈森．傑克遜：「你真的在乎下落不明的希蘿嗎？」

他聞言後似乎十分震驚。「我當然在乎。」

「你呢？」她問班尼岱堤。「你真的希望她活著離開邊境水域嗎？」

「我願意為那個女孩而死。」他回答。

「好。」喬舉起一根手指，宛如要求這兩個男人跟著她的思路而行。「為了讓今天的討論有所進展，我們暫時假設你們兩人都沒有謀殺瑪萊．格蘭德，也無須為此刻發生的事負責。但問題是，如果不是你們做的，到底是誰做的？」

傑克遜與班尼岱堤似乎都因為這個想法而愣住，過了一會兒他們才停止瞪著對方，兩人之間的劍拔弩張氣氛也慢慢散去。班尼岱堤若有所思地盯著他頭頂上方的木梁，奈森．傑克遜則雙手插在口袋，對著長窗凝視屋外的灰暗。哈里斯將一根手指放在嘴唇上輕輕敲著，梅特卡夫在壁爐裡添加了新的木柴，那根木柴的樹皮很快就燃燒起來，發出一種宛如有人在揉捏包裝紙的聲音。

「希蘿這個案子肯定是專業人士做的。」哈里斯最後說。

傑克遜回過頭來聽著。

哈里斯繼續說：「殺害伊莉莎白．多布森的手法非常俐落。專業手法，沒有留下半點證據。」

「還有那個精神科醫生。」文森・班尼岱堤說。「殺死那個精神科醫生並且燒毀病歷的人顯然也非常專業。」

傑克遜看看哈里斯又看看班尼岱堤。「你們認為是同一個人幹的？」

「也許是兩個人。」安傑洛・班尼岱堤提議。「兩人合作，各有專長，相互幫助。」

哈里斯望向梅特卡夫。梅特卡夫坐在放著各種電子設備的桌子旁。「把我們目前所知的一切傳到聯邦調查局洛杉磯辦公室的電腦，看看能找到什麼。」

梅特卡夫立刻移動到他的筆記型電腦前。

「安傑洛和我也會進行一些調查。」班尼岱堤表示。

傑克遜站到文森・班尼岱堤所坐的椅子前。「十五年來，我一直認為你就是殺害瑪萊的人，但看在希蘿的份上，我願意重新思考這件事。不過我沒有放棄這種想法。」

「有句古老的西西里諺語說：『喝自己釀的酒，永遠不覺得苦澀。』」班尼岱堤回答。「或許我們這些年來都太堅持己見了。」他倚向安傑洛，說：「我們走吧。」

安傑洛・班尼岱堤將他父親抱起來，沙諾替他們拿起拐杖並打開大門。喬跟著他們走出小屋，喬伊已經把黑色的林肯轎車駛來，開著暖氣等候。他打開後車門，幫忙安傑洛・班尼岱堤讓老先生坐進車裡，然後替沙諾打開後車箱。

「我會在我的辦公室或在家裡。」喬告訴安傑洛・班尼岱堤。「如果你們有什麼發現，請打電話給我。」

「我會的。」他回頭看了小屋一眼。「妳沒相信他們吧？」

「我只想了解真相，班尼岱堤先生，我試著保持開放的心態。」

他看起來對她很失望。「我會與妳聯繫的。」

沙諾和喬一起看著林肯轎車駛離。「妳有什麼想法？」沙諾問。

「我不知道，沃利，我覺得真相與謊言就像一堆蛇，亂七八糟地纏在一起。」

「我懂妳的意思。聽著，我得回辦公室監督搜救行動，那些人應該很快就會抵達艦尬湖。妳呢？」

「我要先回我的辦公室處理一些事，然後去找莎拉．雙刀，我想應該讓她知道目前的情況。」

「但妳了解現在的情況嗎？」

喬看著小屋，發現哈里斯正站在窗簾後盯著他們。「有人真的了解嗎？」

33

傍晚時分，路易斯舉起手說：「她在那裡。」

男人們划著船槳，隔著薄霧望向一座山脊，山脊後方是長滿樹木的山丘所形成的模糊暗影。寇克這一生都在邊境水域進進出出，以前從來不曾在這片土地上感受過威脅，但現在他感覺到了。他看著湖岸線，試著看穿那道灰色的網紗，也試著猜測當他們上岸之後會有什麼事等著他們。

「那裡有一條小溪。」路易斯說。「航行四分之一英哩之後會有另一座湖，一座很小的小湖。」

寇克拿出地圖研讀。「可是我在地圖上沒有看到任何湖泊。」

「溫德爾叔公說別人永遠無法在地圖上找到Nikidin。他說那座湖受到保護。」

「受到保護？」史隆問。「受到什麼東西的保護？」

「*Manidoonsag*，」路易斯回答。「小精靈。」

寇克開始往前划動。「我先過去。如果一切看起來沒問題，我會再通知你們。」

「我應該第一個去。」與阿肯色．威利共划一艘獨木舟的史隆表示。

「我不可能在這裡空等。」威利．雷伊堅定地表示。「時間一分一秒都很重要，我們都已經來到這裡了，還是一起走吧。」

「先等我們確定前方的狀況。」寇克對雷伊說。「幾個小時前，某個傢伙差點殺光我們，我不希望這種事情再次發生。你們所有人都先待著，直到我發出安全訊號。」

曾擔任警長多年的寇克說起話來充滿權威，這種不容爭辯的口吻現在仍會不時地自動出現。

「我們就照他所說的去做吧。」史隆對雷伊說，並朝著寇克豎起大拇指。

沒有人再多說什麼，寇克繼續將獨木舟划離其他人。

寇克在接近湖岸時拿出他的點三八手槍。他看見了路易斯所說的那條小溪，也聽見了溪水打在湖口那些光滑石頭上的聲音。除此之外，這裡幾乎萬籟俱寂，沒有鳥鳴也沒有風聲，只有獨木舟滑過水面的水花聲以及船頭碰到湖岸時的刮擦聲。他迅速地從獨木舟下來，宛如海軍陸戰隊隊員搶灘一樣。他將身體蹲得很低，目光掃視著溪邊的樹木，那裡沒有絲毫動靜。他在小溪旁發現一條小路，便迅速走到小路另一頭的灌木叢尋求掩護。

路易斯說，往內陸四分之一英哩就是希蘿所在的湖。寇克在小路上每次只移動幾碼，然後便停下腳步聆聽並檢查周圍的樹林。他來到小溪邊，掉落在泥地上的松樹針葉被踩進泥濘深處。泥地上有來這裡飲水的各種動物的足跡——鹿、浣熊、兔子、松鼠。除此之外還有其他的痕跡：登山靴的鞋印。寇克蹲下來仔細研究，發現有兩組清楚的鞋印：一組鞋印很小，應該是女性的鞋印；另一組鞋印較大，踩得也更深，但此人的體型可能不像早上突襲他們的那個男人那麼高大魁梧，因為步幅之間的距離不大。無論這些是誰的腳印，似乎並不急著趕路。他無法分辨這兩個人是一起行動還是那個女人被人跟蹤了。

他的右方突然傳來一陣騷動，讓他頓時警覺，將點三八手槍高高指向樹林。他靜止不動地呈準備姿勢，全身感官都專注地察看與聆聽，但他只看見樹林間深邃空曠的灰色，聽見無所不在的細雨靜靜滴落，在樹葉上聚集成沉重的水滴然後再次落下。這時候他聞到一股熟悉的味道，讓他萌生片刻的盼望：燃燒木柴的煙味。可是他沒有看到火。

騷動又出現了，有個龐然大物突然從左邊衝到右邊。寇克的手指緊緊貼著手槍扳機，接著他在那個龐然大物跳著離開時看見了一根白色的鹿尾巴，才因此放鬆下來，差點癱坐到地上。

他沿著小路繼續往前走，直到小路被樹林阻斷，來到一座高高的山脊。他看得出來，溪流以前曾經穿越過這座山脊，但如今已被密密麻麻的岩石碎片堵塞。那些碎石形成了一道近百英呎高的凌亂水壩，溪水從岩石間滲入，再重新形成流向湖泊的溪流。寇克在水壩底端又發現了那些腳印，並且在山脊頂部看見最後的秋葉在風中顫抖。風不大，可是很明顯。風從西邊吹來，吹過水壩，從寇克看不見的地方帶來木煙的氣味。他回到湖岸，向其他人招手示意。

「我發現一些腳印。」他指著小路說。「我敢說是希蘿留下的，但還有別人的足跡。」

「溫德爾叔公的？」路易斯滿懷期望地問。

寇克說。「我們很快就能找出答案。」

「我們要派人看守獨木舟嗎？」史隆問。

「我認為大家最好一起行動。」寇克說。「留下裝備，帶著武器。」

史隆將手槍遞給暴風雨。「這是九毫米子彈的克拉克手槍[39]。你會使用嗎？」

「會。」暴風雨回答。

史隆從他的獨木舟裡拿出步槍。

令大家驚訝的是，阿肯色．威利把手伸進背包，也掏出了自己的手槍。「這只是一支點二二手槍。」他抱歉地說。「但是我的槍法還不差。」

39 譯注：克拉克手槍（Glock-Pistole）是奧地利槍械生產商克拉克所生產並銷售的手槍，起初為因應奧地利陸軍需求而推出，後來成為全球最受歡迎的手槍系列之一。

寇克帶著他們來到水壩邊。

「後面就是那座湖嗎？」他問路易斯。

小男孩點點頭。「我們必須爬上去。山脊上有條小徑，可以通往位於另一端的小屋。」

「你們聞。」暴風雨說。

「火的味道。」寇克抬頭望著山脊頂端，急著想查看山脊另一邊。

「你們覺得有人在煮東西？」史隆問。

「希望是晚餐，而且是非常豐盛的晚餐。」寇克笑了一下。

他們慢慢地走，一個接一個，在攀爬時互相幫忙。到了山頂，他們發現下方有一座狹長的湖泊，湖泊周圍盡是陡峭的岩石，岩石上長滿了山楊樹。湖泊遠處被薄霧籠罩著。

「那邊有一條小路。」路易斯指著灌木叢間一道隱約的分界線。

寇克蹲下來。「你們看。」

他指著泥濘的地面，地面上有更多腳印，但除此之外還有別的痕跡。

「狗？」阿肯色．威利問。

「狼。」寇克說。

「你有什麼想法？」

「這是一個好預兆。」路易斯堅定地表示。

「希望你是對的，小朋友。」雷伊說。「我真心希望你說得沒錯。」

他們排成縱列爬到小徑上，離開灌木叢，進入一片散落著巨石的空曠區域，最後爬到了長滿山楊樹的山脊頂上。他們走入雲層、走入冰冷的濃霧，任憑雪花在他們臉頰留下溼吻。位於下方的湖泊看起來像地面上一道深灰色的縱向裂縫——那座湖因為天候而呈灰色，也因為水深而顯得暗沉。

遠方的山脊呈藍灰色，山脊上有樹葉已經掉光的松樹林。從湖泊的這一端望去，那片松樹林像是一面黑牆。

寇克發現那面黑牆上方有黑煙竄入雲層，宛如一條黑蛇。

「濃煙。」他說。「濃密的黑煙。」

「對壁爐的炊煙來說，那道黑煙有點太大了。」暴風雨表示。

「小屋就在那裡嗎？」史隆問。

「噢，老天。」阿肯色．威利突然脫隊，開始沿著小路的斜坡往那片陰暗的松樹林奔去。「希蘿！」他喊道。

「威利！」寇克在他身後喊道。「停下來！」

寇克知道他們來晚了。無論他們接下來必須面對什麼狀況，現在都得迅速行動。

「暴風雨，你和路易斯待在這裡。史隆，我們走。」

寇克跑了起來，跟著雷伊沿山脊往隱藏在松樹林間的小屋奔去。阿肯色．威利．雷伊的敏捷度與靈活度讓寇克驚訝，雷伊像參加跨欄賽跑般在石頭上跳躍，倘若在小屋裡的人是珍妮或安妮，寇克可能也會不顧一切地瘋狂奔去。儘管如此，他在下坡時盡量控制速度，以便在必要時可以馬上停下來發射他的點三八手槍。

他往身後瞥視，史隆遠遠落在後方。這樣可能比較好，因為如果遇上麻煩，他們才不會一起身陷險境。

雷伊消失在松樹林間，但幾乎就在同一時刻，寇克聽見了一聲槍響。他控制自己的速度，在小路旁停下來。過了一會兒，史隆趕上來了，像一輛大型的黑色蒸汽機般喘著大氣，而且像賽馬一樣汗水淋漓。

「你……你……聽見……那個了嗎？」史隆一邊喘氣一邊結結巴巴地說。

「聽起來像是小口徑的手槍。」寇克說。「也許是威利的那把點二二手槍。」

「他為什麼開槍？」史隆氣喘吁吁地問。

「我往右邊繞過去，你往左邊。你還好嗎？」

「我需要氧氣罩。」史隆說。「開始動作吧，我沒事。」

寇克先來到十幾碼外的一塊大石頭邊，然後再抵達斜往湖邊的山脊。路面上都是長滿青苔的巨石，寇克從這顆巨石快速移動到另一顆巨石，直到抵達松樹林的外圍。他停了一下，仔細聆聽。左前方傳來持續的呻吟聲，他用眼角餘光瞥見一絲動靜。史隆悄悄來到一棵大松樹後方，呈跪姿並伸出步槍，將槍管沿著樹林平移。他看了寇克一眼，搖搖頭，寇克示意他們繼續往前移動。

他們看到阿肯色．威利躺在小路的泥濘中，露出扭曲的痛苦表情。他伸手抱著右膝，他的點二二手槍掉在他身旁的地上。

「我滑了一跤，摔倒了，」他咬著牙說。「我扭傷了他媽的膝蓋。」

「我們聽到一聲槍響。」寇克說。

「我摔倒時手槍走火。」雷伊坐起身來，但仍抱著膝蓋。

史隆問：「你還能走路嗎？」

「老天，就算要用爬的，我也會爬過去，只要能找到希蘿。」

「發生了什麼事？」暴風雨和路易斯沿著他們身後的小路走近。

「我不是叫你們待在原地嗎？」寇克厲聲地說。

「我們只聽見一聲槍響。」暴風雨回答。「覺得應該沒什麼危險。」

「我們現在應該一起行動。」史隆說。「這樣才不會嚇到別人，還可以互相掩護。」

「那他怎麼辦？」寇克不耐煩地朝著雷伊點點頭。

「我來。」史隆把他的步槍遞給寇克。「來吧，威利，我扶你。」

史隆扶雷伊站起來，並讓雷伊的手臂攀在他的肩上。

「謝謝。」雷伊說。

「小事。」

「路易斯，前面有什麼？」寇克問。

「前面有一條小溪。小屋就在小溪對面。」

寇克先確認步槍裡還有子彈，然後說：「我們去看看吧。」

小溪就在前方幾十碼處。寇克在走到溪邊時停下腳步，其他人也走過來默默站在他身旁。位於小溪另一側的小屋殘骸在細雨中悶燒著。被燒焦的坍牆中有一堆倒塌且黑得像老雞骨的屋梁。一個圓形的火爐矗立於接近小屋中心位置的灰燼中，煙囪依舊往上延伸，可是小屋已經沒有屋頂了。小屋附近的松樹也被這場火燒掉了下半部的枝幹、燻黑了樹皮，但潮溼的水氣使那些樹木免於被火完全燒盡。

「我的天啊。」雷伊低呼。「希蘿。」

他們沒有發現希蘿的蹤跡。史隆小心翼翼地走在灰燼與焦炭間，用一根長棍不停翻找。大部分的餘燼仍在燃燒，火焰此起彼落。史隆遠離那些熱點，最後搖著頭走出來。

「裡面沒有東西。」

「什麼意思？」阿肯色．威利坐在一截樹樁上，樹樁頂端有以斧頭劈砍木柴的痕跡。他臉上的痛苦顯然超過膝蓋受傷所造成的疼痛。

「他的意思是，沒有跡象顯示小屋燒毀時希蘿人在屋裡。」寇克平靜地表示。

「骨頭不容易燒，牙齒根本無法燒毀。」史隆說。「而且燒焦的肉會有一種明顯的氣味。我想讓你知道的是，威利，你仍有很多理由可以抱持希望。」

「那些人為什麼要燒掉這間小屋？」路易斯問。

寇克聳聳肩。「我不知道，也許他們試圖掩飾一些事情。」

「或者毀滅一些東西。」史隆說。

「或者趕走希蘿。」阿肯色．威利一臉悲慘地說。

「我們現在怎麼辦？」暴風雨問。

寇克抬頭看看天空，黑夜即將到來，溫度也正在下降，從雲層飄落的是白色的雪而不是雨。

「我們應該趁天黑前回到獨木舟那邊紮營，思考下一步該怎麼走。」

「難道我們不先在附近找一找嗎？」雷伊說。「也許她往山上逃走了，也許她躲在某個地方？」

「這座森林很大，威利，而且天色就要變黑了。大家又餓又累，我們最好集合起來，一起想想該怎麼做。你能走路嗎？」

路易斯找到一根長長的白樺樹樹枝充當拐杖，雷伊站起身來，拄著拐杖試探性地走了幾步。

「我還能走，但是會走得很慢。」他的語氣及那張獵犬般的長臉充滿絕望。

雲層已變得黑如木炭，當他們走到停放獨木舟之處時，松樹林完全變成了深黑色。他們走出樹林時，寇克突然停下腳步。

「少了一艘獨木舟。」

他再次將點三八手槍握在手中，蹲下來觀察湖邊的樹叢。

「你們待在這裡。」他示意其他人退回松樹林。

他躡手躡腳地走到還留在湖岸邊的兩艘獨木舟旁。

「該死。」他說。

「怎麼了？」史隆問他。

他一臉嚴肅地回頭看著他們。「有人用斧頭鑿穿了獨木舟。」

34

喬本打算在離開班尼岱堤與哈里斯之後直接回辦公室，可她發現自己朝聖艾格尼斯天主教教會而去。她不確定一個精明的律師在這種情況下是不是會禱告，但對她而言這是正確的選擇。過去一年中，她發現自己越來越常透過法律書籍沒提過的方法尋求解答。教堂沒有人在，陰暗的空間裡只有祭壇上方的燈亮著。

她祈禱的時候聽到教堂前門輕輕打開的聲音。她回頭看了一眼，發現進來的人是安傑洛．班尼岱堤。他在胸前畫了個十字，然後站在教堂後方的暗處，恭敬地等待喬完成她的禱告。

「我無意打擾妳。」安傑洛在她走近的時候說。

「你有事找我？」

教堂裡的靜謐似乎觸動了班尼岱堤的某種感官，他的目光順著長椅柔和的曲線移動、在彩色的玻璃窗上流連、沿著幽暗的外側走廊飄盪，讓喬覺得他像個第一次領聖餐的男孩。安傑洛以低沉的聲音說：「我母親以前每天帶我去教堂，聖露西亞教堂，並且為每一位在義大利逝世的親人點蠟燭。相信我，那些已逝的親人人數非常多，我都蜷縮在長椅上睡覺。我還記得那使我充滿安全感。聖露西亞教堂又大又安靜，我母親會低聲禱告，那些蠟燭就像天使的舌頭對著她說話。到了現在，每當事情變得一團混亂時，我還是會去教堂尋求寧靜。我猜此刻對妳而言也十分混亂。」

「班尼岱堤先生，有什麼我能為你效勞的？」

安傑洛．班尼岱堤穿著一件昂貴的帆布雨衣，雨衣已經被教堂外的細雨淋溼。雨衣在他移動時沙沙作響。

「我只想確定妳沒有被傑克遜愚弄。那個傢伙像生牡蠣一樣圓滑。」

「這就是你跟蹤我的原因？」喬甚至懶得掩飾自己的憤怒。

「我主要是想告訴妳，我以前見過他哥哥布克．哈里斯，在希蘿的母親被人殺害之後。」

教堂裡的靜謐氛圍突然變了，原本的和平被某種不祥壓垮了。喬在最後一排長椅上坐了下來，班尼岱堤也跟著坐下。

「繼續說。」她說。

「當時報紙媒體幾乎陷入瘋狂，挖出我父親與瑪萊．格蘭德的各種舊事。許多報導猜測他們再次發展出婚外情，並懷疑瑪萊．格蘭德的死與他們的關係變調有關。那些報導令我母親相當難堪，因此她常到聖露西亞教堂禱告。她心煩意亂，甚至無法開車，所以由我載她去。當時我已經十六歲了，不再有小時候的那種耐性，所以我通常只送她去教堂，然後自己跑去吃漢堡或做點什麼事，一個小時左右之後再回去教堂接她。大部分的時候她都仍在教堂裡點蠟燭和祈禱，我得提醒她我們該離開了。

「可是某一天當我回到教堂時，發現她並非獨自一人在點蠟燭。有個男人和她在一起，一個黑人。他們正在低聲交談，顯然談論得非常激動。我想一定有什麼事發生了，所以我走過去幫她，沒想到她對著我大吼大叫，在安靜的教堂裡叫我滾出去，我只好照著她的意思走開。我到教堂外等她，很想知道到底發生了什麼事。幾分鐘之後那個傢伙出來了，我仔細端詳他，那人就是布克．哈里斯，我可以對著我母親的墳墓發誓。過了一會兒，我母親也出來了。通常在來過教堂之後，我母親會變得比較平靜，可是那天她全身發抖，就像剛剛見到鬼一樣。她還變得十分沉默，回家的路上一句話都沒說。」

喬等安傑洛・班尼岱堤繼續說下去，不過他似乎已經說完了。「你認為這件事有什麼特殊含意嗎？」她最後問他。

「我不知道。我只是想告訴妳，這些人多年來一直騷擾我的家人，現在我才意識到他們甚至違反了教堂的神聖性。或許我只是想要表達，妳身為一名律師，可能會因為他們的身分而傾向於相信他們，可是我無法相信他們任何一人，就如同我現在不想再走進教堂一樣。」

喬站起來彷彿準備離開，班尼岱堤也跟著起身。

「我很想知道，在你的工作環境中，你怎麼知道應該相信誰？」她問。

「我的工作環境？」他笑了，他的笑聲在空蕩的教堂裡聽起來格外響亮。「我只是個生意人，歐康納太太，我負責管理我父親的賭場。」

「你沒有回答我的問題。」

「妳想問我相信誰，是嗎？好，我告訴妳我相信誰：我相信我的家人。」

「家人。」喬思忖著。「這整件事都關於家人，因為希蘿當然也是你的家人。」

「我父親相信她是我們的家人。」班尼岱堤低頭看著地毯上被水滴弄溼而變暗沉的痕跡。雨水從他身上的雨衣不斷滴落到地毯上。「總之他愛她像愛女兒一樣。」

「可是這麼多年來，他表達父愛的方式很奇特。」

「愛並不一定要用擁抱和親吻來表達，有時候愛就是為你所愛之人做最好的事。我猜我父親認為希蘿的人生已經太曲折了，所以不願打擾她。妳應該看看我父親的辦公室，那裡貼滿了希蘿的照片，而且他一天到晚聽她的歌。他還去參加她的每一場演唱會。」

「你父親的這些舉動會不會讓你不開心？」

「什麼？」

喬拿了雨傘，準備走出教堂。「你知道浪子回頭[40]的故事嗎？我只是好奇，你覺得那個乖兒子看見父親把愛灌注在另一個兒子身上時有什麼感覺？」

班尼岱堤失望地搖搖頭。「那不是我。」

「我為什麼要相信你告訴我的事？我的意思是，倘若如你所言，我們只能相信家人？」

「妳相不相信我並不重要。」他說。「重要的是，妳不能相信哈里斯和傑克遜試圖騙妳的鬼話。」

「你要我別相信他們，意思就是要我相信你們。你看得出我的兩難嗎？」

安傑洛．班尼岱堤看著她一會兒，臉上似乎浮現出某種遺憾。他聳聳肩。「如果妳只相信妳想相信的，妳就有麻煩了。」他從她身旁走掉。當他打開教堂的前門時，一道灰色的光線從外照進，這道光沒能讓教堂裡變得明亮。

$

喬在辦公室花了幾分鐘整理她的行程。她打電話給蘿絲，告訴蘿絲她會晚一點才回去吃飯。最後當夜幕籠罩奧羅拉時，她坐進她的豐田汽車，朝鋼鐵湖保留區駛去。她必須告訴莎拉．雙刀那些迫使她丈夫和她兒子進入邊境水域的人已經失聯，目前下落不明。

厚厚的白色雪花開始附著在擋風玻璃上。她車頭燈下的溼雪與細雨混在一起，看起來像是在一群蚊子裡的飛蛾。

她來到亞盧埃特的郊區，把車子停在溫德爾．雙刀所住的拖車外。拖車及其附屬建物幾乎都隱身在黑暗的夜色與雨雪中，不過喬隔著湖邊的西洋杉樹枝看見了附屬建物後方有閃爍的光芒。

喬在車道上停好車子，偷偷溜進溫德爾的後院。她躡手躡腳地走到陰暗且空無一人的拖車及溫德爾停放卡車和堆置打造獨木舟原料的小棚屋中間，接著走過一座小花園，小花園裡長滿了裸露的玉米稈和未結果的南瓜藤蔓。一陣微風從湖面吹來，穿過西洋杉的樹枝，帶著長長的嘆息向她拂來。風中還有另一種聲音，在喬的耳中聽起來宛如哭泣。

她躲到一棵樹後面，小心翼翼地隔著粗樹枝窺視，這時才意識到閃爍的光芒是一堆營火，而哭泣聲是一首歌。亨利・梅魯坐在深黑色的鋼鐵湖畔的一截樹樁上，用他的族語唱著歌。她看見他舉起手，對著風撒出一些東西。突然間，他停下動作，聚精會神地聆聽，然後直視她的藏身之處。她從樹木後方走出來。

梅魯露齒一笑。「喬・歐康納。」他似乎一點也不驚訝，不過喬也從來沒見過這位老靈醫對任何事感到驚訝。

「*Anin*，亨利。」她以傳統的尼什那比語問安。

「*Anin*。」他回答並向她招招手，指著一截被鋸斷的白樺樹邀她坐下。

喬很喜歡亨利・梅魯，這位老先生似乎也很喜歡她，這可能與梅魯認為她去年救了他一命有關。當時她幸運地拿到一把步槍，阻止一名充滿殺意的男子駕駛吉普車輾過梅魯。不過她也懷疑任

40 譯注：浪子回頭（the parable of the prodigal son）是新約聖經路加福音第十五章記載的故事：某人有兩個兒子，小兒子要求父親把歸他的那份家產給他，然後去了遠方，將財產揮霍一空。後來小兒子決定回家，請求父親原諒。那位父親擁抱小兒子，並宰殺肥牛慶祝小兒子歸來，還拿上好的袍子給小兒子穿。大兒子看見無恥的小兒子受到這樣的款待，自己的忠誠卻未曾受過父親獎賞，因此感到憤怒與嫉妒。他的父親勸他：孩子，你始終和我同在，我所有的一切都是你的。而你弟弟是死而復活、失而復得，所以我們理當喜樂。

何一個需要梅魯幫助而找他的人能感受出他的真實想法。喬對梅魯的喜愛深植於尊重，因為這位老靈醫明白一種喬越來越欣賞的法則，一種沒有法條也無關法院的法則。

梅魯穿著一件老舊的格紋雙排釦厚呢短大衣，在雨水與火光中，老先生閃閃發亮。他頭上戴著一頂紅色的棒球帽，帽子上印著奇佩瓦大賭場，雨水從帽緣滴落。老先生說話的時候，呼出的氣息讓空氣變得模糊。喬看著他的手，一雙黝黑且佈滿血管的手。她看見他手裡拿著一個小囊袋。

「亨利，你在做什麼？」

「探問。」老人告訴她。「我在探問靈魂。」他拿起一些西洋杉的樹皮，加到營火之中。「我在拜託森林裡的*manidoog*將我的老朋友溫德爾・雙刀平安帶回家，也祈求其他人能安全回來。」

「亨利，你知道發生什麼事嗎？」

突然起風了，營火被風吹動且變得越來越亮。西洋杉的樹皮在營火的爆裂聲中燃燒，餘燼在風中升起，像螢火蟲般竄進黑夜裡。

「這是一場古老的戰爭。」梅魯表示。「如果我是年輕人……」但他沒把話說完。

「你知道寇克和其他人的事嗎？」

梅魯點點頭。

「你知道他們在哪裡嗎？」

「不知道。」他伸出手，彷彿在觸碰空氣。「我只知道所有的一切都是彼此連結的，就像蜘蛛網的絲線。時間就像風，風一吹，蜘蛛網會被吹動，可是連結不會斷。只不過我現在覺得好像有某個東西正在斷裂，某個大大的東西。那些絲線開始斷裂了，我不知道是什麼原因。」

喬靠向營火，伸出她冰冷的雙手取暖。「我不知道發生了什麼事，亨利，彷彿我站在惡魔的下風處。我能感覺發生了可怕的事，可是我不知道是什麼事，或者惡魔想要什麼。我不知道該如何對抗我不清楚的東西。」

「我們盡己所能。」梅魯低聲回答，不帶一絲挫折。「我燃燒了鼠尾草和西洋杉，我貢獻了菸草。妳呢？妳已經搖身變成獵人，也許是一名戰士？」

「也許吧。」

「我知道妳是一名戰士，喬．歐康納，我欠妳一條命。」

「我只是運氣好，亨利。」

「我不相信。」梅魯拿了一些鼠尾草和西洋杉的樹皮，放在喬的手裡。他的手指又細又硬，皮膚粗糙且指甲發黃。「以妳自己的方式燃燒西洋杉和鼠尾草。記住，關於惡魔，大地之母會拒絕讓它藏匿，因此它即將現身，妳必須做好準備。」

「我會盡力的，亨利。」她站起來準備離開。「你家離這裡很遠，我載你一程好嗎？」

這位老靈醫笑了笑。「妳已經載我一程了。至於回家，等我準備回家的時候，我可以自己回去。」

喬返回奧羅拉。在她獲悉更多資訊之前，去找莎拉．雙刀只會徒增那位女性的擔憂，沒有別的好處。反正今晚大家都無能為力，還不如讓莎拉好好入睡。

喬把車子開回位於醋栗巷的屋子。當她打開後門走進廚房時，炸雞的香味向她撲來，讓她宛如置身天堂。蘿絲和史帝夫正站在洗碗槽旁邊清洗碗盤。

「媽媽！」

史帝夫扔下擦碗的毛巾，並且從讓他可以摸到櫃檯檯面的墊腳椅上跳下來，跑到喬身邊，給了她一個大大的擁抱。這是她一整天遇上最美好的事。

「我們替妳留了晚餐。」史帝夫告訴她。

「在烤箱裡。」蘿絲一邊說一邊用圍裙的下擺擦手。「妳餓了吧？」

「我聞到炸雞的味道才覺得餓。現在我覺得快餓死了。」

喬從爐子旁的掛鉤拿了隔熱墊，從烤箱裡端出晚餐。烤盤裡有雞胸肉、烤成淺金黃色的麵包、烤馬鈴薯、新鮮的四季豆與黃色的南瓜。她將鼻子伸向烤盤散出的熱氣，聞著蘿絲好手藝的迷人香味。史帝夫拿了餐具與餐巾紙給她，她在廚房的餐桌旁坐下。

「珍妮和安妮呢？」她問。

「安妮在教堂。」史帝夫回答。他跪在餐桌另一頭的椅子上，將下巴放在交疊於餐桌的雙手上，漆黑的眼眸看著喬。史帝夫的眼睛和寇克一樣，是尼什那比人深邃且充滿警覺的眼睛。

「下星期六有市集，她去幫忙在商品上貼標價。」蘿絲解釋，並將牛油、鹽巴和胡椒放在餐桌上讓喬使用，然後拿起史帝夫剛才擦碗的毛巾，繼續擦乾剩下的碗盤。

「珍妮在尚恩家。」史帝夫繼續說著，迫不及待想分享他知道的事。

「尚恩的家人邀她共進晚餐。他們吃過晚餐後要一起寫作業。」蘿絲補充。

史帝夫拿起鹽罐，在桌面上灑了一點鹽，然後試著讓鹽罐在鹽巴上以某個角度站立。這是他從他父親那裡學來的玩意兒。鹽罐倒了。

「妳今晚要不要陪我玩樂高積木？」他問喬。

「我相信你媽媽今天一定很累——」蘿絲趕緊說。

但喬將手伸過桌面，將鹽罐成功地立在鹽巴上，說：「我當然會陪你玩，但是先讓我吃完晚餐，然後換件衣服，好嗎？你去把樂高積木拿出來，決定我們要蓋什麼。」

史帝夫馬上往客廳跑去。蘿絲倒了一杯咖啡，坐在她姊姊身旁。

「真好吃。」喬邊吃邊說。

「謝謝。」蘿絲那張平淡且寬闊的臉上露出滿意的笑容。「我記得媽媽從基地的醫院下班回家時，我都已經把晚餐準備好，然後我們就坐下來用餐。妳總有一些有趣或好笑的事情可以與她分享，一些可以展開話題的內容。我們一家三口一起坐著吃晚餐，我很喜歡那段時光。」

「然後媽媽就開始喝酒。」喬提醒她。

「並不是每一次。」

「她太常酗酒了。」

「她很孤單。她獨力扶養我們。」

「可是她沒有照顧我們，蘿絲，我們照顧自己。」

蘿絲看著喬，一開始帶著受傷及些微憤怒的眼神，那種眼神很快就消失了。

「妳太嚴厲了。」蘿絲說。

「我只是試著說出現實。」

蘿絲站起來，低頭看著喬。「也許妳該試著寬容一點。」她拿起她的咖啡杯，走回洗碗槽繼續洗碗盤。

喬嘴裡的食物頓時失去美味。「抱歉，蘿絲，我只是心煩。」

蘿絲又坐回喬的身邊。「怎麼了？」

「寇克和那些人失聯了。」

「怎麼會呢？」

「那些人說是因為設備出了問題。」

「可是妳不相信。」

「噢，蘿絲，我不知道應該相信什麼，或者應該相信誰。」

蘿絲用她豐滿的手臂抱住喬，喬聞到她妹妹每天傍晚洗完澡後使用的薰衣草蜜粉的香味。

「妳覺得是什麼問題？」蘿絲問。

「永遠不要相信男人。」

她們兩人都笑了。喬概要地敘述了那天發生的事，包括班尼岱堤父子去找她、沙諾查出的線索，以及在奎蒂科發生的對峙。

「一定有人說謊。」

「但我不知道是誰說謊。」喬表示。

「妳覺得寇克和其他人真的遇上危險了嗎？」

「我直覺上確實這麼認為，但我不知道應該怎麼幫助他們。」喬將盤子推到一旁，雙手放到桌上並低下頭。「老天，蘿絲，這一切讓我覺得好累、好困惑，而且責任重大。」

「這是長子長女症候群，加上妳是天主教徒。」蘿絲輕輕撫摸喬的頭髮。「我剛才說妳應該試著寬容一點，我的意思是妳應該也要試著對自己寬容。聽我說，妳是我認識的人之中最聰明的女性，妳一定可以解決這些難題。」

喬緊緊抱住她的妹妹，抱了很久。「妳最好了，妳知道的。」

「我知道。」蘿絲最後從喬的擁抱中抽身。「我去把碗盤洗完。客廳裡還有一項建築工程在等妳完成。」

那天晚上喬和史帝夫一起建造了一座樂高城堡。她在晚上八點鐘哄史帝夫上床睡覺，並且讀《魔櫃小奇兵》給他聽。安妮於晚上九點回來，珍妮則在十點鐘到家。喬坐在廚房的餐桌喝花草茶，當珍妮像一陣微風從後門走進屋裡時，她覺得珍妮整個人容光煥發。

「功課複習得如何？」

「噢，還不錯。」

珍妮沒有走向喬，只帶著微笑走到冰箱前，拿出鮮奶替自己倒了半杯。她從餅乾罐裡拿出幾塊餅乾，將身體倚在櫃檯上。

「媽媽，妳結婚的時候幾歲？」

「比妳現在大很多。」

「爸爸怎麼向妳求婚的？」

「不太高明。」喬啜飲一口茶，一邊回想一邊忍不住笑了出來。「他帶我去密西根湖搭遊船，我敢肯定那花了他不少錢。他以前從來沒有坐過那種船，加上湖面波濤洶湧，結果他暈船了。他向我求婚之後馬上就吐了。」

「不會吧？」

「噢，千真萬確。」

「那妳接受了嗎？我的意思是，妳當下就接受了？」

「嗯嗯。他看起來可憐兮兮的，我不忍心拒絕他。」

安妮從另一個房間走進廚房，她語氣中的擔憂頓時中斷了這段對話。「媽媽，外面又有人在偷看。他躲在紫丁香花叢旁的陰暗處。」

「把燈關掉。」喬說。

安妮關掉廚房的電燈，喬走到窗邊前往外張望，看見了那個身影。那個黑色的身影在陰暗的樹叢旁動也不動地站著，在夜色中幾乎難以辨識。

「怎麼了？」蘿絲問。她一邊走進廚房，一邊將睡袍的腰帶繫上。「為什麼妳們都站在黑暗中？」

「蘿絲，打電話到警長辦公室。」喬說。「請他們現在就派人過來。」

蘿絲沒有多問，直接走向掛在牆上的電話。

不到五分鐘的時間，一輛巡邏警車就出現了，並且在紫丁香花叢邊停下來。兩名警察拿著手電筒走到那個靜止不動的身影前，喬看不到那人的臉，但無論那人是誰，他都沒有反抗。兩名警察一左一右地帶著那人走進歐康納家的廚房。

「這位就是偷窺者。」瑪莎・德羅斯警員站在後門介紹罪犯。

「尚恩？」珍妮站在她母親身後驚呼。

「嗨，珍妮。」

「你在外面做什麼？」

「沒什麼。只是——妳知道——看著妳家。」

「為什麼？」

「尚恩，昨晚在外面的那個人也是你嗎？」喬問。

又高又瘦的尚恩穿著黑色皮衣、黑色長褲與黑色皮靴，全身溼淋淋的，表情看起來十分不好意思。

「沒事的，尚恩，我只是想確定一下。」

「是的。」他說。他看看珍妮，以衡量自己是否闖禍了。「我只是捨不得離開。」

「離別是如此甜蜜的悲傷[41]。」站在廚房角落的安妮戲劇性地說。

「謝謝妳，瑪莎。」喬說。

「小事一件。晚安。」

「我很抱歉，歐康納太太。」尚恩說。

「晚安了，尚恩，快回家去吧。」

珍妮隔著廚房的窗戶目送尚恩離開，然後轉過頭說：「這讓他有點尷尬。」

「還不算太糟。」喬笑了笑。「起碼他沒嘔吐。」

喬關掉臥室的燈，穿著睡袍站在窗前。雨已經完全變成雪，到了早上，所有的一切都會被完美無瑕的白雪覆蓋，所有的錯誤都將不再被人看見，彷彿獲得了寬恕。

對自己寬容一點，蘿絲這麼建議她。喬也希望事情可以這麼容易，然而當自己造成的傷害如此深切時，有什麼方法可以讓傷口癒合呢？當靈魂感到支離破碎時，有什麼東西能夠使它再次完整呢？喬閉上眼睛，再次為當晚還在邊境水域的人祈福，然後才鑽進被窩。她的床很大，她花了很長一段時間才習慣自己獨自一人躺在這張床上。平時她對於獨自枕眠沒有問題，但有些時候，尤其在這樣的夜晚，當她長時間注視著天花板時，這張床對她來說就真的太寬敞也太空虛了。

41 譯注：此句原文為「Parting is such sweet sorrow」，引自莎士比亞的《羅密歐與茱麗葉》。

35

他們於湖邊搭起帳篷，在一種因疲勞和絕望所形成的安靜氛圍中用餐。此刻他們坐在營火旁，從天而降的雪花開始將他們周圍的地面變成白色。情緒格外壓抑的威利．雷伊還出現了胃痙攣與腹瀉的症狀。他承認自己喝了一些湖水，寇克告訴他，他可能喝下了一種名為鞭毛蟲的寄生蟲，這種寄生蟲有時候會存在於海狸的尿液中，且會引起人類的這些症狀。不過寇克也向雷伊保證，無論多麼不舒服，這些症狀都不會令他致命。然而雷伊一次又一次步履蹣跚地走進灌木叢拉肚子，心裡越來越不相信寇克的保證。

寇克用一根椴木棍徒然地翻攪著營火。「我們還有很多食物。」他說。「而且這裡有許多老舊的伐木道，找出一條能走出去的路應該不會有什麼困難。」

「我們不管希蘿了嗎？」路易斯問。

在場的大人們面面相覷。

「路易斯，我不確定我們還能怎麼做。無論對方是誰，他們已經使我們無法繼續追蹤他們。」寇克將椴木棍燃燒著火光的那一頭指向獨木舟。

史隆蜷著身子坐在營火旁，看起來既疲憊又困惑。「我不明白，為什麼他們要破壞我們的獨木舟，卻留著我們的裝備？這似乎對我們太客氣了。」

「因為他們急著離開。」暴風雨推測道。「他們用斧頭鑿穿我們的獨木舟之後，如果還要再做其他的事就會延誤他們的時間。」

「帶走我們的裝備需要花多少時間？只要全部丟進被他們划走的獨木舟裡就可以了。」史隆指出。

阿肯色・威利・雷伊看起來像死了一樣，他平靜地說：「反正他們已經實現到這裡來的目的：抓走我的女兒。因此他們一心只想盡快離開。」

寇克希望自己能為大家提供一點希望，但任何希望最終似乎都只是走入死胡同。他們來得太遲了，在邊境水域如此寬闊的荒野，要藏匿一名女子的屍體易如反掌，別人恐怕永遠都無法找到。

最後暴風雨站了起來。「我要再去找一些柴火。路易斯，你要不要來幫我？」

他們父子兩人拿露營燈照亮路面，沿著湖岸往不遠處的混生硬木叢走去。寇克望著他們離開，感覺到自己內心的空虛。他很想念他的兒子史帝夫，也很想知道這天晚上醋栗巷的家是否一切安好。他想像客廳被溫暖的燈光照亮，蘿絲烹飪的香氣充滿每個角落，史帝夫躺在地毯上玩他的玩具卡車或樂高積木，兩個女兒可能在寫作業，起碼安妮會如此。至於珍妮——不知道她此刻在做什麼，她變得好快，讓他總是覺得她把他遠遠拋在身後，他只能遠遠望著她。喬呢？她會掌控一切的，她向來如此。當寇克意識到那個家就算少了他，他的家人也可以過得很好時，突然覺得有點難過。

寇克將注意力轉向雙手緊握並坐著注視營火的史隆。寇克覺得史隆一定在思忖著什麼：他失去了一名特務人員，也許那名探員是他的朋友，而且他們沒能救出他們要找的女子。寇克猜想史隆可能正在回顧這一切，重新審視自己的錯誤，檢討每一個錯誤的決定，並因此自責與後悔。寇克明白那種心情，因為他自己在不久之前也經歷過相同的事。

「你們看！」

路易斯和他的父親一起回到營火旁，兩人拿著一個又大又平又黃的東西。

「那是什麼？」史隆問道。

「把它攤開來。」寇克對他們說。

暴風雨和路易斯將那個玩意兒攤放在營火另一側的地上，寇克走過去拿起露營燈，仔細研究他們的發現。

「這是一艘充氣橡皮艇。」他說。「你們看這裡。」他將食指伸進位於橡皮艇一側的數道裂縫裡，那幾道裂縫都長達幾英吋。「切口乾淨俐落，可能是用刀割開的。你們在哪裡找到這個東西？」

「它被塞在樹林裡的灌木叢間。」路易斯說。「藏得有點隱密。」

「這是一艘單人用的橡皮艇。」寇克表示。

「單人用的橡皮艇。」史隆瞇起眼睛思索著。「而且在希蘿的足跡之外只有一組足跡，也許我們要對付的只有一個人。」

「目前一切的跡象都顯示如此。」寇克同意。

「你們有什麼想法？」史隆接著問。「由於這個人已經找到希蘿，所以他不需要路易斯帶路了。他用無線電聯絡了今天早上攻擊我們的那個傢伙，要他確保我們無法再干涉他們的行動。」

「可是這又要如何解釋？」暴風雨指著那艘被刀割破的橡皮艇。「他為什麼要這樣做，然後偷走我們的一艘獨木舟？」

「也許不是他割破的。」寇克說。

史隆看看寇克，眼睛一亮。「是希蘿。」

「我不懂。」阿肯色．威利說。

「威利，情況很可能是這樣子的，」寇克解釋道。「據我們所知，到這裡來找希蘿的只有一個人，假設希蘿擺脫了他，並且將他的橡皮艇割破，讓他被困在這裡，以確保他無法繼續追蹤她。」

「那她要怎麼離開這個地方？」史隆思忖著。

寇克望向路易斯。「希蘿有獨木舟嗎？」

「溫德爾叔公說她有，可是我沒看過。」

「這樣就說得通了。」寇克在營火旁來回踱步，想像著這一切。「無論那個傢伙是誰，他因為某種理由燒掉了希蘿的小屋，也許是為了洩恨，也許是為了消滅證據。無論如何，他知道自己被困住了。接著我們到了這裡，他先躲起來，等我們爬到山脊上，他就用斧頭鑿穿了兩艘獨木舟，好讓我們無法追趕他，然後他就划著另一艘獨木舟離開。」

史隆興奮地搓搓手，但仍謹慎開口：「這是很大膽的推測。」

「就我看來，我們現在有兩個選擇。」寇克說。「我們可以放棄，並且承認失敗。或者我們可以認為自己還有機會找到希蘿。」

「我贊成繼續尋找希蘿。」史隆對他說。「不過我也得承認那傢伙很擅長破壞我們的救援行動。」他朝著受損的獨木舟點點頭。

「沒錯。」寇克用拳頭敲了一下掌心。「可惡，如果我帶了封箱膠帶，就可以補好那些洞了。」

「也許路易斯幫得上忙。」暴風雨提議道。

這些大人們將目光轉向小男孩。他看起來那麼小，而且他低著頭，表情在火光的陰影中看起來不太肯定。

暴風雨蹲到地上對他兒子說話，不過他的黑色眼眸始終沒有看小男孩的臉，反而像是對著營火說話。「路易斯，我從不相信你的溫德爾叔公教你的那些事，因為我認為當個原住民很不容易，最好的應對方式就是盡量忽視它的一切。呃，我承認是我錯了。你學到的那些知識，你的溫德爾叔公教你的那些本領，都可能幫到希蘿。你願意試試看嗎？」

小男孩輕聲回應：「可是我不知道有沒有用。」

「什麼東西有沒有用？」阿肯色．威利問。

暴風雨說：「我叔叔會打造獨木舟，他會用白樺樹的樹皮做獨木舟。」

「可是我們的獨木舟不是用白樺樹的樹皮做的。」史隆表示。

「但或許還是可以利用白樺樹來修補看看。路易斯，你認為呢？」

他們身後遠處突然傳來狼嚎，讓他們全部轉頭望向黑漆漆的內陸。狼嚎聲又再次傳來，來自他們看不見的某個山脊上。那聲嚎叫似乎像是想要尋求答案。

路易斯回頭看著那些大人們。「我會盡量試試看。」他說。

當他們把獨木舟拉到營火旁時，地面已經被降雪完全染白，路易斯坐下來開始修補船身。寇克和史隆依照路易斯的指示，到混生硬木叢砍了一些白樺樹的樹皮。獨木舟的船身向著營火，路易斯將樹皮鋪在船身的第一道裂痕上。斧頭在船身上劈砍了兩次，在船頭附近砍出一個叉叉狀的裂口。路易斯拿刀子裁切樹皮，讓樹皮在覆蓋住裂口之餘還多出幾英吋。他告訴那些大人他需要一個尖錐，他說溫德爾叔公是使用*migos*，一種以鹿骨製成的錐子。寇克提供了他的多功能折合刀，其諸多刀器之中包括一個可鑽孔的錐子。路易斯還需要可以將白樺樹樹皮製成的補丁縫到船體上的線，由於寇克每次到邊境水域一定都會攜帶小釣具箱與摺疊式釣魚竿，他從背包裡拿出了小釣具箱，將釣魚線交給路易斯。

路易斯試著用錐子打穿獨木舟的克維拉纖維，可是沒能成功。船體上的裂縫減弱了纖維的完整性，因此他在敲打時整個船身都跟著凹陷。路易斯抬起頭看看那些因為他嘗試失敗而表情受挫的大人們。

阿肯色．威利重重地坐下。「我還以為會成功。」

暴風雨走到他兒子身旁。「路易斯，小刀給我。」他拿起折合刀，把錐子的尖端插入營火的木炭裡。他戴上手套，一分鐘後，他從木炭裡抽出錐子，將熾熱的尖端輕輕壓在獨木舟上，在裂縫周圍融出一條深深的凹痕。

「把這個放進去。」他說，並且交給他兒子一塊扁平的木頭。史隆和寇克將獨木舟側著，而路易斯則把木塊固定在船體的克維拉纖維上。暴風雨用力地捶了一下錐子，在融化的凹痕上俐落地打出一個洞。就這樣，在半個小時內，暴風雨和路易斯先標示出船身受損的部位，寇克則將一個魚鉤拉直，繫上釣魚線。暴風雨將補丁壓在船體上並將其固定，路易斯在獨木舟內側，雷伊站在外側，兩人合力將拉直的魚鉤和釣魚線來來往往地穿過裂縫與樹皮。

他們以這種方式固定補丁之後，路易斯拿起他稍早放在火上的鍋子，鍋裡煮著覆蓋著瀝青的雲杉樹皮。剛才寇克與史隆負責將白樺樹樹皮切成條狀時，路易斯和他父親去收集了那些雲杉樹皮。路易斯用寇克的羽絨背心的網狀口袋做了一個網袋，將雲杉樹皮放入網袋，然後放入水中煮沸。瀝青與雲杉樹皮分離之後，經過網袋的過濾浮到煮沸的水面，路易斯再用湯匙小心地撈起瀝青。他把瀝青放入另一個比較小的鍋子裡，接著再把小鍋放在火上。當那團瀝青沸騰時，他從部分燃燒過的西洋杉木磨出一些炭粉，添加到液狀瀝青裡。他說那些炭粉有助於樹脂混合物在塗抹之後變硬。

路易斯告訴暴風雨他需要一支*cijokiwsagaagun*，一種小型的抹刀，好將樹脂混合物塗抹在白樺樹樹皮的接縫上加以密封，暴風雨因此劈了一根白樺樹樹枝，削成一支扁平的小抹刀。路易斯拿起液狀的樹脂混合物，用暴風雨臨時做成的小抹刀謹慎地將樹脂混合物塗抹在白樺樹樹皮的邊緣和鑽孔上，將補丁密封。

他們完成第一艘獨木舟之後，每個人都站在營火的火光旁注視著它。威利．雷伊的長臉似乎因為疲憊而變得更長了。「你們認為這真的行得通嗎？」他問。

「我認為很有機會成功。」寇克回答。「因為白樺樹的樹皮不透水，而克維拉纖維基本上是一種樹脂衍生物，因此路易斯的補丁混合物有合理的機會形成一種良好的黏合劑。假如最後不成功，我們也只是損失一點睡眠時間。」

「反正我們根本無法安睡。」史隆補充道。

暴風雨把手放在他兒子的肩膀上。「路易斯，你做得很好。」

小男孩因為獲得父親的讚美而露出笑容，但隨即因為被其他人注視著而尷尬地低下頭。

「我們在開始修補另一艘獨木舟之前先喝杯咖啡如何？」史隆建議。

他煮了咖啡，每個人都喝了一點，包括路易斯。他們全都在營火旁坐下。寇克已經累到骨子裡，他從其他人臉上也看到相同的疲憊。他們划船划了很久，途中已經有兩名男子死去，但最後的結果卻是他們所要尋找的女子，其命運可能取決於幾條細細的白樺樹樹皮。然而在這些男人和這個小男孩的陪伴下，寇克此刻感覺到一種寧靜的驕傲。儘管情勢對他們不利，他們沒有因此退縮。

「寇克，如果你是對的，希蘿現在已經自由了。」史隆最後開口說，打破了咖啡帶來的寧靜。

「那麼她會去哪裡呢？」

寇克用手指撈起一點漂浮在咖啡表面的灰燼。「我也一直在思考這個問題，或許路易斯可以幫我補充。我猜如果她知道路，她會往鹿尾河那邊去。鹿尾河通往我們昨天進入邊境水域的地方。那條河會流向東南方，最後流進蘇必略湖。」

「她會不會在我們來的途中與我們錯身而過？」威利．雷伊問。「我的意思是，如果真是如此，我們應該會看見她吧？」

寇克搖搖頭。「在這種天氣下，加上那些小島阻隔視線，就算她搭乘瑪麗皇后號[42]我們都看不到。」

「但是她可以利用這條鹿尾河離開，回家並且重獲自由？」史隆繼續問道。

寇克將目光轉向路易斯。

「Animkiikaa。」路易斯喃喃地說。

「我不懂你說什麼。」史隆對小男孩說。「可是聽起來不太妙。」

「這個字的意思是『雷聲』。」路易斯說。

「在白人的地圖上，你會看到那裡被標註為『地獄遊樂場』。」寇克表示。

阿肯色．威利問：「那是什麼地方？」

「那裡就如同邊境水域隨處能見的激流。」寇克回答。「但那裡是四級激流。當你接近時，會聽到震耳欲聾的水聲。」

「她知道這條『地獄遊樂場』嗎？」史隆問。

「如果她有地圖的話。」寇克說。「而且如果她懂得如何閱讀地圖的話。」

威利．雷伊緊張地用手揉揉嘴巴。「如果她不會讀地圖，那麼她可能會陷入……」他沒把這句問話說完。

史隆放下杯子。「我們最好趕快修補另外一艘獨木舟。」

他們全都走向獨木舟，除了阿肯色．威利．雷伊。他突然彎下腰，急忙地蹣跚奔向樹林。

42 譯注：皇家郵輪瑪麗王后號（RMS Queen Mary）隸屬於英美合資的冠達郵輪公司（Cunard Line），是第二次世界大戰前歐洲上流社會歌舞昇平的奢華生活達到頂峰時的產物，宛如一座浮動的海上皇宮。

36

希蘿讓營火保持微弱的狀態，在對抗寒冷與冒著陌生人可能看見火光而發現她的風險之間做出妥協。她將獨木舟拖離小島岸邊，用常綠樹的樹枝覆蓋住。她在獨木舟的背風處生起營火，彎著腰取暖。

她沒有食物，她僅有的東西都在口袋裡：火柴、小刀、地圖。但是她不在意自己沒東西吃，畢竟她還活著。感謝上天，她還活著。

她在那個自稱卡戎的男人前面爬上滑溜的岩壁，暗中希望他會摔下去，可是他沒有。他像山羊一樣敏捷，即使揹著沉重的背包，卻從來沒有落後希蘿超過一隻手臂的距離。她先登頂，只比他早幾秒鐘。他爬上了岩壁並且平穩地站在上面，岩壁下面一邊是茂密的森林，另一邊則是被溫德爾稱為Nikidin的狹長湖泊。當她轉過身面向他時，他身後的東西讓她訝異得瞪大了眼睛。

他瞥視她的臉，看見她驚訝的表情，立刻轉頭向後看——

他後面有一隻灰狼。

那隻灰狼繃緊了全身的肌肉，彷彿就要朝著他撲來。灰狼的黃色眼睛凶惡地盯著那個陌生人，露出牙齒並從喉嚨裡發出威脅的咆哮。

卡戎隨即伸手拿槍。但是當他的手伸進背心時，希蘿立刻向他撲去，用盡全身力氣推他。雖然她希望把他推入下方的森林，可是她的位置只給她唯一的選擇，讓他掉入湖裡。當他摔到十幾英呎下方的湖泊時，希蘿馬上轉身沿著小徑奔向山脊。

這條小徑最後會通往小屋，不過她沒有一直沿著小徑跑。她跑了大約五十碼，來到落水之後努力從湖裡爬回岩壁的陌生人看不見的地方，將自己隱藏起來。儘管她的直覺告訴她要拉開兩人之間的距離，但是她已經受夠了恐懼，不會再愚蠢地被恐懼左右。她趴在生長低矮的黑莓藤蔓後方的潮溼地面，她右側兩英呎處就是位於下方二十英呎深的湖面。她知道這裡不是藏身的好地方——太過開闊且無處逃脫，不過她腦中想像那個陌生人可能會從她面前跑過，朝山脊上比較茂密的樹林直奔而去，因為那裡有比較好的掩護。

在寂靜且潮溼的空氣中，聲音很容易傳遞。她聽見他從湖裡爬上岩壁的嘀咕聲，也聽見他小聲地咒罵，還聽見他溼掉的皮靴及牛仔褲發出的嗖嗖聲。他沿著小路向她跑來。

她停止呼吸、緊閉雙眼，彷彿她只要進入一個黑暗且靜謐的境界，他就可能看不到她。她屏住呼吸，直到開始感覺頭暈，並且只聽見自己血液在耳邊跳動的聲音。

最後她忍不住，用力地吸入空氣，宛如一臺突然發動的大型機器。當她可以再次聽到外界的聲音時，聽見了那個自稱卡戎的男人已經沿著小徑跑到遠處山脊的頂端附近。

她知道自己應該再等一會兒，給他時間跑得更遠，永遠迷失在她上方的樹林裡，然而她一直強忍住的恐慌終於爆發了，她跳起來，越過黑莓藤蔓，以最快的速度跑向阻塞溪流的岩壁。她滑倒了兩次，可是對於幾乎跌跤沒有感到任何驚慌，反正她也不會有任何損失。她一路跑到岩壁底端，沒有回頭，直接奔向可掩護她的樹林。當她抵達湖邊並將她的獨木舟推進湖裡時，才稍微停頓片刻，從口袋裡拿出小刀，亮出刀刃，對著黃鴨子劃了幾刀，在它側邊留下兩道長長的割痕。她跳上獨木舟的船尾，拿起船槳，開始用力划水。

她想像他站在湖邊拿槍瞄準她，覺得子彈會射穿她的肩胛骨。一直到她離開湖岸超過兩百碼之後，她才冒險回頭看了一眼。她看見空無一人的湖岸，以及一個扁平的黃色物體攤在湖邊。洩了氣的橡皮艇像是融化的牛油般漂浮在水邊。在溪水流淌的松樹林間，有隻灰色的動物在地面附近移動，但是在她發現牠的那一刻便轉瞬消失。

她不停地划水，憑著一股來自她心中未知之處的力量，就這樣經過了兩個小時，也許三個小時，她已經搞不清楚時間。在她划行途中，雨水完全變成了雪花，灰色的日光變成了夜幕初降時的深炭色。她看到一座島嶼，意識到自己不能再繼續前進。她用最後一絲力氣把獨木舟從水裡拖上岸，用小刀砍了一些常青樹的樹枝，將她的獨木舟隱藏起來。雖然雨水淋溼了一切，但是她找到一棵斷裂的白樺樹，將樹枝折斷，刮掉溼透的外層樹皮，然後再刮出一些木片生火。

她已經累壞了，累到彷彿進入另一種境界：她的思緒與動作似乎都自動從某種原始的知識之井冒出來。她發現自己正在哼唱，她猜想她的音樂靈感可能都是這樣來的。無論如何，這是最好的靈感來源。

她一邊謹慎地看著營火，將火勢控制得很小，一邊想著那個陌生人，那個自稱卡戎的男人。他為什麼來找她？他為什麼要殺死她？誰想要殺她？這件事與她藏在小屋裡的東西有什麼關係？無論背後的主謀是誰，都是從她寫給可憐的伊莉莎白的信裡獲悉一切。她到底在那些信裡寫了什麼，竟然會驅使某人謀殺別人？是關於過去的事嗎？她只向伊莉莎白隱約透露她接受的祕密治療，包括蘇特潘醫生的治療以及獨自到森林深處的治療。是關於未來的事嗎？這方面她在信裡寫得比較明確，並且充滿著難以壓抑的興奮之情：她將不會再碰毒品、不會再逃避過去，也不會再像蒲公英的絨毛般隨風飄零。她將要塑造自己的未來、改變自己的人生。噢，她有這樣的願景，而族人——溫德爾的族人，她現在的族人——將是願景的一部分。

不過，除非她能完全擺脫剛剛逃離的威脅、擺脫那個叫卡戎的男人，否則她沒有未來可言。那個人就宛如黑暗天使從她的夢境中走出來，變成活生生的血肉之軀。唉，如果他是黑暗天使，如果這是來自過去的恐懼，那麼她已經做好了準備，這一次她將全力反擊。

她意識到自己開始打盹了，疲憊已經戰勝。然而在她睡覺之前，還有一件事情要做。

她彈開刀刃，抓起一把自己的黑色長髮，從頭皮附近將頭髮割斷。她又抓起另一把，然後割斷。小刀一次又一次在她頭上移動，她美麗的頭髮散落在身旁，彷彿經歷一場屠殺。她不停地亂割，將頭髮變得越來越短，直到她再也抓不起自己的頭髮，直到沒有人能抓起她所剩無幾的頭髮。

37

喬被臥房裡的電話鈴聲驚醒。

「喬，我是沃利．沙諾。」

「是。」她一邊在床上坐起身來，一邊努力擺脫睡意。「沃利，發生了什麼事？」

「抱歉這麼早打擾妳。」

她看了床頭櫃上的時鐘一眼，時間顯示為凌晨五點半。「沒關係。」

「他們發現一具屍體，我是指搜索救援隊的其中一支隊伍，昨晚發現的，在邊境水域。直升機現在正將那具屍體空運回社區醫院的太平間。」

「你們已經知道那具屍體是誰了嗎？」

「還不清楚，目前只有針對外型的簡單描述。」

喬此刻的感覺就像是看見槍口閃出火光，等著子彈擊中她。

「請繼續說。」

她聽見沙諾深深吸了一口氣。「男性，白人，紅棕色的頭髮，棕色的眼睛，一般身高及體型，年紀大概四十多歲不到五十歲。喬，這些形容並不明確。」

「對，沃利，這些形容並不明確。」子彈已經命中她，正中紅心。

「妳不必過來，我——我只是想——讓妳知道一下。」

「我馬上到。」

她掛斷電話時覺得全身血液不停翻攪，她的呼吸也變得急促又吃力，喉嚨緊繃乾澀。**親愛的上帝，拜託別讓那具屍體是寇克**。

走廊的電燈亮起，蘿絲站在喬的房間門口。

「我聽見電話聲。」蘿絲說。

「搜索救援隊在邊境水域找到一個人。一具屍體。」

「噢，老天啊。」蘿絲摟住自己的身子，彷彿突然覺得冷。「他們查出屍體的身分了嗎？」

「還沒有。」

「他們知不知道——？」蘿絲的喉嚨似乎也變緊了，說這句話的時候有點卡住。「他們知不知道那個人是怎麼死的？」

「我還不清楚。直升機正把屍體運回來。」喬下了床，開始換衣服並準備東西。

「我要去醫院一趟。屍體運到的時候，我必須在現場。」她穿上牛仔褲、厚襪子和毛衣，然後停下動作看著蘿絲。「屍體的描述與寇克相符。」

「噢，老天。喬。」

「但不代表一定是他。」

「一定不是他。」蘿絲附和。

喬踉蹌地走到衣櫃前，拿出一雙靴子，接著坐到地板穿上靴子，可是一直繫不好鞋帶。「可惡。」

「喬，一定不會有事的。」蘿絲跪在她身旁，將她抱進懷裡。

喬把頭埋進她妹妹的絨織睡袍裡。「噢，蘿絲，我想到我還有許多話不曾對他說，許多好話。我想要收回自己造成的所有傷害。」

「我明白，我明白。」

喬打起精神，擦擦眼角的淚。「屍體的事不要告訴孩子們。」

「當然。」

她站起來。「等我得到更多消息之後，我會打電話給妳。」

「好。」

喬走出臥室，下了樓梯。她從衣帽櫃裡拿出外套，穿過黑暗的廚房走到後門。當她打開後門時，感覺到蘿絲快速地走到她身旁，將一隻手放在她的肩膀上。

「我會禱告的。」

喬將眼睛閉上一會兒。「我也會。」

夜裡下了一場小雪，為奧羅拉覆蓋上一層薄薄的白色。喬在開車前往奧羅拉社區醫院時心中暗忖：這場雪就像蓋在屍體上的白床單。晨光已經從東方的地平線慢慢升起，下過雪的雲層也已經飄散，天空呈現出蒼白的淺藍色，與鋼鐵湖湖面上深沉堅硬的冰層顏色一樣。

由於奧羅拉社區醫院必須服務遼闊的農村地區，因此在醫院建築的東側打造了一座直升機機場。這座直升機機場使用頻繁，尤其是夏天——因為那些使用斧頭或電鋸時的意外事故、溺水事件、城裡來的觀光客心肌梗塞。很多觀光客急著擺脫西裝和領帶的束縛，想像自己是現代航海家，迫不及待展開他們充滿膽固醇的鬆垮身體無法負荷的獨木舟探險，結果導致悲劇。

沃利・沙諾已經在直升機機場旁的停車場，他在警長的皮夾克裡縮著身子，雙手深深插在口袋中。布克・哈里斯和奈森・傑克遜也在停車場，他們坐在藍色的雪佛蘭轎車裡，讓引擎發動著以保持車內暖氣運轉。沙諾在喬停好車時走到她的豐田汽車旁。

「我真的很抱歉。」她下車後他對她說。「我應該等事情確定之後再與妳聯繫。」

「我很高興你沒有那麼做。」喬說。

她看著天空，此時還能看見許多星星，尤其在北邊，直升機即將飛來的方向。

沙諾看看手錶。「直升機預計在十分鐘後抵達。」

「他們是怎麼發現屍體的？」

「其中一支搜索救援隊傍晚時在尷尬湖北側的平地紮營，某個隊員在夜裡起床小解時被一堆石頭絆倒，他撥掉那堆石頭，發現下方有個最近才挖開的洞。他們往下方挖了一點，就發現了那具屍體。

親愛的上帝，喬發現自己不停地禱告著，**拜託不要是寇克**。

「妳還好嗎？」沙諾問。

「不好。」

「嗯。」他懷著同理心點點頭。

「沃利——」她想知道更多細節，卻無法開口問。

沙諾彷彿明白她的想法，說：「不是意外身故，喬。」他抬頭望著天空，長長的下顎後方的肌肉抽動著。「那個人遭斧頭砍死，傷口在頸部。」

「老天。」她說。「噢，老天。」

直升機場周圍的電燈亮起，醫院的雙扇門也打開了，兩個身穿大衣的勤務人員推著輪床出現，走進刺眼的燈光中。喬不知道他們是誰，但那兩個人看起來很疲倦，彷彿整晚都在值班。沒有醫生跟出來，因為直升機即將載來的傷患早已無法救治。

「直升機來了。」沙諾對著北方示意。

喬也聽到聲音了，然後看見直升機低低地越過樹林，頭燈像流星般投射過天際。哈里斯和傑克遜下了車等待直升機降落，哈里斯還朝著喬的方向看了一眼。直升機在飛雪形成的漩渦中降落，喬看著醫院的勤務人員走過去固定雪橇上的屍袋，幾個人從直升機下來，那些人穿著背面印有「塔馬拉克郡搜索救援隊」字樣的夾克。

「妳在這裡等著。」沃利．沙諾說。

喬點點頭，她幾乎無法呼吸也無法開口說話。沙諾走向直升機，哈里斯和傑克遜也加入。他們聚集在直升機運來的雪橇旁，喬看見他們拉開屍袋的拉鍊，然後低頭交談。沙諾在直升機沒有停止轉動的旋螺葉片下蜷低身子，轉過頭走向喬。她撇開視線，因為她不想試著解讀他的表情。

沙諾把手輕輕放在喬的肩膀上。「不是寇克。」

喬的情緒幾乎崩潰，如釋重負的淚水模糊了她的視線。她伸手捂著眼睛一會兒，接著才抬起頭問警長：「所以那人是誰？」

「是那個叫格萊姆斯的探員。」

醫院的勤務人員推著裝載格萊姆斯屍體的輪床穿過停車場進入社區醫院，哈里斯和傑克遜走向喬和沙諾。

「我想和班尼岱堤見一面。」哈里斯說。「現在。」

「你認為文森．班尼岱堤不必為此負責了？」喬問。

「現在還有六個人在邊境水域，我只希望在他們任何一人死去之前得到答案。請妳聯絡班尼岱堤，我們會在奎蒂科等他。」

38

這個世界讓寇克覺得煥然一新，就好比復活節的早晨，就好比希望重生。

太陽已經升起，明亮得像上帝顯靈。湖水藍得宛如天堂，厚厚的白雪覆蓋在常青樹上，讓樹枝像天使的翅膀一樣雪白。

獨木舟上的補丁穩穩地護著船身。

寇克一行人在天剛亮的時候就從湖邊啟航——雷伊坐在寇克那艘獨木舟的船頭，史隆、暴風雨和路易斯則搭另一艘獨木舟。他們為了趕路而很少交談，所有的精力都投注在划槳上。他們派年輕且眼睛有如老鷹般敏銳的路易斯負責監看是否有希蘿或追捕她的男子的行蹤。這天早晨天氣晴朗，若不是那些島嶼擋住了地平線，路易斯可以看見數英哩外的動靜。

一種強烈的反差震撼著寇克。眼前這片令人矚目的美景，讓寇克的靈魂微微顫抖。但他們正與一個不知名的惡人賽跑，倘若賭注不是希蘿的性命，寇克會放任自己在追逐的快感中感到興奮及喜悅。這是一個適合戰鬥的日子，他覺得上帝與偉大的聖靈Kitchimanidoo與他們同在這面湖上。他聽見一群加拿大野雁從樹梢振翅飛起的聲音，那聲音就宛如天使加百列吹響了宣布審判日到來的號角。他相信——完全地相信，不僅因為那天是榮耀之日，而且好運就在他們手中——他們一定可以戰勝邪惡。他承認這可能是一種不實的狂喜，來自疲憊與過去兩天的壓力，然而這種感覺就像一份禮物、一項徵兆、一種啟示，他願意讓自己的意志接受某種更偉大的意志引領。

他知道不僅他有這種感覺，其他人也同樣激動不已。他們的表情也許空洞，臉頰因疲憊而深深凹陷，但他們眼中燃燒著晨光般明亮的光芒。他們已經深入自己的內心，進入戰士們萌生非凡勇氣的深處。寇克十分開心——而且非常自豪——能夠與這一群人同行。他以一種嚴酷的方式替路易斯感到高興，雖然這個小男孩見識了可怕的事情，這點千真萬確，但是他也獲得了體驗這種難得友誼的契機，並且感受到提升和帶領他們一同前進的罕見情感。

他們在早晨中迅速前行。湖面依然平靜，獨木舟則像燕子飛過空中般划過湖面。原本寇克還很擔心阿肯色．威利的狀況，不過他前一天晚上的腸胃不適似乎已經過去了，威利沒有一絲埋怨。

早上過了一半，當他們接近鹿尾河時，路易斯喊道：「看那邊！」

路易斯指向他們前方稍微偏北的一片土地，那裡有一棵被閃電劈打過的大松樹。寇克停止划槳，伸手遮住刺眼的陽光，瞇著眼睛望向路易斯所指的地方。

「那邊有什麼？」他問，因為他什麼都沒看見。

「一個營地。」路易斯說。「有帳篷和獨木舟。」

路易斯定義了圖像之後，寇克就看出那些東西了。帳篷已經被白雪覆蓋，幾乎與其後方積雪的常青樹林融為一體。獨木舟看起來像一根長長的白皙手指，從雪白的岸邊往外伸出。

「你有沒有看見人影？」寇克問。

路易斯搖搖頭。「那個營地看起來已經被人遺棄了。」

「我們去一探究竟吧。」史隆說。

「不如我和威利先過去，你可以用步槍掩護我們。」

史隆將子彈上膛。「沒問題。」

他們小心翼翼地往前移動，獨木舟靠岸之後，雷伊和寇克從獨木舟下來。這個營地的一切都覆蓋著一層薄薄的白雪，雪上交錯著動物留下的痕跡，主要是鳥類和兔子。寇克走到那座帳篷前，將門簾翻開。帳篷裡放著兩個睡袋，睡袋空著。他接著走向那棵曾被閃電劈擊的大松樹，找到了一個被撕扯得破破爛爛的背包。

「背包裡裝有食物。」他轉頭對雷伊說。「看來熊已經來過了。」然而他在那裡不只看見熊的足跡，還檢視了曾經將背包高掛於松樹樹枝上的繩子。繩子上有被利刃切斷的割痕。

「這也是熊的傑作嗎？」阿肯色．威利在寇克身後問道。雷伊正低頭看他腳邊閃閃發亮的雪堆。

寇克走到雷伊身邊，蹲下來拂開積雪，底下露出一雙像瑪瑙一樣沒有生命氣息的眼睛。他小心地除去屍體上其餘部分的積雪，死者心臟部位的藍色法蘭絨襯衫變得又硬又黑，染滿冰冷的血液。

「不是熊。」寇克嚴肅地說。「除非有人教熊如何開槍。」

他走到圍成營火圈的石頭旁邊的第二堆雪，由於白雪尚未完全覆蓋住屍體，露出了一隻手臂，看起來像白布上放著一截斷肢。

「另一具屍體。」他說，並且撥掉屍體臉上的雪。那張臉毫無生氣，像豬油一樣蒼白。

「他們死了多久？」阿肯色．威利問。

「很難說，看起來死了一會兒。」

寇克揮揮手示意其他人上岸。

「路易斯，你先留在獨木舟上。」他喊道。

史隆走進營地，站到寇克旁邊。

「兩具屍體。」寇克告訴他。「都是白人男性，兩人胸前皆有多處槍傷，看起來已經死了……一陣子。」

「你認為是今天死的？」

寇克搖搖頭。「屍體已經被雪蓋住了，我想可能是昨天死的。」

「你覺得他們和希蘿有什麼關係嗎？」

「我們在這裡看到的死亡都與希蘿有關。我再讓你看點別的。」寇克帶史隆走到那個被撕扯成碎片的背包前。「她來過這裡。你看，這些較小的靴印和我們在小屋那邊發現的一模一樣。」

那些足跡從湖邊延伸至被撕破的背包，並且在背包處與熊的足印混在一起。那雙靴子留下的腳印又再次通往湖邊，與先前所走的路徑相同。

「食物。」寇克說。「她來吃東西，砍斷了將背包掛在樹上的繩子。她要不就是拿走了想吃的東西，把剩餘的東西留著，要不就是被熊嚇到，所以不得不留下食物。」

史隆看看那些證據，然後把步槍揹到肩上，蹲下來撿起地面的一些雪。他淺棕色手心的溫度使得那些雪很快就變成了水，從他的指間流下。

「你覺得是多久之前的事？」他問。

「陽光已經融掉足跡的邊緣，所以我猜是幾個小時前的事。」

「可惡！」阿肯色．威利又因為腹痛而彎下腰。「我的老天，又開始了。」他急忙跑到獨木舟旁，抓起他的背包跑進樹林。

威利走了之後，暴風雨輕喊一聲：「寇克。」他站在湖岸邊對著寇克招手。

寇克走到暴風雨身旁，看見了暴風雨看到的東西。湖邊有另一個人的腳印，就在希蘿的腳印附近。

「那個人也來過這裡。」寇克說。

「足跡還很清楚。」暴風雨指出。「邊緣很完整，陽光還沒來得及將它們融化。他已經追蹤希蘿到這個地方，就在不久之前。」

史隆說：「我們應該趕快動身。」

「要不要改用他們的獨木舟？」路易斯建議。

寇克走到死者的獨木舟旁。「這是一個好主意，路易斯，可惜我們得放棄這個想法，因為那個傢伙也破壞了這艘獨木舟。」

阿肯色．威利從樹林裡走出來，看起來十分不好意思。「對不起。」

「不是你的錯。」寇克安慰他。「這個地方就是會發生這種事，但如果可以的話，請你多忍一會兒，我想我們快找到希蘿了。」寇克朝著鹿尾河點點頭。那條河在清晨的陽光下呈現一片銀白，通向湖岸外一百碼處的松樹林。「那個傢伙以為他已經擺平了我們，他以為自己已經達到目的，不過我們很快就要逮到那個王八蛋了，威利，我們馬上就會逮到那個王八蛋。」

39

她吃了死人的食物。

在抵達那個屍首橫陳之處前，她就已經開始想著掛在樹上的背包。她從來沒有如此饑餓過，她的肚子自己蜷縮著，彷彿拚命在空虛的身體裡尋覓食物。她也感覺到自己的懦弱。她可以忍受饑餓，但懦弱令她害怕，因為懦弱會使她動作變慢，可是她必須持續前進。她知道那個自稱卡戎的男人會想辦法跟著她，她不知道他會如何做到。

所以她要自己堅強起來。當被閃電劈擊的大松樹——那裡距離鹿尾河只有一箭之遙——進入她的視野時，她馬上用盡所有的力氣往那片土地划去。

太陽還沒有高過樹梢，營地仍在森林冰冷的藍色陰影中。從某種意義而言，命運女神還是善良的，因為降雪蓋住了屍體，幾乎蓋住。她嘗試不往屍體的方向看去，然而她的內疚背叛了她。沒有人為他們挖掘墳墓，只有降雪如同一面白布蓋著他們，等太陽出來之後，積雪很快就會融化。當她看見大自然的轉變導致其中一具屍體的手臂從積雪下露出時，不禁驚恐地停下腳步，彷彿那人正從原本應該屬於她的處境中向她伸手呼救。她忍住淚水，勉強無力的雙腿走向那棵有閃電劈痕、掛著一袋食物的大松樹。她割斷了綁在樹幹上的繩子，讓背包重重掉落。她宛如一隻饑餓的動物，她現在真的是。她發現背包裡的塑膠袋裝著冷凍燉肉、雞蛋粉、肉乾、煎餅粉和乾果，讓她口水直流、下巴發疼。她拿出一罐花生醬和一袋麵包時，高興得幾乎想大聲尖叫。

然而當她手裡拿著花生醬和麵包時，一隻黑熊走進了營地。黑熊把頭鑽進帳篷窺探時的潮溼鼻息聲使她轉過身，她的動作讓黑熊嚇了一跳。那隻黑熊以後腿站立起來，發出一聲威脅的吼叫，震破了營地的寧靜，並對著她所在的方向張牙舞爪。她抓緊麵包和花生醬往後退一步。熊四肢著地，拖著腳步走到背包前，開始翻找食物。希蘿火速衝向她的獨木舟，在匆促中還撞到船身，讓小小的獨木舟滑進湖中，差點翻船，可是她始終沒有放開食物。她爬進船尾，把食物丟在船上，抓起船槳開始用力划水，直到離開岸邊五十碼才敢回頭看。她回頭的時候，看見那隻熊正蹲坐著，大聲吃著死人剩下的食物。

❦

麵包和花生醬對她而言就像一頓大餐，她確信自己從來沒吃過那麼好吃的東西。她順著鹿尾河離開大湖之後，在獨木舟上呆坐了一會兒，任憑河水載她飄浮。太陽已經升得很高，天氣也很溫暖，她覺得自己彷彿從一條又長又暗的隧道裡走了出來，進入了光明的世界。此刻她終於願意回想她前一天晚上所做的夢，在夢裡黑暗天使再次來找她，她卻只能全身僵硬地抱著自己取暖，睡睡醒醒。

在夢中，她正在一間充滿蒸氣的小淋浴間洗澡，熱水流過她的身體，將她清洗乾淨。她覺得很有安全感，恐懼全都被熱水沖走，因而全身放鬆。然後，她在轉身時看見了黑暗天使。沒有臉的黑暗天使在蒸氣中向她走來，她退縮到溼溼的壁磚上，在小小的淋浴間裡無處可逃。一聲尖叫試圖從她喉嚨中衝出，讓她因此驚醒。

她這輩子經常夢到黑暗天使，蘇特潘醫生——派翠西亞——對這個沒有臉的恐怖人物深感興趣，因此在治療過程中，蘇特潘醫生引導希蘿重返黑暗天使第一次進入她人生的那個夜晚，也就是瑪萊·格蘭德遭人謀殺的那天晚上。

希蘿在睡夢中驚醒，她的房間沉浸在夜色的陰暗中。走廊上的夜燈讓房門和地毯蒙上一層朦朧的黃色冷光，宛如月光下的濃霧籠罩著她的床邊。她揉揉惺忪睡眼，才看清楚那個狀似蹲在她房門前的人其實只是一張搖椅。她躺回床上，慢慢閉起眼睛，然後又聽見了那個將她吵醒的聲音。樓下傳來一個憤怒的聲音，讓她感到害怕。那不是她母親的聲音，不是她熟悉的聲音。她母親的聲音也跟著傳來，低沉而輕柔。每當希蘿害怕時，她的母親就會抱著她，以這種語調低聲安慰她一切都將沒事，然而此刻那個憤怒的聲音聽起來不像沒事。

她溜下床，地磚的寒氣從她腳底下傳來，讓她想起冰箱裡又冷又硬的巧克力磚。她的影子被夜燈照得長長的，映在走廊的牆上。她在樓梯頂端停下腳步，樓下的客廳很寬敞，所以她看不到牆壁。客廳的地板是紅色的磁磚，上面鋪有厚厚的暗紅色地毯。客廳看起來沒人在，可是憤怒的聲音是從那裡傳來的，在希蘿的視野之外。希蘿的母親這時停止低聲說話，而希蘿沒聽過的那個聲音卻突然發出尖叫，希蘿的母親輕喊了一聲：「不！」接著就跌跌撞撞地進入希蘿的視線中，最後攤倒在樓梯底端。她沒有抬頭，可是希蘿可以看見她的臉。她臉上的血紅得像地磚的顏色一樣。黑暗天使隨後也出現了，那個穿著一身黑的人，手裡拿著一把沾染著血紅色條紋的金色刺刀。黑暗天使撲向希蘿的母親，希蘿的母親只能無力地舉起手臂阻擋。金色刺刀一次又一次地往下揮動，直到希蘿的母親不再嘗試抵抗，直到地磚上閃著更深更溼的紅色。

屋裡似乎充滿了沉重的呼吸聲，但希蘿無法分辨是來自她自己還是黑暗天使。黑暗天使緩緩轉身，抬起頭來。黑暗天使沒有臉，原本應該有臉的部位只剩一片漆黑。希蘿害怕地往後退，她聽見了黑暗天使上樓的聲音。她急忙轉身跑回自己的房間，跑向她的衣櫃，將自己藏在衣櫃最深的角落，藏在她的毛絨玩具與鞋子間。當夜燈微弱的光線突然暗了一下時，她知道黑暗天使已經走進她的房間。她嚇得失禁，尿液浸溼了她的睡衣，在她身體下方的地板蔓延開來。她聽見黑暗天使在衣櫃門前的呼吸聲。她閉上了眼睛。

她感覺有一隻手撫摸著她的臉，可是她不敢睜開眼睛。

「我們都是天使，妳和我。」那個聲音說。「妳這個無辜的孩子。」

希蘿因為黑暗天使的觸碰而往後縮，她的眼睛依然緊閉，盡她所能地緊緊閉著。

「孩子，我不會傷害妳的。」

慢慢地，希蘿將眼睛睜開，看著原本應該有一張臉的那片黑暗。黑暗天使伸出一根手指，直直地放在原本該有嘴唇的地方。那是表達靜默的動作。然後黑暗天使就消失了。

黑暗天使的記憶也消失了，除了在希蘿的夢裡。派翠西亞引導希蘿找回了那段記憶。

「那人可能罩著深色的絲襪，或者是面紗。」派翠西亞在她們討論應該有一張臉的那片黑暗時推測。「金色刺刀又是什麼呢？可能是壁爐的黃銅火鉗，殺害妳母親的凶器。」

奇怪的是，黑暗天使是殺害她母親的凶手，但她的母親只是記憶，誰殺了她母親還比不上發現黑暗天使其實是人類那麼重要。

派翠西亞和她還討論了其他事，包括希蘿的孤單、被人遺棄的感覺，以及無法與人產生連結。

「妳為什麼要叫希蘿？」派翠西亞問。「當妳選擇妳的藝名時，為什麼選擇了單名？」

希蘿沒有回答。

「妳想想看。沒有姓氏，沒有親屬，沒有家人，沒有過去，只有希蘿。」

溫德爾．雙刀在寫給她的信中也說過同樣的話。在八卦報大肆炒作她因為濫用毒品而遭到逮捕並定罪判決的新聞之後，她開始收到溫德爾的來信。

他在第一封信裡提醒她，他是她外婆的姊姊的丈夫。很久之前，他曾經帶她和她母親到邊境水域。希蘿還記得在她母親去世前的那年夏天，她和她母親進入邊境水域的那趟旅行。她想起了獨木舟、白樺樹的樹皮、寧靜的森林，以及溫德爾．雙刀與她們分享他知道的所有事物。她記得她母親在那趟旅行中看起來多麼平靜，這點十分罕見。那是一段美好的回憶，也是她最後的回憶之一。

溫德爾邀請她再訪邊境水域。他明白她的問題。他在信中寫道：森林治癒了她好幾代的族人。**她的族人**。這是否表示他願意接受她是印第安人，即使她這輩子都在白人的世界生活？

她過了好幾個星期之後才回信，那是在她接受派翠西亞治療且最後在她的鼓勵下才做出的回應。溫德爾又回了信，然後他們透過電話交談。溫德爾的聲音親切、平緩且療癒。他告訴她關於她母親和她外婆的故事，精彩的內容令她心神嚮往。他再一次邀請她，並告訴她有個地方可以讓她獨處，讓她靜靜回想自己是什麼樣的人，而且只要她願意，她想待多久都可以。他問她，她是否曾經獨處過？

「我一直都是自己一個人。」她聽見自己吐露出心聲。「而且我一直都很害怕。」

「我可以幫妳不再感到害怕。」他向她承諾。

溫德爾信守了他的諾言，每一項諾言。那間小屋很棒，森林也十分療癒。在她獨處一段時間之後，她聽見了自己的心聲對她說話。

她向溫德爾要了一臺錄音機，好讓她的心聲暢所欲言，說出她藉由毒品、性愛及一百種忘卻人生的方式而逐漸遠離的人生真相。一切都從她的身上傾瀉而出。然後，她的計畫也開始形成，關於美好未來的計畫，計畫中包括了族人，她的族人。

當鹿尾河的水流帶她離開隱居的小屋並返回現實世界時，她對於可以回家的念頭感到相當興奮。她的心意堅決，想要落實她訂定的計畫，那些她仔細錄在錄音帶裡的計畫，那些她在信中告訴伊莉莎白的計畫。這是她這輩子第一次感覺到真實的自己，並且掌控住自己的命運。

只有一件事導致這一刻無法臻至完美。她回頭張望，知道那個自稱卡戎的男人就在她身後某個地方。

她拿出地圖，地圖上的箭頭沿著鹿尾河畫了好長一段距離，此刻她正朝向一個叫做「鹿尾流」的地方而去，並將在那裡改走一小段陸路，前往一個被標示為尷尬湖的藍色圓形地帶。她希望自己到那裡的時候能弄清楚「鹿尾流」到底是什麼。

她把地圖收起來，讓河水載著她前進。她偶爾會划動一下船槳，但河水似乎知道自己的方向，而且歡迎有她作伴。陽光很溫暖，她十分疲倦，整個人昏昏欲睡，於是她閉上了眼睛。在她聽見轟隆隆的水聲之前，她甚至沒有意識到自己已經睡著了。

她被那個聲音驚醒。獨木舟移動得很快，在前方不到二十碼的地方，在衝激出白色水花之處，鹿尾河流進了一條黑色的岩石長廊。她試著划動船槳以往後退，可是完全沒用，河水不斷將她拖進去。

獨木舟在她身體下跳動，然後猛然往右傾斜。她將身體重心往反方向移去，並且將船槳伸進水中。船頭擦過一半隱沒在水中的鋒利岩石，船身周圍翻滾著白色水花。她被推向一個水流又高又猛的地方，彷彿河流正不顧一切想要逃離那條長廊。即便在嘈雜的洶湧水聲中，她仍聽見了刮擦的聲響，使她確信獨木舟正被激流撕裂。世界變得傾斜，船頭突然揚起，彷彿獨木舟在尊貴的死亡所帶來的陣痛中高高抬起頭。水從船尾湧進獨木舟裡，她相信自己就要被淹沒了。船身變重了，獨木舟往側邊翻轉，撞上一塊將河流分開的大石頭。當獨木舟開始傾斜時，她緊緊抓住舷緣。突然之間，獨木舟又奇蹟似地轉向，改朝著下游漂去，擺脫了長廊的威脅。

然而她並沒有脫離險境。她面前的水道上散落著許多碩大的石塊，那些石頭周圍的水流像瘋狗般冒著泡沫。她用雙手抓住船槳，將獨木舟駛向右邊一條長而粗糙的石脊。她碰到一個漩渦，想盡辦法不被捲進去，在旋轉的水流中掙扎了十幾英呎才擺脫。她又划了三十碼，龍骨下方的水轟隆隆地響著，可是真正狂暴的激流已經過去了。

她再次回到平穩且寬闊的河面，頭頂上有一隻棕色的老鷹正沿著峽谷的峭壁在上升的暖氣流中飛翔，像在夢裡遙遊般地輕鬆飛在有如藍寶石的天空下。積在獨木舟底部的河水輕輕地從她的靴面潑灑而過。

她再次擊敗了原以為會取走她性命的危機。她將船槳高舉過頭，發出戰士般的吼叫。回聲從峽谷的壁面傳回到她身上，彷彿她的祖先們撫慰著她。

40

安傑洛・班尼岱堤將他父親抱進奎蒂科的七號小屋，把全身顫抖的白髮老先生安置在一張皮革製的安樂椅上。布克・哈里斯向他走近，臉上閃著憂心的汗水。哈里斯的雙手放在背後，宛如被人緊緊銬住。

「我的一名手下死在邊境水域，我想知道原因。」

奈森・傑克遜站在俯瞰鋼鐵湖的長玻璃窗前，默默生著悶氣。他憤怒地兩手一攤。「看在老天的份上，布克，你明明知道原因。這個王八蛋害怕希蘿出面指控他殺了瑪萊。」

「我們又要重複這個話題了嗎？」班尼岱堤說。「我還以為我們已經談過了。」

傑克遜從客廳那頭走過來。「在我把你關進毒氣室之前，我跟你沒完沒了。」

「奈森，退後。」

哈里斯伸手抓住他弟弟的肩膀，可是傑克遜甩開他的手。

「我一定要跟他算清楚這筆帳。」

班尼岱堤氣憤地向他兒子示意。「安傑洛，帶我離開這裡，這些人不可理喻。」

「你哪裡都去不了。」傑克遜走到坐在皮椅上那個全身顫抖的老先生面前，但安傑洛・班尼岱堤立刻擋在他們兩人中間，與傑克遜對峙。哈里斯拉住他弟弟，把他拉回來。

「奈森，看在老天的份上，你冷靜一下。讓我處理這件事。」

傑克遜掙脫哈里斯的手之後瞪了他一眼。「噢，好啊，沒問題，哥哥，你請便。像你處理這裡發生的其他事情一樣來處理它。現在已經死了一個人，天知道在邊境水域的其他人遇上了什麼事。布克，你做得很棒，一切都亂七八糟的。」

布克．哈里斯似乎被刺激了，他原本的鎮定與冷靜頓時崩潰。

「很好。」他大聲地說。「很好。如果你想殺了這個傢伙，那你就動手吧。這麼多年來你一直送人去坐牢——或許現在你自己也想去牢裡待一下。過去三十年來，你千方百計糟蹋我為你付出的心血。你就動手吧，毀掉我為你所做的一切。弟弟，等你做了之後，我保證你會後悔不已。」

「去你的。」傑克遜說。

「對，去你的。」哈里斯的手重重地捶打茶几，咖啡杯像個受驚的小人跳了一下。「我叫你不要插手，可惡，我早就告訴過你我會處理這件事。讓我告訴你一件事，偉大的下屆加州州長，我不知道邊境水域那裡到底出了什麼問題，但是我可以肯定與瑪萊．格蘭德無關。」

奈森．傑克遜愣住了。他盯著他哥哥的臉，直到哈里斯不自在地轉過頭去。傑克遜問：「你怎麼知道與瑪萊無關？」

默默站在後面的喬看著這場爭吵，平靜地說：「因為他一直都知道是誰殺害了瑪萊．格蘭德。」

這屋裡的男人——沙諾、班尼岱堤父子、傑克遜、梅特卡夫，以及哈里斯——全都驚訝地將注意力轉向喬。她對於自己所說的話語也有些驚訝，但是這一切突然都說得通了。

文森．班尼岱堤拉住他兒子的袖子。「我是不是沒搞懂什麼？安傑洛，你知道發生了什麼事嗎？」

「先等一下，爸爸，我想我們很快就能知道答案。歐康納太太，請妳繼續說。」

「你們都以為這件事只與男人有關，只與你們兩人有關，但其實這件事與女人有關。哈里斯探員，是不是這樣？」

「妳到底在說什麼？」文森．班尼岱堤抱怨道。「有話就直說。」

「爸爸，你可不可以讓她把話說完？」

喬走向皮椅，坐在皮椅上的文森．班尼岱堤不耐煩地看著她。喬說：「你說你和瑪萊．格蘭德的男女關係是自從她到你的賭場表演之後才開始的，是嗎？」

「對。」

「而且你太太發現之後就威脅要離開你？」

「沒錯。」

「事實上，你說她是威脅你，如果你和瑪萊再次有染，她會殺了你們。」

班尼岱堤聳聳肩。「她的脾氣不太好。」

「所以你結束了那段關係。然而在瑪萊．格蘭德搬到納什維爾之前不久，你和她又再次發生關係，瑪萊宣稱她因此懷了希蘿。」

「所以呢？」

「你太太知道你們的第二段關係嗎？」

「見鬼，泰瑞莎什麼都知道，我不清楚她是怎麼聽來的。總之瑪萊搬去納什維爾對我們每個人來說都是好事。」

喬又繼續說道：「當瑪萊帶著小希蘿回來、八卦報也開始說你們舊情復燃時，你太太有什麼反應？」

班尼岱堤說：「她氣瘋了。我告訴她那些報紙是騙人的。」他的口氣彷彿這樣的答覆相當自然。

「可是她不相信你。」

「這不能怪她。」

「瑪萊遭人殺害的那天晚上，你人在洛杉磯，現場有目擊證人。」喬抬起頭看看安傑洛．班尼岱堤。「那麼你呢？那天晚上你在哪裡？」

「我？我和喬伊以及他的朋友在密德湖[43]上的一艘遊艇上。當時他剛從高中畢業。」

「你母親呢？」

他想了一會兒。「她在家裡，我猜。那時候她很不開心，除了去聖露西亞教堂點蠟燭和祈禱之外，她幾乎足不出戶。」

「那天她是自己一個人嗎？」

「應該是。」

「妳到底要說什麼？」文森．班尼岱堤的口氣聽起來已經沒有耐性了。

「安傑洛昨天告訴我，你太太和哈里斯探員在瑪萊．格蘭德遭人殺害後不久在聖露西亞教堂偷偷碰面。」

「在聖露西亞教堂？」他瞪了哈里斯一眼。「她從來沒告訴過我這件事。」

「那是有原因的。」喬說。「而且，哈里斯探員在調查那件凶殺案期間從未正式調查你太太也是有原因的。你想想看，憤怒的妻子不就是殺死丈夫情婦最合理的嫌犯嗎？」

所有的人都轉頭看著哈里斯，哈里斯就像站在行刑隊前的死囚一樣面對著他們。

喬對他說：「你去見班尼岱堤太太那天之前，一定查到了相當確實的證據。」

「我不知道妳在說什麼。」

「難道你否認你和泰瑞莎．班尼岱堤在教堂裡說過話？」

「我只是在調查凶殺案。」

「去教堂查案？」奈森・傑克遜大喊。「胡說八道。布克，看著我，我叫你看著我，該死。」他看著他哥哥的臉，然後他自己的臉上也露出了驚恐的表情。「我的老天，噢，我的老天。這是真的。」他看起來彷彿整個人都站不住了。「為什麼，布克？」

「為什麼？因為你是我弟弟，因為我這輩子都在替你擦屁股，奈森。我那麼做是出於自然。」他從傑克遜身旁走開，走到一張擺放咖啡壺和咖啡杯的桌子前，彎腰倒了一杯咖啡，然後啜飲一口，結果似乎對咖啡不太滿意。「咖啡冷了。」他說。他將咖啡杯放下，目光注視著喬。「歐康納太太，我們是在瓦茲長大的。很多人無法離開瓦茲那個鬼地方，也有很多人不願意承認來自那裡。奈森和我都很幸運，我們有一位相信理想也相信我們的母親——她是一名教七年級的歷史老師。德懷特也很幸運，當他的母親拋棄他的時候，我們收留了他。我母親待他有如自己親生的孩子。」哈里斯看了他弟弟一眼。「老天，她相信你，奈森，相信你一定會做大事，相信你可以為黑人同胞做點什麼。德懷特和我從小就掩護你那些不經思考的輕率行為，但我們是為了她才掩護你。感覺上我們好像一輩子都在當你的後衛。你很會說話，甚至很擅長做表面工夫，但我知道你是什麼樣的人，弟弟，我很清楚你靠那些虛有其表的東西撈到許多好處。你想知道我們為什麼這麼做嗎？讓我告訴你：為了家人。這就是我們這麼做的原因，因為家人才是最重要的，而不是理念——理念會改變。正義也不是最重要的——我甚至不知道什麼是正義。奈森，家人才是最重要的。說到最後，只有家人才是一切。」

43 譯注：密德湖（Mead Lake）是美國最大的人造湖暨水庫。

「你掌握了哪些關於泰瑞莎．班尼岱堤殺人的證據？」喬問。

哈里斯做了一次深呼吸，整個人突然變得消沉。「無線電的通訊紀錄，還有電話記錄。瑪萊．格蘭德被殺害前幾個小時，有一通從班尼岱堤家給打她的電話。我知道班尼岱堤當時人在洛杉磯，而且稍加調查，我得知班尼岱堤太太當天晚上獨自一人在家。要查出真相其實並不困難。」

「你為什麼去教堂找她？」喬問。

「我希望私下與她見面，而且是在一個真相對她而言相當重要的地方。」

「我不想聽了。」文森．班尼岱堤說。

喬沒理會。「你對她說了什麼？」

「我告訴她關於電話紀錄的事。我告訴她，瑪萊．格蘭德的謀殺案似乎很不合理，因為那個可能成為潛在證人的小女孩沒有受到任何傷害。我告訴她這一點很令人感動，像是一位母親會做的事。我告訴她，我不會責怪一個試著盡力維護自己家庭完整的女人，並且告訴她我們在小女孩的衣櫃門上發現一枚血指紋。」

「她承認自己殺了瑪萊．格蘭德嗎？」

「她聲稱那是自衛。我告訴自己，就某種程度而言，或許那真的是自我防衛之舉。她還向我透露，希蘿的父親就是她的丈夫。」

「你聽了之後覺得驚訝嗎？」

「是的，因為我知道奈森認為希蘿是**他**的女兒。」

「於是你和泰瑞莎．班尼岱堤達成一項協定，是不是？以沉默換取沉默。」

哈里斯點點頭。「如果她能保證她丈夫不說出希蘿的身世、不主張希蘿的扶養權，我就保證調查方向不會指向她，她可以因此安全無虞。」

「去他媽的。」奈森・傑克遜低聲罵道。

「我這麼做是為了保住你的政治生涯，奈森。我敢肯定，假如你知道班尼岱堤相信希蘿是他的孩子，並且主張那個孩子的扶養權，你就會忍不住跳出來。王八蛋，當時你正平步青雲，你有大好的前途。你長相英俊、頭腦聰明、口齒伶俐，而且運氣比任何人都好。不過我很了解你，我知道你會願意拋棄一切，只為了爭取那個孩子的扶養權。」哈里斯冷冷地看了他弟弟一眼。「所以，沒錯，我做了逾越權限的事，只為了保住一切，防止你的名字出現在媒體上。這種事情我之前已經做過一百次，我在這裡會再做一次。你只需要站到一旁，讓我處理這件事。」

「參與調查工作的其他人呢？」喬繼續說。「德懷特・史隆、格萊姆斯，以及那位梅特卡夫先生。他們都知情，對不對？」

哈里斯點點頭。「他們都知情。」

「我已經理解德懷特・史隆幫忙的原因。」喬看向梅特卡夫。「你為什麼願意幫忙？」

梅特卡夫只回應她一個謎樣的笑容。

「我答應給他們超過當警察時所能領到的最高薪資。」哈里斯替梅特卡夫回答。「我聘請他們擔任顧問。他們的生意來自國家和聯邦政府，收入十分優渥。德懷特和我可以保證他們的事業一定蒸蒸日上。」

「我完全不知情。」奈森・傑克遜說，彷彿想要向喬辯解自己的清白。

哈里斯氣憤地搖搖頭。「不，你只是選擇不看不聽。」

文森・班尼岱堤的表情變得怪異，一種介於感到困惑和覺得有趣之間的表情。「讓我釐清這整件事：你說我太太泰瑞莎殺了瑪萊？」這個想法似乎佔據了他的思維，但沒有讓他特別不開心。

「我相信她有這種膽識，願她安息。」

奈森．傑克遜坐了下來。「唉，經過了這麼多年。」他說，可是他沒有繼續把話說完。客廳裡的爐火劈哩啪啦地響著，沒有人再開口說話。喬認為，隨著令人難以接受的事實而出現的沉默，往往更讓人難以忍受。

哈里斯走到窗前，凝視著鋼鐵湖的湖面，湖水在陽光下呈現一片冰藍色。「這座湖很美。」他最後表示。「美得有如上帝的國度。但有句俗語說：上帝建立教堂的地方，魔鬼也會建起小教堂。」

電話響了，梅特卡夫去接聽。「沙諾警長，是找你的。」

沃利．沙諾接過話筒。「喂？」他聽了一會兒，說：「我馬上過去。」然後就掛斷電話。

「發生了什麼事？」喬問。她看見沙諾的臉色變得陰暗。

沙諾說：「他們發現了另一具屍體。」

終於收到消息了。死者是一名高大的男性，白人，年紀約三十歲至三十五歲，剃光頭，身穿迷彩軍裝，上半身有三處槍傷。

不是寇克、路易斯或暴風雨，也不是與寇克一起進入邊境水域尋找希蘿的同伴。

哈里斯和一名員警一起搭直升機去把屍體帶回來，兩個小時之後他們回來了，屍體被送往奧羅拉社區醫院的太平間，與維吉爾．格萊姆斯的屍體擺在一起。哈里斯採集了死者的整套指紋，梅特卡夫透過電腦將指紋轉發到聯邦調查局位於洛杉磯的辦公室。於此同時，沃利．沙諾已經命令搜索救援隊盡速前往荒野湖，並要求美國森林局派水上飛機搜尋湖面，直升機也會很快地加入他們。

那時已經是下午了，喬知道她幫不上什麼忙，因此她告訴沙諾她想去鋼鐵湖保留區找莎拉．雙刀談一談。

她先回到位於醋栗巷的房子。那天早上當她獲悉第一具屍體不是寇克時，已經打過電話通知蘿絲。現在孩子們都去上學了，屋裡飄著烤麵包的香味，就跟平常一樣，然而此刻喬覺得一切都不像平常，因為一具又一具屍體像木柴般被運出邊境水域，而寇克、路易斯和暴風雨依舊下落不明。

「我的老天。」蘿絲在喬告訴她整個情況時倒抽一口氣。「難怪妳看起來那麼糟。莎拉知道嗎？」

「我正要去通知她。」

「她可能已經聽到一些消息了。」蘿絲謹慎地說。「今天早上發現那具屍體的消息已經傳出去了，一整天有好多人打電話來問我是否知道什麼內幕。」

「希望沒有人對孩子們說什麼。聽著，蘿絲，如果孩子們問起，妳就告訴他們寇克沒事。」

「他真的沒事嗎？」蘿絲問。

「現在孩子們只需聽見這樣的回答。」喬說。她在廚房的椅子坐下，感覺全身虛脫。

「妳吃過了嗎？」

「目前什麼都東西都沒吃。」

「我幫妳準備一點吃的，起碼弄個三明治。」蘿絲拿出麵包、烤牛肉、蕃茄、生菜、起司和美乃滋，然後開始做三明治。「這件事情就某方面而言是個好預兆，不是嗎？」

「什麼事？」喬問道。

「他們發現的第二具屍體不是……好人。」

「坦白說，我不清楚這是不是一件好事，蘿絲。」她把頭埋進手裡。「我從來沒有想過我看到死人時會覺得開心，但這兩次他們把屍體運出來的時候，我都因為死者不是寇克而幾乎欣喜若狂。我覺得自己不應該這樣。」

「這是人之常情，不要放在心上。來。」她把裝在保鮮袋裡的三明治交給喬。「我猜我們不必等妳吃晚餐了。」

「嗯。」喬站起身，給了她妹妹一個擁抱。蘿絲身上有一種烤麵包的香味，喬希望自己無論到哪個地方都能有這種香味相伴。「謝謝妳在這裡照顧我們全家人。」

蘿絲同情地笑了一下。「這些都是小事。妳的任務比較困難，妳必須告訴莎拉・雙刀她的兒子和丈夫可能已經身陷險境。」

41

他們抵達鹿尾河之後訂了一個計畫，接著彼此不再交談。天空幾乎萬里無雲，空氣雖然清新，可是到了下午，陽光開始使積雪融化，沿著河岸生長的樹木開始不停滴落閃亮的水珠。

風直接往上游吹。在一般情況下，這種風向會讓划行獨木舟變得困難，然而就某種意義而言，這是一件好事。假如他們的運氣夠好，而且他們追蹤的人粗心大意，這種風向可能會把對方的聲音吹向他們。寇克聽得相當專注，因此當雲杉上的一隻魚鷹突然發出鳴叫並揮拍翅膀時，他嚇了一大跳，船槳差點因此掉入湖中。

寇克的點三八手槍重重地垂在外套右側口袋裡，威利．雷伊則把他的點二二手槍塞在腰帶內。與暴風雨和路易斯同划一艘獨木舟的史隆坐在船頭，史隆將他的步槍倚著舷緣，暴風雨的克拉克手槍放在他的羽絨背心裡。他們已經約定好，一旦發現那個人的蹤影，就讓路易斯到岸邊等，他們要全力追擊。

寇克聽見遠處傳來沉悶的轟鳴聲，知道地獄遊樂場到了，他很擔心。他相信他們可以在到達急流之前超越那個人，因為倘若雪地上的腳印是真的，那個人距離他們並不遠。他們用力地划動船槳，卻甚至連獵物的影子都沒瞥見。

地獄遊樂場從遠處就能看得清清楚楚，它位於一道狹長的山谷中間——幾乎像是峽谷——而且水流深邃。曾阻斷河流的古老熔岩流在兩側河岸，形成高大的黑色岩壁，在十月冷冷的陽光下，那兩道岩壁看起來像惡魔的黑色翅膀。獨木舟越接近地獄遊樂場，水流的聲響就越大。寇克已經很多年不曾在鹿尾河上航行，然而地獄遊樂場周圍的陸路是他永遠無法忘懷的景象。他看見了可以上岸的地點，就在右前方五十碼處。當他轉頭向第二艘獨木舟發出信號時，看到史隆猛然往左後方倒去，宛如被一輛公車撞到。第二艘獨木舟翻覆了，將史隆、暴風雨和路易斯全都甩到河裡。寇克一時之間還搞不清楚發生了什麼事，接著他聽見了槍聲，威利．雷伊也和史隆一樣，像是被人踢了一腳而往後倒去。當雷伊掉入河裡時，也推翻了獨木舟，讓寇克一起落進鹿尾河湍急冰冷的水流中。

寇克浮出水面，吐出一口水。在同伴們於河中掙扎的水花聲裡，他聽見了更多槍聲。寇克沒有等著看那些子彈從哪個方向來，立刻潛入河裡。河水在陽光下清澈且閃著金光，他試圖移動位置以幫助威利．雷伊，可是他的衣服在泡水之後變得沉重，使他在水中的行動變得笨拙。雷伊被沖到他無法觸及之處，他只好再次像跳動的鱒魚般躍出水面。他環顧河流四周，沒有看見其他的同伴，並意識到自己正被捲入無情的激流中。

他努力游向最靠近的河岸，緊緊抓住河邊一根粗糙多瘤的白樺樹樹根，讓自己從水中脫困，並立刻滾到樹下尋求掩護。他伸手去找他的點三八手槍，手槍還在他的外套口袋裡。他把槍拿出來，在樹幹旁窺探周圍的動靜。他向西南方望去，並用手遮住直射而來的刺眼陽光。他看見獨木舟已經漂到黑色的岩壁間，並在那裡消失於白色的激流中。他沒有看見暴風雨、路易斯、史隆或雷伊。

他試著思考槍聲從哪個方向傳來。他記得史隆和雷伊都是往左後方倒下，這意味著子彈來自右前方，也就是從他此刻蹲踞地點的河流對岸某處射出。對面的河岸看起來相當平靜，綿延不絕的樹林一路生長至地獄遊樂場。他望著那道將河道切開的石牆，遠處的平坦頂端是開槍射擊的理想位置，不僅視野良好，還可以隱身於來自後方的眩目陽光中。

寇克沿著東岸的樹林順流而下，走了三十碼路，然後聽見了暴風雨的輕聲呼喚。「寇克。」

暴風雨蜷伏在河邊一塊長滿青苔的大石頭下，路易斯在他身邊，史隆躺在他們中間的地上。史隆身體下方的薄雪被染成深紅色。寇克走到史隆旁邊蹲下，史隆看著他。

「在石牆那邊。」他虛弱地說。「河流對岸。」

「我也是這麼認為。」寇克表示。

「步槍沒了。」

「我的點三十八手槍還在。」寇克把手槍拿到史隆看得見的地方，然後對暴風雨說：「你有沒有看見阿肯色．威利？」

「沒有。」

「你的克拉克手槍還在嗎？」

「這裡。」暴風雨從背心裡拿出他的槍。

「槍手在河岸另一邊，如果他要過來找我們，就必須渡河，所以他可能會從地獄遊樂場的下游處過來。我得盡力阻止他。我覺得你應該留在這裡，以掩護路易斯並且……」他低頭看看兩眼緊閉的史隆。「盡你所能。」

路易斯雙膝跪在受了傷的史隆身旁，握著史隆的手。「他的手很冷。」路易斯一臉嚴肅，比他這年紀該有的樣子更為成熟。

「我知道。」暴風雨說。「我們必須想辦法快點生火。」

「我會回來找你們。」寇克許下承諾，然後轉身朝下游走去。

寇克因為全身溼透且天氣寒冷而不停發抖，可是他胸中有一股怒火，熊熊燃燒並直通他的大腦。不管在河流對岸開槍的那個王八蛋是誰，寇克都要向那人索命。

山姆．凜冬之月在寇克的父親去世後就一直像父親般照顧並教導寇克。山姆告訴他狩獵時不可懷著怒氣，但此刻寇克完全不在乎，他已經受夠那個人了，他想清楚看著那個人、用槍瞄準那個人。這些念頭讓他失去理智。他衝過樹林，無視那些拍打著他身體的低垂白樺樹樹枝。他的眼睛直視著前方宛如堡壘般矗立的黑色岩壁，從樹林裡往外全力衝刺，跑過岩壁前方一片沒有遮蔽的空地，這片空地滿是從峽谷側邊滾落的碎石，巨大的石板碎裂成鋸齒狀，陰暗的縫隙裡積著白雪。寇克大概必須跑過二十碼的距離才能抵達良好的掩護，他沒能成功。

子彈在他經過時射中了一塊參差不齊的巨石頂端，石頭碎開的聲音劃破周圍的空氣，碎石子噴到他的下巴和脖子。他跌了一跤，跌在無情的石頭上。不過他已經將點三八手槍握在手中，隨即潛行至距離他最近的岩石後方尋求掩護。隨著子彈不斷射中岩石邊緣，這個小小的避難所能提供的掩護越來越顯不足。寇克覺得那個傢伙在玩他。先射左邊，再射右邊，然後又是左邊，每一發子彈都在只落在前一發子彈幾英吋內的位置。那個王八蛋在炫耀，要讓寇克知道當他放棄掩護的那一瞬間就會遭到射殺。

可惡的傢伙。一如往常，山姆・凜冬之月說得沒錯。

山姆還傳授給寇克另一項智慧：永遠不要獨自狩獵。

這時他聽見九釐米子彈的射擊聲從他身後的樹林裡傳來。他壓低身子瞇起眼睛然後微微轉身，看見暴風雨跪在一棵被風吹倒的山毛櫸根部後方，仔細地瞄準位於河流對岸高處的目標。暴風雨又開了一槍。

當位於暴風雨頭部左方三英吋處的樹幹被對方射掉一片拳頭大小般的樹塊時，寇克趁機往前衝刺。他以曲曲折折的方式拚命奔跑，像個北歐巨人彎著腰，朝著東邊岩壁的陰影處而去。河流對岸那個喜歡賣弄的傢伙有充裕的時間只開一槍，那一槍讓寇克後方一英呎處的圓形石頭炸開了。

寇克喘著氣並開始攀爬，這塊石頭經歷過幾個世紀的結冰與雪融，但是它並非毫髮無損，岩壁背面已經裂開且起皺，因此寇克在攀爬時可以毫不費力地找到扶手點與踏腳點。爬了三十英呎之後，他在岩壁頂部附近拿起手槍。暴風雨又開了幾槍，對方沒有反擊。寇克將手槍舉在嘴唇前，環顧著遠處的岩壁平頂。耀眼的陽光已經不再影響他的視線，因此他可以清楚看見所有的細節。除了幾簇頑強的雜草，岩石上幾乎光禿禿的。他看到上游邊緣附近閃著幾處金色的光亮，是射擊後的彈殼。

槍手消失了。

寇克爬上岩壁頂端，沿著懸崖邊緣開始大步奔跑。古老的熔岩流長達一百英呎，寇克只花幾秒鐘就跑到下游的盡頭，他從那個優越的位置可以看見整條河流，最遠直到南邊幾百碼外的急轉彎處。位於他下方的鹿尾河的最後一個地獄遊樂場水流翻騰，一大片寬闊且憤怒的白色水花衝擊並散落在巨石上。在那裡之後的河水又恢復平靜，彷彿瞬間轉變性情。寇克瞥見河邊的樹林裡有動靜：有個人正在跑開。他拿起他的點三八手槍瞄準，距離遙遠，但仍在射程之內。儘管如此，他依舊沒有開槍。萬一那人不是槍手呢？萬一他誤傷某個無辜闖進這個地獄的人該怎麼辦？他放下了槍。

他重新越過岩壁頂部，感覺萬般疲憊。他覺得自己就像古老的熔岩流一樣蒼老風蝕，覺得自己被對方完全打敗了。這種感覺開始變得熟悉，因為那個王八蛋在思維上再次領先一步。寇克這才意識到槍手可能根本沒打算渡河來找他們。他已經達到他的目的——阻撓寇克這些人的行動，讓他們失去獨木舟和補給品。如今那個傢伙又回頭去追殺希蘿了，已經沒有人跟在他後面。老天，那個傢伙到底是誰？

Majimanidoo。這是亨利．梅魯對那個傢伙的評價。一個惡靈。寇克開始相信梅魯說得沒錯。

暴風雨仍然蹲在倒下的山毛櫸後方，在寇克返回他稍早受到攻擊的開闊空地時，暴風雨拿著克拉克手槍瞄準河流遠端掩護他。

「我沒聽見更多槍聲。」暴風雨說。「我猜你沒有逮到他。」

寇克搖搖頭。「我想我看見他已經往下游跑走。」

「你覺得他會繼續往下走嗎？」

「他的目標是希蘿，不是我們，因此我想他會繼續前進。」

「但或許我們已經拖住他一會兒，讓希蘿得以擺脫他。」

「或許吧。」寇克說。

「你流血了。」

「是碎石造成的，起碼不是子彈。老天，我快凍死了。」寇克剛才因為情緒激動而沒有留意，但此刻溼淋淋的衣物與凜冽的空氣讓他微微打顫，他的雙手也因為寒冷而發紫。「我們需要生火取暖。而且必須盡快。」

他們穿越過河邊的那片樹林往回走，走沒多遠就聞到燃燒木頭的煙味。他們看見前方有一道翻騰的灰色濃煙，繼續走了一分鐘左右，他們看見路易斯正把枯木丟進他在石堆間生起的熊熊烈火中。寇克看到那個小男孩以交叉擺放木棍的方式打造營火，這種生火方式會讓火勢燒得又烈又熱又快。高溫已經融化了營火附近幾英呎的積雪，而且路易斯已經設法將史隆安全地移到營火旁。

寇克和暴風雨回來時，史隆忽然睜開眼睛。他勉強露出一絲虛弱的笑容。「雙刀，你有個非常優秀的兒子。」

「我知道。」

「你逮到那個傢伙了嗎？」史隆問寇克。

「沒有。」寇克回答。

寇克聽見史隆的聲音嚴重發抖，也看到他的身體劇烈顫動。營火尚未提供史隆所需的溫暖，因此寇克脫掉溼淋淋的外套和羊毛衣，把衣服遞給路易斯。「把這些放在營火邊烤熱。」他接著脫掉長褲和襪子，並從外套口袋裡拿出溼透的羊毛帽。「路易斯，可以順便替我烤乾這些嗎？暴風雨，幫我把史隆身上的溼衣物脫掉。」

史隆在他們脫掉他的衣物時沒有發出抗議，寇克覺得史隆可能會休克，可是現在一次只能解決一個問題。他們脫掉史隆的衣物之後，寇克迅速檢查了他身上的傷口。前側的傷口約為銅板大小，子彈穿過右側肋骨的底部，從下背部炸出，背後的大傷口血肉模糊，充滿鋸齒狀的骨頭碎片。

「暴風雨，我外套的左口袋裡有一條紅色的頭巾。」

暴風雨將那條頭巾拿過來，寇克把頭巾摺成敷布，壓在史隆的開放傷口上。寇克知道這麼做還不夠，可是他無能為力。

「路易斯，那些衣服烤暖了嗎？」

「已經變溫暖了。」

「我們替他穿上吧。」

路易斯把衣服遞給寇克時，羊毛衣還冒著熱氣。寇克和暴風雨將衣物套在史隆冰冷的身體上，包括帽子、毛衣、褲子和襪子。最後他們讓史隆躺在岩石旁，石頭已經開始散發出營火的熱量。

寇克脫掉發熱衣，全身赤裸地站在營火旁。由於他距離營火很近，他甚至聞到自己的腿毛燒焦的味道。他不停地轉動身體，好讓熱量溫暖全身。暴風雨和路易斯也趕緊跟著做相同的舉動，寇克不禁搖搖頭：讓冰冷的裸身烤火取暖，是人類最基本也最原始的舉動之一。

他們用木棍串起衣物，將木棍插在地上朝營火傾斜，並把靴子圍著營火擺放。他們坐在變熱的石頭上，讓史隆躺在他們中間。沒有人說話，寇克早已累到說不出話來，即便如此，他仍在思考和回憶。

他記得瑪萊．格蘭德離開奧羅拉的那天。那天是這一連串事件的開端，讓他與其他人最後陷入此刻的處境。

那天他們在位於藥房門口前的灰狗巴士站集合，往返杜魯斯的灰狗巴士中途會在藥房門口停靠。那天在場的人包括艾莉．格蘭德、瑪萊、寇克的母親和寇克。瑪萊揹著一個背包，手裡拿著吉他盒和一張前往洛杉磯的單程車票。艾莉．格蘭德認為她的女兒在幾個星期之後就會回家，瑪萊則確信自己將永遠離開。她看著鎮上最熱鬧的橡樹街，預測地說：「有一天他們會在這裡豎立一面看板，上面寫著『瑪萊．格蘭德的故鄉』。人們會因為我曾住過這裡而到這裡觀光，他們會指著這個地方說：『這裡就是她離開前最後佇足之處。』」她對著寇克笑了笑。「他們還會跑去敲你家的門，Nishiime，因為你認識我。」

灰狗巴士駛來時，她親了他一下。她的眼睛閃閃發亮，充滿期待，而她母親的眼睛則宛如不斷湧出水流的碧綠池潭，寇克回憶著。當灰狗巴士駛離時，他們都站在難聞的柴油黑煙中向瑪萊揮手道別。後來除了在電視機的螢幕上之外，他再也沒有見過瑪萊。

此刻他很想知道是否有人能預見瑪萊的生命會像掉入水中的石頭般突然消失無蹤，或者預見她死去的悲劇漣漪會持續往外擴散，在十五年後帶走那麼多條人命。

「我口渴。」史隆說。

寇克從冰冷的地面跑到河邊，試著以雙手捧水，可是沒能成功。

「等一下。」路易斯說。他消失在樹林間，幾分鐘後帶著一個以白樺樹樹皮簡單摺成的容器回來。寇克將容器放進河裡，在容器裡盛滿水。他在史隆旁邊蹲下。

史隆微微一笑，說：「這水乾淨嗎？我可不想拉肚子。」

寇克輕笑著回答：「別擔心，你想喝什麼就喝什麼。」

史隆啜飲了一口，然後以無力的眼神看著寇克。「我以前說過一個關於裸男在森林裡跳舞的笑話。你知道他把鼓藏在哪裡嗎？」

「別說話。」寇克勸他。

史隆說：「已經沒什麼差別了，你我都很清楚。」他閉上眼睛。「可不可以幫我處理一下這些衣服？這些衣服讓我全身發癢，而且味道很臭。」

「你冷不冷？」寇克問。

「我這一面已經溫暖了，你們可以替我翻個面。」史隆的目光轉向路易斯。「小朋友，真抱歉害你經歷這些事，這趟旅行對你來說一定很糟。」

路易斯說：「沒關係。」

史隆閉上眼睛，再度沉默下來。

寇克摸摸他的發熱衣，衣服已經快乾了。

「我要穿上衣服到下游去，看看能不能找到阿肯色．威利以及我們的獨木舟和裝備。你們可以陪著他嗎？」他朝史隆點點頭。

「好。」暴風雨說。

寇克從營火旁離開時，太陽已經在樹梢的高度，他心想：再過幾個小時就天色會完全暗下來。今天的天氣雖然晴朗，可是溫度可能會驟然下降。

他爬上岩壁，翻過頂端，往下游的方向走去。他走到河道轉彎處，又走了四分之一英哩才發現獨木舟。兩艘獨木舟都卡在一棵倒下的松樹樹枝間，擋住了一半的河道。兩艘獨木舟都上下顛倒，而且擠成一堆，宛如交配中的野獸在河道起起伏伏。寇克爬到那棵松樹的樹幹上，發現船身都已破碎，船頭也嚴重毀壞。那些損傷絕不可能是水流或松樹樹枝造成的。

Majimanidoo，他心中暗忖。

由於獨木舟已經翻覆，從樹幹上無法判斷背包是否仍固定在橫板上，寇克知道自己必須再次下水，這令他感到沮喪。他慢慢進入鹿尾河冰冷的水流中，再潛入水裡，穿過纏住獨木舟的樹枝，一路摸索著來到他和雷伊那艘獨木舟的船尾橫板。背包還在。他浮出水面，深深吸一口氣，然後再次潛入水底。由於固定背包的繩結已經溼透，因此他無法解開。寇克又一次浮出水面呼吸空氣，這次下水後先打開背包的口袋，拿出他放在那裡的多功能折合刀。他彈開刀刃、割斷繩索，把背包拉出來。他把背包丟到河岸堅實的地面之後，再回獨木舟割斷將補給品背包固定於船頭橫板下的繩索。

這些應該就夠了。他的雙手已經冷到抽筋，因此趕緊爬回河岸，知道自己必須盡快返回營火旁。他吃力地揹起兩個背包，由於背包吸飽了水，重量似乎變成乾燥時的兩倍。寇克蹣跚地走回岩壁前，但是他很清楚自己不可能揹著兩個背包翻過岩壁頂端，於是他放下自己的背包，先把補給品帶回去。

當他返抵營火堆時，他的雙手已經僵硬得像冷凍豬排。暴風雨趕緊替他脫掉溼衣物，寇克必須克制自己的衝動，才不致馬上衝進火堆裡。

「獨木舟的狀況如何？」暴風雨問道。

「很糟，兩艘獨木舟都被破壞了。是**他**幹的好事，但背包都還在船裡。」寇克因發抖而說話斷斷續續，聲音還幾乎破音。「我原本想把我的背包也帶回來，好讓我們有更多羊毛衣可穿，但是只能暫時留在地獄遊樂場另一頭。」

「有阿肯色．威利的下落嗎？」

寇克沮喪地搖搖頭。

「很快就要天黑了。」暴風雨說。「我去把你的背包帶回來。路易斯，替他準備一些熱食。」

暴風雨離開後，路易斯從溼淋淋的補給背包裡拿出一個鍋子以及一些密封在塑膠袋裡的脫水蔬菜湯。幾分鐘之後，他已經在營火上煮出一鍋湯。寇克覺得那鍋湯的香味宛如天堂。

「他還好嗎？」寇克朝著史隆點點頭並輕聲問路易斯。

路易斯搖搖頭。「他很平靜。」路易斯一邊攪拌著蔬菜湯，一邊問：「你覺得他會沒事嗎？」

他身上有個老鼠可以爬進去的大洞。寇克心想。**而且我們身處荒野，馬上就要進入寒冷的夜晚了。不，路易斯，我們這位朋友不可能沒事。**

不過他回答：「這只能交由Kitchimanidoo來決定。」

42

喬在莎拉·雙刀家的車道上沒看見莎拉的卡車，而且莎拉也沒回應喬的敲門聲。於是喬返回亞盧埃特，來到勒杜克雜貨店。這家小雜貨店除了販售魚餌、釣具和釣魚許可證，也充當保留區的郵局。喬治·勒杜克正在收銀櫃檯前裝填糖果罐，他以笑容迎接走進店裡的喬。

「嘿，律師。」

喬治·勒杜克不僅是長老，還是部落執行委員會的成員，喬跟他很熟。他年近七十，有濃密的白髮、潔白的牙齒、寬闊的臉龐及強壯的體格。他的前兩任妻子都比他早逝，現任妻子是第三任。他穿著灰色的運動衫，運動衫上面印著「別拿你的法律碰我」。

喬治的妻子，三十多歲且懷孕七個月的法藍馨，從店家後面的房間走進店裡。「嗨，喬。」

「法藍馨，妳的氣色看起來很好。」

「喬治也這麼說。」她捂著嘴笑。

「就像即將收成的果園。」喬治帶著微笑摟著她。

「我在找莎拉·雙刀。」喬說。

「我想也是。」喬治回答。「我們聽說邊境水域那裡發生一些不好的事，老一輩的人說是*Majimanidoo*。」

「你自己就是老一輩的人。」法藍馨說。

「我還年輕。」喬治輕撫她的孕肚。

「確實發生了不好的事。」喬說。

「我們聽說是聯邦探員。」喬治不高興地說。「跟他們扯上關係向來不會有好事。」

「你知道我可以在哪裡找到莎拉嗎？」

「她在社區中心。」法藍馨說。「她和莉迪亞正在研究鋼鐵湖創制權。」

「*Migwech*。」喬說。這是**謝謝**的意思。

社區中心是一棟全新的磚造建築，用奇佩瓦大賭場賺取的利潤打造而成。裡面有保留區的管理辦公室、診所、健身房和托兒所。喬在一間有電腦設備的會議室找到了莎拉．雙刀和她的母親莉迪亞．尚普。莎拉坐在電腦前，莉迪亞正在閱讀一份剛從印表機列印出來的文件。「鋼鐵湖創制權」是保留區的許多人花時間參與的一項計畫，目的是鞏固保留區的土地。和明尼蘇達州的諸多保留區一樣，鋼鐵湖的土地也是經過拼拼湊湊而成——包括部落託管的土地、分配給部落成員的土地、已經出售或租賃給非印第安人的土地，以及屬於郡、州或聯邦森林局的土地。這項計畫的目標是盡可能買回土地，以期保留區能再次恢復一八五四年原始條約裡所規範的結構。喬在這項計畫剛開始時提供了法律諮詢，不過在那之後，鋼鐵湖的尼什那比人就完全靠自己推動這項計畫。

喬在很久以前就發現，男性在憂心時會抽菸或喝酒或來回踱步，將焦慮丟給他們的身體，女性則傾向找事情做，讓自己的注意力轉移。她一點也不驚訝莎拉和莉迪亞正在為這項計畫而忙。

「*Anin*，莉迪亞。*Anin*，莎拉。」喬向她們打招呼。

「*Anin*，喬。」

莉迪亞．尚普在奧羅拉社區學院教授美洲原住民研究，她的課是該學院最受歡迎的課程之一。她是一名綁著銀色辮子頭的嬌小女性，有一雙淺棕色的眼睛。她穿著牛仔褲和牛仔襯衫，耳朵上戴著小小的藍釉羽毛耳環。在正常情況下，莉迪亞這位有精神又有智慧的女性會面帶微笑，但莎拉肯定已經把情況告訴莉迪亞，因此莉迪亞和莎拉一樣，似乎已做出最壞的打算。

「情況很糟，是不是？」莎拉問。她在旋轉椅上轉過身，椅子的轉軸發出嘰嘰聲響。

「我希望可以更好。」喬承認。她在莎拉身旁坐下，解釋了當前的情況。

「所以他們還沒找到路易斯和暴風雨。」莉迪亞陰鬱地做出結論。

「也不完全如此。他們在發現第一具屍體的地方發現了路徑上的記號。沙諾警長認為那是童軍使用的路徑標示。」

「可能是溫德爾教的。」莉迪亞推測。「他經常教路易斯一些古老的方法。童軍從印第安人這裡學到了許多東西。」

喬說：「搜尋救援隊的飛機和直升機都已經前往荒野湖，沙諾警長認為他們可能在那邊。」

「可是荒野湖是一座非常大的湖。」莉迪亞說。「雖然路易斯和暴風雨和寇克在我們心中地位重大，但他們在那個地方是相當渺小的。」她憂心地看了會議室窗外的天空一眼。「而且太陽快下山了。」

「我很抱歉帶了這個壞消息給妳們。」喬表示。

「謝謝妳。」莎拉·雙刀對她說。「比起那些*majimanidoog*給我們的消息要好多了。」

「妳們有溫德爾的消息嗎？」喬問。

莉迪亞搖搖頭。「我經常留意他拖車的煙囪，我會在煙囪冒煙時去拜訪他。可是他的煙囪已經很久沒冒煙了，希望他只是去別的地方煮飯。」

「我要回奧羅拉了，我要回去找應該為這一切負責的那些人。妳們想和我一起去嗎？」

「又有什麼用呢？」莎拉說。「跟著妳去找他們，也無法改變那裡發生的事。如果妳得到任何消息，可以再告訴我嗎？」

「當然。」

「喬。」莉迪亞將手輕放在喬的手臂上，這種舉動對尼什那比人而言並不常見。「我知道酒精和絕望會導致人們愚蠢地互相殘殺，那是很可悲的。但這件事很不一樣，感覺像一場戰役。」

「很可能就是一場戰役。」

「那麼我們應該祈禱我們的家人夠堅強、夠聰明、夠堅決，足以摧毀他們遇上的壞事。」

喬點點頭，說：「阿門。」

太陽下山時，餘暉將鋼鐵湖湖邊的樹林染成一片火紅。湖面上有一群較晚遷徙的加拿大野雁飛出北森林，以長長的黑色隊伍往南邊而去。鋼鐵湖寧靜且遼闊，映照著已經低沉的太陽，宛如燃燒中的裂縫，平靜的湖面就像正在熔化的薄殼，準備開始破裂。當喬經過溫德爾・雙刀的拖車時，她特別看了煙囪一眼，沒有看到煙。

開車返回奧羅拉時，她思索著目前的情況。十五年前，瑪萊・格蘭德遭人謀殺，而現在與她女兒有關的人都死了——兩個人死在加州，至少一個人死在邊境水域，也就是那個名叫格萊姆斯的男人。班尼岱堤、傑克遜和哈里斯都認為最近發生的命案與以前那樁謀殺案有關，因為有人試圖掩飾其犯罪證據。然而瑪萊・格蘭德之死現在已有了解釋，那麼其他的死者為什麼會遭到殺害呢？

寇克曾經告訴她，他認為大多數的謀殺案不外乎出於三種原因——恐懼、憤怒或貪婪。她不確定自己是否同意他的觀點，但是為了辯證，她決定先從這三個原因開始分析。

如果恐懼是動機，希蘿身上有什麼東西會讓人產生恐懼以致他們殺人？而且還不止一次行凶？班尼岱堤和傑克遜認為凶手害怕希蘿被精神科醫生喚醒的記憶。這原本可以合理解釋一切，包括精神科醫生之死，唯一的問題是，現在大家已經知道瑪萊·格蘭德被殺害的真相，隨著泰瑞莎·班尼岱堤逝世，似乎沒有人需要感到恐懼。

因此，也許恐懼不是動機。那麼憤怒呢？

喬幾乎立即排除了這個原因，因為憤怒是當下的一種情緒，一種具破壞性的情緒爆發。眼前的一切感覺都計畫得太過縝密，而且執行得太過仔細。至少就目前而言，她暫時不去考慮憤怒這個理由。

當喬開車回到奧羅拉時，她開始思考第三個理由：貪婪。

她在辦公室停了一會兒。法蘭在她的辦公桌上留了一堆電話留言和便籤，大部分是關於重新安排會議時間。喬瀏覽了一會兒，可是無法集中注意力。她打電話到警長辦公室，電話是瑪莎·德羅斯接聽的。瑪莎告訴她，沙諾請她打電話到奎蒂科小屋，並給了她一個電話號碼。喬打電話過去時，接電話的人是梅特卡夫。喬請他找沙諾接聽。

「我想妳應該過來一趟，現在就來，有一些有趣的消息。」沙諾說。

所有人都已經在奎蒂科小屋集合，包括哈里斯、傑克遜、梅特卡夫、沙諾和班尼岱堤父子。小屋裡有油炸食物的味道，桌上放著一桶幾乎快要空了的松林烤肉店烤雞，以及油膩膩的薯條。

喬走進小屋時，哈里斯正在用餐巾紙擦嘴。「歐康納太太，我們得到了一些資訊。」他的口吻聽起來比沃利·沙諾在電話裡的更為謹慎。

「請交給我吧。」安傑洛·班尼岱堤走過去拿她脫下的外套。

「我錯過了什麼？」

「資訊交流。」傑克遜說。他手裡拿著一瓶啤酒。「我們有了新的進展。」

「什麼樣的資訊？」

「首先，在邊境水域發現的那個人，我們已經查出他的名字。」哈里斯回答。「妳請坐。」他伸手示意壁爐旁的一張高背椅。喬坐下之後，哈里斯繼續說：「他的指紋與一個名為『熊爸爸』的人相符。他的真名是亞伯特．洛厄爾．貝爾曼，曾是海軍陸戰隊隊員，參加過入侵格瑞納達[44]的行動與波斯灣戰爭[45]。在那之後他開始當傭兵，自己接生意。據我們所知，他參與了發生在非洲和南美洲的叛亂暴動，現在則在國內發揮他的本事。」

「查到他的名字之後，我打了幾個電話。」安傑洛．班尼岱堤接著說。「那個傢伙和我們不是同類，他除了對自己之外沒有忠誠度可言。他沒有家庭倫理，也沒有責任感。他比較像政府會聘用的人。」他故意對著哈里斯點點頭，哈里斯沒理他。「不過，我認識的朋友聽過他這個人。他通常獨自行動，但有消息指出他日前接了一個大案子，與某個自稱『密爾瓦基』的人合作。沒有人聽說過那個叫『密爾瓦基』的傢伙。」

「我們也調查了那個『密爾瓦基』。」哈里斯插話進來。「國家犯罪情報中心的電腦資料庫裡沒有這個名字或別名。可是不管怎麼說，顯然有人為了追殺希蘿而聘僱了這兩個人。問題是：到底為了什麼？」

「我一直在思考這個問題，」哈里斯接著說。「我認為我們一直沒弄清楚方向，以致過於關注過去的事。或許整件事情根本與過去無關，而是與未來有關。」

傑克遜疑惑地看著他哥哥。「我不懂。」

「噢，我懂了。」喬說。她看著哈里斯。「因為我也一直在想這個問題。我認為，只要想一想誰會因為希蘿死去而獲得經濟上的利益，你們就會覺得非常有趣。」

哈里斯對著她伸出一根手指，發射出一枚假想的子彈。「正中紅心。」

傑克遜瞇起眼睛，不停動著腦筋。然後他想通了。「噢。」

「受益者通常是家人，對不對？」文森．班尼岱堤說。「除了阿肯色．威利．雷伊之外，希蘿不知道自己還有其他的家人。」

喬一邊用指甲敲著椅子的扶手，一邊思忖著這些資訊。「歐札克唱片公司是雷伊的，是嗎？」

「不。」班尼岱堤回答。「希蘿才是這家唱片公司的所有權人，雷伊只負責經營。當我借錢給瑪萊創辦歐札克唱片公司時，我堅持希蘿是唯一的繼承人，因為我希望我女兒得到良好的照顧。關於這一點，其實瑪萊比我還早想到。不過，當瑪萊去世時，雷伊是遺產執行人，而且由他接手經營歐札克唱片公司。他經營得有聲有色，這點我必須承認，大家也都說他打造出最好的鄉村音樂品牌。但這家唱片公司歸希蘿所有。」

「如果阿肯色．威利．雷伊是希蘿的受益人，我會說這是很好的殺人動機。但雷伊要去哪裡找到像『熊爸爸』這樣的傭兵呢？」

「這一點我可以解答。」梅特卡夫說。「歐康納太太，可以請妳到這裡來嗎？」

喬走到桌子旁，站在梅特卡夫背後，看他的手指在筆記型電腦鍵盤上快速舞動。他連上了網路，進入一個名為「熊爸爸之窩」的網站。首頁出現後，上面有一張熊爸爸的照片——一個剃光頭的大個子，身穿軍服，手拿突擊步槍，腰上掛著一把可怕的戰刀。文案的標題是「手法謹慎低調。我非常厲害，厲害得令人害怕。」他的簡歷讀起來像一張直通地獄的車票，他曾在尼加拉瓜、薩爾

44 譯注：入侵格瑞那達（Invasion of Grenada）是指一九八三年十月二十五日至十月二十七日期間美國應格瑞那達總督要求而展開的軍事入侵行動。

45 譯注：波斯灣戰爭（Gulf War）是指一九九〇年八月二日至一九九一年二月二十八日期間由美國領導的三十五國聯軍與伊拉克之間發生的戰事。

瓦多、安哥拉和波士尼亞各待過一段時間。文中還指出無論國外或國內，皆可提供服務。只要報價合理，他都會考慮接案。網站的最後一頁是可以與熊爸爸聯繫的電子郵件表格。

「他透過網路僱用這個人？」喬問。

「或者至少是透過網路進行初步接觸。」

「這合法嗎？」她看著傑克遜。

「目前關於網際網路的管理還不夠周密。」傑克遜回答。

「阿肯色．威利．雷伊。」文森．班尼岱堤全身的肌肉似乎都在顫抖——看不出是因為憤怒還是因為生病。「我要把他的心挖出來。」

「我們還不確定他是不是就是幕後主謀。」喬提醒道。「目前只是猜測。」

「妳猜得很好。」班尼岱堤瞇起眼睛看著喬。「我一向討厭律師，但是我喜歡妳。」

哈里斯說：「我會派人去調查雷伊。這看起來是一條合理的線索。」

「但這對我們有幫助嗎？」喬問。「我們依然不知道邊境水域發生了什麼事。現在有什麼最新消息嗎？」

「天已經黑了。」沙諾說。「搜索飛機也已降落，但是直升機仍在空中搜尋營火或任何關於他們的蹤跡。通常我們得等到早上，但好消息是：如果班尼岱堤提供的資訊是正確的，我們只需擔心雷伊和另一個傢伙，因此我們的優勢增加了。」

「但我們時間不多了。」哈里斯說。他拿起一份捲起的八卦報，那份報紙被捲得皺巴巴的。「明天這份自稱為報紙的狗屎就會在頭版刊登希蘿的事。一些閒閒沒事做的混蛋都會跑到這裡來，讓我們的處境變得比現在更困難。」

「到時候還會有記者。你要怎麼對他們說？」文森．班尼岱堤問奈森．傑克遜。

傑克遜拿起火鉗，撥了撥壁爐裡燃燒的木頭。他的動作很小心，調整了木頭的位置，好讓熾熱的火焰升起，讓煙霧竄進煙囪。「假如希蘿真的是我的女兒，你還會關心她嗎？」他問班尼岱堤。

「我想我已經關心她太久了，沒辦法說停就停。」

「我也是。」傑克遜放下火鉗。「我會告訴記者真相，看看有什麼結果。」

沙諾轉向喬。「妳看起來很疲倦，妳要不要先回家休息？如果我們接獲任何消息，我會馬上通知妳。」

安傑洛．班尼岱堤幫她穿上外套。「外面天黑了。」他說。「我陪妳走到車子旁。」

沙諾想說些什麼，但是喬在他還沒把話說出來之前就回答：「好。」

屋外的夜幕在空氣中增添了深深的寒意，喬因此將外套拉緊。班尼岱堤的肩膀輕輕碰到她的肩膀，他身上有一種很好聞的古龍水香味。

「介不介意我問妳一個問題？」

「請說。」喬說。

「妳現在最擔心身陷邊境水域的哪一個人？」

「這是哪門子的問題？」

「我聽說過妳丈夫的事。如果妳最擔心他，我想妳一定是一位非常寬容的女性。」

「你聽到的那些只是八卦消息。」

「大家都喜歡談論別人的事，我們很難加以阻止，而且我們可以從八卦消息中得到許多資訊。」

「拉斯維加斯的人也愛八卦嗎？」

「當然。」

「八卦消息一定正確嗎？」

「啊，遠遠超出妳的想像。」

「我想也是。」

「妳知道，這裡的人和我原本想像的不一樣。」

喬伸手打開車門，但是安傑洛．班尼岱堤聲音裡的一種深沉溫暖的感覺讓她停下動作。

「我剛到這裡來的時候，原本以為會遇見……我也說不上來……」

「穿著法蘭絨的美國鄉巴佬？」她說。

「諸如此類的人。我很少離開拉斯維加斯，因此對我而言，只有閃閃發亮的東西才令人興奮，妳懂我的意思。」

「班尼岱堤先生，這裡唯一會閃閃發光的東西就是星星。坦白說，我很喜歡這裡。」喬低頭看看自己手中的車鑰匙。「但是我想讓你知道，你不是我想像中的那種——」

「流氓？」他輕聲地笑了起來。「妳知道，我見識過許多玩弄法律的手法，端看妳的立場是站在哪一邊。我也想讓妳知道，妳的立場看起來還不錯。晚安了，歐康納太太。」

他轉頭走回小屋之後，喬獨自在星空下站了一會兒，回味著安傑洛．班尼岱堤剛才對她的讚美。

43

夜色籠罩鹿尾河上方的天空，帶來凜冽的寒意，意味著這將會是一個痛苦難熬的夜晚。營火烘乾並烤熱衣物之後，寇克和暴風雨將長褲和襯衫墊在史隆身體下方，並將外套和毛衣蓋在他身上。他們讓火焰熊熊燃燒，不停地在營火下堆放木柴以維持火勢。史隆的傷口一直流血，浸溼了原本已乾的衣物。他們誰都幫不了他，只能盡力讓他舒服一點。寇克用湯匙餵他喝了一點湯，但寇克知道他們就快要失去他了。當史隆棕色的眼睛看著寇克時，那雙眼睛顯示史隆自己也清楚這一點。他們沒有談到另一個脫隊且可能已經死亡的人，除了路易斯。他說：「我希望阿肯色．威利沒事。」

「我們都希望如此。」暴風雨說。

「他喜歡聽我說的故事。」路易斯在營火中添加了一堆木棍。「或許他已經在下游等我們了。」

暴風雨瞥了寇克一眼。「或許。」他平靜地說。

「你夠暖和嗎？」寇克問史隆。

「夠。」史隆喃喃地說。

路易斯將一件烘乾的羊毛衣放在史隆身上。「這樣舒服嗎？」路易斯問。

史隆對著小男孩勉強露出笑容。「舒服，路易斯，非常舒服。」

暴風雨用營火煮了一壺咖啡，寇克倒了一杯，然後在史隆身旁坐下。

雖然史隆的臉被營火照得閃閃發亮，可是他身體裡突然有一股寒意流竄，讓他劇烈顫抖且說不出話。顫抖結束後，他嘆了一口氣，閉上眼睛。「路易斯，我也喜歡聽你說故事，你現在可以說個故事給我聽嗎？」

「你想聽什麼故事？」

「什麼故事都可以。」暴風雨告訴他。

路易斯望著黑暗中的鹿尾河，說：「關於那條河的故事如何？」

他的父親點點頭，於是路易斯開始講述故事。

小熊是一個很驕傲的人，驕傲得不得了。他很虛榮，因為大家都知道，他是尼什那比族裡最英俊的男人。他的頭髮又長又黑，眼睛像西洋杉的樹皮一樣是紅棕色，他的臉比夏天的湖水更令人賞心悅目，村裡的少女都夢想著成為他的妻子，除了一個人之外。她的名字叫做晨曦，一個年輕的女孩，喜愛森林之美勝過愛慕俊美的男性。她對小熊興趣缺缺，這使得驕傲的小熊深受刺激——但也勾起了他對她的興趣。每當晨曦走入森林獨處時，他都會跑去找晨曦，而她總是躲著他。小熊不顧一切地想要佔有那個躲避他的少女，於是向Nanabozho求情。Nanabozho理解小熊的熱情，可是Nanabozho很欣賞晨曦，並明白她對森林的熱愛及對精靈的尊重。因此Nanabozho命令小熊和晨曦賽跑，如果小熊贏了，晨曦就要嫁給小熊；如果勝利者是晨曦，小熊將再也不准和她說話。

小熊很擔心，因為晨曦跑得快就和他長得帥一樣遠近馳名。他偷偷找了一個魔術師來幫助他，魔術師給他一個裝著三片樹葉的鹿皮袋，指示他在比賽開始前吃掉那些樹葉。

比賽當天，在他們開始賽跑前一刻，小熊吃了樹葉，結果他立刻變成了一條河流。他開始快速往前流去，將晨曦遠遠抛在身後。晨曦在奔跑過程中必須忙著跳過倒下的樹木、避開覆盆子的樹叢、爬上高高的山峰。河流平穩流過的聲音就是小熊開懷的笑聲，因為晨曦即將成為他的妻子。

晨曦大喊小熊作弊，並請求Nanabozho做出判決。Nanabozho同意晨曦的申訴，便叫山谷精靈丟下一道石牆，阻擋小熊的去路。小熊撞上石牆，發出有如雷鳴的聲響。他憤怒地一次又一次撞擊牆面，最後漸漸穿破石牆。然而小熊的動作不夠快，晨曦已經從他身旁跑過，完成了比賽。時至今日，在急流發出的轟隆聲中，都還可以聽見小熊發怒的聲音。

路易斯說完故事之後，史隆睜開了眼睛。「謝謝你，路易斯。小熊真是個混蛋，我很高興晨曦贏了。」他看看寇克。「寇克，晨曦是個跑者，和你一樣。你是個馬拉松跑者，對吧？」

「我只跑過一次。」

「我一直告訴自己，總有一天我也要參加馬拉松比賽，可是我沒有做到。還有很多類似的事，我有太多事情沒能完成。」

「不要說那麼多話。」寇克說。

「已經沒有差別了吧？」史隆發出一種聲音，原本可能是笑聲，但卻變成微弱的咳嗽聲。當他再次開口說話時，嘴巴發出的聲音已經有氣無力。「事實是，我這輩子沒有留下太多東西。我離婚十年了，我的女兒早已不和我說話，我有一個未曾謀面的外孫。真可笑……」他沒有把話說完。

「歐康納，幫我一個忙。」

「什麼忙？」

「請告訴我女兒我很愛她。你願意幫我做這件事嗎？」

「我會替你轉達的。」

史隆將目光轉移到暴風雨和路易斯身上。「我很抱歉把你們拖進來。」

「別放在心上。」暴風雨說。

「路易斯，我敢打賭，如果這趟旅程只有你和你叔公兩人，一定會更加順利。」

「是啊。」路易斯回答。他試著對史隆露出微笑。「我和溫德爾叔公，還有那些信。」

「信？」史隆的臉因專注而皺成一團。

「我們每次都會替希蘿帶一封信，幫她寄出去。」

「她寄給住在加州的伊莉莎白．多布森。」寇克提醒史隆。「還有寄給她住在田納西州的父親。」

「沒有。」路易斯說。

寇克迅速且困惑地看了路易斯一眼。

「沒有寄到田納西州的信。」男孩澄清。「只有寄到加州的信。寄到洛杉磯，給一個叫伊莉莎白的人。」

「你確定嗎？」寇克問。「溫德爾有時候會在沒有你同行的情況下進入邊境水域，他會不會是在那幾次幫希蘿寄信到田納西州給威利．雷伊？」

路易斯搖搖頭。「溫德爾叔公都會等我一起來，我們總是一起走到勒杜克雜貨店去寄信。那些信都是寄到加州。」

寇克盯著營火，可是沒有看著火焰。「雷伊告訴我他收到希蘿的信，所以他才知道她在這裡。」

「如果他沒收到信，怎麼可能知道她在這裡？」暴風雨問。

「我也不知道。除非……」

「除非什麼？」路易斯問。

史隆看著寇克，他們兩人似乎閃過同樣的想法。

「除非雷伊拿走了伊莉莎白．多布森的信。」寇克回答。

「那個——路易斯，你們族人都怎麼稱呼它的？*Majimanidoo*？——也許那個東西現在有個名字了。」史隆急促地喘著氣說：「阿肯色·威利·雷伊。」

暴風雨拿起一根棍子攪動營火，好讓營火從他所坐的那一側燃出火焰。他輕輕拍打柴火，使營火發出越來越多的火花，就像米老鼠在《魔法師的學徒》中讓掃帚不停地分裂一樣。他說：「如果這是真的，那麼他可能和跟蹤我們的人是一夥的。」

「我敢打賭他一直和他們聯繫。」史隆以怨恨的語氣輕聲說道。

「這解釋了很多事。」寇克說。「我一直在想，那些人怎麼有辦法一直跟蹤我們。」

「難怪他們知道格萊姆斯在什麼地方等他們上岸。」暴風雨表示。

「對不起，我曾經責怪過你。」史隆對暴風雨說。

「算了。」

「對了。」寇克突然說。

「什麼事？」史隆問道。

「你還記得我們被突擊時，我不理解那個傢伙為什麼不直接殺了我們？當時我們扛著獨木舟，臉都被獨木舟遮住了，所以他無法分辨我們哪個人是雷伊，他不知道不能對誰開槍。」

「還有今天在岩石上的槍手。」暴風雨說。「這也解釋了雷伊拉肚子的事。每次他消失在樹林裡，可能都偷偷使用無線電聯絡那個王八蛋。」

「但是阿肯色·威利也中槍了。」路易斯說。

寇克搖搖頭。「我很確定他沒中槍，路易斯。他只是假裝中槍落水，製造混亂，這樣他才有機會從我們身邊溜走。」

「他還活著。」史隆說。即使他已經非常虛弱，他的憤怒依舊表現得非常明顯。

「他不僅活著，而且我敢打賭他已經和追殺希蘿的人會合了。」寇克補充道。「可惡。」

寇克撿起一根木棍，用力地丟進營火裡。熾熱的餘燼就像小惡魔，被他的怒意嚇得往旁邊跳開。

「或許我們已經拖住他們夠久，所以希蘿已經擺脫他們了。」路易斯在火光中滿懷希望地說。

「路易斯，我也希望如此，我希望一切都結束了。」寇克說。「可是那些人為了殺她而耗費許多力氣，我不認為希蘿逃離邊境水域之後，他們就會放過她。如果雷伊夠聰明，他肯定知道希蘿離開這裡之後會去哪裡。」

「哪裡？」暴風雨問。

「溫德爾的拖車，我敢打賭，因為她的車子停在那裡，而且她可能以為那裡很安全。」史隆的手從蓋住他身體的衣服下方伸出來，抓住寇克的手臂。「我們必須阻止他們。」

「對。」暴風雨也同意。「但我們該怎麼做？」

他們靜靜坐著，思考了許久。他們就和幾千年來的人們一樣，圍在營火旁，在黑暗中點亮一個小小的地方。

「也許還有辦法。」寇克最後表示。「也許我可以比他們更早找到希蘿。」

「有什麼辦法？」路易斯問道。

「明天一早我就開跑第二次馬拉松。」

「可是你沒有明確的路徑。」暴風雨說。

「我們來研究一下地圖吧。」

他從仍舊溼淋淋的背包裡拿出邊境水域的地圖，地圖也是溼的。他小心翼翼地打開地圖，以免撕破紙張，然後將地圖鋪在營火旁的地面。他和暴風雨一起彎著腰研讀。

「Noodamigwe小徑在這裡的東邊。」寇克用手指著一條黑色的虛線。「看起來距離這裡大約四英哩遠。」

「大概是五英哩。」暴風雨說。

「如果我能走到這條小徑，就可以沿著它前進，抵達以前的鋸齒伐木道。鋸齒伐木道大約多長？十英哩？接著再走八英哩左右，就能抵達三號郡公路。假如我能在三號郡道搭到便車，中午之前就可以抵達溫德爾的拖車。」

「這一路上有很多不確定因素。」暴風雨表示。

「我樂於接受其他的意見。」

暴風雨往後一坐，不再多說什麼。路易斯看著史隆，史隆的眼裡反映著火光。

史隆發現路易斯在看他，便對著路易斯投以微笑，一個發自真心的笑容。

「別擔心我，路易斯，我絕對不會錯過這個結局。可不可以再讓我喝一點湯？」

44

希蘿在一個靴子狀的湖泊南岸生起一堆小小的營火。這個地方在地圖上名為「絕望」。在地圖上，她只要再走兩英吋就能離開邊境水域，而且距離標誌著溫德爾家的叉叉記號只有四英吋遠。其實她可以算出實際距離到底是幾英哩，然而以英吋來思考讓她覺得舒服一些。

從那兩名死者背包裡拿來的花生醬和麵包讓她享受了一場盛宴。她心想：真可笑，選擇很少的時候，幸福變得很容易。她知道自己還在學習這片荒野要教她的事：學習呼吸、飲食、睡覺，而且無所畏懼地做這些事——能夠做到這些，人們還需要其他的快樂嗎？她對溫德爾最深刻的印象，是尼什那比人的不重視財富。族人重視的是分享。

她住在小木屋的那段時間，發現自己幾乎一無所有卻無比幸福，因此她做出了一個重大的決定：她打算不再追尋那些為她帶來財富但從未讓她感到幸福的事物。這項決定讓她充滿喜悅，而且這樣的喜悅遠遠超出她的想像。在幾個星期內，她擬定了一項計畫。首先，她將成立一個保存印第安文化的基金會，不光尼什那比人的文化，還包括美洲所有原住民的文化。她要將基金會命名為Miziweyaa，溫德爾告訴她這個字的意思是一件事物的整體——完整的自我——因為這正是她的感受。接著，她要重組歐札克唱片公司，使其成為創作美洲原住民音樂的搖籃。族人的聲音可以從此被人聽見，不僅只有音樂，還包括原住民的故事。她從溫德爾告訴她的故事裡學到了許多東西。她認為不應該只侷限於尼什那比的音樂與故事，應該把所有原住民的音樂和故事都納入她的計畫。現在的各種音響技術已經可以製造並發送聲音到地球最遠的地方，但希蘿覺得印第安人的聲音依舊沉寂。

她最後一項決定是修改她的遺囑。當她踏上靈魂之路時，她決定要把自己剩餘的財富全留給鋼鐵湖的尼什那比人。

她寫了大量的日記，把所有的想法都錄進錄音帶裡。最後，她難以壓抑興奮之情，寫了信給伊莉莎白．多布森，將她整個計畫都告訴伊莉莎白。

她心中除了充實豐足之外，已經沒有其他的感覺。即使現在，這個想法仍讓她激動落淚，流下真正幸福的淚水。

她擦擦眼睛，突然看見樹林裡有一隻大灰狼，灰狼的眼睛因為反映著營火而閃閃發亮。當她第一次看見這種景象時，整個人嚇壞了，不過她現在已有不同的感受。她已經面對過自己的死亡及對死亡的恐懼，對生死有了不一樣的理解。世間的萬物彼此連結：樹木、流水、空氣、大地、灰狼、希蘿。生存與死亡、快樂和悲傷、偉大聖靈Kitchimanidoo的各種元素。就算那個名叫卡戎的男人找到她、就算他殺了她，她依然是這整體的一部分。溫德爾是如此。她的母親也是如此。

她這輩子一直覺得自己全然孤單，可是她現在已經沒有這種感覺了。

她開始輕輕唱起：「噢，浩瀚的江河。我無法橫越……」

那隻大灰狼又沒入夜色之中，消失無蹤。

⚕

「喬，是妳嗎？」蘿絲在陰暗的廚房門前停下腳步，她穿著白色的長睡袍，看起來像個幽魂。

「是我。不要開燈。」

「妳睡不著？」

「嗯。」喬回答。「我的腦子一直轉個不停。」

「妳擔心寇克？」

「我擔心他們所有人。」

「要不要喝點茶？我替妳沖杯花草茶。」

「謝謝。」

喬站在廚房的窗戶前，俯瞰著車道和車道後方的紫丁香花叢。月亮已經升起，在滿天星星中透出一彎明亮。

「今晚外面很冷。」她說。

「有很多好人正在幫忙尋找他們的下落。」蘿絲在茶壺裡裝滿水，然後將茶壺放在爐火上。

隔壁的伯奈特家那隻名叫鮑嘉的德國牧羊犬又開始狂吠，聲音在緊閉的玻璃窗外聽起來悶悶的。這種沉悶而持續的狗吠經常是夜裡唯一的聲音，因而引起許多鄰居抗議，可是年邁的伯奈特夫婦覺得這樣才有安全感。

不惜一切代價，喬心想。

她將雙臂交叉於胸前，身體倚著廚房的櫃檯。「我最近一直想到爸爸。」

「為什麼想到他？」

「我努力想要記住他的事。」

「例如什麼？」

「我記得他總是非常早起。有時候我會被他吵醒，整個家裡除了浴室之外都黑漆漆的。我記得他會在浴室裡刮鬍子，一邊哼著歌，一邊在洗手臺輕敲刮鬍刀。然後我又繼續睡，稍後等我睡醒並走進浴室，他早已出門了，但我依然可以聞到他的老牌鬍後水的香味。我一直很喜歡那個味道。」

「妳以前從來沒有告訴過我這些事。」蘿絲站在喬旁邊，她們的手臂觸碰彼此。「寇克也是用老牌鬍後水。」

「我知道。」喬說。

水煮沸了，喬將茶壺從爐子上拿起來，在蘿絲擺好的茶杯裡倒入熱騰騰的水。蒸氣中飄散著肉桂的香味，喬知道蘿絲挑選了大地牌的茶包。

「我已經不太記得他了。」蘿絲說。「每隔一段時間我都會夢見一個男人，可是那個男人看起來和爸爸在照片裡的樣子不太相同，所以也許不是他。不過那個男人總讓我感到心安。」蘿絲攪拌她的茶，湯匙敲擊杯側的聲音輕輕響起。「我只記得那些在半夜出現的男人，妳懂我在說什麼。妳可以聽見他們的聲音，或許還可以看到他們黑色的身影從我們房間門前走過，可是一到早上他們就消失無蹤。」

「那些像幽靈一樣的男人。」喬說。

蘿絲將茶包拿出來，端起茶杯啜飲了一口。「我想，對媽媽而言，他們只是與她短暫相伴的過客。我覺得她從來沒有愛過爸爸以外的男人。」

「蘿絲。」

「怎麼了？」

「我很高興不是只有我這麼想。謝謝妳。」

「家人就是這樣啊。」

$

德懷特・道格拉斯・史隆在夜裡靜靜地死了。他所說的最後一句話是「過河」，但這句話並沒有特別對著哪個人說。

寇克把白樺樹的樹枝丟進營火中，暴風雨和路易斯坐在被營火烤暖的大石頭旁，路易斯已經睡著，將頭靠在他父親的手臂上。

史隆發出一聲輕微的呻吟，然後說出他最後一句話。他的胸口在最後一次掙扎著呼吸時高高隆起，然後凹陷，從此再也沒有動靜。他的眼睛半睜，火光映在他的眼珠上閃閃發亮，使那雙眼睛看起來依然活生生的，不過寇克知道史隆已經走了，暴風雨也知道。

「他那句話是什麼意思？」暴風雨問。

寇克還沒來得及回答，鹿尾河遠方傳來了悲戚的狼嚎聲。那個聲音將路易斯驚醒，他坐起身子並看著史隆。

「他死了，是不是？」

「是的，路易斯。」暴風雨說。

男孩聽著狼嚎，牠們的聲音像從河流另一端暗處傳來的悲歌。「他錯了。」

「什麼意思？」暴風雨問。

「我記得他說狼不是他的兄弟。可是你們聽到那些灰狼的嚎叫了嗎？溫德爾叔公說，狼族只會為自己人哭泣。」

「*Ma'iingan*。」暴風雨說。「我可以驕傲地說，史隆是我的兄弟。」

45

曙光開始在天空出現時，寇克吃了簡單的早餐。他和暴風雨趁路易斯還在睡覺時在營火旁小聲交談，暴風雨同意他們父子最好待在原地，等寇克派人回來找他們，但如果隔天早上還沒有人來，暴風雨和路易斯就會沿著寇克提議的路線自行走出去，先走Noodamigwe小徑，再轉往以前的鋸齒伐木道。寇克將兩支手槍都留給暴風雨。

「我跑步時身上不需要額外的負擔。」寇克說。「其實我認為你和路易斯也不需要這麼多武器，因為雷伊可能沒有想到我們已經懷疑他，而且我敢打賭，他一定早已編好一個關於他被沖到下游並在森林裡迷路的故事。不過，把槍枝都留在你身邊，我會比較安心。」

寇克伸展一下肌肉，為跑步做好準備。他不穿外套，只穿著發熱衣、毛衣、牛仔褲、襪子和靴子。「我知道你一定會好好保護這孩子。」他低頭看著熟睡的路易斯。

「寇克，其實我恨了你很久，因為責怪你比責怪自己容易，你應該明白。我很抱歉。」

「別放在心上。」

「盡快在*majimanidoo*之前找到那個女的。」

「我會的。」

「你抵達溫德爾家之後，如果你需要槍枝，他在小棚屋的櫃子裡放了一把步槍，子彈放在桂格燕麥片的鐵罐裡。」

「桂格燕麥片？」

「我叔叔自以為有趣。祝你好運。」暴風雨向寇克伸出手。

寇克握住暴風雨強壯的手。「也祝你們好運。」他說完後便轉身起跑。

清晨的空氣十分清新，寇克呼吸時會吐出白色的霧氣，白色霧氣在他跑過的瞬間便消失無蹤。光線依然昏暗，可是天空是清澈的藍色。不到一個小時，高大的松樹林頂端就已經像點燃的蠟燭被升起的太陽照得發亮。寇克沿著鹿尾河往南邊跑，來到鹿尾河與覆盆子溪的交界處，並且在那裡轉往東方。覆盆子溪沿著長滿北美短葉松的崎嶇矮丘而流，雖然河床已經幾乎乾涸，寇克仍舊不時踩到積在倒樹或落石後方的水灘。他在靜謐的秋季寒氣裡穿越稀疏的陽光，烏鴉在被驚動時展開翅膀，鼓譟飛起，並且在他從牠們下方經過時發出抱怨的鳴叫。寇克跑得比自己預期中的慢了許多，因為河床充滿障礙，到處都是石頭與樹枝，還有突如其來的泥濘。要是一個不小心，他可能就會扭斷腳踝。平常他跑步時都天馬行空地想著別的事情，但此刻他必須全神貫注地看著前方十幾英呎的地面。

他差點錯過了Noodamigwe小徑。他突然來到一片寬闊的陽光下，抬起頭時發現自己已經跑過四英呎寬的林間空地，於是趕緊回頭，回到Noodamigwe小徑繼續往南邊跑去。

Noodamigwe小徑是邊境水域最古老的通路之一。運載海狸皮和貂皮的人在兩百年前就是走這條路，尼什那比人則在更早之前利用過這條通道。這條小徑現在已經很少人使用——因為大多數遊客都是乘著獨木舟而來——所以小徑上長滿了斑葉芒，小徑外圍與森林交接處則生長著一簇簇黃色毛莨和藍色風信子。草地因為冰霜融化而變溼，在寇克前方閃閃發亮，宛如鋪滿珠寶的地毯。

寇克跑得全身汗水淋漓，他一邊往前跑一邊脫毛衣，並將毛衣繫在腰上。他的雙腿已經疲憊不堪，因為他睡眠不足、靴子太重，身上的衣物也不適合跑步。但是他不能思考疲勞，否則會越想越累，所以他轉而去想阿肯色・威利・雷伊的事。

這個人騙了他，但是都得怪他自己愚蠢。雷伊天衣無縫地將真相和謊言編織在一起，這稱不上什麼需要技巧的詭計。即便是最壞的人，也不會全然邪惡。他們自私、貪婪、輕率、偏頗、恐懼，但這些都不是惡魔的特徵，只是人類的弱點。在大多數情況下，寇克覺得這些弱點都會與某些德行互相搭配調和。

因此，就算阿肯色・威利愚弄了寇克，也是寇克自己等著上當。雷伊扮演了一個憂心忡忡的父親，深怕自己讓孩子失望，這正是寇克的寫照，寇克也因為對孩子感到內疚而心煩意亂。他知道奧羅拉的人都認為他是玩弄女性的人，不但丟了工作也拋棄了家庭。雖然事實並非如此，而且真相遠比任何人想像的還要複雜，可是他依然因為被不公平地視為拋妻棄子之人而深感受傷。他相信沒有一個父親願意如此。威利・雷伊利用了他這項弱點，把寇克當成一個完美的傻瓜，招募寇克幫助他找尋希蘿。寇克不知道阿肯色・威利到底貪圖什麼，然而很明顯地，這個人的意圖一路以來都非常危險。

我早就該看出來的，寇克心想。他一邊跑一邊責備自己。雷伊假裝放在格蘭德美景小屋的信件遭竊，但那根本是計畫好的。就在那天晚上，寇克在雷伊面前提到了暴風雨的名字，雷伊因此跑到溫德爾的拖車放了裝錢的信封，讓暴風雨和溫德爾背負罪名。另外，當雷伊跑下山坡朝著希蘿住過且遭人燒毀的小屋奔去時，肯定先開了一槍以警告他僱來追殺希蘿的人。**老天，我之前怎麼會如此盲目？**

寇克在小徑橫過一條流淌的小溪前停下來，用雙手捧喝一口溪水，然後迅速估算一下：到那條老舊的伐木道還有五英哩，再到三號郡公路還要另外十英哩。他目前完成的路程還不到一半。他看看手錶，想在中午前抵達溫德爾家根本樂觀得可笑。

但現在他只能認命地繼續前進，才能完成這項任務。

在距離鋸齒伐木道不到一英哩處，Noodamigwe小徑沿著上坡路來到一座小山，然後再以陡峭的下坡路穿越一片被風吹得顫抖的山楊樹樹林。這條小徑上佈滿一英呎深的落葉，那些落葉因為融雪而變溼，像冰面一樣光滑。當寇克跑向下坡時，他必須壓低身子以抵抗使他加速往下的重力。他踏出左腳，結果腳底一滑，整個人跌得翻天覆地，朦朧間只見舞動的樹葉、蒼白的樹幹，以及山楊樹光禿禿的樹枝襯著凜冽的藍天。他不受控制地往下翻滾，最後在左肩撞上一根石化般堅硬的樹樁時猛然停住。

他躺在地上，溼淋淋的樹葉像水蛭一樣黏在他臉上，他的左肩傳來一陣悶悶的疼痛。當他試著坐起來時，左肩發出劇烈疼痛，痛到讓他大叫一聲。過了一會兒，他慢慢往右邊滾動身體，試著將身體轉為跪姿。他輕輕撫摸自己的左肩，摸到一個讓他發出劇痛的地方。

他的肩膀脫臼了，他暗忖著。可惡。他高中時在一場橄欖球賽中也曾脫臼，後來不得不退出整個賽季。

他花了一分鐘的時間思考他的選擇。他只有兩條路可走，其一是就此放棄，或者他可以盡最大的努力忍受痛苦，完成他已經開始進行的目標。除此之外別無選擇。

他小心地站起來，並且同樣小心地將左手滑進牛仔褲前方，拉緊並且握住皮帶，因為他不知道還有什麼方法可以讓手臂不要亂動。他必須盡力讓手保持穩定，握著皮帶應該會有幫助。他小心翼翼地下山，而這只是前方道路的痛苦預演。

46

希蘿將獨木舟拖上岸之後，沿著一條小路走進沼澤區高高的草叢裡。她走過鋪在泥地上的木板，幾分鐘之後來到一片滿是礫石和黃土的空地。這片空地上停著幾輛車，希蘿看見她曾經熟悉的擋風玻璃與車輪及金屬車身的反光，頓時感動得淚流滿面。在這趟漫長旅途中始終沒有令自己失望的身體，這時候也突然變得虛弱。她因此坐了下來，如釋重負地啜泣。

她終於離開邊境水域了。

美洲紅翼鶇在停車區旁的香蒲間飛來飛去，像天使氣息般精緻的小白雲飄過淺藍色的天空。兩天前她還確定自己死定了，但現在她像拉撒路一樣復活了。小路遠處傳來電鋸的聲響，希蘿站起身來，朝那個聲音的源頭走去。

走了四分之一英哩之後，她看見一輛停在路旁的黃色卡車，老舊的車身上滿是鏽斑。電鋸的聲音從松樹後方傳來，鋸齒在切過木頭時聲響也隨之起起伏伏。在樹林裡四十碼處，希蘿看見一個身材矮小的男子。他蓄著濃密的灰色鬍鬚、身上穿著吊帶牛仔褲及紅色法蘭絨襯衫，手上戴著棕色的皮手套。那名男子正在將一棵被砍倒的小松樹鋸成數段，而且由於專注於工作，那人一開始沒有看見希蘿走近。當他看見她時，先盯著她看了一會兒，然後才關掉電鋸的引擎。

「有事嗎？」

「你能不能幫我？」她問。

「呃，小姐，這得看情況。妳要我幫妳什麼？」他重重地放下拿著的電鋸，右手前臂的肌肉像小石脊般隆起。

「我迷路了一段時間。」她表示。「我需要搭便車回家。」

他沒有回應。

「我可以付錢給你。」她說。

「付錢？如果妳身上有錢，那麼我就是大明星。」他搖搖頭，露出笑容時被希蘿看見他鬍子底下的一口爛牙。「妳看起來像剛剛和熊打過一架。妳說妳可以付錢給我？我可以載妳一程，但我不會收妳的錢。妳要去哪裡？」

她把目的地告訴他。

他拿起一個金屬保溫瓶，開始往馬路的方向走去。「妳是印第安人嗎？」

「我有一部分尼什那比血統。」她回答。「那是我血統中最好的部分。」

「我有瑞典人和芬蘭人的血統，我太太說這兩種血統都很糟糕。我叫尼爾斯・拉森。」他把保溫瓶夾到腋下，脫掉手套，向希蘿伸出他的手。

「你好，尼爾斯。」

「我還沒請教妳的名字。」

「我是『感恩』。」她說。

尼爾斯・拉森將希蘿載往溫德爾・雙刀的拖車，而且如他所言，他拒絕希蘿付錢給他。希蘿沒有把自己苦難的經歷告訴他。無論如何，她現在安全了，不久之後她必須處理溫德爾和伊莉莎白・多布森遭人謀殺的事，她必須告訴警方那個叫卡戎的男人所說的一切，並且提供描述，盡她所能地確保警方逮到那名凶手。但此時此刻，在這短短的時刻，她什麼事都不去想。

在希蘿心中，溫德爾家就像天堂之門。她走在泥濘的車道上，之前她來這裡的時候，車道旁的白樺樹還充滿夏天濃郁的綠意，空氣中也瀰漫著忍冬花的香味，現在樹枝上已經沒有葉子了，希蘿呼吸到的盡是溼泥土與樹葉腐爛的味道。儘管如此，這裡的一切對她來說仍像天堂。她走到小棚屋前，試著轉動門把，門一下就打開了。溫德爾說過他從不鎖門，而且保留區裡也沒有人會鎖門。她的紅色賓士跑車還停在小棚屋裡，細細的灰塵均勻地覆蓋在車身上。小棚屋裡懸掛著溫德爾的各種工具——手動鋸刀、刨子、木槌、木鑿和水桶——這些工具都沉浸在常青樹的氣味中。她走到牆邊的一個架子前，將手伸進外面染著乾油漆的錫罐裡，拿出車子的鑰匙。

她穿過院子，草坪依然是深綠色的。她左側的緩坡上有一排西洋杉，西洋杉後方長滿了藍色的矢車菊，矢車菊後面有一座湖，名為鋼鐵湖。她走上白色拖車門前的兩級臺階。基於根深蒂固的習慣，她禮貌地敲了門。她期待溫德爾來應門嗎？她心裡仍然抗拒著他已經永遠離開的想法，因此她等了一會兒，彷彿隨著時間經過就會有不同的答案。然而什麼都不可能改變，溫德爾不會回來了，永遠不會。最後，她走進拖車裡。

拖車裡有一間寬敞的客廳，以一個櫃檯與廚房相隔，浴室和臥室則位於短短的走廊上。這個地方很乾淨，整理得很整齊，傢具擺飾也很簡單：一張柔軟的棕色沙發、一把綠色安樂椅、一臺電視機、一張餐桌和兩把餐椅。窗戶上掛著白色的窗簾，陽光從窗簾透進室內。一個有玻璃門的小型金屬壁爐矗立於客廳角落，每當溫德爾的液化石油暖爐故障時，他就用這座金屬壁爐取暖。壁爐旁邊有一個木架，上面放著幾根木柴和火種。

她沒有為溫德爾哀悼，因為她沒有時間。此時此刻，她沒有感到一絲悲傷，事實上，她的身體與心靈充斥著一種全然的解脫，以及對於還能活著的深深感激。在這個明顯反映著溫德爾精神的地方——白樺樹樹皮製成的燈罩以及鋸木的氣味，對她而言就像香水一樣——讓她很有安全感。她知道，悲傷會在該來的時候自己出現，至於現在，她實在太累了。

拖車裡很冷，凝聚了過去幾天的寒氣。溫德爾即使在天氣溫暖時也會在壁爐裡生火。他曾經告訴她，因為他經常待在營火旁，因此燃燒木柴的煙味對他來說幾乎就像空氣一樣重要。希蘿將火種和木柴放進壁爐裡，點燃了爐火。現在這個地方看起來很不錯，充滿溫德爾的感覺。

她查看冰箱，拿出香腸和麵包，然後狼吞虎嚥地用可樂配著吃下一份乾乾的三明治。她從掛在牆上的一面小鏡子看見自己的模樣，嚇得讓她差點跳起來。她溼溼的短髮亂七八糟地翹著，臉上沾滿泥巴和木炭的污痕。她低頭看看自己的手，指甲裡都是污垢，宛如兩隻手上都有五個黑色的新月，而且指關節的摺痕積有泥漿，手心的線條像中毒的血管般發黑。

她走到浴室，這是她好幾個星期以來第一次看到位於室內的衛浴設備。她轉開洗手臺的水龍頭，等水溫變熱，然後從綠色的小碟子上拿起香皂開始洗手。熱水的感覺很舒服，她忍不住將熱水潑在臉上，熱水順著她的臉頰流下，宛如長長的手指按摩著她的脖子。她瞥看位於面前的淋浴間一眼，沖個熱水澡的誘惑就像情人一般呼喚著她。她遲疑了片刻。十分鐘就好，她心想，一分鐘都不許多。這種小小的放縱不會有什麼傷害。於是她迅速脫掉衣物，直接丟在地上。她把手伸進玻璃淋浴間，轉開水龍頭並調整溫度，直到空氣中瀰漫熱熱的蒸氣。當她踏進淋浴間時，水燙得讓她幾乎無法忍受，令她有點驚訝，可是她很快就適應了自己棄絕這麼久的流動奢侈品，任憑熱水流過她全身每個部位、淋過她的乳房。她甚至張開嘴巴將熱水含進嘴裡，愉悅的感覺充斥她所有的感官。

她是如此心醉神迷，因此沒有聽見前門打開的聲響。

47

這一天早晨以美好的日出展開，可是接下來的一切就開始變糟。

喬在廚房裡喝咖啡，等吐司從烤麵包機裡跳出來。這時電話突然響了。

「喬，我是沃利．沙諾。」

沙諾的語氣帶著幾許謹慎，讓喬感到緊張。「出了什麼事？」

「我們──呃──我們剛才從搜索救援隊那裡得到消息。」他遲疑了一會兒，彷彿準備跳過一道寬大的鴻溝，卻不確定自己能不能跳得過去。「他們發現了兩具屍體。」

「兩具屍體。」喬重述了這四個字，儘管她聽得十分清楚。她腦中試著不去想像這四個字所喚起的畫面。「他們……知道屍體是誰嗎？」

「還不清楚。」

她的喉嚨鎖住了，讓她幾乎無法吞嚥。再次開口時，聲音變成嘶啞的低語。「你在辦公室嗎？」

「對。」

「我馬上過去。」

她掛斷電話後慢慢轉身，看見珍妮站在冰箱旁邊露出害怕的眼神。「兩具屍體？媽媽，發生了什麼事？」

「沒什麼。」喬反射性地回答。「沒什麼事。」

「騙人。」

蘿絲出現在廚房門口，聽見了這段對話。喬瞥看蘿絲一眼，想確定她們有沒有辦法掩飾殘酷且鋒利的真相。蘿絲搖搖頭。

「妳可以去叫安妮嗎？」喬問她妹妹。「讓史帝夫繼續睡。」

蘿絲帶著安妮回來，安妮手裡拿著一把梳子，她的愛爾蘭紅髮只梳了一半，另一半還很凌亂。安妮看了珍妮一眼之後，珍妮擔憂的表情宛如會傳染，馬上也出現在安妮的臉上。「發生什麼事了？」

「妳們兩個都坐下。」喬說。

她簡單講述了過去幾天發生的重點事件，等她說完之後，兩個女兒都沉默不語，動也不動地坐著。

「難道沒有人能做些什麼嗎？」安妮最後忍不住開口。

「他們正在努力。」喬說。

「那兩具屍體是誰？」珍妮問。

「他們還不清楚。我現在正要去警長的辦公室。」

「我們可以做什麼？」安妮問。

「我不確定我們可以做什麼。」

「我們可以祈禱。」蘿絲建議。

珍妮盯著桌面。「我今天不想去上學了。」

「好。」喬說。

「媽媽？」

「安妮，什麼事？」

「爸爸知道邊境水域那邊有壞人嗎？」

「我不清楚他知道什麼，但是我可以告訴妳：如果我是希蘿，我會希望能有像妳爸爸一樣的人在那裡幫她。」

「我知道爸爸一定會沒事的。」安妮說。

「妳怎麼知道？」珍妮反駁她。

「我就是知道。」

「噢，我想是上帝告訴妳的。」

「閉嘴。」

「妳們兩個別吵了。」喬說。她將兩個女兒都擁進懷裡，在抱住她們的時候感覺到她們的憂懼。她知道自己也同樣害怕。「我希望我能告訴妳們一切都不會有事，可是沒有人知道結果會如何。蘿絲說得沒錯，妳們可以祈禱。互相扶持也會有幫助。我們是一家人，我們必須團結在一起，好嗎？我們必須彼此扶持。」她親吻了她們的頭。「我現在得去警長辦公室一趟。今天不上學沒關係。等我一有消息就會盡快通知妳們。」

喬抵達沃利．沙諾的辦公室時，他還沒接獲進一步的消息。那些屍體被發現的地點在荒野湖東南側的陸地。搜索救援隊的飛機會嘗試降落並進行深入調查。沙諾的手下所搭乘的直升機也已經往那邊去了。

「你告訴哈里斯探員和奈森．傑克遜了嗎？」喬問。

沙諾表示他已經通知他們。

「我現在打電話給班尼岱堤。」

安傑洛・班尼岱堤接聽了電話。「妳在哪裡？」他在喬說明情況之後問。她告訴他。

他在電話那頭沉默了一會兒，她不確定是不是在等她繼續說些什麼。然後他問了她一句話，讓她感到驚訝。「妳還好嗎？」

「等我知道那裡發生什麼事情之後，我會比較好一點。」

「當然。」

接著她聽到他轉頭對身旁的人說了幾句話。

「我去警長辦公室找妳。」他對她說。

十五分鐘後，安傑洛・班尼岱堤出現了。他經過嗡嗡作響的安全門，在員警隨行之下走到沙諾的辦公室。就在班尼岱堤走進警長辦公室時，席爾・波克曼從班尼岱堤身後衝來。「警長，搜索救援隊傳無線電訊息過來了。」

沙諾趕緊跑向電訊桌，喬和班尼岱堤也跟著沙諾跑過去。波克曼的任務是監控搜索救援隊使用的無線電頻道，此刻無線電的干擾電波正劈哩啪啦響著。波克曼說：「他們隨時都可以通話。」

沙諾拿起麥克風。「我是沙諾警長。聽見了嗎？結束。」

「警長，您的聲音響亮而清晰。我是杜威恩。」

「那邊的情況如何？」

「我們已經從死者的駕照辨識出他們的身分。這兩人是洛億・艾爾文・埃文斯和桑德・卡爾頓・賽布林，根據他們駕照上的資料顯示，他們住在密拉卡。從他們的裝備看來，我推測他們是來釣魚的。」

「他們是怎麼死的？」

「兩人胸口都有槍傷。我認為他們已經死了一段時間，但因為天氣寒冷，很難確定死亡時間。他們死後曾被雪蓋住，但現在雪已經融得差不多了。」

「有沒有寇克那些人的下落？」

「沒有。不過顯然有人希望兩名死者的獨木舟無法載他們或其他人離開這個地方，在船身內側鑿了一個大洞。警長，您希望我們怎麼做？」

「稍等一下。」沙諾對著麥克風說。

他走到牆邊，牆上貼著一張荒野湖與邊境水域周圍區域的地圖。他用手指劃過地圖，敲敲發現屍體的地點。他的手指慢慢沿著一條代表河流的藍色線條往東南方移動，然後他對著自己點點頭，再次把麥克風拿到嘴邊。

「我是沙諾，杜威恩，聽見我的聲音了嗎?結束。」

「警長，您的聲音清楚又響亮。」

「以下是我希望你做的：守在屍體旁邊，盡可能維持現場不受打擾。派飛機回到空中，讓它沿著鹿尾河搜尋。那裡是迴圈路線的起點，如果任何人想要從裡面出來，一定會出現在那邊。飛機去到鹿尾河之後，讓它向西邊再次飛越尷尬湖。清楚了嗎？」

「非常清楚，警長。結束。」

沙諾的灰色眼眸以如釋重負的眼色望向喬。「不是寇克他們。」

喬坐下來，深深吐了一口氣。「我很想說感謝上帝，但那兩個人也有等他們回家的家人。」

班尼岱提問沙諾：「你覺得這兩具屍體和希蘿有關係嗎？」

沙諾發出一聲短促的苦笑。「自從那個女人進入邊境水域之後，人們一個接一個死去。我很肯定這兩具屍體與希蘿有關，但我不知道如何相關。」他接著轉向波克曼，說：「打電話給漢斯．佛利蘭德，看看他願不願意駕駛他的水上飛機載幾名員警前往荒野湖，郡政府會付錢給他。如果他願意，你和瑪莎．德羅斯就帶著採證工具去幫杜威恩處理犯罪現場，並且叫萊斯打電話給葛茲和傑克，叫他們回辦公室來，我手邊快要沒有員警了。」沙諾揉揉太陽穴。「我最好聯絡一下哈里斯。」

喬用電訊桌上的電話撥了電話回家。「蘿絲嗎？那些屍體不是寇克。」她有點哽咽。班尼岱堤對她露出同情的微笑。「也請妳轉告珍妮和安妮，讓她們安心。」她聽著蘿絲說了幾句話，然後回答：「似乎是兩名釣客，沙諾警長還不清楚那兩個人與這件事有什麼關聯。」她搖搖頭。「沒有，也還沒有其他人的下落。我一有消息就會馬上通知妳，好嗎？」她掛了電話，離開電訊桌，慢慢往沙諾的辦公室走去。「你看起來很累。」她對走在旁邊的安傑洛．班尼岱堤說。

「我昨晚沒睡好，因為我很擔心。我以前從來不曾因為憂慮而失眠。而且我沒有吃早餐，現在又餓又累，我願意為了喝一杯好咖啡而殺人。」他一說完這句話就馬上就做了一個鬼臉。「抱歉，我不是那個意思——」

「沒關係。」喬說。

班尼岱堤在沙諾的辦公室門前停下腳步。「妳吃過早餐了嗎？」他問她。

「還沒。」

「歐康納太太，我現在是不是不應該邀妳一起吃……」他看了手錶一眼。「……早午餐？」

「我很感謝你的好意，真的，可是我想留在這裡等候消息。」

「當然，我明白。」他環顧四周。「也許這裡有自動販賣機，我可以去買點零食和難喝的咖啡？」

喬笑了笑。「兩條街外有一間不錯的咖啡店，店名叫麋鹿活力。那裡的卡布奇諾和拿鐵都非常好喝，還有美味的麵包和糕點。」

「太好了。我順便幫妳帶點東西回來好嗎？」

「我要加脫脂牛奶的拿鐵，以及一個烤鬆餅。謝謝你。」

「烤鬆餅？妳想吃我就替妳買回來。警長，你要吃點什麼嗎？」

沙諾從放在他辦公桌上的一張地圖抬起頭來。他把手伸到桌子底下，拿出一個大大的金屬保溫瓶。「我已經有我需要的，謝謝。」

「好，我待會兒就回來。」

沙諾看著班尼岱堤走出去。當他轉頭望向喬時，她問：「你不喜歡他？」

「我不信任他。」

「我也不信任他。但我不是問你信不信任他。」

沙諾思考了一會兒。「他陪伴他的父親，而且不輕言退縮。如果他是路德教派的信徒，應該是個不錯的人。」

員警波克曼將頭探進沙諾的辦公室。「警長，抱歉打擾您，但是《杜魯斯守衛報》的一位記者打電話來，他說他聽聞鄉村歌手希蘿在這裡失蹤，而且警方已經展開搜尋行動。他想針對這件事和您談一下。」

沙諾深深吸了一口氣。「轉接過來吧。」他看看喬，表情就像即將生吞一隻活魷魚。「消息開始往外傳開了。」

十五分鐘後，當沙諾準備結束與那位記者的對話時，波克曼又出現在警長的辦公室門口，看起來相當興奮。沙諾對著電話那頭的記者說：「現在我只能說這麼多。」然後迅速掛斷電話。「怎麼了？」

「搜索救援隊的飛機在鹿尾河的地獄遊樂場附近發現了營火的煙霧。雖然樹林濃密很難看清楚，但那邊顯然有幾個人。當飛機第二次飛過時，有一個男人和一個小男孩從樹林裡走出來對著飛機揮手，似乎是暴風雨和路易斯。」

「有看見寇克嗎？」喬問。

「正如我所說的，搜索救援隊的飛機回報說樹林裡的營火旁有幾個人，可是那些人不需要每一個都跑出來對著飛機揮手。我敢說我們找到他們了。」波克曼對著喬露出一個安慰的笑容。

「快用無線電聯絡杜威恩，派直升機去接他們回來。」

「我已經聯絡了。」

「沃利，我可以借用你的電話嗎？」喬的心情就像聖誕節提早兩個月到來。

「請便。」沙諾笑著說。

喬通知蘿絲這個好消息時，蘿絲在電話另一頭哭了起來。喬掛電話之後對沙諾說：「我還要打電話通知莎拉．雙刀。」

莎拉沒有接聽電話，於是喬拿起她的外套。「我要去保留區一趟，我必須讓莎拉知道這個好消息。我一個小時之後回來。」

「那個時候他們差不多也已經回來了。」沙諾表示。寬慰之情充滿他那張憔悴長臉的每一個凹陷處。

安傑洛．班尼岱堤在喬從警局走出來的時候正好把車子駛入停車場。他帶了兩杯熱咖啡和一袋糕點麵包。

「妳要去哪裡？」他問。

「他們找到人了。我正要去告訴莎拉．雙刀。」

「介不介意我跟妳一起去？」班尼岱提對著他手上的東西點點頭。「而且我帶了早餐。」

「歡迎。」喬面帶燦爛的笑容揮揮手。在那個短暫的瞬間，一切似乎都很美好。

48

寇克不知道自己跑了多久。一個小時？三個小時？他覺得自己宛如被折磨了一個世紀，每一步都像有一把生鏽的鋸子正在切割他的肩膀。他移動的速度和快速行走差不了多少。這條老舊的伐木道已經很多年沒有用於搬運樹木，因此長滿了黑麥草、野生燕麥和貓尾草。這些野生植物上有兩道深深的凹陷，宛如兩條巨蛇並行而過，顯示最近曾有車輛行駛過這條路，寇克猜想可能是國家森林局或採集野菇者。他試著走在其中一條凹痕上，只要他一走偏，他的腳就會被高高的草叢纏住，使他幾乎絆倒。要是再跌倒一次，他所剩無幾的決心就會消散無蹤。

在藍白色的天空和燦爛的秋日陽光下，北森林又變溫暖了，寇克整個人被汗水浸透，他知道如果繼續汗流不止，他將有脫水的危險。最後到底哪一個惡鬼會打倒他，很快就會成為問題。

除了痛苦之外，他還必須思考一些事，一些驅使他繼續前進的事。他想起格萊姆斯倒在染血的覆盆子藤蔓中的畫面，接著想到那個剃光頭的巨人，想到大光頭躺在灰色的天空下，暗紅色的血液流到溼漉漉的石頭上。德懷特．史隆也跟著出現了——他是一個好人。史隆的身體被炸出一個洞，這個好人意識到自己即將死去的想法像泉水般湧進他棕色的眼眸。寇克還想像了伊莉莎白．多布森滿心恐懼地孤獨死去。他清清楚楚地看到這些景象，這些悲慘的畫面進入他的眼簾，使他看不見前方的小路，也使他與周圍那片美麗的樹林隔絕。他深深陷入死亡的氣息中，在血腥的泥沼裡掙扎。這種感覺就像可怕的惡夢，當他想要奔跑時，雙腳卻動彈不得。在他的眼前、在他的雙手與聲音無法觸及之處，他看見希蘿站在一個空無一人的房間裡、站在飄揚著死亡樂聲的寂靜中。他看見她轉向一扇敞開的門，光線像槍口的閃光一樣從那扇門射出來，陰影使得她的臉龐變暗。他聽到她發出尖叫。

尖叫聲打破了他的想像，他又看到眼前的小路、藍色的天空，以及身旁的常青樹，那個尖叫聲則變成從他背後傳來的汽車喇叭聲。他踉蹌地停下腳步，並且轉身。

一輛非常古老的黑色小卡車緩緩停下，有位滿頭凌亂白髮的女人從駕駛座的車窗探出頭來。

「真是意外，這不是寇爾克朗．歐康納嗎？」

寇克認出那人是木槿花．鮑爾斯。她是一名寡婦，當她駕駛的這輛小卡車還是新車的時候，她就獨居在蘇必略國家森林裡的一間小屋。寇克蹣跚走向木槿花的黑色小卡車。

「我的老天，隨便挑一隻死在路旁的動物，看起來都比你現在的模樣好看。」

「我必須趕去亞盧埃特。」他的喉嚨乾裂，聲音像秋天的落葉般又薄又脆。

木槿花拍拍他倚在車門上的手臂。「沒問題，我可以載你去，只要你在暈倒之前先坐進這輛車。」

寇克坐上副駕駛座。木槿花旁邊的座位上擺著一副望遠鏡、一本《北美鳥類手冊》和一本筆記本。木槿花是奧杜邦學會[46]在地分會的會長，經常到森林深處進行短途旅行、記錄鳥類生態。她推動手排檔，小卡車開始搖搖晃晃地往前行駛。「地板上的保溫瓶裡有咖啡，你請自便。」她說。

「抱歉我沒有帶其他更提神的飲料，你看起來需要好好睡一覺。你到底怎麼了？」

「說來話長。」寇克回答。為了不浪費彼此的力氣，他沒有繼續多說。

46 譯注：奧杜邦學會（The National Audubon Society）是美國一個非營利性質的民間環保組織，以美國知名畫家暨博物學家奧杜邦命名，致力於自然保育。

49

希蘿盡情地享受，讓熱水淋著她的身體，直到她的肌膚發燙、她的手掌和手指起皺。她將甘甜的空氣吸進肺裡，感覺溼溼熱熱的，宛如置身比佛利山莊的水療中心蒸汽浴。希蘿到最後才用香皂把身體洗乾淨，從淋浴間走出來。她覺得自己乾乾淨淨且煥然一新。

她從馬桶上方的層架拿出一條摺疊整齊的綠色浴巾，將身體擦乾。

就在這個時候，她突然聽見客廳地板發出吱吱聲。她停下動作，聚精會神地聆聽。她原本已經全身放鬆，忘了保持警戒，現在她覺得自己又被困住了，而且極為害怕。她將浴巾圍在身上，把末端塞緊以防止浴巾滑落。她悄悄地從被她丟在地上的牛仔褲口袋裡拿出溫德爾給她的小刀，彈出刀刃，小心地從浴室門口往外看。映入她眼簾的景象使她驚訝地後退一步。

一個女人——有著苗條的身材、淺金色的頭髮和冰藍色的眼眸——站在走廊上距離她不到一碼的地方。

「妳是誰？」希蘿問。

那個女人驚訝地看著她，彷彿正看著一頭設法擠進拖車裡的大象。「我叫喬．歐康納。除非我發瘋了，否則妳就是希蘿本人。」

「妳在這裡做什麼？」

「我看見煙囪冒著白煙。」喬．歐康納朝著屋頂的方向微微示意。「我以為是溫德爾。」

希蘿倚在浴室門上，如釋重負且全身虛脫，心情也因為遺憾而變得沉重。「永遠不會是溫德爾了。」

「我是不是聽見了希蘿這個名字？」

喬．歐康納身後出現一個男人，那個男人正充滿興致地看著希蘿。

「妳就是引發這場大火的火花嗎？」他說。

「你是誰？」希蘿問。

他露出笑容。「有些人認為我是妳的哥哥。」

希蘿將刀刃收回，並重新將毛巾末端塞緊。「這句話很不合理。」

「給我們幾分鐘時間解釋。」喬說。「妳知道整個郡的人都在找妳嗎？」

「是嗎？好吧，他們可能很想我。」希蘿仔細看了那個男人一眼。「你剛才說你可能是我哥哥？這句話是什麼意思？我沒有家人。」

那個男人搔搔頭，似乎差點笑出來。「妳擁有的家人比妳想像中的還多。」

「妳身陷可怕的危險之中。」喬說。「妳有沒有意識到這一點？」

「噢，我非常清楚。但妳是怎麼知道的？」

喬說：「聽我說，妳先穿上衣服，我去煮咖啡，然後我們好好聊一聊。」

喬在狹小的廚房裡發現一臺咖啡機。

「她看起來不太一樣。」安傑洛．班尼岱堤說。

「她的頭髮剪短了。」喬在櫥櫃裡找到咖啡濾紙，冰箱裡有一袋咖啡豆，是科納[47]配方咖啡。櫃檯上擺著一臺小型的電動咖啡研磨機，喬從沒想過溫德爾會是咖啡鑑賞家，不過現在每一個人似乎都懂得品味咖啡。

「要不然她長得挺漂亮的。」班尼岱提帶著一種聽起來不像手足之愛的口吻說。

「她是你的妹妹。」喬提醒他。

「據說是如此。」

喬先將咖啡豆磨好。當她煮好咖啡時，希蘿正巧走進小小的客廳。希蘿穿著乾淨的衣服——寬大的工作衫和工作褲，上衣的袖口捲摺起來——喬猜想那應該是溫德爾的衣服。

「妳請坐。」喬遲疑了一下，不知道應該如何稱呼這位只有單名的陌生人。「請坐，希蘿小姐，我們要向妳解釋一些事，內容有點複雜。但我想先打電話給警長，讓他們知道我們已經找到妳了。」

「好。」希蘿聳聳肩。「請便。」

喬拿起掛在廚房牆上的電話聽筒。「奇怪，電話沒有聲音。」

這時，她身後的拖車前門突然打開了，她聽見希蘿驚呼一聲：「威利。」

喬迅速轉身，看見一個男人站在門口，陽光被他擋在身後。那個男人穿著骯髒的牛仔褲、破爛的法蘭絨襯衫和綠色的羽絨背心。那個男人謹慎地看著拖車裡的三個人。

希蘿從椅子上站起來。「你怎麼會在這裡？」

阿肯色．威利．雷伊的臉突然展露出笑顏，回答：「妳怎麼會這麼問呢？我很擔心妳啊，親愛的，很多人都擔心妳。」他走進拖車，並且將門關上。

「這些人剛才也這麼說。」希蘿指指喬和安傑洛．班尼岱提。

47 譯注：科納咖啡（Kona coffee）是一種在夏威夷主島種植的阿拉比卡咖啡（Coffea arabica）。

「你們好嗎？」雷伊說。

班尼岱堤往前走一步，他臉上堅硬的表情像指節銅套一樣。喬趕緊走向前去。「雷伊先生，我是喬・歐康納，寇克的妻子。我還以為你和寇克一起在邊境水域。」

阿肯色・威利搔搔自己冒出灰白色鬍渣的下巴。「我們分頭尋找我的女兒。現在我回來了，我想寇克和其他人應該也很快就會回來。老天，希蘿，我真高興見到妳。妳有沒有讓任何人知道妳已經安全無恙？」

「當然。」喬搶著表示。「事實上，我剛才才和警長通過電話。」喬指著牆上的電話。

威利・雷伊若有所思地點點頭，然後說：「但那應該有點困難，因為我稍早已經割斷電話線了。」他將手伸向背後，掀起羽絨背心，從腰際拿出一把手槍。「你們兩個過去和希蘿坐在一起。」

「威利，你想做什麼？」希蘿皺起眉頭看著那支手槍，一臉疑惑地望向雷伊。

「小女孩，妳打算什麼時候告訴我？等妳毀了我的孩子之後嗎？」

「告訴你什麼事？你的什麼孩子？威利，你到底在說什麼？」

「我創立了歐札克唱片公司，歐札克唱片公司是我的，不是妳的，妳不能就這樣拿走並且毀掉它。」

「歐札克唱片是我的，我母親把它留給我。」

雷伊開始踱步，但他的眼睛一直盯著這三個人。他從一縷塵土飛揚的陽光前走過，他的影子閃過他們面前。

「她只留給妳債務和夢想。」他大喊道。「是我還清了債務、是我實現了夢想。流汗的人是我、擔憂的人是我、失眠的人也是我，是我讓歐札克唱片存活下來，它是我的孩子。妳以為我會袖手旁觀，任憑妳用妳腦子那些悲慘的念頭傷害它嗎？」他轉過身，繼續踱步走向另一個方向。他握著手槍的那隻手開始變得激動，槍管像指揮棒一樣在空中揮來揮去。

「希蘿也是你的孩子。」喬試著輕聲地說。

「鬼話連篇，她從來都不是我的孩子，她只是我的責任。」他銳利的眼光像鞭子般投向希蘿。「小女孩，和妳相處就像抱著一叢蕁麻。妳從來不讓我關心妳。」

「你從來沒有關心過我。」希蘿反擊。「每當我在夜裡需要人安慰時，只有保姆和修女關心我。」

「我已經盡力了。」

「不，你沒有。反正你也不必那麼做，畢竟我不是你的孩子。這句話你根本無需說出口，因為你每一次抱我的時候，你的雙手都很僵硬；你每一次對我說話的時候，你的言詞都很閃爍。你是一個大騙子，威利，但沒有人騙得了小孩，所以我一直都知道。」

「我很照顧妳。」他依舊強調自己的論點，並且將手槍的槍管對準她。「我確保妳三餐溫飽、環境舒適、衣食無缺，而且我將歐札克唱片公司打造成我引以為傲的模樣，才能確保妳過好日子。」

「所以你為了歐札克唱片而殺人，那些人都是你殺的。」希蘿的聲音裡帶著一種真相被揭露的驚訝，表情卻帶著無比的痛苦。「伊莉莎白和溫德爾都是被你殺死的。」

「伊莉莎白．多布森？」他輕蔑地笑了笑。「她可真是妳的好朋友。我們談妥了條件，她答應把妳所有的信件影印給我，我就讓她出版一張自己的專輯。她很容易搞定，很好收買。」

「可是你殺了她。」

「我派人殺了她。我必須這麼做，因為她知道妳在哪裡，也知道妳想做什麼。她打算販售這些資訊，將一切公開。她這麼做會弄垮我的歐札克唱片公司。」

「希蘿的精神科醫師派翠西亞．蘇特潘也是你殺的嗎？」喬問。

「派翠西亞？」希蘿看起來相當錯愕。

「我想那件事與過去有關，過去的事情和我沒有關係。」

雷伊的靴子在他踱步時踏出砰砰聲響，整輛拖車在他腳底下搖晃。「至於那個溫德爾，該死，那個王八蛋原本相信我，但是我們在半路上起了爭執，然後發生一些事情。不知什麼緣故，他知道了真相，拒絕帶我繼續前進。所以他就死了。」

「不，他還活著，威利。」希蘿說。她迅速且憤怒地向他走近一步。「他傳遞給別人的各種精神永遠活著。」

「閉上妳的嘴。退後。」

但是希蘿又往前踏出一步。「在你死了之後，他還會繼續活很久。溫德爾對我而言——以及對很多人而言——比你更像是一個父親。他對我的關心從來不是因為我能為他做什麼。父親應該是這樣的，威利。」

威利．雷伊將手槍對準希蘿的心臟，可是他沒有開槍。

喬試著讓自己的聲音保持理性的平靜，問雷伊：「你打算在這裡做什麼？」

「我打算做什麼？」這個問題似乎難倒了他。他看著被他踩出一些泥痕的米色地毯，最後才回答：「做我原本打算做的事——然後，看起來我還得多做一些類似的事。」

咖啡機突然發出咕嚕咕嚕的聲響，雷伊立刻將手槍轉往那個方向。當他看清楚聲音的來源時，忍不住笑了出來，這似乎使他放鬆許多。「等大家發現你們的屍體時，我已經回到邊境水域並且假裝迷路。妳的丈夫將會為我作證，歐康納太太。」

安傑洛・班尼岱堤站了起來。「關於賭博，我父親教我的第一件事，就是不要在湊順子的時候少一張牌。威利，你手裡少了一張重要的牌。」

「你是誰？」

「安傑洛・班尼岱堤。文森的兒子。」

「文森的兒子，請問我少了哪一張牌？」

「他們都已經知道你的真面目了。我父親、聯邦調查局，以及這裡的警長。他們已經拼湊出一切。朋友，你砸鍋了。」班尼岱堤聳聳肩，彷彿這只是一場他們為了好玩而玩的遊戲，而遊戲結束了。

「我才不是你的朋友，你這個義大利畜生。」

雷伊開槍了，安傑洛・班尼岱堤在中彈之後踉蹌後退，翻倒了他剛才所坐的椅子。同一時刻，拖車的門突然飛開，寇克衝了進來。他用未受傷的右手狠狠揮出一拳，在阿肯色・威利・雷伊轉身前打中他頭部側邊。雷伊倒下了，喬馬上用力踩踏阿肯色・威利的手，然後拿走他握在手裡的槍。

她喘著氣站直身子。

「噢，老天，寇克，我這輩子從來沒有因為見到誰而這麼開心。」

「妳沒事吧？」

「我沒事。」

寇克輕輕按著自己的肩膀，他剛才將威利・雷伊撞倒時，肩膀痛得不得了。「我在院子裡就已經聽見他在大呼小叫，真抱歉我沒能早點趕到。」

希蘿已經移動到班尼岱堤身旁。

「我們需要醫生。」

「我不這麼認為。」有個聲音說。

希蘿抬起頭，看見一個人走到門口。在燦爛的陽光映襯下，她只能看見一個黑色的身影，無法辨識那人在暗處的五官。即便如此，希蘿依舊知道那個人是誰——或者至少知道他自稱是誰。

卡戎。

50

「把槍放回地上。」那個叫卡戎的男人用他手中的大型自動手槍示意道。「慢慢放。」

喬照著他的意思去做。「你是誰？」

他無視她的問題，低頭看著阿肯色．威利．雷伊。雷伊正試圖站起來，並且摸摸被寇克打中的頭。他痛苦地做了一個鬼臉。「我還以為你會在外面掩護我。」他甩甩頭說。

「我掩護你了。」

雷伊從地上拿起手槍，皺著眉頭，似乎想要說些什麼，然後突然用槍管猛擊寇克的頭。這一擊打得寇克暈頭轉向，還讓他扭了肩膀，使他痛得大叫。他的耳朵嗡嗡作響，下巴疼得像阿肯色．威利在他的骨頭上釘了一根釘子。

「現在你也嚐到頭痛的滋味了，你這個王八蛋。你怎麼會在這裡？」

寇克已經痛到不太能開口說話，但他仍咬著牙說：「威利，我們已經識破你的詭計了。」

「你就是我在地獄遊樂場開槍射擊的人。」那個叫卡戎的男人盯著寇克，他冷酷無情的棕色眼眸中帶著些許老練，然而那不等於智慧。「你是怎麼來這裡的？」

「我大部分的路程是用跑的。」寇克回答。

「剛才我在外面的車道看見你時，你抱著自己的肩膀，看起來像受了傷。」

「我的肩膀脫臼。」

男人對寇克更有興趣了。他的表情似乎變得不同，彷彿底下的結構發生了變化。「你的肩膀脫臼，而且從那座森林裡一路跑著出來？」

「只脫臼一點點。」

雷伊插話進來：「我們快點把該做的事情做完，然後離開這裡。」

「剛才安傑洛．班尼岱堤告訴你的全是真的。」喬說。寇克很驚訝她表現得如此鎮靜。「你現在殺了我們絕對沒有好處，因為大家都已經知道你的真面目，威利。和你一起去邊境水域的人也已經看清你了，你沒有不在場證明。」

「閉嘴。」雷伊將手槍指向她。

「這是真的嗎？」那個名叫卡戎的男人緊張地盯著喬，讓她覺得自己的思緒彷彿被他穿透。

「你肯定就是密爾瓦基。」她說。

「王八蛋。」密爾瓦基愁悶地看看阿肯色．威利。「我相信他們真的已經查到你身上了。」

「他們沒有證據。」雷伊急忙表示。「而且這支手槍無法追蹤。我會回到森林裡，誰敢說我沒有在森林裡迷路？」

「威利，不要這樣。」希蘿說。「你會讓好人受苦。」

密爾瓦基看著希蘿，一抹笑容幾乎觸動了他的嘴唇。「我還以為妳沒辦法離開那裡。我看錯妳了，我很少犯這種錯。」

雷伊發狂似地拿手槍指著希蘿，希蘿依然跪在中彈倒下的安傑洛．班尼岱堤身旁。「所有人都到那邊去。」雷伊大吼。

可是沒有人移動。

「動作快一點。」密爾瓦基表示。他的聲音裡帶著一種死亡的氣息，低沉且空洞，就像一座等人們進入的墳墓。「這個人已經付了錢，無論他說什麼，大家就得乖乖照做。」他將他的自動手槍對準了喬的心臟。

寇克走到喬身旁，兩人並肩站著。他試著思忖該說什麼以扭轉此刻的局勢，可是他口乾舌燥，聲音卡在他的想法和他的舌頭之間。當那個名為卡戎或密爾瓦基的男人將宛如指北針找到北方的槍管轉向他，並且準備開槍送他們進入不可知的黑暗境界時，寇克唯一能做的仍只是站在那裡。

「殺了他。」雷伊尖聲喊道。

密爾瓦基卻猶豫了。

「我說殺了他，你這個混帳東西。如果你不動手，我就自己來。」

雷伊對著寇克舞動著自己的手槍。

密爾瓦基突然發動猛擊，速度之快是寇克前所未見。密爾瓦基一把抓住阿肯色・威利・雷伊的手臂，將它扭成不自然的角度，迫使雷伊鬆開手槍。然後他精準地朝著雷伊的右膝側邊一踢，雷伊的骨頭或軟骨發出砰的一聲，迫使雷伊跪倒在地。密爾瓦基做出這些動作的時候，他手裡的自動手槍毫沒有偏離寇克的心臟。

阿肯色・威利緊緊抱著膝蓋，以一種痛苦、憤怒且難以置信的目光瞪向密爾瓦基。「你發瘋了嗎？」

「沒有人可以不尊重我。」

「我的腿斷了。」雷伊哀號著。

「我只讓你斷腿，已經算客氣了。」

「我已經付錢給你了。」

「等我們在地獄相會時，我再與你討論退款事宜。」他回答。

在不到點燃一根火柴所需的時間裡，一切都改變了。寇克看著那雙冷酷的棕色眼睛，好奇著什麼理由才能讓這個男人決定殺人或不殺人。不過這不重要，就算寇克永遠無法知道答案，他也無所謂。

「你以為自己可以全身而退嗎？」雷伊尖叫道。「你以為自己可以這樣若無其事地走掉嗎？他們已經知道你是誰了。」

「不，他們只知道一個名字。我有很多個名字。」

密爾瓦基彎下腰撿起雷伊掉在地上的手槍。當他直起身子時，他注意到寇克等人眼中的驚恐。「我會讓你們活下去。」他簡單地說，然後退到門口，走到拖車外面的陽光下。他抬起頭，瞇著眼睛，望向陰暗的拖車內。「前路漫長而艱險，走出地獄即光明[48]。」他說完後便轉身，彷彿穿過一扇進入另一個世界的門，就此消失無蹤。

「這是怎麼一回事？」喬問道。

「那句詩出自米爾頓的《失樂園》[49]。」安傑洛・班尼岱堤在希蘿的攙扶下已經坐起身子，背靠著拖車的牆。他看到喬驚訝的表情，勉強露出一個衰弱的笑容。「我在內華達大學拉斯維加斯分校讀書時輔修英語。」

寇克走過去查看班尼岱堤的傷勢。傷口位於右肩，子彈進出處都很乾淨。「口徑很小，角度看起來應該沒有傷到神經或骨頭，你很幸運。」

班尼岱堤把頭往後仰，即使他的肌膚曬成古銅色，他此刻的臉色看起來依然十分蒼白。希蘿握著他的手。「我從來沒有一個可以讓我保護的妹妹。」他對希蘿說。「但就目前的情況看來，我似乎做得很糟。」

希蘿親了他的頭一下。「謝謝你。」

「喬，快去拿一些毛巾來壓住傷口。」寇克說。他接著去查看雷伊。

寇克走近時，阿肯色·威利正試著站起來，不過他痛得哇哇大叫，再次跌回地板上。他扭曲著臉，哀號道：「老天，那個王八蛋毀了一切。」

「威利，你現在最好坐在那裡不要動，並且保持安靜。希蘿，可以請妳看著他嗎？」

「我很樂意。」她拿出剛才放進溫德爾牛仔褲口袋裡的小刀，彈出刀刃，站在阿肯色·威利·雷伊面前。「我有很多理由可以給你好看，威利，不過你可以再多給我一個。」她威脅道。

寇克走向拖車的前門，喬正好拿著毛巾回到客廳。「寇克，你要去哪裡？」她問，同時蹲下來解開班尼岱堤的襯衫，將毛巾壓在他的傷口上。

「溫德爾在小棚屋裡放了一支步槍。」

「你該不會打算去追那個人吧？寇克，你不必那麼做，你已經不是警長了。」喬既要照顧班尼岱堤，又想起身阻止寇克，顯得左右為難。

寇克望著那個既稱卡戎又稱密爾瓦基的傢伙消失的方向，但只看見空蕩蕩的車道沿著一排光禿禿的白樺樹通往主要幹道。

「他殺了溫德爾，還殺了德懷特·史隆。」寇克轉頭對喬說。

「他還殺了伊莉莎白以及兩個想幫助我的人。」希蘿補充道。她看著寇克，彷彿完全可以理解他的心情。

---

48 譯注：此句原文為：Long is the way and hard, that out of Hell leads up to light.

49 譯注：《失樂園》（Paradise Lost）是十七世紀英國詩人約翰·米爾頓（John Milton，1608.12.09—1674.11.08）以舊約聖經《創世紀》為基礎所創作的無韻詩，於一六六七年出版。

「你們都留在這裡，我離開之後把門鎖上。」他對喬和希蘿說。「警方應該也快來了，因為我已經拜託木槿花．鮑爾斯到亞盧埃特打電話報警。」

「寇克——」

他聽見喬在叫他，可是他已經踏出拖車前門，快步往小棚屋走去。

他找到了放步槍的櫃子，並且在櫃子裡找到步槍——雷明頓七〇〇步槍。正如暴風雨所說的，子彈放在一個老舊的桂格燕麥片鐵罐裡：威力足以擊倒一隻小熊的青銅製春田步槍彈。寇克拿出六枚子彈，將它們裝進彈盤，然後拉動槍機——這對於他受傷的肩膀而言不是件容易的事——使子彈上膛。接著他走出小棚屋，在陽光下站了一會兒，思忖著下一步該怎麼走。

那個人消失在朝著主要幹道而去的車道上，這是有道理的。他和阿肯色．威利為了盡快抵達溫德爾的拖車，一定會開車過來。密爾瓦基去邊境水域執行任務時，可能把車子停在某個他可輕易進出的地點，來到這裡之後，他就把車子停在遠離主要幹道但是方便取車之處。不可能是朝亞盧埃特的方向，因為太容易被人發現。另一個方向比較有可能，應該是在南邊沿著鋼鐵湖湖岸的某個地方。

寇克想到溫德爾拖車南方四分之一英哩處有一個老舊的船舶下水點，現在已經很少人使用，因為賭場的收益讓鋼鐵湖的尼什那比人在亞盧埃特北邊打造了一座很棒的停車場，那裡設有新的船舶下水點。老舊的船舶下水點依然標示在地圖上，不過幾乎沒有人使用。那裡會是停車的好地方。

寇克繞過溫德爾的小棚屋，越過空蕩蕩的獨木舟架，快步走向溫德爾院子外圍的樹蔭。他心想：**那個人一定會謹慎地看著這條路，防止我過去追他，不過我會利用樹林的掩護，一舉將他逮住。**

寇克用右手拿著步槍，雖然他試圖讓自己的身體左側保持不動，不過他每走一步都像有一把刀在鑽他的肩膀。他試著一邊走一邊擬訂計畫，將心思放在算計而非痛楚之上，然而他所能想到的計畫只是盡量在那個傢伙開車離開前抵達船舶下水點。寇克在心裡盤算著，他知道就算自己沒辦法逮住密爾瓦基，那個傢伙也難以逃出塔馬拉克郡，因為這個地方的主要幹道不多，沙諾接獲報案之後一定會馬上要求員警及州公路巡邏隊封閉道路。

一想到這裡，寇克的思緒戛然停止。

密爾瓦基在想法上一路領先寇克，一部分的原因是因為有阿肯色·威利暗中協助，但主要也是因為那個傢伙擅於預測，他很了解自己的對手，知道他們是怎麼想的。那個人一定知道主要幹道將受到密切監管，而且明尼蘇達州北部的每個警察都將透過無線電得知他的長相，因此他不可能冒險上路。

然後，寇克的腦海中閃現出一個小細節：他剛才經過溫德爾小棚屋的獨木舟架時，看到架子是空的，可是沒有多想。不過，兩天前當他和阿肯色·威利一起到小棚屋時，架子上還有一艘獨木舟。

對於像密爾瓦基這種熟知如何在野外生存的人來說，進入遼闊的北森林是完美的選擇。幾天之後他就可以越過美國邊境進入加拿大，或者往西或往南划行，直到遠離警方在主要幹道為了緝捕他而撒下的法網。

寇克轉向遼闊且閃閃發亮的藍色鋼鐵湖。

溫德爾家附近的湖岸是參差不齊的岩石灣，周圍長滿松樹。寇克放輕腳步，拿好步槍，開始往湖邊走去。他停頓了一會兒，小心聆聽。鋼鐵湖十分平靜，湖水輕輕拍打著石岸。在他站立之處的北邊，往溫德爾拖車的方向，有一塊巨大的灰色石板，體積如同一輛卡車。此刻石板的另一側正傳來幾乎難以察覺的低沉聲響，是船槳輕輕撞擊獨木舟船身的聲音。寇克輕聲走向那塊石板，繞到後方就看見密爾瓦基正對著一艘獨木舟傾身。那個人彎著腰，站在由一棵巨大的紅松樹所形成的陰影中，似乎準備將背包固定於船尾的橫板下。寇克走到紅松樹的樹幹後方，將身體倚著樹幹以協助左臂支撐步槍的重量。他舉起步槍時，肩膀發出有如火燒的劇痛，他只能默默祈禱自己不必長時間握著步槍。

「把雙手放到頭上，不要轉身。」

那個人停下動作。「歐康納。」他說，彷彿寇克的出現一點也不令他意外。

「將雙手放到頭上。立刻。」

密爾瓦基照著寇克的話去做，將雙手放在後腦勺上。

「慢慢轉過來。」

當那個人轉過身時，寇克看見他臉上帶著和藹的笑容。「我想我剛才應該殺了你才對。」

「用你左手的拇指和食指，把你的武器從槍套裡拿出來，然後放到地上。」

當手槍放在滿是松樹針葉的地面上時，寇克問：「那是威利的點二二手槍。你的武器呢？那把自動手槍。那是什麼型號的手槍？西格紹爾[50]？」

「放在背包裡。」他朝他身後的獨木舟點點頭。

「最好是。」

「不相信的話，要不要搜我的身？」密爾瓦基發出一種非常微小也非常真實的笑聲。「你拿著那支步槍很辛苦吧？而且你肩膀脫臼。」

「跟我回到拖車上。」

「在我們回到拖車之前，你就已經死了。」

一陣微風吹動湖水，獨木舟的船頭上下起伏，像個小腦袋點著頭表示贊同。

「你只要稍微動一下，我就會開槍射你。」寇克警告。

「你的肩膀已經脫臼，拿著步槍還要瞄準，動作能有多快？」密爾瓦基問道。「你那把是七○○步槍，你能射中一次就算好運了，因為我會移動。我可以想像你的疼痛，歐康納，那種疼痛已經吞噬你平時的瞄準能力與反應能力。任何人脫臼都一樣。」他的雙手從後腦勺移開，只移動幾英吋，一個合理的反射動作。「聽著，我已經很久沒遇過像你這麼好的對手，我們何不就此休戰，只有你和我知道。你回去找你太太，我會從此消失，回到我的來處，我們再也不必見到彼此。」接著他又說了一句語帶尖銳的話：「我已經饒過你一命了。」

「跟著我回拖車去。」寇克命令道。

密爾瓦基沒有移動，可是他的表情已經失去原有的理性。他瞇起眼睛，兩眼之間出現一道深深的線條，彷彿突然畫上了一抹戰漆。「如果你現在不放棄，接下來的情況就是我會殺了你，並且在殺了你之後回到那輛拖車，殺光裡面所有的人。你願意冒這個險嗎？」

寇克沉默了。

「我想你應該不願意。」密爾瓦基笑了，但幾乎是苦笑，彷彿這只是一次廉價的勝利。「那麼就再見了，歐康納。」

他往後退了一步，臉上依然帶著笑容。他轉向獨木舟，並且在轉身時迅速移動，往左俯衝，滾到湖岸邊佈滿柔軟松樹針葉的地面上，然後將手伸進背心去拿腰帶上的自動手槍。等到這個名叫密爾瓦基的男人單膝跪地準備射擊時，寇克才開槍。

50 譯注：西格紹爾（SIG Sauer）是從事槍械設計與製造的品牌。

溫德爾步槍的子彈轟掉了密爾瓦基大部分的左手，並且穿過他的胸膛，犁出一條寬闊而淩亂的小路，再帶著他大片肩胛骨碎片一起從他的背部離開他的身體。這股力量讓他往後倒在地上，雙臂張開，臉朝著天空。他的自動手槍掉落在他的腳邊，沒有來得及開火。寇克吃力地再次從溫德爾的步槍發射一枚子彈，然後才小心翼翼地走近那個倒下的男人。

密爾瓦基睜著眼睛，寇克看見那雙冷酷的棕色眼眸裡點綴著金色。他還有呼吸，輕微的喘息聽起來像打嗝。寇克彎下腰對他說：「我這輩子都在打獵，打獵最重要的就是能開一槍射中目標。」

密爾瓦基試著說話，可是他似乎是對著寇克身後或頭上的人說話，讓寇克差點就要轉頭查看是否還有其他人在。隨後那種像打嗝的喘息聲停了，棕色的眼眸變得像彈珠一樣，再也無法看東西。

寇克的雙腿已用盡力氣，讓他重重地坐下。他的肩膀痛得讓他想飆罵髒話，原本支撐他的一切現在都已消失殆盡，他集中精神與思考的能力也不復存在。假如現在死者突然像拉撒路一樣從滿是松樹針葉的地上復活，寇克將無法保護自己，因為他連抬起一根手指都沒辦法，整個人已被掏空。

當他聽見地面上的樹枝被人踩斷的劈啪聲響時，幾乎沒有轉身，接著他看見了喬治・勒杜克拿著步槍從樹林裡走出來。喬治在寇克身旁蹲下。當喬治說話時，寇克聞到薄荷口香糖的氣味，宛如天使的味道。

「你還好吧？」

寇克點點頭。

「這就是那個傢伙？」喬治以步槍的槍口指指屍體。

這時寇克已經模糊的意識浮現出一個念頭，一種清晰的驚訝。「喬治，你怎麼會在這裡？」

「一個女人到我店裡打電話報警，但我覺得我應該先過來幫忙。」

寇克愣愣地看著他。「其他人呢？」

「他們很好，都在溫德爾的拖車裡。喬本來想跟我一起過來，但是我阻止了她，因為我不確定這裡的狀況。來吧，你還能走路嗎？」喬治伸手扶起寇克。

當他們接近拖車時，警笛聲正從遠處傳來。溫德爾的拖車前門打開，喬衝進陽光下。

「他沒事。」喬治在喬跑過來時告訴她。

「謝天謝地。」她摟住寇克。

「輕一點。」寇克提醒喬，儘管被喬擁抱的感覺很好。

過了一會兒，塔馬拉克郡警局的兩輛警車迅速駛進溫德爾拖車的車道，揚起地面上的塵土與礫石。兩輛警車後面跟著一輛藍色的雪佛蘭轎車和一輛黑色的林肯轎車。

沃利．沙諾從警車下來。「你沒事吧？」

「還活著。」寇克指指拖車。「裡面有人需要協助，請派救護車過來。」

沙諾對著另一輛警車的一名員警大聲吩咐，然後察看了寇克的狀況。「你看起來也需要醫生。」

「就目前而言，沃利，我很高興自己還活著。湖邊有一具屍體，喬治可以告訴你在什麼地方。那個死人不是好人。」

大個子喬伊抱著文森．班尼岱堤走向他們。「我兒子呢？」班尼岱堤問。

「在裡面。」寇克說。「他會沒事的。」

「希蘿呢？」奈森．傑克遜走到喬伊旁邊，哈里斯跟在傑克遜身後。

「她也在裡面，毫髮無傷。」

寇克和喬跟著他們走進拖車，沙諾去查看阿肯色．威利的狀況。威利抱著膝蓋蹲在角落，看起來像一隻受困的野獸。其他人直接走向希蘿，她正坐在安傑洛．班尼岱堤身旁的地板上。

「希蘿，這位是妳的父親。」安傑洛指著喬伊抱在手裡的老先生說。她抬起頭，一臉困惑。接著班尼岱堤指指奈森・傑克遜。「還有……這位也是妳的父親。」

現在有將近十來個人擠在拖車的小客廳裡，因此寇克先到外面去，喬也跟著他向外走。「讓他們聊一下。」寇克說。

沙諾陪他們一起走出拖車。「寇克，我們可能需要一份完整的說明。」

「我們得先讓他去醫院。」喬說。「他的鎖骨可能骨折了。」

「要等救護車來嗎？」

喬斷然搖頭。「我載他去醫院就好。」

他們慢慢地從拖車前走開。一陣帶著北森林氣息的微風吹來，那陣微風吹過鋼鐵湖，吹過湖邊的西洋杉樹林，也吹過在十月的陽光下依然青翠的草地。那陣微風的氣息中可以聞到常綠樹與深邃乾淨的湖水、被陽光溫暖的大地、乾燥枯黃的秋葉、塵土歸塵土的輪迴、清晰可見和隱約可見的事物，以及不可見但是可感受到的事物。這些氣味就像是寇克這一生的禮物，對他而言早已變得像他自己身體的味道一樣平常。亨利・梅魯之前提醒過寇克要注意吹過湖面的風，這位老先生的智慧不僅提供寇克關於*majimanidoo*到來的警告，也讓寇克發現自己以一種全新的驚奇感呼吸著空氣。

「你笑的樣子彷彿今天是聖誕節的早晨。」喬說。

「是嗎？」

「我還以為你很痛。」

「如果傷得夠久，就會忘記疼痛。」

「我懂。」她停下腳步。

他問：「怎麼？」

「我在想，在你的肩膀復原之前，你可能需要別人照顧。你要不要搬回來和我們一起住？」她露出一抹宛如雪花般優雅但轉瞬消逝的笑容。

「妳是說……搬回去醋栗巷的房子？」

「對。」微風將喬的一縷金髮吹到她的額頭前，她伸手將髮絲撥回去。「你可以先睡在客房，等你痊癒之後，我們再看看情況如何，看看我們是否都痊癒了。」

這是充滿奇蹟的一天，出現了兩個太陽，一個出現在萬里無雲的天空，另一個在寇克的心中升起。

「嘿，寇克！」沙諾在後方喚他。「如果我要找你的話，你會在什麼地方？」

在那一瞬間，寇克迷失在喬淺藍色的眼眸中。然後他回答沙諾：「家裡，沃利，我會在家裡。」

結語

查理・阿爾托根據麝鼠毛皮所做的天氣預測是正確的。萬聖節前兩天，北森林下起了一場大雪。那場雪來得十分和緩，在夜幕降臨前飄進奧羅拉，經過一個小時又一個小時，細雪無聲無息地飄落，但地面的積雪最後竟深達成年人的小腿處。

這種天氣沒能阻止那些尼什那比人。他們像雪一樣靜靜地排成縱隊，走過溫德爾的白色拖車與繁花皆已凋零的花園，穿過一排雪松，聚集在鋼鐵湖岸邊的營火旁，準備向溫德爾・雙刀致意。

亨利・梅魯敲擊著靈醫小鼓，對著溫德爾・雙刀的靈魂說話，以引導他走上靈魂之路，並提醒他在往西邊踏上靈魂之地時可能遭遇的危險與干擾。溫德爾・雙刀向來守護傳統、尊重古法。根據傳統的規定，一個人應該要與定義其一生的工具一同埋葬，可是溫德爾・雙刀並未安葬，因為找不到他的屍體。梅魯在火堆上放了白樺樹的樹皮、溫德爾使用的鹿骨錐、以木碗裝盛的瀝青，還有一把*cijokiwsagaagun*，也就是溫德爾用來密封獨木舟接縫的小抹刀。

「我們的兄弟，你離開了我們。」梅魯以尼什那比族語說。「我們的兄弟，前往你該去的靈魂之地。」

喬治・勒杜克接著走上前。他不介意讓人看見他流淚滿面。

「我認識溫德爾・雙刀一輩子了。小時候我們一起玩摔角，溫德爾比我壯也比我聰明，因此經常贏我。可是我的槍法比較準確。我們一起去打獵時，溫德爾從不嫉妒，當我帶著獵得的野鹿回家時，他總是為我高興。他是一個很好的人，別人需要他幫助時，他絕對不會袖手旁觀。我們住在保留區的每一個人，都因為他的緣故而變成更好的人。我會永遠懷念這位朋友。」

其他人也輪流上前說話，向溫德爾・雙刀表達敬意。然後亨利・梅魯說：「我們的兄弟是*aadizookewinini*，一個擅長說故事的人。透過我們的故事，我們將會記得自己是誰；透過我們的故事，我們可以把族人的一切告訴後代子孫。溫德爾・雙刀將他這些故事當成禮物送給尼什那比人，也將這些故事交託給他侄子的兒子路易斯。現在開始下雪了，冬天已經到了，該是說故事的時候了。」

對於一個如此年幼的孩子而言，能夠在追思儀式上發言是一種榮耀。路易斯這個心志不凡的小男孩走到營火的火光前，他的頭髮已經被細雪染白，使他看起來像個老人。在一旁觀看的寇克知道這個小男孩確實充滿智慧，他的智慧遠遠超出他的年紀。

路易斯說了一個故事。

「有一個男人對於Noopiming——北方森林的內陸區，也就是邊境水域——非常熟悉，他不僅了解那邊的湖泊和河流，也了解那邊的石頭、樹木與動物。他熱愛那裡所有的生命，並且對住在那裡的精靈*manidoog*抱持神聖的信仰。精靈賦予他一種打造獨木舟的本領，他能夠讓獨木舟像飛過空中的鳥兒般平穩迅速地划過水面。這個男人叫做Ma'iingan，因為他是狼的兄弟。

「有個年輕女子來請Ma'iingan幫忙，她想在Noopiming找地方藏起來，因為有一個可怕的*majimanidoo*在追她。善良的Ma'iingan便帶她到一個特殊地點，將她藏在那裡。他為她準備食物，並且保護她的安全。

「有一天，*majimanidoo*化身成那名女子的父親，出現在Ma'iingan面前。他假裝自己很擔心女兒，請求Ma'iingan帶他去找她，好讓他親眼確認她安全無恙。一開始，Ma'iingan因為太善良而沒有看出對方的邪惡，因此上當受騙。然而*majimanidoo*的本性無法隱藏太久，在他們抵達女子的藏身地點之前，Ma'iingan看出了*majimanidoo*的邪惡，拒絕繼續往前走。於是*majimanidoo*使出可怕的法術，企圖逼迫Ma'iingan告訴他女子的藏身處，但未能如願。在盛怒之下，他殺死了善良的Ma'iingan。

「Ma'iingan的靈魂站在靈魂之路上，不願意踏上旅程。他呼喚偉大的聖靈Kitchimanidoo，懇求偉大的聖靈讓他在Noopiming多待一會兒，以保護那個年輕女子的安全、履行他對她的承諾。Kitchimanidoo聽見了Ma'iingan的懇求，便給予這個善良的靈魂一具灰狼的身體，因為狼是他的圖騰，並允許Ma'iingan返回Noopiming。

「與此同時，幾名來自部落的英勇獵人也加入了追殺*majimanidoo*的陣容。可是那個惡靈十分強大，以致多位獵人喪生。這時*majimanidoo*已經距離那個年輕女子越來越近，但幸好有化身為灰狼的Ma'iingan在森林中巡行，守護並且引導那個女子，使她遠離跟蹤她的惡靈。最後，獵人終於殺死了*majimanidoo*，那名女子安全了，Ma'iingan高尚的靈魂才展開前往靈魂之地的旅程。

「不過，睿智的Kitchimanidoo答應，只要Noopiming有人需要協助，Ma'iingan就可以再次化為灰狼，以他兄弟的外形回去幫忙。所以人們迄今仍可聽見Ma'iingan和他的兄弟們一起在荒野上嚎叫、在他所深愛的土地上歌唱。」

路易斯說完故事，往後退了一步，他父親驕傲地把手放在這個小男孩的肩膀上。

「好人留下的記憶將永遠存在。」亨利・梅魯表示。「這片土地及其後代子孫將持續緬懷溫德爾・雙刀，直到樹木不再往上生長。」

雪花輕輕落在梅魯的身上並且融化，水珠在他肌膚的凹痕處聚積，反映著熊熊火光，使這位老靈醫的臉看起來宛如正在燃燒。他用族人的語言說：

K'neekaunissinaun，*ani-maudjauh.*
K'neekaunissinaun，*cheeby-meekunnaung.*
K'neekaunissinaun，*kego binuh-kummeekaen.*
K'neekaunissinaun，*k'gah odaessiniko.*

我們的兄弟，他要走了。
我們的兄弟，他在靈魂之路上。
我們的兄弟，不要跌倒。
我們的兄弟，歡迎你。

謝辭

首先要感謝尼什那比族的族人。我這本書很大的部分是依靠他們豐富的說故事傳統以及那些精彩的故事本身才有辦法完成。鋼鐵湖一帶的奧吉布韋族是我虛構的，然而我希望我筆下那些角色的精神可以充滿恭敬地捕捉到尼什那比人真實的正直與勇氣。

一如往常，我要深深感謝我所屬的推理小說寫作團體Crème de la Crime的所有成員：卡爾・布魯金斯（Carl Brookins）、茱莉・法西安納（Julie Fasciana）、貝蒂・詹姆斯（Betty James）、麥可・凱克（Michael Kac）、瓊・羅胥克（Joan Loshek）、琴・米瑞安・保羅（Jean Miriam Paul）、貝西・雷姆（Betsey Rhame）、蘇珊・朗霍特（Susan Runholt）及安・韋柏（Anne B. Webb）。若少了他們的建議與祝福，這本書不可能完成。

在撰寫手稿的過程中，我非常幸運地與明尼蘇達州的律師史蒂夫・馬斯登（Steve Masten）結識，他是自然資源部的律師。馬斯登是我認識的人之中最了解荒野生活的一位，從刀刃到子彈彈道、從野狼到邊境水域的分水嶺，他慷慨地與我分享他的專業智識，而且他的編輯建議每一項都命中要點。「你讓我如沐春風。」史蒂夫。謝謝你。

感謝郡警長辦公室和邊境水域的獨木舟荒野區（Boundary Waters Canoe Area Wilderness）提供我搜索救援行動方面的知識。感謝伊利諾州庫克郡（Cook County）警局的首席副警長馬克・法爾克（Mark Falk）與裘帝・西弗森（Judy Sivertson）。

基於匿名需求，我無法明白寫出提供我諸多關於聯邦調查局政策與辦案程序之有用資訊的消息來源。

這本書是我在乾淨明亮的聖克雷爾烤肉店（St. Clair Broiler）中，於黎明前的凌晨完成的。假如你來到聖保羅，別忘了到這家餐廳喝杯咖啡、聽聽常客閒聊，並且向吉米・泰羅斯（Jimmy Theros）和伊蓮娜（Elena）及工作人員打聲招呼。他們會熱情地招待你，我保證，即使你沒告訴他們是肯特介紹你來的。

【Mystery World】MY0031

水域迷蹤【寇克・歐康納系列2】

作　　者❖威廉・肯特・庫格 William Kent Krueger
譯　　者❖李斯毅
封面設計❖許晉維
內頁排版❖HAMI
總 編 輯❖郭寶秀
編　　輯❖江品萱
行　　銷❖力宏勳

事業群總經理❖謝至平
發 行 人❖何飛鵬
出　　版❖馬可孛羅文化
台北市南港區昆陽街16號4樓
電話：(886)2-25000888
發　　行❖英屬蓋曼群島商家庭傳媒股份有限公司城邦分公司
台北市南港區昆陽街16號8樓
客服服務專線：(886)2-25007718；25007719
24小時傳真專線：(886)2-25001990；25001991
服務時間：週一至週五9:00～12:00；13:00～17:00
劃撥帳號：19863813　戶名：書虫股份有限公司
讀者服務信箱：service@readingclub.com.tw
香港發行所城邦（香港）出版集團有限公司
香港九龍土瓜灣土瓜灣道86號順聯工業大廈6樓A室
電話：(852)25086231　傳眞：(852)25789337
E-mail：hkcite@biznetvigator.com
馬新發行所城邦（馬新）出版集團【Cite (M) Sdn. Bhd.(458372U)】
41, Jalan Radin Anum, Bandar Baru Seri Petaling,
57000 Kuala Lumpur, Malaysia
電話：(603)90563833　傳眞：(603)90576622
E-mail：services@cite.my
輸出印刷❖前進彩藝股份有限公司
初版一刷❖2024年11月
定　　價❖480元
定　　價❖336元（電子書）

國家圖書館出版品預行編目(CIP)資料

水域迷蹤：落魄警長寇克・歐康納系列・第二部／威廉・肯特・庫格（William Kent Krueger）著；李斯毅譯. -- 初版. -- 臺北市：馬可孛羅文化出版：英屬蓋曼群島商家庭傳媒股份有限公司城邦分公司發行, 2024.11
面；　公分. --（Mystery world ; MY0031）
譯自：Boundary Waters
ISBN 978-626-7520-23-9（平裝）

874.57　　113013626

ISBN：978-626-7520-23-9（平裝）
EISBN：978-626-7520-24-6 (EPUB)

城邦讀書花園
www.cite.com.tw